李海波 著

延安新聞傳統

本書係國家社會科學基金項目〈「新革命史」視野下的延安時期新聞傳播史研究〉（20BXW016）階段性成果，由華東師範大學傳播學院資助出版。

目錄

序

呂新雨

「延安道路」關乎中國的未來。

1981年，美國歷史學家斯塔夫里阿諾斯（Leften Stavrianos）出版《全球分裂：第三世界的歷史進程》，他將「第三世界」看成是一系列不平等關係，由一些在經濟上依附並從屬於發達第一世界的國家和地區所組成，該書著重描述了第三世界從殖民主義到新殖民主義的失敗過程。雖然二十世紀第三世界的革命浪潮在全球範圍內湧現，但是一戰之後形成的歐洲列強在二戰後基本維持和延續了殖民帝國的完整，「其中的一個原因在於，除中國之外，第三世界的革命運動本質上都是民主主義性質的」，即資產階級基於民族主義而非社會主義的革命。[1]

斯塔夫里阿諾斯在書中批評一些美國學者把共產黨的成功完全歸之於「中國的民族主義」，在他看來，中共能贏得民眾、戰勝國民黨還在於「他們是社會主義者」。而共產黨人之所以「了解民眾需求」，就因為有「延安道路」──不僅僅是一種戰鬥模式，也是生活方式，體現著人和社會的願望，「並提供了一種基於平等主義價值觀和廣大民眾參與之上的發展模式」，[2]也就是群眾路線。「延安道路」對內以整風形式，要求黨員幹部進行批評和自我批評，對外則積極發動農民參與政

1　斯塔夫里阿諾斯：《全球分裂：第三世界的歷史進程》下冊，王紅生等譯，北京大學出版社，2017年，第513頁。

2　同上書，第515頁。

治的主動性和創造性，即以政黨政治的方式推動黨和農民群眾的融合，以構建革命的政治主體。在這一過程中，大批青年知識分子基於反抗日本帝國主義侵略的民族主義激情奔赴延安，他們首先面臨的就是自我改造的考驗，以適應新的政黨政治與群眾結合的嚴峻任務。這在很大程度上決定了中國知識分子群體的歷史角色和命運，不同的歷史闡述也在此大分野。在斯塔夫里阿諾斯看來：

> 中國的未來影響力將會取決於它能在多大程度上解決第一世界、第二世界乃至第三世界仍然未能解決的矛盾──精神刺激與物質刺激之間的矛盾、城鄉之間的矛盾、體力勞動與腦力勞動之間的矛盾等。單靠國民生產總值的提高並不能解決這些矛盾，美國、蘇聯，以及第三世界的巴西、伊朗和印度尼西亞等國的經驗已經反覆證明了這一點。[3]

這一論述值得在今天的語境中重新審視。

李海波博士的這本《延安新聞傳統》，把當下看成是「重訪延安的特殊歷史時刻」，因為歷史總是以複調的方式展開，這正是歷史的辯證法。我更強調的是「重返」，即今天的執政黨需要回到「延安道路」作為「新長征」的起點，因為「延安道路」致力於解決的問題並沒有終結，在很大程度上依然延續，不僅鑒往知來，更是「不忘初心，牢記使命」。中國共產黨的新聞事業，正是在這個視野中需要「重返」自己的「中國特色新聞學」，即書中所言「中國特色新聞學歸根到底是社會

3　同上書，第 534 頁。

主義新聞學，而不是什麼別的什麼主義新聞學」。

中國特色新聞學自延安開始，這是一個基本判斷，因為它與革命黨的使命、執政黨的命運休戚與共。本書描述了延安新聞傳統的來龍去脈，打開了諸多討論的空間。他把起點放在延安整風和政黨政治革新的敘述框架下，也即「革命史範式」中。雖然「革命史範式」在當下受到諸多質疑和挑戰，但這並不是因為「革命史範式」已經失效，毋寧是對這一範式的把握並沒有真正做到「內在視野」的貫通，教條主義和形式主義的理解沒有、也不可能真正打開「革命史範式」的活力，這也是本書試圖展開的工作。這其實並不是革命史範式的「新」「舊」問題，不是用「新革命史範式」去取代舊範式，而是重新勘探回望歷史的立足點，這既需要打通「新」、「舊」，也需要貫穿「內」、「外」，更需要重建立場作為重新出發的起點。

從延安新聞傳統的視角切入，一個突出的尖銳問題是知識分子改造與中國革命的關係。濫觴於上世紀八十年代的傷痕文學，知識分子苦難史的敘述成為主流，這其中黨內知識分子的聲音占了多數。在這一敘述的籠罩下，延安整風被回溯為知識分子受迫害史的開端。但是，如果把這一歷史放在第三世界知識分子的歷史角色與民族國家建構的關係中去看，意味就會完全不同。中國知識分子參加二十世紀革命以來的命運和心靈史，需要放置在第三世界的比較視野中去理解，才能發現問題的癥結及其獨特性。這一癥結需要在世界歷史的視野中進行梳理，也需要放在今天中國與世界的格局中研判。

作為接受啟蒙洗禮的五四之子，中國第一代青年知識分子投身共產主義革命的過程，是從靈魂深處進行的角色轉換，充

滿了可歌可泣的艱難困苦、犧牲與自我犧牲，也伴隨著信念的堅守或幻滅，問題只在於如何闡釋知識分子的犧牲。關於「革命吞噬它的兒女」的「反思」與「控訴」，主要是指知識分子階層。知識分子首先需要接受「改造」，這本身就意味著決裂和犧牲，延安整風中知識分子靈魂深處革命即來源於此。這一「幸福」與「痛苦」並存的過程，同樣屬於二十世紀中國革命中無法忽略的思想畫卷，也是人類歷史上從未有過的思想革命，是為了從無路的地方走出路來。與此同時，「改造」還是政黨組織對「幹部」的剛性需求，是對革命的知識分子主體詢喚的道德訴求。

過往研究多著重於知識分子失去「自我」的過程，革命對於知識分子「大寫的主體」再鍛造過程，則被遮蔽、扭曲和汙名。實際上，沒有這個鍛造過程，就沒有二十世紀中國革命的完成——我們需要在這個第三世界的新民主主義革命的視野下重讀中國知識分子的心靈史以及犧牲史。知識分子「控訴史」敘述的悖論在於，通過知識分子的受難和犧牲否決了二十世紀中國知識分子集體信仰本身，從而取消了一代知識分子的歷史意義，其所完成的正是對第一代現代中國革命知識分子的自我否定。這正是被一些知識分子研究稱為「謎一般存在」的二十世紀中國知識分子現象：為什麼啟蒙一代的知識分子會自願地集體性接受政黨政治的「洗腦」？其實，這一問題的提出本身，已經是「革命史觀」被遮蔽的後果。它也被概括性地體現在一個悖論性的描述：啟蒙與救亡的關係，即所謂「救亡壓倒啟蒙」。然而救亡本身就是五四運動「啟蒙」的出發點和訴求，正因此，啟蒙一代走向政黨政治，不是別的，而是歷史大勢的體現。

美國學者大衛・哈維（David Harvey）曾檢討西方左翼社會運動失敗的原因，他發現「任何將個人自由提升到神聖位置的政治運動都有被新自由主義收編的危險」，1968 年席捲西方世界的學生運動就被要求更多個人自由的欲望所扭曲：

> 個人自由的價值和社會正義並不必然相容；追求社會正義預設了社會團結和下述前提：考慮到某些更主要的、為社會平等或環境正義進行的鬥爭，需要壓抑個體的需求和欲望。……新自由主義修辭以其對個性自由的基本強調，有力地將自由至上主義、身分政治、多元主義、自戀的消費主義從想靠奪取國家權力來追求社會正義的社會力量中分離出來。比如，美國左翼長期面臨的棘手麻煩，便是無法一方面確立實現社會正義需要的集體紀律，另一方面又不冒犯政治參與者表達個人自由、徹底的承認與特殊身分的要求。新自由主義不曾創造這些差異，但能輕易利用它們——如果不是煽動的話。[4]

「小資產階級性」與革命的結合，或是小資產階級的勝利，革命的失敗；或是相反。兩者必居其一，無法調和，這是革命的歷史齒輪所決定的。大衛・哈維所評述的西方左翼運動走向前者，中國革命走向後者——這是關於中國知識分子問題論爭中一切分歧的基點，即革命史觀與西方現代性史觀的衝突。正是在這樣的衝突中，「革命吞噬它的兒女」成為對革

4　大衛・哈維：《新自由主義簡史》，王欽譯，上海譯文出版社，2010年，第 48-49 頁。

命的控訴，知識分子改造問題成為二十世紀以來中國獨特的旋律，迄今尚未定調。

在廓清上述歷史脈絡的前提下，我們才有可能重新打開「延安新聞傳統」的歷史畫卷。本書從 1942 年《解放日報》改版開啟討論，並非偶然。一方面，黨報改版與整風運動同步展開，小資產階級知識分子作為辦報的主體，首先碰到的就是辦報理念的革命——必須轉到新民主主義革命的軌道上，這是革命本身的訴求，也必然與知識分子的自我改造結合在一起。另一方面，更重要的是政黨政治對新聞業的規範甚於文藝，作為黨報的《解放日報》已經被置放在中共政黨組織傳播的歷史位置上——這是一個完全不同於歐美報刊作為資產階級上升階段同步起源的歷史。作為決定政黨組織生存和發展必不可少的信息溝通保障系統，需要鍛造「政黨組織傳播」的理論視野以重新梳理中共黨報理論與實踐的「革命史範式」，如此才能綱舉目張。政黨的自我定位與歷史使命，則是決定其組織傳播特性的關鍵。正是在這個意義上，作為中國特色的黨報理論與實踐的「政黨組織傳播」，應該成為一個新的理論研究範式。

政黨組織傳播體系的建立，首先要求的必然是黨報工作者本身的轉變。從本書的梳理中可以看到，1941 年前後黨報知識分子在觀念形態上受到極大震撼。1941 年 11 月，陝甘寧邊區第二屆參議會上，《解放日報》記者發起「提高記者地位和待遇，尊重記者參訪自由」的提案。[5] 時任《解放日報》國際部編輯吳冷西回憶當時的情況，「對事對人都從個人的興趣、

5　張林冬口述、田子渝整理：〈憶社長博古〉，《湖北文史》，2013年，第 1 期。

利益、得失出發，自高自大，有的甚至是相當狂妄，自己寫的稿子別人改一個字都不答應。許多人自由散漫，毫無紀律觀念，想幹什麼就幹什麼，想說什麼就順便說」。[6] 從「醉心於辦個『獨立刊物』」[7] 到走向群眾組織通訊員、幫助工農幹部寫稿改稿，這樣的轉換無疑是巨大且艱難的，卻正是政黨政治的內在邏輯要求，即成為貫通政黨組織和群眾運動的「有機知識分子」。

　　沒有這樣大規模的「有機知識分子」的存在，中國革命就不能完成。這也是本書關注「新型記者」與「有機知識分子」的緣由。在這個意義上，延安知識分子改造的歷史過程，呼應了幾乎同一時期在法西斯監獄中艱苦思考政黨、階級、知識分子與國家問題的意大利共產黨領導人葛蘭西（Antonio Gramsci）。他在《獄中札記》中如此論述知識分子與群眾之間的辯證法：

　　　　人民群眾如果不在最廣大的意義上把自己組織起來，就不能「區別」自身，就不可能真正獨立；而要是沒有知識分子，也就是說，沒有組織者和領導者，換句話說，沒有由於存在著一個「專門」從概念上和哲學上研究思想的集團，而從理論—實踐的關係中具體地區分出來的理論方面，也就不可能成為有組織的群體。但是，造就知識分子的過程是一個漫長而艱難的過程，它充滿著矛盾、前進和

6　余振鵬、陸小華：〈新形勢與黨的新聞工作優良傳統——吳冷西同志答問錄〉，田方、午人、方蒙主編：《延安記者》，陝西人民教育出版社，1993 年，第 7 頁。

7　〈社論：黨與黨報〉，《解放日報》，1942 年 9 月 22 日，第 1 版。

倒退、分散和重新集合。[8]

葛蘭西從政黨政治的角度對「有機知識分子」的經典論述，與毛澤東在〈新民主主義論〉中對大眾文化的論述相映成輝，說明這其實是世界範圍內共產主義運動共同面對的結構性問題。區別僅在於，身陷囹圄的葛蘭西只能從失敗經驗出發進行理論化的分析，毛澤東則在廣袤的中國西北大地上展開了實踐性的探索。從列寧到葛蘭西、毛澤東，二十世紀的社會主義革命就此展開了自己複雜而曲折的歷史邏輯。

知識分子的犧牲是中國革命的一個重要面向，它無法與整個二十世紀中國革命中無數革命者的犧牲相分離。

1936 年，早期無政府主義的信仰者巴金翻譯了屠格涅夫的散文〈門檻〉，它立刻成為整整一代五四啟蒙知識分子走向革命的「聖經」：

> 我看見一所大廈。正面一道窄門大開著，門裡一片陰暗的濃霧。高高的門檻外面站著一個女郎⋯⋯一個俄羅斯的女郎。
> 濃霧裡吹著帶雪的風，從那建築的深處透出一股寒氣，同時還有一個緩慢、重濁的聲音問著：「啊，你想跨進這門檻來做什麼？你知道裡面有什麼東西在等著你？」
> 「我知道。」女郎這樣回答。
> 「寒冷、飢餓、憎恨、嘲笑、輕視、侮辱、監獄、疾病，

8　安東尼奧・葛蘭西：《獄中札記》，曹雷雨、姜麗、張跋譯，河南大學出版社，2014 年，第 383-384 頁。

甚至於死亡？」

「我知道。」

「跟人們的疏遠，完全的孤獨？」

「我知道，我準備好了。我願意忍受一切的痛苦，一切的打擊。」

「不僅是你的敵人，就是你的親戚，你的朋友也都要給你這些痛苦、這些打擊？」

「是……就是他們給我這些，我也要忍受。」

「好。你也準備著犧牲嗎？」

「是。」

「這是無名的犧牲，你會滅亡，甚至沒有人……沒有人知道，也沒有人尊崇地紀念你。」

「我不要人感激，我不要人憐惜。我也不要名聲。」

「你甘心去犯罪？」

姑娘埋下了她的頭。

「我也甘心……去犯罪。」

裡面的聲音停了一會兒。過後又說出這樣的話：

「你知道將來在困苦中你會否認你現在這個信仰，你會以為你是白白地浪費了你的青春？」

「這一層我也知道。我只求你放我進去。」

「進來吧。」

女郎跨進了門檻。一幅厚簾子立刻放下來。

「傻瓜！」有人在後面嘲罵。

「一個聖人！」不知道從什麼地方傳來了這一聲回答。[9]

9　巴金：《巴金譯文選集》下冊，生活‧讀書‧新知三聯書店，1991

這篇具有極大預言性的散文，已經用「傻瓜」和「聖人」界定了二十世紀中國知識分子的肖像。這也是今天中國知識分子研究的關鍵詞，不過歷史語境卻有了很大的轉換。在上世紀三、四十年代的語境下，「聖人」和「傻瓜」具有高度的同一性，只有甘做「傻瓜」才能成就「聖人」。今天，這兩個名詞卻彼此分離。作為「傻瓜」的歷史內容隱匿了，成為不被理解的歷史之謎。「理想」如屠格涅夫所預料的那樣被否認了，只剩下被強加的「苦難」，以及建立在空洞的苦難基礎上的自我神聖感。

如果當年中國的知識分子是認定了一切犧牲而邁入革命的門檻，那麼建立在一個被自己否決的理想上，還有可能獲得「神聖性」嗎？中國的知識分子到底為什麼要承擔革命的十字架，只是為了否定十字架本身嗎？這樣的「神聖性」其實是自我消解的。把知識分子從血與汗的革命中分離出來，恰恰也構成了對整個二十世紀知識分子的否決，這樣的知識分子研究只能陷入了無法自我解脫的悖論中。正是因為二十世紀中國社會歷史性的城鄉分裂，才有一代又一代知識分子為此前赴後繼。在這個意義上，中國知識分子的悲劇是二十世紀總體性悲劇的一部分，知識分子的苦難是二十世紀可歌可泣的革命內在組成，因為革命正是由新型知識分子啟蒙和領導的。

1982 年，蕭軍再版了書稿《側面 —— 從臨汾到延安》，他在新版前言中寫道：「我們能有今天這局面：祖國獨立了，民族解放了，人民翻身了，以及開始走向一個沒有人壓迫人，人剝削人……的社會制度的現實大路上，這是來之不易的！歷

年，第 263-265 頁。

史上每一寸小小的改革和進步，那全是由若干革命先行者的熱血和頭顱，生命和汗水，辛勤勞動，艱難忍耐⋯⋯而換得來的。⋯⋯我為什麼要寫這段旅行記，也就是要對比地觀照一下當時的政治、社會⋯⋯制度：什麼是應該肯定的，發揚的；什麼是應該改造的，消滅的；也觀照一下『人』，人之中，什麼是應該肯定的，發揚的；什麼是應該否定的、消滅的，這裡並無任何個人的恩、怨、愛、惡⋯⋯在其間，——一切以人民革命利益為依歸。」[10]

這就是五四一代知識分子的最後自白。丁玲在生命的最後歲月裡，把重回延安看成晚年一大宿願。1985 年 4 月，她在延安大學講話：沒有延安，就沒有我以後的 50 年，我是在這塊土地上，由小資產階級知識分子轉變為無產階級知識分子的，有了延安墊底，我才能戰勝以後的艱難。這次訪問中，丁玲還參觀了清涼山的解放日報社舊址。[11] 這時距離她去世已不到一年。

今天，當我們站在歷史的界碑前，重新回顧延安新聞傳統的時候，這會是一個新的「重新集合」的時代嗎？

2020 年 5 月　上海

10　蕭軍：《側面——從臨汾到延安》，中國國際廣播出版社，2013 年，第 320 頁。

11　李向東、王增如：《丁玲傳》下冊，中國大百科全書出版社，2015 年，第 752 頁。

緒論

重訪延安的特殊歷史時刻

第一節　新聞公共性及其當代挑戰

　　新聞業理想的社會角色是什麼？此般「應然性」
（should-be）的規範問題，固然難有標準答案，不過社會民
眾對媒體的期望之一，同時也是新聞界的自我期許，主要是
公共性，即「傳媒作為社會公器服務於公共利益的形成與表
達」。[1] 在這個思想脈絡裡，哈貝馬斯（Jurgen Habermas）關
於公共領域的論述影響甚廣，他將公共領域的基本原則概括為
平等進入、廣泛參與和理性對話等，並認為新聞媒體是「公共
領域最典型的機制」。[2] 從這些原則來看，媒體的公共性指向
一個公平開放的平台，所有人都可以自由地參與其中，平等地
發出聲音、表達意見，而不能是歧視性、排他性或等級性的空
間。哈貝馬斯是在民主政治的框架下討論公共領域問題，他認
為新聞媒體的政治功能應當是傳聲筒和擴音機，「它只是公眾

1　　潘忠黨：〈傳媒的公共性與中國傳媒改革的再起步〉，《傳播與社會
　　　學刊》，2008 年，總第 6 期。

2　　哈貝馬斯：《公共領域的結構轉型》，曹衛東等譯，學林出版社，
　　　1999 年，第 218 頁。

討論的一個延伸，而且始終是公眾的一個機制」，[3] 通過媒體和其他公共領域，不同利益群體的聲音得以呈現，並在政治性的辯論和博弈中形成公共決策，使得國家政治不是被少數人所支配，而是在社會自治的空間中運作。

需要注意的是，哈貝馬斯討論的是 18-19 世紀西歐歷史語境中的「資產階級公共領域」，並且申明這個範疇是一種韋伯式的「理想類型」（ideal type）。[4] 亦即是說，公共性並非新聞業的歷史真實，更不是天然屬性，毋寧是一種考量經驗事實的純粹的分析建構，或者一個值得不斷追求卻永遠無法抵達的烏托邦。哈貝馬斯正是以公共領域作為尺度，梳理與評析西歐報刊業的歷史演變，指出法國大革命時期的報刊「接近」這個理想類型，而隨著資產階級國家政權的建立，產生了國家的社會化和社會的國家化，政治權力加緊對媒體的操控，加之報刊自身的商業化，以及廣告和公關對媒體的侵蝕等繁複變化，使得 19 世紀中期的報刊「偏離」公共性，迅速「重新封建化」。[5]

在我們這個時代，新聞業的商業化、市場化深度推進，媒體與資本、權力廣泛結合，這種「封建化」的程度已經遠非哈貝馬斯的論述所能比，突出表現在被壓抑群體、社會底層的聲音在新聞報導中普遍遭到漠視和排斥，這或許是全球範圍內的媒體共同面臨的挑戰，如汪暉所說：「今天的媒體對於社會權力的壟斷和社會聲音的壟斷，已經達到了非常嚴重的程度。如

3　同上書，第 220 頁。

4　同上書，初版序言，第 1 頁。

5　同上書，第 230 頁。

果說政黨沒有代表性，媒體同樣沒有代表性，這就是公共性遭遇的危機。」[6]

　　以當代歐美新聞界為例，政治人物與主流媒體的「戰爭」，民粹運動掀起的「反媒體」熱潮引人矚目，爭論的焦點正是媒體的代表性與公共性。比如特朗普（Donald Trump）從 2016 年競選開始就一直抨擊美國媒體虛偽、充滿偏見、脫離民眾等，而且從技術層面提升到民主政治的大框架內，把新聞媒體稱作「美國人民的敵人」。[7]《紐約時報》、《華盛頓郵報》等主流媒體則宣稱，特朗普對媒體的詆毀謾罵，損害了新聞業的社會信譽，破壞了美國立國原則之一的「新聞自由」，從根本上說這是攻擊「一個主要的民主機制」，嚴重腐蝕了「民主的支柱」。[8]美國民眾方面，蓋洛普公司 2018 年初公布了一項名為《信任、媒體與民主》的民意調查，結果顯示 80% 的受訪者認為新聞業對於民主政體至關重要，但美國媒體並沒有扮演好這一角色，多達 66% 的人不信任媒體。[9]在大洋彼岸的歐洲，2016 年底新聞峰會（News Xchange）上，英國脫歐派領袖法拉奇（Nigel Farage）對整個歐洲媒體提出

6　汪暉：〈打破新教條，面對新問題〉，蕭三匝：《左右為難：中國當代思潮訪談錄》，福建教育出版社，2012 年，第 133 頁。

7　Michael Grynbaum, "Trump Calls the News Media the 'Enemy of the American People'," *The New York Times*, February 17, 2017.

8　Matt Flegenheimer and Michael Grynbaum, "Trump Hands Out 'Fake News Awards,' Sans the Red Carpet," *The New York Times*, January 17, 2018; Ishaan Tharoor, "Fake news and the Trumpian threat to democracy," *The Washington Post*, February 7, 2018.

9　Gallup and Knight Foundation, "American Views: Trust, Media and Democracy," *Knight Foundation*, January 16, 2018.

嚴厲批評，認為新聞界脫離了廣大民眾，在諸多重大議題上不傾聽民眾聲音，他呼籲新聞界儘快做出改變，否則這個行業將危在旦夕。[10] 法國、意大利、德國、荷蘭等國的民粹運動領導人，無不以嘲諷辱罵媒體為能事。[11]

西方民粹派批評新聞界脫離民眾，並不必然意味著他們能夠真正回應社會需求並成為民眾利益的合法代言人，有可能只是一種競爭性選舉的動員策略。例如曾自詡為「工人階級領袖」的特朗普以及「工人的政黨」的共和黨，在競選結束後推動出台了一系列不利於普通工人和社會民眾的稅收和監管政策，加劇美國社會的不平等，有研究者稱之為「財閥民粹主義」，認為「共和黨與『人民』之間象徵性的聯盟，掩蓋了他們與財閥之間（真正的）統治聯盟」。[12] 不過，關於新聞界脫離民眾的指摘，倒是戳中了西方主流媒體的痛點。一個典型案例是美國的「民主之春」（Democracy Spring）。

2016 年 4 月，大批民眾聚集在華盛頓的國會大廈前抗議示威。這場社會運動的目標非常清晰：要求國會響應民眾的呼聲，採取行動解決金錢綁架政治的問題，保護公正的選舉權。示威者打出的標語口號包括「讓金錢滾出政治」、「停止骯髒的資本操控」、「把國會還給民眾」等。組織者還發布

10　Joe Barnes, "You're completely losing touch, Farage issues warning to establishment over radical Islam," *The Express*, November 30, 2016.

11　程同順：〈2016 國際民粹事件為什麼「扎堆」出現〉，《人民論壇》，2017 年，第 1 期；王維佳：〈媒體建制派的失敗：理解西方主流新聞界的信任危機〉，《現代傳播》，2017 年，第 5 期。

12　雅各布・哈克、保羅・皮爾森：《推特治國：美國的財閥統治與極端不平等》，法意譯，當代世界出版社，2020 年，第 1 頁。

了一份關於「平等話語權」（*The Equal Voice for All*）的簡短宣言，呼籲「政府必須從大財團操控政治的惡劣影響中脫身出來，真正依靠廣大民眾」，並要求政府官員、兩院議員和政治候選人簽名。然而，這場聲勢浩大的抗議運動僅持續了10天左右，超過1000人次的示威者因為「非法集會、妨礙司法」等罪名被逮捕。[13]「民主之春」最終黯然收場，並未達成實質性的政治改革目標。美國媒體在運動期間的表現引起廣泛批評和質疑，廣場示威的第一天（4月11日）超過400人被捕，但福克斯電視台（FOX）和微軟全國有線電視廣播公司（MSNBC）分別只有17秒和12秒的新聞報導，而且僅僅提及抗議者關心選舉權問題，回避了反對金錢政治這個核心議題，有線電視新聞網（CNN）更是沒有任何報導，以至於示威者後來高喊「CNN在哪裡」。[14]可以說，「民主之春」的草草收場與主流媒體的集體漠視密切相關。在今天這樣高度媒介化的社會，新聞媒體創造「現實」，建構人們腦海中的世界，一場社會運動即便規模宏大，如果沒有媒體的聚焦就很難獲得公共可見性（public visibility），引發討論進而影響決策的機會更是渺茫。

　　「民主之春」表明政治和媒體兩大公共領域都面臨深刻的公共性危機，而且兩者緊密關聯，相互促成。就政治領域而言，議會架構下的兩黨或多黨競爭制本質上是一種代表性政治，基本假設是政黨必須具有清晰的政治綱領，能夠代表一定

13　Shakeeb Asrar, "Democracy Spring branching out after D.C. protests," *USA TODAY*, April 19, 2016.

14　張朋輝：〈停止損害民眾平等參與政治權利〉，《人民日報》，2016年4月18日，第3版。

社會群體的利益，並通過政黨競爭和議會框架進行協商博弈，形成某種共同意志，這就是經典政治理論中的民主決策機制。然而在當代世界，政黨的代表性越來越模糊，無法形成真正意義上的政治論辯和動員，雖然程序民主的制度外殼仍然存在，但四年一度的選舉很大程度上淪為政客們在財團支持下爭奪權力的表演秀，一種去政治化的權力操控，普通民眾實際上被屏蔽在政治之外。[15] 汪暉將這個現象稱之為「代表性斷裂」，認為這是政黨政治的危機，也是全球性的政治危機。[16] 伴隨著政黨日漸服從國家機器的邏輯、喪失政治價值和代表性，以政黨為中心的議會同樣日益淡化公共機制的特徵，與社會公眾的聯繫日漸疏離。「民主之春」期間一位執勤警察對抗議者的「善意」勸告，典型地表徵了政治領域的公共性危機——他說：「快回家吧，你們在這裡抗議沒有用的，你覺得國會裡面的人能聽到你的聲音嗎？」[17]

不僅是國會山的議員們，編輯部的新聞人同樣聽不到他們的聲音，或者選擇性聽取乃至有意遮蔽。從 2011 年「占領華爾街」到 2016 年「民主之春」，美國媒體對這兩場社會運動明顯缺乏報導和闡釋的熱情，在有限的曝光中則聚焦示威者和

15　Timothy Kuhner, *Capitalism V. Democracy: Money in Politics and the Free Market Constitution*. Stanford, CA: Stanford University Press, 2014; James Druckman and Lawrence Jacobs, *Who Governs? Presidents, Public Opinion, and Manipulation*. Chicago, IL: Chicago University Press, 2015.

16　汪暉：〈代表性斷裂和「後政黨政治」〉，《開放時代》，2014 年，第 2 期。

17　張朋輝：〈停止損害民眾平等參與政治權利〉，《人民日報》，2016 年 4 月 18 日，第 3 版。

警察的衝突、遊行造成市政混亂、參與者的奇裝異服等瑣碎表象，對示威民眾真正的籲求視而不見，對運動發生的政治經濟根源的深度分析更是寥寥。「占領華爾街」期間，哈佛大學尼曼新聞研究所一項針對編輯記者的調查顯示，超過半數的媒體人認為這場運動缺乏新聞價值，「有些人對有些事有些憤怒，除此之外，還有什麼值得報導？」[18]徐開彬研究了「占領華爾街」期間《紐約時報》和《今日美國》的相關報導，發現這兩家主流媒體大量引述官方消息源，採用「畸形秀」、「消極影響」、「目無法紀」、「無效目標」等報導框架來邊緣化示威活動。通過這樣的話語策略，抗議者被塑造成無知的憤怒青年和反常的麻煩製造者，從而取消了這場社會運動的合法性，壓制了民眾的呼聲。[19]

　　在剖析美國媒體在這兩場運動中的蹩腳表現時，史安斌指出上世紀90年代美國新聞業進行了「去管制化」（de-regulation）和「跨媒體、集團化」等新自由主義改革，結構重組之後的新聞界逐漸失去獨立的基礎，日益淪為金融資本和

18　史安斌：〈CNN們漠視「民主之春」不足為奇〉，《環球時報》，
　　2016年4月20日，第7版。

19　Xu Kaibin, "Framing Occupy Wall Street: A Content Analysis of New York
　　Times and USA Today," *International Journal of Communication*, 2013
　　（7）：2412-2432。這實際上是美國媒體對待社會運動一貫的框架策
　　略。吉特林（Todd Gitlin）研究過上世紀60年代美國左翼學生運動
　　和大眾媒介之間的關係，指出媒體普遍使用犯罪新聞的框架來報導運
　　動，並刻意渲染運動中出現的越軌行為和滑稽舉止，以引起主流社會
　　的反感。半個世紀過去了，在「民主之春」運動中我們看到了幾乎
　　雷同的「媒介鏡像」。參見托德·吉特林：《新左派運動的媒介鏡
　　像》，張銳譯，華夏出版社，2007年。

壟斷性財團的附庸。實際上，媒體機構恰恰是「民主之春」所針對的金錢政治的主要合謀者、既得利益者，政治競選廣告向來是媒體的重要收入來源，媒體集團也會依據自身利益充當資本或權力的代言人，對公共領域進行殖民和操縱，在這個構造中媒體─資本─權力「三位一體」的態勢非常明朗。有鑑於此，史安斌認為美國主流媒體「已經難以履行『社會公器』和『公共領域的守望者』的職能」。[20]

　　以上關於「民主之春」的描述和分析，意在說明一種典型的新聞公共性危機。這絕非美國媒體的獨特現象，貶抑底層民眾的發言權實際上是一種全球性的媒體狀況，中國新聞界的某些表現也合乎這一潮流。新世紀以來事關全民利益和國家發展方向的重大公共議題，如國企改制、三農問題、「入世」（WTO）、科教文衛改革、生態問題、全球化等，在媒體的報導與討論中很難看到普通工人和農民的聲音，政府官員、商界領袖、專家學者等各路精英幾乎壟斷了消息源，即使《農民日報》《工人日報》這樣的專業報，或者綜合性媒體中關於農民和工人的專題報導，這些直接的報導對象、中國社會數量最大的兩個群體也大多處於「無話語引述」的失聲狀態。[21]

20　史安斌：〈CNN 們漠視「民主之春」不足為奇〉，《環球時報》，2016 年 4 月 20 日，第 7 版。

21　夏倩芳、景義新：〈社會轉型與工人群體的媒介表達──《工人日報》1979-2008 年工人議題報導之分析〉，《新聞與傳播評論》，2008 年，第 1 期；李仕權：《「三農」報導中農民主體地位的考察與分析（2004 年-2009 年）》，中國社會科學院研究生院新聞與傳播系博士論文，2010 年；趙月枝：《傳播與社會：政治經濟與文化分析》，中國傳媒大學出版社，2011 年，第 218-222 頁。

　　在我們這個時代，如何爭取和拓展新聞的公共性？如何「讓那個無言沉默的社會發出聲音」，[22] 使普通民眾更公平地參與到政治進程和公共決策之中？在促進大眾民主的努力中，媒體如何發揮積極作用？這是當代新聞業面臨的重大挑戰。

　　對於歐美新聞業的普遍性危機，王維佳指出傳統上西方新聞界與基層民眾的「代表—信任關係」已經蛻變為「蔑視—對抗關係」，這不僅是新聞行業的內部險情，而且昭示著社會文化秩序的深刻危機，原因在於新聞界與主流政治精英、全球商業精英、中產階級在社會意識和政治屬性上高度同構，媒體精英成為「建制派」（establishment）一部分，與基層民眾和社會生活脫節。[23] 英國《金融時報》專欄作家庫柏（Simon Kuper），以「內部人」身分為上述理論分析提供了生動的經驗材料，他認為特朗普、勒龐（Marine LePen）等民粹主義者對媒體的辱罵具有現實基礎，癥結在於主流新聞界確實疏遠了底層民眾，而這個階層恰恰構成了特朗普等人的選民基礎。[24]

22　汪暉：《別求新聲：汪暉訪談錄》（第 2 版），北京大學出版社，2010 年，第 349 頁。

23　王維佳：〈媒體建制派的失敗：理解西方主流新聞界的信任危機〉，《現代傳播》，2017 年，第 5 期。

24　2016 年 11 月 9 日，特朗普贏得選舉的第二天，《紐約時報》書評欄目推薦了「理解特朗普勝選的六本書」，認為此次大選製造了美國歷史上最令人震驚的政治混亂，而這六本書有助於理解其政治的、經濟的、宗教的和社會的變遷背景——包括《鄉下人的悲歌》（*Hillbilly Elegy: A Memoir of a Family and Culture in Crisis*）、《本土的陌生人》（*Strangers in Their Own Land: Anger and Mourning on the American Right*）、《民粹主義大爆炸》（*The Populist Explosion: How the Great Recession Transformed American and European Politics*）、

庫柏寫道，歐美主流媒體的記者們，盤踞在紐約、巴黎、倫敦等少數超級大都市，穿梭於地鐵可達的豪華酒店，採訪像他們一樣的人。英國政府下設的「社會流動性」委員會在 2014 年公布了一項調查《精英化的英國？》，結果顯示約有半數的媒體精英畢業於劍橋和牛津兩所名校，90% 以上受過高等教育。[25] 庫柏引用了這一報告並調侃道，「記者、政界人士、高級公務員和商界人士同窗求學、結為連理或比鄰而居」，採訪者與採訪對象看起來區別不大，都是一副精英的腔調派頭。[26]

頗有意味的是，對於歐美媒體脫離普通民眾和基層社會的弊端，一些論者在思考「解救之道」時紛紛指向了中國共產黨的新聞傳統。例如庫柏在痛陳西方記者不接地氣的問題後，呼籲新聞界亟需重大調整，解決辦法是把受過高等教育的年輕記者派往鄉村，「聽起來可能像是毛式『再教育』運動」。[27] 史安斌分析了西方新聞業的「脫域危機」（dis-embedding），

《白垃圾》（*White Trash: The 400-Year Untold History of Class in America*）、《下沉年代》（*The Unwinding: An Inner History of the New America*）、《聽著，自由派》（*Listen, Liberal: What Ever Happened to the Party of the People?*）。值得注意的是，這六本風格迥異的著作，均以「階級」（class）的視角論及了美國底層白人工薪群體的衰落、絕望和憤怒。See Dwight Garner, "6 Books to Help Understand Trump's Win," *The New York Times*, November 9, 2016.

25　The Social Mobility and Child Poverty Commission (SMCPC), "Elitist Britain?", August 28, 2014, https://www.gov.uk/government/uploads/system/uploads/attachment_data/file/347915/Elitist_Britain-Final.pdf.

26　西蒙・庫柏：〈新聞記者應該「下鄉」採訪〉，何黎譯，FT 中文網，2016 年 5 月 3 日，http://www.ftchinese.com/story/001067355。

27　同上。

提出重視新聞的「人民性」和「公共性」，「建議西方媒體向中國學學『走轉改』」。[28] 庫柏所言「毛式再教育運動」，以新中國成立後大規模的「知青下鄉」最為聞名，但強調知識分子與底層民眾建立密切聯繫，開闢一條「現代知識青年的成長之路」，[29] 無疑興起於延安文藝座談會和整風運動時期，黨報和新聞知識分子也在運動中經受洗禮，形成了影響深遠的中共新聞理論與實踐的「延安傳統」。當下中國新聞業的「走轉改」等活動，正是對這一歷史傳統與專業遺產的繼承與延續。

延安新聞傳統近年來愈發引起重視。2014 年 3 月，《經濟導刊》雜誌社邀請十數位海內外人文社科領域學者與新聞界人士，進行了一場「中國媒體現狀檢討」的專題研討會，專家們分析了中國新聞業的種種「重度霧霾」，如低俗之風、公信力危機、歷史虛無主義、政治標準混亂等問題及其原因。值得注意的是，多位專家在談到應對辦法時不約而同地指向了延安傳統，特別是群眾路線的理念和實踐，例如黃平認為解決問題的根本之道是訴諸群眾，延安道路、中國道路的本質內涵是群眾路線，無論工作方法還是思想、政治和組織原則，無不如此。[30]

尤為關鍵的是，黨和國家近年來在政治傳播和新聞治理方

28　史安斌：〈建議西方媒體向中國學學「走轉改」〉，人民網·觀點頻道，2017 年 8 月 7 日，http://opinion.people.com.cn/n1/2017/0807/c1003-29455010.html。

29　李彬：《水木書譚：新聞與文化的交響》，新華出版社，2016 年，第99 頁。

30　本刊編輯部：〈重建社會核心價值觀共識——中國媒體現狀檢討〉（二），《經濟導刊》，2014 年，第 6 期。

面，有意重申形成於延安時期的新聞宣傳理念。自從 2013 年全國宣傳思想工作會議以來，習近平多次對新聞輿論工作做出重要部署，黨性與人民性相統一、群眾路線、正確的輿論導向、正面宣傳為主等原則一再凸顯，思想底色顯然與延安傳統一脈相承，甚至在話語表述上也呈現一定程度的相似性。比如在 2016 年黨的新聞輿論工作座談會上的講話中，習近平如此論述黨性原則：「報刊、通訊社、電台、電視台、新聞網站的所有工作都必須體現黨的意志，反映黨的主張，必須維護黨中央權威、維護黨的團結，做到愛黨、護黨、為黨。」[31] 而在 1942 年《解放日報》改版的標誌性文本〈致讀者〉中，關於黨性的表述為：「不僅要在自己一切篇幅上，在每篇論文、每條通訊、每個消息……中都能貫徹黨的觀點、黨的見解，而且更其重要的是報紙必須與整個黨的方針、黨的政策、黨的動向密切相連，呼吸相通，是報紙應該成為實現黨的一切政策、一切號召的尖兵、倡導者。」[32] 可以說，在當前媒體市場化、商業化洶湧澎湃的情境下，對延安新聞傳統的重視和發掘，顯示了中國新聞傳播體系與政治體系引人矚目的特點。

關於重新認識中國共產黨的新聞傳統，趙月枝認為「現在是一個特殊的歷史機遇」，當代世界正處於資本主義體系內外抗爭的一個新回合開始期，即 2008 年金融危機以來新自由主義政治經濟秩序漸露頹勢，超越資本主義社會關係的馬克思主義重新進入公眾視野。具體到新聞領域，以市場化、商業化、

31　習近平：〈堅持黨的新聞輿論工作的正確政治方向〉（2016 年 2 月 19 日），習近平：《論黨的宣傳思想工作》，中央文獻出版社，2020 年，第 181 頁。

32　〈社論：致讀者〉，《解放日報》，1942 年 4 月 1 日，第 1 版。

專業主義、精英主義為主導範式的西方新聞模式，同樣遭遇了前所未有的挑戰。趙月枝借用馬特拉（Armand Mattelart）的說法，認為當下正是一個進行批判分析、重新思考的特殊歷史時刻。[33]

概而言之，西方特別是美國新聞業長期以來一直是中國新聞業界實踐和學術思考的重要參照，甚至是理想化的烏托邦，當前這個參照系自身陷入嚴峻危機，其所棲身的高度形式化的民主政體同樣破綻百出，特別是在後金融危機時代，曾經被視為「歷史終結」的普遍主義現代化圖式正在全面衰落。與此同時，隨著中國在世界體系中的位置變化，「中國道路」、「中國特色」的合法性顯著提升。[34]這無疑是一個解放思想的歷史時機，促使我們重新忖量市場化、專業主義等西方新聞範本，重新思考中國新聞業自身的歷史肌理，特別是形塑於延安時期的一整套中國共產黨的新聞實踐、制度與思想。

第二節　中國新聞學的延安傳統

自近代新聞業西力東漸以來，中國人尋求自身特色新聞學的努力綿延不絕。早在 1941 年 3 月，張季鸞在為「中國新聞學會」起草的宣言中，已經明確提出：「中國報人，必須完成中國特有之新聞學……西洋方法，參考而已。」[35]這篇宣言被

33　趙月枝：〈全球視野中的中共新聞理論與實踐〉，《新聞記者》，2018 年，第 4 期。

34　王維佳：〈新時代的知識挑戰：中國新聞傳播研究面臨的幾個歷史性問題〉，《新聞與傳播評論》，2019 年，第 1 期。

35　〈中國新聞學會宣言〉，《大公報》，1941 年 3 月 17 日，第 2 版。

認為是「中國特色新聞學」的最早文獻，宣言起草者張季鸞也被推為概念發明者。[36] 更多的研究者認為，「中國特色新聞學」概念出現在上世紀 80 年代──1982 年 11 月，傳播學剛引入中國大陸之際，第一次全國傳播學研討會就提出「建立起符合中國國情的、有中國特點的新聞學或傳播學」，並在方法路徑上形成了「系統了解、分析研究、批判吸收、自主創造」這樣頗具學術自覺意識的 16 字方針。[37]

不過，當前新聞傳播學界的核心議題「中國特色新聞學」，是在特定語境下出場的，具有特定的涵義。2016 年 5 月 17 日哲學社會科學工作座談會上，黨和國家最高領導人提出「著力構建中國特色哲學社會科學，在指導思想、學科體系、學術體系、話語體系等方面充分體現中國特色、中國風格、中國氣派」，具體到學科體系建設的問題上，新聞學與哲學、歷史學、經濟學、政治學、法學、社會學、民族學、人口學、宗教學、心理學等 11 門學科並列，被統稱為「對哲學社會科學具有支撐作用的學科」。[38] 對於長期身陷學科合法性焦慮的新聞學而言，[39] 這個重要論述無疑進一步確認了新聞學的

36　王春泉：〈「中國特有之新聞學」之歷史言說──張季鸞《中國新聞學會宣言》繹讀〉，《山西大學學報（哲學社會科學版）》，2016年，第 3 期。

37　鄭保衛、葉俊：〈中國馬克思主義新聞學百年形成發展歷程〉，《新聞春秋》，2018 年，第 1 期。

38　習近平：〈在哲學社會科學工作座談會上的講話〉（2016 年 5 月 17 日），《論黨的宣傳思想工作》，第 233 頁。

39　「新聞是否有學」的爭論是學科內部的恆久話題，關於該問題的新近討論，可參見曹林：〈四重稀釋正在加劇新聞學的「無學」危機〉，《新聞春秋》，2018 年，第 3 期；全面系統的論述可參見唐

學科地位，推動「中國特色新聞學」建設成為新聞傳播學界的首要任務。

　　由此可見，「中國特色新聞學」從屬於當前中國特色哲學社會科學的總體建設工程。遵循「5‧17」講話精神，「中國特色新聞學」應根植於馬克思主義傳統，並以中國道路的歷史實踐包括新聞實踐為源頭活水，其思想底色和本質特徵是社會主義。正如習近平在闡釋「中國特色社會主義」的意涵時所說，「中國特色社會主義，是科學社會主義理論邏輯和中國社會發展歷史邏輯的辯證統一……中國特色社會主義是社會主義而不是其他什麼主義」。[40] 同樣，「中國特色新聞學」歸根結底是社會主義新聞學，而不是別的什麼主義新聞學。

　　在「新時代」的歷史語境下，「中國特色新聞學」意味著以中國道路的歷史實踐與新聞實踐為基礎，借鑒和吸收古今中外一切優秀的新聞學成果，探索並形成的一套新的社會主義新聞學及其學科體系、學術體系與話語體系，為現代新聞業和新聞學貢獻的中國智慧。在西方市場化新聞業日漸衰頹之際，「中國特色新聞學」的宏圖遠慮指向一套替代性的新聞範式，突破長期以來西方新聞範式的全球支配地位。這項理論工作的意義在於，以高度的理論自覺「想像」另一種新聞圖景，探索人類新聞業的未來走向；也在於理論與實踐之間持續的辯證運動，從新聞實踐出發總結和創新理論，以新思想介入新聞實踐

　　遠清：《對「新聞無學論」的辨析及反思》，中國廣播電視出版社，2008 年。

40　李章軍：〈習近平在新進中央委員會的委員、候補委員學習貫徹黨的十八大精神研討班開班式上發表重要講話〉，《人民日報》，2013 年 1 月 6 日，第 1 版。

並接受檢驗、更新，在一種持續不斷的動態過程之中，摸索創造出一個更加合理的新聞世界──既解釋世界，又改變世界，既回應中國新聞業與新聞學的重大問題，又為人類命運共同體及其新聞傳播新秩序貢獻更有實踐意義與價值內涵的中國方案。[41]

以這樣的格局與目標展開「中國特色新聞學」的學術建構，延安新聞傳統無疑是一段十分重要的歷史遺產，也是一個恰當的邏輯起點。

「延安」是一個特殊的符號，被視為英雄的革命年代的神聖象徵。在延安時期（1937-1947，亦有從 1935 年中央紅軍抵達陝北算起），一個剛從致命潰敗中掙扎出來的、衣衫襤褸的政黨和軍隊，經過短短十年艱苦卓絕的奮鬥，一躍成為擁有百萬雄師的強大政治軍事力量。在延安時期，中國共產黨及其領導下的政權在陝甘寧邊區展開了政治、社會、經濟、文化等各個領域的開創性建設，為後來的革命勝利和新中國建設奠定了政治基礎、組織基礎和思想基礎，全面開啟了人民共和國的中國道路，並在一定程度上改變了世界歷史的面貌和發展方向。

在延安時期，中國共產黨領導的新聞事業獲得空前發展，特別是 1942 年《解放日報》整風改版以後，中共的辦報模式和黨報理論趨於成熟。這一時期的新聞理論與實踐，內容豐富，蘊涵深刻。從理論層面來看，包含系統批判資產階級新聞思想、自主創建一種全新的新聞理論（開中國報界之新紀

41　李海波、張壘、宮京成：〈格局與路徑：新時代中國特色新聞學理論創新芻議〉，《新聞與傳播研究》，2019 年，第 7 期。

元），[42] 重新界定新聞的社會角色（集體組織者），[43] 擴展新聞活動的主體（人人學會寫新聞），[44] 樹立新的專業倫理（不是無冕之王，而是人民勤務員），[45] 等等。就實踐層面而言，延安時期創造了一系列獨特的新聞操作慣例、一連串明文規定且行之有效的制度規範，包括新聞從業者的立場轉換、思想改造，記者編輯參與實際工作，黨政負責人動手寫稿，通訊員制度，鄉村讀報組，大眾黑板報，等等。

可見，中國新聞學的「延安傳統」涉及觀念形態、知識體系、道德規範、行為方式、組織建構、操作實踐等方方面面，體系完備，蘊涵深厚，其理論合法性源自馬克思主義新聞學對西方現代性與資產階級新聞制度的批判，實踐合法性來自中國革命與中國道路的獨特探索、具體實踐與偉大成就。[46] 新中國成立後特別是改革開放以來，政治社會環境不斷變化，媒介生態日新月異，中共新聞政策也進行了與時俱進的調整，但形塑

42　新聞理論的破舊立新，以陸定一為典範，他從歷史唯物主義的立場全面批判了「從舊社會帶來的思想意識和新聞學理論」，提出「開中國報界之新紀元」。陸定一：〈我們對於新聞學的基本觀點〉，《解放日報》，1943 年 9 月 1 日，第 4 版。

43　《解放日報》改版期間，列寧的名言「報紙不僅是集體的宣傳者和集體的鼓動者，而且還是集體的組織者」，在不同場合被反覆強調，例如 1942 年 4 月 1 日改版社論〈致讀者〉。

44　喬木：〈人人要學會寫新聞〉，《解放日報》，1946 年 9 月 1 日，第 4 版。

45　〈社論：政治與技術 —— 黨報工作中的一個重要問題〉，《解放日報》，1943 年 6 月 10 日，第 1 版。

46　趙月枝：〈全球視野中的中共新聞理論與實踐〉，《新聞記者》，2018 年，第 4 期。

於延安時期的核心新聞理念則一以貫之，發揮著歷久彌新的作用，直至今日仍然決定性地影響著當代中國新聞業和新聞學。

鑒於上述歷史與實踐層面的重要性，「延安新聞學」成為中國新聞傳播學的一個重要研究領域，吸引著眾多學術關注。特別是晚近 30 年來，研究著述層出不窮，蔚為壯觀，有研究者認為相關成果堪比「延安文學」。關於這一領域的研究現狀，已有學者做出過全面的回溯。在一篇新近的綜述中，朱清河在詳細列舉「延安新聞學」的各項成果後，頗有洞見地指出了一些不足之處，包括缺少具有學理深度的高水平成果，低水平重複（「內卷化」）較為普遍，例如在黨報理論和新聞思想問題上大多引述「四性」（黨性、群眾性、戰鬥性、組織性）論斷，對於其中的邏輯關聯缺少深入探析。值得注意的是，作者認為該領域的研究視角過於依賴「革命史範式」，導致研究內容集中化、研究步驟程序化、研究結論僵化和固化等種種弊端，呼籲在唯物史觀指導下打開新的研究視野、開拓新的研究領域，推動「革命史範式」的蛻變和轉型。[47]

這樣的評價總體而言是公允恰當的。如果進一步加以解釋的話，可以說「革命史觀」切中了近現代中國歷史的主題，包括民族獨立、國家富強、社會進步、人民解放等現代性宏大敘事，而延安時期中共的新聞傳播活動與這些歷史主題自然密切相關。作為當時屈指可數的現代化大眾傳播手段，報紙、雜誌、廣播電台等新聞媒體及其從業者，在先進政黨（「先鋒隊」）的引領和規範下，深度嵌入到整體政治進程之中，服務

---

47 朱清河：〈延安新聞學研究的現狀與可拓展空間〉，《新聞記者》，2018 年，第 2 期。

於二十世紀中國革命和建設的總體目標。避開這些宏大敘事，剝離新聞與政治、政黨的關聯，就無法真切地把握延安時期的新聞狀況。[48]

　　不過，「革命史範式」指導下的延安新聞學研究，確實存在一些弊端，突出表現為因循守舊的問題意識、照章背書的教條主義學風以及由此帶來的刻板文風。也就是說，對於延安時期的新聞理論與實踐的研究，往往過於依賴官方文件、領導人著述等有限資料，採用尋章摘句的字面複述方式，形成充滿政治先驗論的刻板論述。這裡出現一個歷史的吊詭，即黨中央和毛澤東在延安時期通過整風運動清除了教條主義學風和黨八股文風，創建了一整套涵蓋思維方式、學習方法、詞語系統等諸多內容的全新話語秩序——體現在新聞學領域也就是當時的經典文獻，如今這個「共產主義新傳統」似乎又成為新的教條，被僵化供奉，而其思想實質、活的靈魂如實事求是等，反而被遮蔽起來。

　　「革命史範式」的僵化、教條化，並非延安新聞史研究所獨有的現象，毋寧是整個中國革命史、中共黨史研究的一個通弊。近年來，各路學者探索以新的理念和方法重新審視革命

48　新聞與政治的密切關聯，向來為一些學者所正視。凱瑞（James Carey）在分析美國新聞史時指出，把新聞與政治看成兩個互不關聯的獨立部分是錯誤的，相反，二者共生互為適應，一方只有從另一方中才能被理解，「每一個政治的概念和實踐，同時也就是新聞的概念與實踐；每一個新聞的概念，自然也同時就是政治的概念」。James Carey, "In Defense of Public Journalism," in Theodore Glasser (eds.), *The Idea of Public Journalism*, New York: The Guilford Press, 1999, p.51。譯文參考黃旦：〈耳目喉舌：舊知識與新交往——基於戊戌變法前後報刊的考察〉，《學術月刊》，2012 年，第 11 期。

史，提倡回到歷史現場，以學理化的方式突破既往的意識形態
羈絆以及簡單化思維，揭示歷史的複雜性和豐富性，建構一套
符合革命實際的新知識體系。其中，李金錚提出的「新革命
史」範式頗受矚目，[49] 逐漸成為歷史學界的熱點話題之一，正
在形成一種新穎而有生命力的研究範式。

　　「新革命史」之「新」主要體現在以下幾點：一、研究旨
趣：強調在充分占有和細緻解讀史料的基礎上，回歸學術、再
現歷史場景，革命過程中形成的理論和話語不再直接作為研究
結論和指導思想，而是成為研究對象；二、研究內容：超越純
粹的政治史範疇，從社會史、文化史、觀念史、心態史等不同
角度探討中國革命，呈現其豐富多元的歷史面相；三、研究視
角：傳統革命史偏重宏觀政策、重大歷史事件和重要人物，
「新革命史」轉而關注微觀的、動態的事件和普通人的日常生
活，從微觀互動論視角揭示革命的運行機制；四、研究方法：
強調借鑒社會學、政治學、人類學、文化研究等學科領域的概
念、理論和方法，對中國革命展開全方位、多層次、立體化的
考察。[50] 要言之，「新革命史」這一史學潮流旨在引入新的方
法、路徑和材料，推動中共黨史、革命史研究的「去熟悉化」
和「再問題化」，使一些具有重大學術價值而以往被輕忽甚至
遮蔽的學術議題浮現出來。

　　「新革命史」倡導的學風以及拓寬的研究領域，正是既

49　李金錚：〈向「新革命史」轉型：中共革命史研究方法的反思與突
　　破〉，《中共黨史研究》，2010 年，第 1 期；李金錚：〈「新革命
　　史」：由來、理念及實踐〉，《江海學刊》，2018 年，第 2 期。

50　李里峰：〈何謂「新革命史」：學術回顧與概念分疏〉，《中共黨史
　　研究》，2019 年，第 11 期。

往延安新聞傳播史研究較為忽視之處，應當成為新的學術生長點，進而打開更豐富的研究空間。本書即借鑒「新革命史」的若干理念，致力於回到複雜多元的歷史脈絡之中，以學理化的路徑探究延安時期中共新聞理論與實踐的內在邏輯，發掘其中具有普遍意義的思想內核。無論是宏觀的歷史進程還是學科自身的發展趨勢，都要求新聞學界在融會貫通的基礎上創立具有中國特色、中國氣派、中國風格的知識和思想，而「延安傳統」無疑是獨具特色的中國現代化道路及其新聞業最重要的歷史遺產，在「新時代」的歷史情境下，我們應當對這段獨具特色的新聞專業遺產給予總體性、理論性的觀照和探究，為中國特色新聞學提供具有支撐意義的基礎理論和核心思想。

第三節　新聞大眾化：一種整合式視角

縱觀中國近現代的漫長歷史，「大眾化」堪稱一個貫穿性的文化主題，「占據主流支配地位的思潮觀念」。[51] 晚清以降「大眾化」思潮的湧動和嬗變，密切呼應中國的現代化進程與現代性心態，本質上是「以民族國家重建為核心目標的政治活動催生的現代文化運動」。[52] 鑑於這種歷史顯要性，「大眾化」議題向來吸引著眾多思想文化學者的關切，尤以「文藝大眾化」的文獻積累最為豐厚。新聞學界的研究文獻相對薄弱，「大眾化」亦未被視作中國現代新聞業「占據主流支配地位」

51　尤西林：〈20世紀中國「文藝大眾化」思潮的現代性嬗變〉，《文學評論》，2005年，第4期。

52　甘浩：〈從晚清到五四：文藝大眾化運動現代模式的形成〉，《信陽師範學院學報》，2010年，第5期。

的歷史主線。既有的「新聞大眾化」討論，主要以市場社會為現代化範型，關注市民文化、商品經濟與現代新聞業的互動，例如考察民國時期私營報業的理念與實踐，[53] 或者 1980 年代新聞改革促生的市場化新聞業，[54] 其歷史溯源往往追至 19 世紀美國「便士報」所垂範的新聞形態。然而在中國近世轉型的語境中，作為一種制度性傳播媒介的新式大眾報刊，[55] 自誕生以來便深度嵌入營建民族國家的現代性目標，承載著獨特的政治社會意識和歷史文化想像。進入這種本土化的思想脈絡中所展開的探討，在新聞學界尤為稀少。[56]

學界一般認為，自晚清、「五四」以來孕育經年的「大眾意識」，至延安時期獲得最壯闊的展現，「完成其自身邏輯的

53　例如關於報人成舍我的研究，參見陶喜紅：〈大眾化：成舍我報業思想及其實踐〉，《湖北大學學報》，2010 年，第 3 期；黃志輝：《追夢與幻滅：報人成舍我研究》，中國社會科學出版社，2017 年，第 173-216 頁。

54　杜成會：《理解報紙大眾化 —— 關於我國 20 餘年報業改革的思考》，復旦大學新聞學院博士論文，2003 年。

55　張灝：《思想與時代》，上海文藝出版社，2002 年，第 112-113 頁。

56　蔣建國考察過晚清啟蒙運動中白話報刊通過淺白易懂的文字和內容吸引「低端讀者」，報界精英借此向「下層社會」傳播新知識與新思想，以實現「開民智、轉民風」的啟蒙目標；徐新平梳理過 20 世紀三、四十年代革命浪潮中的新聞大眾化，從瞿秋白提出「普羅新聞學運動」口號到延安時期黨報模式的成熟。參見蔣建國：〈辦報與讀報：晚清報刊大眾化的探索與困惑〉，《新聞大學》，2016 年，第 2 期；徐新平：〈二十世紀三、四十年代新聞大眾化述評〉，鄭保衛主編：《新聞學論集》第 20 輯，經濟日報出版社，2008 年，第 27-35 頁。

演變」。[57]1942 年整風運動特別是文藝座談會，中共創設了新的政治秩序和文化格局，「大眾化」被確立為文藝宣傳領域的共同規範、一種整全性的文化路線。[58]因此，這個概念以往並未引起新聞學界的足夠重視的概念，實際上是總體性把握延安時期中共新聞理論與實踐的一把關鍵鑰匙。

「大眾化」這一概念並非延安時期首創，不過文藝座談會確立的「大眾化」卻具有特殊的含義。關於文藝大眾化的來龍去脈，各類文學史著述已有廣泛討論，[59]這裡僅以毛澤東〈在延安文藝座談會上的講話〉（以下簡稱〈講話〉）[60]為中心，對「大眾化」內涵的「裂變」略作闡釋，為理解新聞領域的狀況提供一個參照。

在〈講話〉「引言」中，毛澤東先是明確了文藝工作的對象，「各種幹部，部隊的戰士，工廠的工人，農村的農民，他們識了字，就要看書、看報，不識字的，也要看戲、看畫、唱

57　唐小兵：〈我們怎樣想像歷史・代序言〉，唐小兵主編：《再解讀：大眾文藝與意識形態》（增訂版），北京大學出版社，2007 年，第 1-17 頁。

58　有研究者認為，探討延安時期的大眾化問題，「文化大眾化」遠比「文藝大眾化」更具概括力。陳晉：〈從抗日文化到延安文化──對毛澤東思考和實踐新民主主義文化的梳理和分析〉，《文藝理論與批評》，2002 年，第 1 期；劉輝：〈抗戰時期中共的文化「大眾化」思想及其實踐〉，《中州學刊》，2009 年，第 4 期。

59　例如劉長鼎、陳秀華：《中國現代文學運動史》，山東文藝出版社，2013 年，第 321-353 頁。

60　毛澤東：〈在延安文藝座談會上的講話〉（1942 年 5 月），《毛澤東選集》（第 2 版）第 3 卷，人民出版社，1991 年，第 847-879 頁。本節關於〈講話〉的引述均出於此，不再贅舉。

歌、聽音樂，他們就是我們文藝作品的接受者」。這個界定並不突兀，1920 年代成仿吾、李初梨、馮乃超、蔣光慈等人提倡無產階級文學、普羅大眾文學，[61] 1930 年代「左聯」（中國左翼作家聯盟）發起關於文藝大眾化的三次討論，[62] 都涉及文藝面向工農群眾的問題，可以說是左翼文藝的一個基本共識。這一時期的理論倡導和實踐探索，較多注重藝術形式問題，例如文藝的通俗化、舊形式的利用、漢字拉丁化等。用魯迅的話說，重點是「竭力來作淺顯易解的作品，使大家看懂，愛看」。[63] 在新聞領域，「記聯」（中國左翼記者聯盟）同樣提出「實行新聞大眾化」的口號，走進工廠、兵營、學校，開辦通俗牆報。[64] 中共領導下的新聞知識分子，也積極創辦通俗化、群眾化的報刊，例如胡績偉在成都主編《星芒報》，在語言形式上放棄了當時流行的半文半白的新聞腔，使用群眾熟悉的日常白話、四川普通話來寫作新聞，而且利用金錢板、彈詞、小調、評書等民間文藝形式，來歌頌抗日殺敵的英雄事蹟。[65]

61 日本學者竹內實對此有過細緻梳理，參見竹內實：〈中國的無產階級文學〉，《中國現代文學評說》（竹內實文集‧第 2 卷），程麻譯，中國文聯出版社，2002 年，第 75-89 頁。

62 劉綏松：《中國新文學史初稿》，武漢大學出版社，2013 年，第 197-203 頁。

63 魯迅：〈文藝的大眾化〉（1930 年 3 月），《魯迅全集（編年版）》第 6 卷（1929-1932），人民出版社，2014 年，第 330 頁。

64 賈樹枚主編：《上海新聞志》，上海社會科學院出版社，2000 年，第 526 頁。

65 胡績偉：《青春歲月——胡績偉自述》，河南人民出版社，1999 年，第 82-92 頁。

　　不過，毛澤東眼裡的「大眾化」，要遠為複雜。在確定了文藝為工農兵及其幹部服務之後，緊接而來的問題是熟悉群眾，熟悉他們的生活和語言。正是由這個問題切入，毛澤東提出了他的「大眾化」理論：「許多同志愛說『大眾化』，但是什麼叫作大眾化呢？就是我們的文藝工作者的思想感情和工農兵的思想感情打成一片。」毛澤東甚至罕見地拿自己做例子，說他學生時代覺得知識分子乾淨，工人農民比較髒，不願意穿他們的衣服，革命以後逐漸熟悉了底層民眾，覺得工農兵最乾淨，「儘管他們手是黑的，腳上有牛屎，還是比資產階級和小資產階級知識分子都乾淨」。毛澤東以現身說法解釋了何為思想感情的變化，「由一個階級變到另一個階級」，他提出作為知識分子的文藝工作者，要創作出真正受群眾歡迎的作品，必須轉變自己的思想感情，「來一番改造」。

　　在毛澤東的論述中，「大眾化」的涵義因此有了質的飛躍，即不僅包括文藝作品形式上的通俗化（毛澤東仍然強調「普及」，要求熟悉群眾語言），更重要的是文藝工作者本身的「大眾化」，改造自己的思想和感情，與群眾打成一片。這次講話之後，延安的文藝整風、知識分子改造拉開大幕，可以說是順理成章。1946 年，《解放日報》紀念〈講話〉發表四週年的社論，對毛澤東的「大眾化」理論做出精確概括——

　　　　這個問題的提出，和過去一般的所謂「大眾化」、「通俗化」的口號，是有區別的，它的區別也就在於後者沒有或者不曾明確地有過關於文藝工作者在教育群眾之前，首先要改造自己和向群眾學習這樣的提法，而只限於單方面的、文藝工作者拿出比較適合於「大眾」、比較「通俗」

的東西來對人民大眾進行教育的工作。但因為這樣，過去一般大眾化和通俗化的工作，便很難真正深入地反映大眾的思想情緒。[66]

　　延安時期擔任《解放日報》副刊編輯的林默涵，對「大眾化」問題進行過深入思考。林默涵認為，〈講話〉之前文藝界普遍把「大眾化」看作一個形式問題，以為採用群眾的口語、文章寫得通俗就是「大眾化」，這是一種錯誤的認識，其思想根源在於知識分子自以為思想進步，而群眾則是落後愚昧的，需要「我們」用通俗的形式把進步的思想灌輸給「他們」，也就是知識分子改造大眾。在林默涵看來，「這樣理解的『大眾化』，實際上是『化大眾』」。至於「大眾化」的正確含義，他引用了毛澤東文藝座談會上的原話並加以說明，指出「大眾化」的關鍵是文藝工作者與工農兵結合，按照群眾的面貌和要求來改造自己。也就是說，「只有做群眾的學生，才能做群眾的先生」，要改造別人，必須先改造自己。[67]可見，林默涵實際上把過去「大眾化」的本質歸結為啟蒙主義立場，批評由文化精英來啟迪民智是一種錯誤思想，而毛澤東重新界定的「大眾化」則徹底顛倒了這種不合理的文化秩序。

　　文藝座談會的聽眾主要是文宣工作者及領導者，因此〈講話〉關於「大眾化」問題僅提出了對知識分子的要求。在座談

66　〈社論：中國新文藝運動中一個有歷史意義的文獻〉，《解放日報》，1946 年 6 月 6 日，第 4 版。

67　林默涵：〈略論文藝大眾化〉（1948 年），王巨才主編：《延安文藝檔案·延安文論》第 40 冊（延安文論作品），太白文藝出版社，2015 年，第 276-277 頁。

會之後的中央學習組會議上，毛澤東向黨內同志進一步說明文藝政策，補充了「大眾化」的另外一個面向，即工農兵及其幹部應提高文化水平，積極投身文化活動之中，最終成長為文化的主人。毛澤東說：「將來大批的作家將從工人農民中產生……在他們這個階級（無產階級──引注）完全知識化以前，還要利用別的階級出身的知識分子。」[68] 此前在為中共中央起草的一份關於知識分子問題的決定中，毛澤東寫道：「鼓勵工農幹部加緊學習，提高他們的文化水平，使工農幹部的知識分子化和知識分子的工農群眾化，同時實現起來。」[69] 在這個思路的指引下，邊區大力推動社會教育，開展工農寫作運動與通訊員運動，而且上升到人類社會合理秩序的高度，提出「使勞動人民奪回喪失已久的文化權利」，成為「自己所創的勞動成果──文化」的真正主人。[70]

要言之，延安時期毛澤東所發展的「大眾化」理論，對文藝的內容與形式（反映群眾，適合群眾）、文藝工作者（與群眾結合，無產階級化）、工農群眾（參與文化，知識分子化）等諸多方面均作出了規範性要求，是一套完整的文化思想和政策體系。這些規範同樣適用於新聞領域，在延安時期以及此後很長一段歷史時期內，新聞宣傳一直是中共文化戰線的組成部分，而且是具有特殊地位和重要性的部門，黨中央和毛澤東始

68　毛澤東：〈文藝工作者要同工農兵相結合〉（1945 年 5 月 28 日），《毛澤東文集》第 2 卷，人民出版社，1993 年，第 424-433 頁。

69　毛澤東：〈大量吸收知識分子〉（1939 年 12 月 1 日），《毛澤東選集》（第 2 版）第 2 卷，人民出版社，1991 年，第 618-620 頁。

70　陳企霞：〈「理髮員」和他的工作〉，《解放日報》，1942 年 10 月 8 日，第 4 版。

終在知識分子的大範疇內來談論新聞工作者問題。

　　事實上，「大眾化」正是延安新聞業的核心特徵。延安時期新聞領域的種種情狀，如黨報改版和新聞知識分子改造等編輯室的劇烈變革，通訊員運動、大眾黑板報等獨具特色的新聞實踐，無不與新聞大眾化這條邏輯主線密切相關。作為延安時期最重要的新聞事件，《解放日報》改版的直接動因是版面安排上突出國際報導、忽視邊區實際，文風上艱深晦澀，令人「望洋興嘆」，也就是新聞內容和形式均不符合「大眾化」的要求。改版不僅確立了黨性原則，而且形成了新聞領域的群眾路線，也就是一條新聞大眾化路線，包括技術層面的報導內容和形式貼近群眾，更關鍵的是破除新聞的專業壁壘，使報紙從專家同人的苑囿變為面向全黨和群眾的開放平台，轟轟烈烈的工農通訊員運動即是如此。在這個過程中，新聞工作者被要求袪除「無冕之王」、「啟蒙教師」等身分想像，成為虛心向群眾學習、與群眾打成一片的「公僕」、「勤務員」。這種「新型記者」的塑造過程，正是新聞知識分子的工農化、無產階級化的改造過程。因此，「新聞大眾化」應當成為把握延安新聞業的一種整合性視角。

　　以「大眾化」為主線，對延安時期新聞理論與實踐進行總體性的闡釋，本書將討論如下問題：第一，延安時期的新聞大眾化涵蓋哪些內容？有過什麼樣的理論闡釋與制度安排？發生過何種具體的新聞實踐？第二，新聞大眾化運動中各方參與者的行為邏輯是什麼？政黨為何不遺餘力地推動？新聞知識分子經歷了怎樣的調適？工農群眾的認知和參與情況如何？第三，對於這段新聞專業遺產如何加以總體性、理論性的提煉？與當代新聞業狀況與新聞學知識能夠形成何種對話？

　　本書在方法論層面特別注重從「內在視野」出發，努力回到歷史脈絡之中考察這段專業遺產，使之成為反思當代媒體狀況和新聞學知識的批判性資源。借用汪暉的話說，即「將研究對象從對象的單一位置上解放出來」，[71] 與此同時，「只有我們將自己從審判者的位置上解放出來，對象才能獲得解放」。[72] 亦即是說，對歷史的理解不能全憑當代的理論範疇和知識框架，真正有益的分析是進入歷史肌理之中，以研究對象的知識和邏輯來分析做「同情與理解」。具體而言，即不以當前流行的概念、範疇、理論來比附或剪裁歷史事實，尤需避免以西方話語框架套用於中國革命歷史及其新聞專業遺產。例如，延安時期致力於取消新聞業的獨立性，打破編輯部的專業壁壘，消除職業記者的權威，提倡新聞工作者參加實際工作，動員廣大群眾參與到新聞生產與傳播過程之中，從而與歐美新聞專業主義強調的獨立、自治、專業資質等訴求相悖，如果以這套源於西方市場新聞業的範疇來簡單比附，很容易將延安時期新聞實踐歸為不符合所謂新聞業發展「客觀規律」的「前現代」陳跡，只能作為批判的對象，以此凸顯當代新聞運作模式的合理性，這也是不少時興研究的主導性敘事。這樣不假批判地將歷史與思想納入當代知識的框架之中，不但扭曲了歷史圖景，而且喪失了省思我們自身狀況的機會。

71　汪暉：《別求新聲：汪暉訪談錄》（第 2 版），北京大學出版社，2010 年，第 485 頁。

72　汪暉：《世紀的誕生：中國革命與政治的邏輯》，生活・讀書・新知三聯書店，2020 年，第 4 頁。

第一章
範式裂變：
整風改版與政黨政治革新

　　1942 年 5 月 23 日下午，延安文藝座談會第三次會議「在激烈的爭論中進行」。[1] 臨近傍晚，朱德一改往日溫厚持重的作風，慨然駁斥了幾次座談會中文藝界較為流行的觀點，指出「作家不要眼睛長得太高，要看得起工農兵……中國第一也好，世界第一也好，都不是自封的，都要由工農兵批准才行」。[2] 批評之後，朱德轉而褒揚上個月採寫了「吳滿有開荒」的解放日報社記者莫艾，「你們應該向莫艾同志學習。莫艾採訪報導的邊區勞動英雄，推動了邊區的農業生產運動，其經濟價值不下於 20 萬擔『救國公糧』，這樣，他真正成為群眾所歡迎所承認的文藝工作者。在座的同志只要深入群眾，也還是不難做到的」。[3]

　　朱德發言後，攝影師吳印咸趕忙招呼大家出去，趁著落日

1　高杰：《延安文藝座談會紀實》，陝西人民出版社，2013 年，第139 頁。

2　中共中央文獻研究室編：《朱德年譜（1886-1976）》（新編本）中卷，中央文獻出版社，2006 年，第 1101 頁。

3　黃鋼：〈八次見到毛澤東（節錄）〉，齊志文編：《記者莫艾》，光明日報出版社，2010 年，第 213 頁。

餘暉拍了合影。會餐及休整之後，毛澤東在入夜時分報告「結論」，也就是著名的〈在延安文藝座談會上的講話〉之主幹部分。毛澤東先是贊同朱德的發言，「其實總司令已經作了結論了，我的意見是和他差不多的」，[4] 接著洋洋灑灑講演了三小時，進一步闡述了文藝的工農兵方向、知識分子的立場轉變、文藝與革命整體的關係、黨對文藝工作的領導等重大問題。[5] 毛澤東一錘定音之後，文藝整風、知識分子改造旋即鋪開，一種全新的文化秩序漸趨成型。

毛澤東在文藝座談會上所處理的幾個問題，如果將「文藝」置換為「新聞」，那麼大體上也是黨報整風改造的主題。文藝整風所採取的一系列措施和手段，在新聞界同樣發生。因為新聞宣傳處於意識形態前沿陣地的特殊性，黨報的整風改造具有一些自身特徵，而且在諸多方面領先於文藝界而率先展開，這從朱德表揚莫艾的事例中可窺一斑。也就是說，延安時期的新聞業雖然在一定程度上具有行業特性，但更主要地從屬於政黨在文化領域的總體方針，體現出一種深刻的共性。要想真切把握這段新聞史，應把新聞業置於文化工作的大範疇內，在與政治社會、歷史進程的關聯之中進行理解，特別注意政黨政治對黨報的決定性影響。要言之，理解黨報離不開政黨本身，延安時期新聞領域發生的種種情狀，與中共作為一個列寧主義政黨的成熟進化休戚相關，這個關鍵前提要求我們打開為媒介中心主義所封閉的問題域和學術心靈，主動將政黨政治納

4　中共中央文獻研究室朱德研究組編著：《朱德》，四川人民出版社，2009 年，第 185 頁。

5　毛澤東：〈在延安文藝座談會上的講話〉（1942 年 5 月），《毛澤東選集》（第 2 版）第 3 卷，人民出版社，1991 年，第 847-879 頁。

入研究視野，在更宏闊的歷史場景、更多元的關係脈絡中理解新聞業。

文藝座談會是在延安整風大背景下召開的，揭開了文藝整風的序幕，最終確立了中共的文藝政策與文化總方針。新聞業的變動與此密切相關，並通過複雜的整風改版形成了大眾化的新聞路線。晚近關於《解放日報》改版這一歷史事件的探究，側重「政治對新聞的控制」或「黨性」維度，這個學術脈絡的代表性觀點是，黨報改造的目標是使報紙從形式、內容到體制完全成為黨組織的喉舌，「真正的黨報」與「完全的黨報」意味著絕對服從黨的一元化領導——「黨性」是以構成中國新聞業「延安範式」的核心。[6]另一種思路則以毛澤東個人置換政黨組織，關注改版事件中毛澤東與「國際派」的政治博弈，[7]以及毛澤東確立黨內話語權和領袖地位。[8]其他學科研究者的延安論述中，在涉及新聞傳播問題時同樣矚目「黨性原則」，強調政黨意志對新聞業的支配。[9]在一本從毛澤東個人權力操縱的單一視角來詮釋延安整風這段繁複歷史的著作中，高華甚至將《解放日報》改版的動因歸結為毛澤東鞏固個人對報紙的控制，黨報淪為無原則的政治傾軋的工具。[10]

6　黃旦：〈從「不完全黨報」到「完全黨報」——延安《解放日報》改版再審視〉，李金銓主編：《文人論政：知識分子與報刊》，廣西師範大學出版社，2008 年，第 232-280 頁。

7　劉繼忠、梁運：〈論延安《解放日報》改版的政治邏輯〉，《新聞與傳播研究》，2012 年，第 2 期。

8　裴曉軍、吳廷俊：〈《解放日報》改版與毛澤東在黨內領袖地位的確立〉，《新聞知識》，2008 年，第 2 期。

9　朱鴻召：《延安締造》，陝西人民出版社，2013 年，第 518-535 頁。

10　高華：《紅太陽是怎樣升起的：延安整風運動的來龍去脈》，香港中

　　這樣一幅學術圖景，總體上給人一種新聞工作者在政治高壓下臨淵履薄的受難印象。[11] 不過，當事人記憶中的景觀卻迥異其趣——「令人陶醉的時期」、「充滿歡樂和幸福的清涼山」，[12] 「在黨的哺育下奠定人生基礎的美好時光」，[13] 等等。從諸多回憶錄觀之，這種愉悅感主要源自「為人民服務」的職業倫理和群眾性的新聞實踐。[14] 以時任《邊區群眾報》記者李沼的話說，「群眾，是一個莊嚴偉大的字眼。同他們共呼吸、共命運，為他們的美好未來而工作，是至今使我思念不止的——而且越來越覺得那樣的人生是美好的」。[15] 實際上，走

文大學出版社，2000 年，第 365-376 頁。

11　這樣的總體性評價，並不否認前述研究的真實性和學術洞見。實際上，上文列舉的著述多為近年來該領域的佳作，對於各自討論的問題均有經驗史料的支撐，邏輯上也大多嚴謹合理，例如黃旦對《解放日報》改版的「再審視」，廣泛利用中共文件、報紙文本、回憶錄、傳記等多元史料，梳理頗為細緻，闡釋尤為精彩。此處的總體性評價意在說明，眾多視角相近的研究疊加起來構成了一幅特徵鮮明的學術圖景。

12　喬遷：〈崢嶸歲月〉，陝西日報社、延安時期新聞出版工作者西安聯誼會編：《延安時期新聞出版工作者回憶錄》，內部資料，2006 年，第 129 頁。

13　吳冷西：〈增強報紙的黨性——清涼山整風運動記憶〉，丁濟滄、蘇若望主編：《我們同黨報一起成長——回憶延安歲月》，人民日報出版社，1989 年，第 16 頁。

14　例如《延安時期新聞出版工作者回憶錄》（2006），該書收錄的 80 餘篇文章充滿著對延安時期的深情緬懷，「群眾」是高頻語彙。另可參見《我們同黨報一起成長——回憶延安歲月》、《延安記者》（田方、午人、方蒙主編，1993）、《五十年華（1940-1990）》（陝西日報社編印，1990）等回憶性文集。

15　李沼：〈思緒如絲〉，《延安時期新聞出版工作者回憶錄》，第

向民間、群眾路線構成了延安時期新聞業引人矚目的特色，這種獨特的新聞範式正是通過整風改版確立起來的，如《解放日報》記者田方時隔多年之後回望道，「延安整風給所有參與者留下的印象是永生不滅的……作為當時青年一代新聞工作者，就是在整風教育中，開始走上聯繫實際，深入群眾，和工農兵結合之路的」。[16]

由上述粗略比照可知，眼下延安時期新聞史研究的學術版圖，在一定程度上是失衡的。總體而言，延安時期的新聞業主要不是在政黨與報社、新聞知識分子之間的關係上展開，彼時政黨及其領導下的政權致力於動員民眾參與抗戰建國，在1942年春夏之際短促而有效地確立了新聞宣傳領域的治理規範之後，餘下五年「漫長」新聞實踐的主題是全黨辦報、群眾辦報，最受推崇的新聞活動主體是工農兵通訊員。

關於當前學術表達與歷史實踐之間的脫節，已有研究者指出學界過於偏重黨性原則、忽略群眾性原則的問題。[17] 在兩者的關係上亦有新看法提出，認為群眾性、群眾路線才是形塑於延安時期的中共新聞傳統的靈魂，「更原始、也更根本的部分」，黨性原則毋寧是一種工具性的政治保障與組織保障。[18]

137頁。

16　田方：〈延安的記者生涯〉，《我們同黨報一起成長——回憶延安歲月》，第155頁。

17　王潤澤、余玉：〈群眾：從「教育」，「反映」到「學習」的對象——黨報群眾性原則嬗變軌跡解讀〉，《國際新聞界》，2014年，第12期。

18　王維佳：〈「黨管媒體」理念的歷史生成與現實挑戰〉，《經濟導刊》，2016年，第4期。

不過迄今為止對於延安新聞業群眾性理念與實踐的學術考察仍然有待深化，尤其是群眾性、群眾路線與黨性、政黨政治之間複雜關係的探析。本章嘗試以中國共產黨作為一個列寧主義政黨的進化革新為線索，梳理和分析延安時期《解放日報》整風改版以及由之帶來的黨報範式裂變，重點考察黨報群眾路線的內在機理。

第一節　黨性：從辦報方針到觀念作風

坐落在楊家嶺山溝裡的中共中央辦公廳三層石砌小洋樓，「在當時的延安是最豪華的建築」，[19] 1942 年 5 月間，延安文藝座談會的三次會議在一樓會議室兼飯堂召開，遂使這座建築在中國文學史、中共黨史上留有盛名，成為革命聖地的著名遺址。[20] 鮮為人知的是，在相同的地點、相鄰的時間還召開過一次規格相當的會議——1942 年 3 月 31 日《解放日報》改版座談會。文藝座談會的劃時代意義在延安時期已經人所周知，此後在不同的歷史情境下被一再「紀念」、「追憶」、「重溫」、「解讀」、「再解讀」，時至今日仍然吸引著眾多的學術關注。[21] 會議本身的籌備、場地、與會者、發言人、日程安

19　高杰：《延安文藝座談會紀實》，陝西人民出版社，2013 年，第 8 頁。

20　中國人民政治協商會議延安市委員會文史資料研究委員會編：《延安文史資料》第 1 輯，內部資料，1984 年，第 20 頁。

21　中國知網（CNKI）數據庫顯示：2010 年以來篇名、關鍵詞或摘要含有「延安文藝座談會」的文章，每年均有 100 篇以上；2012 年延安文藝座談會召開 70 週年之際，相關文章多達 577 篇。檢索日期：2020

排、議題變動等歷史細節，也是當事人與後來者津津樂道的話題，不乏縝密周詳的考辨。[22]

　　相比而言，關於改版座談會的學術圖景則要冷清許多，通常夾雜在《解放日報》改版的歷史敘述中一筆帶過：主要引述毛澤東講話的部分語錄，作為辦報新思路的證明或補充；或者僅羅列會議時間和毛澤東發言，作為改版大事記之一例。[23] 對於毛澤東講話的內部邏輯、座談會的過程情狀，則缺乏深入的發掘和解析。因此給人一種印象：即使在新聞史的專業領域，改版座談會也無關緊要。然而在延安文藝史、中共黨史和中國革命史的書寫中，《解放日報》改版座談會卻是新聞領域少數「跨界」「出圈」的話題之一，例如有文學研究者指出，正是這次改版座談會而非稍後的文藝座談會，為文藝界熱鬧喧囂的「延安之春」畫上了休止符。[24] 這個論述不僅指出了政黨政治對文化領域的路線調整，而且在新聞與文藝之間建立了直接的關連，也凸顯出既往研究中的隔裂問題——毛澤東在改版座談會上的講話，整理發表的文本共 4 段 460 字，新聞史研究通常引述前兩段以印證黨報改造，文學史與黨史研究往往關注後兩段以討論文藝整風，而對前後文邏輯關聯的分析均付闕如。

年 12 月 31 日。

22　例如張軍鋒編：《延安文藝座談會的台前幕後》（上下冊），陝西師範大學出版社，2014 年；高杰：《延安文藝座談會紀實》，陝西人民出版社，2013 年。

23　參見主流的新聞通史著作和教材，例如方漢奇主編：《中國新聞傳播史》（第 3 版），中國人民大學出版社，2014 年，第 192-193 頁。

24　李潔非、楊劼：《解讀延安——文學、知識分子與文化》，當代中國出版社，2010 年，第 72 頁。

由此產生的疑問是：這種研究視野上的隔裂是講話本身的邏輯
斷裂造成的嗎？不僅後世研究者有這般困惑，座談會當事人亦
有此感，胡喬木曾在會上提議「另外有機會」討論文藝話題，
這個做法事後被毛澤東批評為缺乏政治眼光。[25] 可見，在會議
召集人也是黨報改造的主導者毛澤東看來，新聞領域與文藝領
域並非截然涇渭，在改版座談會上討論文藝問題不僅沒有偏離
「正題」，反而恰是題中應有之義。

在《解放日報》改版座談會上的講話
（一九四二年三月三十一日）

共產黨的路線，就是人民的路線。現在共產黨推行抗日民
族統一戰線的政策，就是合乎人民公意的政策。在執行這
個政策中，常常要遇到許多障礙，比如主觀主義、宗派主
義、黨八股等。為了糾正這些不良作風，我們提出了整頓
三風。但要達此目的，非有集體的行動，整齊的步調，不
能成功。今天這個會，大家發表了許多意見，今後就可在
共同的目標上，一致前進。

利用《解放日報》，應當是各機關經常的業務之一。經過
報紙把一個部門的經驗傳播出去，就可推動其他部門工作
的改造。我們今天來整頓三風，必須要好好利用報紙。

關於整頓三風問題，各部門已開始熱烈討論，這是很好的
現象。但也有些人是從不正確的立場說話的，這就是絕對
平均的觀念和冷嘲暗箭的辦法。近來頗有些人要求絕對平

25　胡喬木：《胡喬木回憶毛澤東》（增訂本），人民出版社，2014年，
　　第55-56頁。

均，但這是一種幻想，不能實現的。我們工作制度中確有
許多缺點，應加改革，但如果要求絕對平均，則不但現
在，將來也是辦不到的。小資產階級的空想社會主義思
想，我們應該拒絕。

批評應該是嚴正的、尖銳的，但又應該是誠懇的、坦白
的、與人為善的。只有這種態度，才對團結有利。冷嘲暗
箭，則是一種銷蝕劑，是對團結不利的。[26]

　　由此浮現出的問題是，為什麼要在黨報座談會上討論文
藝話題？在彼時的語境下，新聞與文藝兩者之間的關係究竟如
何？這對《解放日報》的改造以及黨報理論的塑造有沒有影
響？上述問題要求研究者拓寬思路，尤其是跳脫媒介中心主義
的思考藩籬，以跨學科的進路，在整體性的視野中重新理解
《解放日報》改版與延安新聞傳統的深層機理。近年來史學界
蔚然風行的「新革命史」範式，一個顯要特徵是運用多學科、
跨領域的材料、概念與方法，對革命史展開全方位、多層次、
立體化的考察。本節借鑒「新革命史」理念，引入既往新聞史
領域較少關注的延安文藝史料和研究成果，以《解放日報》改
版座談會為切入點重新審視延安時期新聞、文藝與政黨政治的
關係。

一、「我們生在新聞的時代」

　　作家蕭軍在 1942 年 3 月 30 日的日記中寫道：「解放日

26　中共中央文獻研究室、新華通訊社編：《毛澤東新聞工作文選》，新
　　華出版社，2014 年，第 109-110 頁。

報在中央辦公廳召開黨報座談會。」²⁷ 這句時態模糊的話是在
預告翌日的活動，如此方式在他的日記中並不多見，或可推
測直至開會前一天蕭軍才接到通知。會議由毛澤東和博古聯
名召開，延安各部門負責人、黨內元老、軍隊將領、知識分
子和報社人員約 70 餘人出席。²⁸ 從召集人和參會者兩方面來
看，改版座談會的規格及規模均與一個月後的文藝座談會旗
鼓相當。²⁹ 會議從下午兩點開到傍晚，結束後毛澤東和博古招
待來賓晚餐。兩天後，4 月 2 日的《解放日報》頭版刊登了會
議消息，標題長達 40 字：「在本報改版座談會上 毛澤東同
志號召整頓三風要利用報紙 批評絕對平均觀念和冷嘲暗箭辦
法」³⁰ —— 既關乎黨報改版，也涉及文藝問題。

　　據該報導，會上博古首先對《解放日報》創刊十個月來的
工作「做了簡單的自我批評」，算是座談會的引言，「他說：
報紙沒有能夠完成它應有的責任。對黨的路線沒有貫徹，登載
群眾活動太少，又沒有起組織者的作用。博古同志列舉了許多
事實，然後提出請求大家指教幫助。」對於博古的開場白，向
來狷介自負的蕭軍罕見地表達了敬意。他在當天的日記裡自

27　蕭軍：《延安日記（1940-1945）》上卷，牛津大學出版社，2013
　　年，第 432 頁。

28　張俊南、張憲臣、牛玉民編：《陝甘寧邊區大事記》，三秦出版社，
　　1986 年，第 105 頁。

29　文藝座談會由毛澤東和中宣部代理部長凱豐聯名發出 70 餘份請柬，
　　受邀者同為黨政軍民與知識分子代表。參見高慧琳編著：《群星閃耀
　　延河邊：延安文藝座談會參加者》，人民文學出版社，2012 年。

30　〈在本報改版座談會上 毛澤東同志號召整頓三風要利用報紙 批評絕
　　對平均觀念和冷嘲暗箭辦法〉，《解放日報》，1942 年 4 月 2 日，第
　　1 版。本節凡未標明出處的會議描述，皆出自該報導，不再贅舉。

稱，博古「檢討完了」之後，他第一個發言，「記得好像是
列寧曾說過：辦黨報的，一定是對革命理論修養最深，黨性最
強，把握黨的政策最堅實的同志來擔任，今天從博古同志這種
自我批評的精神，我得到了證實」。[31]

時任延安文化俱樂部主任的詩人蕭三，對博古的發言則有
別樣的觀感，他的日記中寫道：「自我批評——根據中央政治
局的決議引文中說了一番。」[32] 從這個評價來看，博古的講話
多少有些例行公事，或者換句話說，所談內容並不新鮮，至少
對蕭三這樣的聽眾來說，「中央政治局的決議引文」似乎是耳
熟能詳的。

實際上，在座談會召開之前，《解放日報》改版工作已然
推進兩月有餘，就在這座建築的三樓——毛澤東戲稱為「政治
工廠」[33] 的政治局會議室裡，關於黨報改進問題此前已經討論
數次，發出了一系列的指導意見和文件通知，報紙問題由此成
為黨中央的一個重點工作，這在當時廣為人知。1942 年 3 月
22 日，《解放日報》三版「信箱」欄目刊登了讀者牟原「對
於本報改進的幾點意見」，作者開篇寫道：「自從毛澤東、
康生同志對貴報的缺點有所指摘後，一般人們，也都在非常關
懷。」[34]「指摘」出自毛澤東和康生兩人，而且延安城盡人皆

31　蕭軍：《延安日記（1940-1945）》上卷，第 433 頁。

32　蕭三日記（1942 年 3 月 31 日），轉引自高陶：《蕭三佚事逸品》，
　　文化藝術出版社，2010 年，第 175 頁。

33　章百家主編：《歷史大視野下的中國共產黨 90 年 90 事》上冊，中共
　　黨史出版社，2012 年，第 176 頁。

34　牟原：〈對於本報改進的幾點意見〉，《解放日報》，1942 年 3 月
　　22 日，第 3 版。欄目沒有標明牟原的身分，作者自述「我也微為讀

知，自然非同小可，也表明黨報改版與聲勢浩大的整風運動關
聯緊密。

　　延安整風最初在黨內高級幹部的小範圍內進行，時間上從
1941 年 9 月 10 日至 10 月 22 日（政治局擴大會議，又稱「九
月會議」）。1942 年 2 月 1 日中央黨校開學典禮，毛澤東發
表整頓三風的演說，拉開了全黨普遍整風的序幕。5 月下旬，
整風運動的最高領導機構「中共中央總學習委員會」（簡稱
「總學委」）成立，毛澤東為主任，康生則為主持日常工作的
唯一的副主任，同時還是中央社會部和情報部的負責人。用楊
尚昆的話說，「那時候，康生很紅，擔任的職務很多」。[35] 可
以說，這是整風時期最炙手可熱的人。

　　康生對《解放日報》的責難，現有史料披露不多，僅據時
任新華社副社長吳文燾的回憶，在 1942 年二、三月間中央召
開的討論解放日報社和新華社工作的擴大會議上，康生批評報
社編輯不動腦筋，「康生痛斥黨八股」這樣的標題不妥當，應

　　　　者之一員」，從當時《解放日報》的讀者範圍來看，牟原應為知識分
　　　　子幹部或文化人。三年後，牟原與羅工柳、張望等人合寫了一組「關
　　　　於年畫」的通訊，羅工柳、張望均為魯藝美術系的教師，可以推測牟
　　　　原也該相似，但「名氣」顯然不如羅工柳等人。由此看來，當時的延
　　　　安至少在一般文化人圈子裡，中央領導對《解放日報》不滿、黨報醞
　　　　釀改版，已是眾所周知。羅工柳等人文章，參見〈讀者往來：關於年
　　　　畫〉，《解放日報》，1945 年 5 月 18 日，第 4 版；關於報紙讀者範
　　　　圍，參見朱鴻召：〈只讀《解放日報》〉，《上海文學》，2004 年，
　　　　第 2 期。
35　楊尚昆：〈延安歲月：整風運動前後〉，李敏、高風、葉利亞主編：
　　　　《真實的毛澤東：毛澤東身邊工作人員的回憶》，中央文獻出版社，
　　　　2006 年，第 4 頁。

改為「康生傳達毛主席痛斥黨八股」。[36]這樣的「指摘」，非但有心術不端、溜鬚拍馬之嫌，而且流於膚淺瑣碎，未能切中黨報問題的要害，甚至不如一般讀者之識見，似乎不應引起廣泛關注。

　　毛澤東在 1942 年初頻繁地向解放日報社發出批評和指示，大概是他領袖生涯當中對新聞工作用力最深的一個時期。如果說文藝座談會之前的四月份，毛澤東屢屢接觸文藝界人士，可稱為「文藝之月」，[37]那麼此前的兩個月則堪稱毛澤東的「新聞之月」[38]——

　　1 月 24 日，政治局會議：關於《解放日報》，毛澤東發言指出，社論、新聞、廣播三者並重；重視社論與專論，並出題目分配中央同志寫文章，報社要組織寫文章的工作；報紙的第三版和第四版應貫穿黨的政策，題材應切實，文字應通俗；要組織新聞，在新聞中表現黨的路線；中央各部委應組織自己的新聞，要寫新聞稿、評論稿；廣播比三千份報紙更重要，要成為第一位的工作；黨務廣播材料，要求中央各部委、西北局每月至少一條；要求中宣

36　吳文燾：〈憶博古與《解放日報》〉，《紅岩春秋》，1998 年，第 3 期。吳文燾說的這次「中央擴大會議」，似為 2 月 11 日政治局會議。

37　李潔非、楊劼：《解讀延安——文學、知識分子與文化》，當代中國出版社，2010 年，第 82 頁。

38　根據《毛澤東年譜》整理。參見中共中央文獻研究室編：《毛澤東年譜（1893-1949）》（修訂本）中卷，中央文獻出版社，2013 年，第 356-367 頁。此處除特別標明來源之外，均出自該年譜，不再贅舉。

部要利用一切宣傳工具,熟悉宣傳幹部,這是宣傳指導的中心問題;指出中宣部三大工作任務:宣傳指導為第一位,幹部教育為第二位,國民教育為第三位。

同日,政治局根據毛澤東的意見通過了〈關於給《解放日報》寫稿與供給黨務廣播材料的決議〉,要求《解放日報》從社論、專論、新聞及廣播等方面貫徹黨的路線與黨的政策,文字必須堅決廢除黨八股。[39]

1月26日,起草〈中宣部宣傳要點〉:列舉了主觀主義與宗派主義在黨內存在的種種表現,指出需要「一個全黨的動員」進行鬥爭、加以克服,「希望全黨全軍的各級領導機關與各級領導同志對這個問題加以注意,進行宣傳,進行工作」。

同日,解放日報社召開編委會會議,博古傳達了中央對報紙的意見,要點包括:新聞不能貫徹黨的策略、路線,改寫後的外國電訊仍帶尾巴,報上很少反映黨的活動,特別是延安的,如中央的決議等;社論許多人看不懂,專論談經濟多,語言不通俗,常常文白夾雜;新華社今後要編自己的新聞;國內欄枯燥,文藝欄內容應更廣泛些;中央政治局每月決定給報館四篇文章,報社給出題目;報社同志要研究新聞學。博古說,從明天起,搞自己的新聞消息,各版都出去跑跑,聽取反映和意見;通訊科要報導黨的消

---

39 中國社會科學院新聞研究所編:《中國共產黨新聞工作文件彙編》上卷(1921-1949),新華出版社,1980年,第118頁。

息；各版要研究報紙，研究文字學。[40]

2 月 1 日，中央黨校開學典禮：毛澤東作整頓三風的報告，次日《解放日報》頭版發表社論〈整頓「學風」、「黨風」、「文風」〉，三版右下角發了一條三欄題的簡訊。

同日，毛澤東覆信周文關於改革文風的建議，表示已將來信轉至中宣部、《解放日報》各同志閱，希望周文向《解放日報》寫一些關於此問題的文章，打擊黨八股與新文言。

2 月 8 日，中宣部召集的幹部會議：毛澤東發表「反對黨八股」演說，10 日《解放日報》三版左下角刊登消息。

2 月 11 日，政治局會議：討論《解放日報》問題時，毛澤東指出，報紙要以自己國家的事為中心，這正是表現一種黨性，現在《解放日報》還沒有充分表現我們的黨性，主要表現是報紙的最大篇幅都是轉載國內外資產階級通訊社的新聞，散布他們的影響，對我黨政策與群眾活動的傳播，則非常之少，或者放在不重要的位置。《解放日報》應把主要注意力放在中國抗戰、我黨活動和根據地建設上面，要反映群眾的活動，充實下層消息。過去《紅色中華》是以蘇區建設為中心，《新華日報》受了限制。提議

40　王鳳超、岳頌東：〈延安《解放日報》大事記〉，《新聞研究資料》，1984 年，總第 26 輯，第 139-140 頁。

根本改變《解放日報》現在的辦報方針，使它成為貫徹我黨政策與反映群眾活動的黨報。會議同意毛澤東的意見，決定委託博古根據會議的意見，擬出改造方案，提交中央討論。在新方案實施前，先進行改良。

會議同意發出〈中央宣傳部關於進行反主觀主義反教條主義反宗派主義反黨八股給各級宣傳部的指示〉，批評宣傳教育部門沒有把貫徹整頓三風思想作為目前工作的中心任務，要求以整頓三風思想改造宣傳教育工作，檢查報紙刊物。[41]毛澤東在該文件上批示：「很好。發黨播。」

2月20日，解放日報社編委會會議：傳達毛澤東的意見，認為報紙不能反映黨的消息的原因，不僅是報紙本身的缺點，而是延安各機關要負責；以後希望各部門的負責同志注意，尤其是各機關的政治秘書要報導這些消息。[42]

2月28日，政治局會議：討論在職幹部教育問題時，毛澤東發言指出，政治局五大業務（思想、政治、政策、軍事、黨務）中，以思想為第一位，要抓住思想首先要以幹部教育為主。會議通過關於黨校組織及教育方針的新決定，其中第五條規定「出版學習報，由彭真同志負責，陸定一同志副之」。[43]此即5月中旬在《解放日報》第四版

---

41 中共中央宣傳部辦公廳、中央檔案館編研部編：《中國共產黨宣傳工作文獻選編》第2卷（1937-1949），學習出版社，1996年，第339-340頁。

42 王鳳超、岳頌東：〈延安《解放日報》大事記〉，第141頁。

43 《中國共產黨宣傳工作文獻選編》第2卷（1937-1949），第354頁。

創辦的《學習》專刊。[44]

3 月 11 日，政治局會議：討論博古提出的改造《解放日報》草案，毛澤東發言指出，我黨現有八十萬黨員，五十萬軍隊，但黨報是弄不好的。我們自去年八月起已開始改造黨的工作，但黨報尚未實現徹底的改造。今後中央要抓住黨校、黨報、中宣部這三個重要部門的工作。黨報是集體的宣傳者與組織者，對黨內黨外影響極大，是最尖銳的武器。要達到改造黨的目的，必須首先改造黨報的工作。報社的同志要了解經過黨報來改造黨的方針，現在報社的同志沒有了解這個方針。報紙必須地方化，要反映地方情形。黨報要反映群眾，執行黨的政策。黨性是一種科學，是階級性的徹底表現，是代表黨的利益的，無論什麼消息都要想想是否對黨有利益。黨報要允許同情者作善意的批評。毛澤東提出發一個關於黨報工作的指示，報社同志要學習寫分析文章，調一些好幹部到報社工作。

3 月 14 日，毛澤東致電周恩來：關於改進《解放日報》已有討論，使之增強黨性與反映群眾，《新華日報》亦宜有所改進。

3 月 16 日，中宣部發布通知：根據毛澤東的意見，中宣部出台〈為改造黨報的通知〉，指出報紙是黨的宣傳鼓動

44　關於該專刊的情況，可參見聶文婷：〈延安時期的《學習》專刊〉，《學習時報》，2015 年 8 月 10 日，第 3 版。

工作最有力的工具，辦好報紙是黨的一個中心工作，各地方黨委應對自己的報紙加以極大注意，尤應根據毛澤東整頓三風的號召來檢查和改造報紙；報紙的主要任務是宣傳和貫徹黨的政策，反映黨的工作，反映群眾生活，為別人的通訊社充當義務宣傳員是黨性不強的表現。[45]

3 月 17 日，解放日報社編輯部會議：博古檢討報紙存在的問題，提出今後的方針是：貫徹黨的路線，宣傳黨的政策，反映群眾狀況，報導國內外動向，整頓三風。[46]

3 月 18 日，西北局宣傳委員會議：檢查《解放日報》邊區欄工作，許多同志發言指出邊區欄內容貧乏，缺少教育性、戰鬥性，所起的組織和推動作用很弱，反映政策、反映群眾生活甚差。[47]

3 月 31 日，改版座談會：毛澤東主持並發言，次日正式改版。

從毛澤東「新聞之月」的言行來看，他在這一時期的核心關切是重新定位黨報的功能，要求報紙發揮對實際工作的指導與組織作用，即對新聞領域進行實用化改造。具體而言，在當時的情境下，為了達到全黨整風之目的，必須借助報紙這種當

45　《中國共產黨新聞工作文件彙編》上卷，第 126-127 頁。

46　王鳳超、岳頌東：〈延安《解放日報》大事記〉，第 143 頁。

47　王鳳超、岳頌東：〈延安《解放日報》大事記〉，第 143 頁。

時流布最廣、影響最大的現代化大眾傳播媒介——「最尖銳的武器」、「最有力的工具」。由此可見，在普遍整風之前率先改造黨報，是出於毛澤東對報紙功能的特殊體認，即報紙是集體的宣傳者與組織者「這種偉大的作用」。[48] 毛澤東的政治秘書胡喬木曾撰文說「我們生在新聞的時代，看著這大好機會，決不能白白放過」，原因在於「新聞是今天最主要、最有效的宣傳方式……要談作品之多同讀者之多，從來沒有一種文字形式能夠跟今天的新聞相比」。[49]

博古等黨的新聞工作領導人以及報社人員，起初似乎沒有意識到報紙對實際工作所能起到的組織和推動作用，仍然停留在一般的「新聞紙」或「信息紙」的認識層面。[50] 與此同時，黨政幹部也大多持有相似的新聞觀，「把黨報當作普通新聞紙

48　毛澤東：〈增強報刊宣傳的黨性〉（1942 年 9 月、10 月），《毛澤東新聞工作文選》，第 140 頁。

49　喬木：〈人人要學會寫新聞〉，《解放日報》，1946 年 9 月 1 日，第 4 版。

50　整風期間，把黨報視為「普通新聞紙」被認為是糊塗觀點，遭到嚴厲批判，西北局關於黨報的決定中曾專門提及。胡喬木在 1942 年 8 月的一篇社論中寫道，「我們已經知道報紙不僅是報導消息，而且要作為建設國家、建設黨、改造工作、改造生活的銳利武器」，這句話中的「已經知道」表明整風改版重塑了全黨的新聞觀。關於改版前博古想辦一張新聞紙的意圖，黃旦作過深入解讀。參見〈關於《解放日報》工作問題的決定〉（1942 年 9 月 9 日），《中國共產黨新聞工作文件彙編》上卷，第 132-134 頁；〈社論：報紙和新的文風〉，《解放日報》，1942 年 8 月 4 日，第 1 版；黃旦：〈從「不完全黨報」到「完全黨報」——延安《解放日報》改版再審視〉，李金銓主編：《文人論政：知識分子與報刊》，廣西師範大學出版社，2008 年，第 232-280 頁。

類一樣看待」，[51] 對報紙推動工作的功用缺乏體認，還習慣於開會、談話、寫指示信、發傳單、貼標語等傳統的組織動員手段，「秘密手工業式的領導方式」。[52] 因此，在《解放日報》改版之初，毛澤東不得不兩線作戰：一方面是向新聞工作者反覆強調黨報是集體的宣傳者和組織者，務必貫徹黨的政策路線，以報紙推動實際工作——在當時的具體情境下，就是宣傳和組織整風運動。《解放日報》改版、報社人員思路轉變，本身也成為整風運動的一部分，還是率先進行的戰役，即新聞宣傳領域的整風。[53] 另一方面毛澤東再三批評黨政幹部對報紙注

---

51 〈關於《解放日報》工作問題的決定〉（1942 年 9 月 9 日），《中國共產黨新聞工作文件彙編》上卷，第 132 頁。

52 王敬主編：《延安〈解放日報〉史》，新華出版社，1998 年，第 25 頁。

53 陸定一在 1980 年代曾說：「解放日報改版就是整風運動的一部分，並使報紙為整風運動服務」，可謂一語中的。改版前《解放日報》的日常操作，確實存在主觀主義、教條主義、黨八股等問題，比如毛澤東兩次重要講話發表在三版次要位置這個著名「事故」，原因並不是報社誤讀了講話的重要性（第一次講話頭版配發了社論），而是僵化地遵循既有版面格局（一版歐洲，二版遠東，三版國內，四版邊區和副刊；毛澤東在 1 月 24 日政治局會議上第一次提出批評後，1 月 30 日編委會會議決定「以後關於黨的消息交給三版登載」），如記者田方的回憶，「任何重大新聞報導，一律按上述安排『對號入座』」，如此一來毛澤東的講話只能歸入「黨的消息」，刊登在三版角落。這樣的教條主義做法，也並非博古和《解放日報》所獨有，而是當時延安各機關普遍存在的現象，比如毛澤東在「反對黨八股」演講中所說，「在會場上做起『報告』來，則常常就是『一國際，二國內，三邊區，四本部』……不看實際情形，死守著呆板的舊形式、舊習慣」，這也表明包括黨報在內的全黨整風實屬必要與合理。參見陸定一：〈陸定一同志談延安解放日報改版——在解放日報史座談會上的

意甚少，報紙的缺點黨政機關也要負責任，提醒各機關經常利用黨報推動部門工作，要求領導同志認識到「很多工作應該通過報紙去做」。[54]

也就是說，1942 年初毛澤東以極大精力關注《解放日報》，是因為新聞工作開展不力，影響了全域。毛澤東出手不凡，他的目標是在全黨範圍內進行一次新聞理念的革新工程，或者說重塑「新聞學」。[55]

從改版座談會的情形來看，毛澤東的黨報改造思路當時已經產生廣泛影響，博古的「開場白」就完全在這一敘述框架中展開，以至於蕭三說他「根據中央政治局的決議引文中說了一番」。這裡的「中央政治局的決議」，指的應該是 3 月 11 日的政治局會議，對於黨報改造而言，這次會議頗為關鍵。會上博古提交了一份《解放日報》改造草案，或許是對方案不甚滿意，毛澤東做了長篇發言，其中不乏尖銳的批評。正是在這次講話中，毛澤東對改版宗旨做了極為凝煉、高度概括的經典表述，「黨報是集體的宣傳者與組織者，對黨內黨外影響極

講話摘要〉，《新聞研究資料》，1981 年，總第 8 輯；田方：〈回憶延安《解放日報》〉，《中共黨史資料》，1988 年，第 28 輯；毛澤東：〈反對黨八股〉（1942 年 2 月 8 日），《毛澤東選集》（第 2 版）第 3 卷，第 841 頁。

54　毛澤東：〈通訊社和報紙的宣傳應符合黨的政策〉（1942 年 10 月 28 日），《毛澤東文集》第 2 卷，第 454 頁。

55　博古似乎敏銳察覺到，毛澤東對《解放日報》的批評，重點不在技術層面，而是全域性的理論問題，在 1 月 24 日第一次討論《解放日報》問題的政治局會議之後，博古在 26 日的編委會上傳達中央的批評意見，頗有意味地提出「報社同志要研究新聞學」。參見王鳳超、岳頌東：〈延安《解放日報》大事記〉，第 140 頁。

大，是最尖銳的武器。要達到改造黨的目的，必須首先改造黨報的工作」。會上毛澤東要求出台一個關於黨報工作的指示，因此有了 3 月 16 日以中宣部名義發出的〈為改造黨報的通知〉——這大抵便是蕭三所指的「決議」。如果說之前的改版工作僅限於黨中央和報社的有限範圍內，那麼這則通知無異於一個公開的信號。

　　〈為改造黨報的通知〉庶幾為毛澤東在「新聞之月」裡多次政治局會議講話、給報社系列指示的集萃。通知對「名符其實的黨報」、「真正的黨報」之功用做出明確規定：「報紙的主要任務是宣傳黨的政策，貫徹黨的政策，反映黨的工作，反映群眾生活」，並做出具體要求，如「經過報紙來指導各方面的工作」。[56] 對照博古的座談會引言，幾乎如出一轍，難怪給蕭三以照本宣科的印象。實際上，此前兩個月博古已在不同場合多次檢討報社工作，其反覆陳說的內容也是大同小異，比如在 3 月 17 日編輯部全體人員大會上，博古將辦報缺點歸結為「貫徹黨性和群眾性不夠，聯繫實際不夠」，提出的改進方向是「貫徹黨的路線、宣傳黨的政策、反映群眾情況」。[57] 可以說，至改版座談會召開之際，關於黨報問題博古已然形成了一套熟練的話語，一種符合毛澤東意見框架的標準化敘述。

　　不唯博古如此，新聞報導中其他人的發言（見表 1.1），除個別語焉不詳外，基本都在「組織者／推動工作」這個敘述框架下展開。所區別者，僅是結合各自職務與關切而略加發

56　《中國共產黨新聞工作文件彙編》上卷，第 126-127 頁。

57　吳葆朴、李志英：《秦邦憲（博古）傳》，中共黨史出版社，2007年，第 367 頁。

揮。例如邊區政府副主席李鼎銘關注各級政府對精兵簡政、三三制等政策法令的執行情況，要求《解放日報》多做宣傳解釋；朱德總司令則強調軍事報導，希望黨報發揮起改善軍民關係的實際作用。

表 1.1　改版座談會發言舉例[58]

人物	職務	發言內容
李鼎銘	邊區政府副主席	報紙的責任是按照邊區的情形，對症下藥；邊區的問題是各級政府呼應不靈，政策法令不能貫徹；報紙要解釋三三制、精兵簡政的各種問題；各級政府對法令政策了解不夠，所以執行中困難叢生；解放日報應幫助政府對各種壞現象加以解釋和批評
柳湜	教育廳廳長	根據地報導，要每隔幾個月做一次，用豐富的事實使讀者知曉發生的變化；大後方報導，要收集更充實的材料，關於政治設施、經濟建設要隨時供給讀者新鮮的知識；邊區報導，有豐富材料但未整理，記者要不怕困難，耐心去發掘
賀連城	教育廳副廳長	報紙要成為人民的喉舌，政府的耳目；現在下情不能上達的毛病很厲害，要仔細了解下層情形使上下關節打通
蕭軍	魯迅研究會主任幹事	熱烈希望報紙加以改革，指出許多缺點，提出許多具體改革辦法

58　依據新聞報導整理，參見〈在本報改版座談會上 毛澤東同志號召整頓三風要利用報紙 批評絕對平均觀念和冷嘲暗箭辦法〉，《解放日報》，1942 年 4 月 2 日，第 1 版。

人物	職務	發言內容
柯仲平	邊區地方藝術學校校長	要求報紙反對邊區的太平觀念
徐特立	延安自然科學院院長	主張黨報要大膽說話，發動爭論；深入下層去了解去反映老百姓的事情；對各種錯誤傾向作鬥爭
謝覺哉	邊區參議會副參議長	以廚司作菜做比喻，不應總是一碗肉又一碗肉，使人感到膩口，報紙不能篇篇都是大文章，板起面孔說話
朱德	第十八集團軍總司令	報紙要多反映戰爭，反映敵後殘酷的掃蕩與反掃蕩戰爭情形；要注意反映並幫助解決邊區軍民關係中的問題

可見，實用化的辦報方針此時已是各界共識。毛澤東在改版座談會結束時總結說：「利用《解放日報》，應當是各機關經常的業務之一。經過報紙把一個部門的經驗傳播出去，就可推動其他部門工作的改造。我們今天來整頓三風，必須要好好利用報紙。」寥寥數言，一方面呼應諸位發言人的意見，借此重申兩個月來黨報改造的要旨，即通過報紙推動實際工作，並且點出了指導和組織工作的「典型報導」操作手法；另一方面仍然不忘強調眼下的具體任務，即當務之急是利用報紙組織整風。

在既定的框架下加強共識、凝心聚力，座談會看起來頗為圓滿，然而事實並不全然如此。蕭軍日記裡錄下了些許雜音，「徐老大發牢騷，他說豆大的首長全欺負他，稱王稱霸」，「最丟醜的是柯仲平，賣狗皮膏藥，自我表現，醜而臭」。[59]

59　蕭軍：《延安日記（1940-1945）》上卷，牛津大學出版社，2013

看來會上發言並非都如新聞報導那般緊扣主題，也有言不及義的閒話。蕭軍本人在座談會上亦有驚人之語：「據博古同志說，黨報的黨性不強，我卻覺得有點過強了，強得已經成了孤立的火車頭，沒了列車。」[60] 結合前述黨報改造的方針以及所達成的共識來看，這樣的言論顯然乖離「黨的政策」，恰是「黨性」不足的體現。實際上，在當時的延安蕭軍恐怕是「黨性」覺悟最遲鈍的一個，在嗣後的文藝座談會上、在文藝整風大幕徐啟的情勢下，蕭軍仍然妄議作家的「獨立」與「自由」，甚至放出「你們的整風就是露淫狂」[61]這樣令人瞠目的厥詞，因而成為反駁、批評和鬥爭的首要對象。[62]

然而，改版座談會上其他人概未提及、唯有蕭軍獨家言說的「黨性」問題，倒是觸及了黨報改造的要害，只是他的理解與毛澤東南轅北轍。對於改版前《解放日報》的缺點，毛澤東的批評始終是黨性不足。例如 2 月 11 日的政治局會議上，毛澤東提出「報紙要以自己國家的事為中心，這正是表現一種黨性」，而黨性不充分的表現則為「報紙的最大篇幅都是轉載國內外資產階級通訊社的新聞，散布他們的影響，而對我黨政策與群眾活動的傳播，則非常之少」。不同於一年前中央文件〈關於增強黨性的決定〉所規定的系統性組織紀律規範，[63]

年，第 434 頁。

60　同上書，第 433 頁。

61　陳晉：《文人毛澤東》，上海人民出版社，2005 年，第 232 頁。

62　孫國林編著：《延安文藝大事編年》，陝西師範大學出版社，2016年，第 432 頁。

63　中共中央文獻研究室、中央檔案館編：《建黨以來重要文獻選編（1921-1949）》第 18 冊，中央文獻出版社，2011 年，第 443-446 頁。

毛澤東在這裡對「黨性」概念做了靈活的解釋，正如胡喬木指出的，「《解放日報》改版，根本的關鍵，是『宣傳上要以我為主』」，認為這種辦報思路所體現的獨立自主、自力更生，符合毛澤東一貫的思想原則。[64] 不過從彼時彼地的具體情況來看，在全黨普遍整風已經啟動之際，黨報矚目的中心從蘇德戰場和太平洋戰場拉回本地，以極大的力量組織延安整風，無疑是符合黨的統一意志和行動的「聽將令」做法，契合「黨性」的組織規範含義。

座談會的第二天，改版社論〈致讀者〉面世，文章對新的辦報方針做了系統論述，將「真正戰鬥的黨的機關報」定義為「集體的組織者」，是「傳播黨的路線、貫徹黨的政策與宣傳組織群眾的銳利武器」，「黨報絕不能是一個有聞必錄的消極的記載者，而應該是各種運動的積極的提倡者組織者」，辦好黨報的第一準則是「貫徹堅強的黨性」。[65] 這篇重要社論「由博古執筆，經過毛澤東等人修改」，[66] 從《解放日報》的出版流程（編輯部 6-8 時發稿、8-12 時校對、12-16 時印刷、17時零售、19 時送達延安各單位 [67]；社論稿提前一天交 [68]）來推斷，在座談會進行的當口，這篇社論應當已經修改完畢，它的

64　胡喬木：《胡喬木回憶毛澤東》（增訂本），人民出版社，2014 年，第 95 頁。

65　〈社論：致讀者〉，《解放日報》，1942 年 4 月 1 日，第 1 版。

66　吳葆朴、李志英、朱昱鵬編：《博古文選・年譜》，當代中國出版社，1997 年，第 304 頁。

67　王敬主編：《延安〈解放日報〉史》，新華出版社，1998 年，第18-19 頁。

68　王鳳超、岳頌東：〈延安《解放日報》大事記〉，第 142 頁。

定稿可能躺在 5 公里外清涼山的辦公桌上，抑或此時正捧在博古手中──社論同樣對報紙「過去十個月來的工作」做了自我批評與檢討，內容亦與蕭三所謂的「中央政治局的決議引文」（〈為改造黨報的通知〉）相去不遠。

由是觀之，在黨報改造的問題上，改版座談會的真實意圖，或許並不如博古開場所說「請求大家指教幫助」，其目的並不在於博採眾議以商討並創制新法，更像是在框架已定的情況下邀集延安各部門負責同志溝通情況，凝聚共識。

概言之，黨報改造最初階段的主旨是「重返列寧」，使報紙對黨的工作發揮組織和推動作用。遵奉列寧的黨報理念，在中共黨內並非毛澤東的創舉，毋寧是一種「傳統」。正如改版社論〈致讀者〉開篇所言：「什麼是黨報？一提起這個問題的時候，大家必然會想起『報紙不僅是集體的宣傳者和集體的鼓動者，而且還是集體的組織者』（列寧）」。[69]「一提起」黨報，大家「必然」會想起列寧的名言，說明這句話在黨內是耳熟能詳的。實際上，早在 1929 年中共中央理論刊物《布爾塞維克》就完整引用了列寧的這個表述，[70] 此後在黨的文件和領導人文章中頻繁出現，1933 年《紅色中華》出版 100 期紀念之際，還把這句話印在毛巾上發給通訊員。[71] 而且，列寧的黨

69　〈社論：致讀者〉，《解放日報》，1942 年 4 月 1 日，第 1 版。

70　毅宇：〈布爾塞維克黨的組織路線──列寧論「黨的組織」〉，《布爾塞維克》，1929 年，第 10 期。

71　方漢奇主編：《中國新聞事業通史》第 2 卷，中國人民大學出版社，1996 年，第 332 頁。關於中共對列寧黨報理念的引進和傳播，該書第十章第四節「黨報工作的新道路和黨報理論的發展」有詳盡介紹，此處不再贅述。

報思路並未停留在紙面上，中共組織部門曾切實加以運用，比如 1931 年中央發布決定，提出改變過去冗長的公文通告方式，改用黨報加強對實際工作的指導，要求各級黨部討論和執行黨報指示。[72]

在 1942 年全黨整風的前夜，鑒於《解放日報》不能有力貫徹中央政策、推動黨的工作，毛澤東「發明傳統」，[73] 重新闡釋了列寧的黨報理念以及中共辦報的歷史經驗，推動了《解放日報》的實用化改造。這辦報方針的調整，對政黨工作方式具有革新意義，博古後來深有體悟，他在 1942 年 9 月 22 日社論〈黨與黨報〉中寫道——

> 報紙是影響人們的思想的「最有力的工具」，因為它是天天出版，數量最多，讀者最廣的一種刊物，沒有任何其他出版物可以與之比擬。我們的同志並非不知道這一點，但是手工業工作方式的落後習慣，使我們有些同志醉心於油印機，醉心於「個別談話方式」，醉心於「辦個獨立刊物」，寧願選擇影響比較小的工具來傳播他所要傳播的東西，卻不願去使用「最有力的工具」……
>
> 我們已經建立了大規模的黨報，這時候再去留戀落後的方式，就是不很聰明的事，客觀上等於不想充分傳播黨的影

72　〈中央通知第二〇三號——改用黨報方式加強黨對實際工作的指導〉（1931 年 1 月 21 日），中共中央組織部、中共中央黨史研究室、中央檔案館編：《中國共產黨組織史資料》第八卷（文獻選編·上），中共黨史出版社，2000 年，第 385 頁。

73　埃里克·霍布斯鮑姆、特倫斯·蘭傑編：《傳統的發明》，顧杭、龐冠群譯，譯林出版社，2008 年。

響，不想把自己的工作做得更好些了。[74]

　　1944 年初，黨報改造已經基本結束，報紙在邊區各項工作中發揮了重要作用，毛澤東在闡述陝甘寧邊區的文化教育問題時，再度談及報紙對政黨工作方式的革新性，他說：「現在高級領導同志，甚至中級領導同志們都有一種感覺，沒有報紙便不好辦事……《解放日報》在邊區已成為一個組織者。沒有《解放日報》，在這樣一個人口稀少、地域遼闊、在全中國算是經濟文化很落後的地區工作，是很困難的……我們的地委同志，應該把報紙拿在自己手裡，作為組織一切工作的一個武器，反映政治、軍事、經濟並且又指導政治、軍事、經濟的一個武器。要以很大的精力來注意這個工作。」博古批評的「手工業工作方式的落後習慣」，毛澤東再一次予以強調，「現在我們邊區，開會是最重要的工作方式，報紙發出去就可以省得開許多會。我們可以把許多問題拿到報紙上討論，就等於開會、開訓練班了，許多指示信可以用新聞來代替，所以報紙可以當作重要的工作方式和教育方式」。毛澤東在這裡所說的，仍然是要求全黨同志「正確」認識黨報的作用，「把報紙當作自己很好的工作方式」。[75]

　　黨報的實用化改造，對後來的新聞大眾化運動影響巨大。如前所述，「實用化」不僅要求報社謹遵黨的指令，緊密聯繫

74　〈社論：黨與黨報〉，《解放日報》，1942 年 9 月 22 日，第 1-2 版。

75　毛澤東：〈關於陝甘寧邊區的文化教育問題〉（1944 年 3 月 22 日），《建黨以來重要文獻選編（1921-1949）》第 21 冊，第 112-114 頁。

實際工作和群眾生活，而且黨政部門也應重視和利用報紙，交流經驗，組織動員，這勢必打破「報館同人」、「名人」、「專家」對新聞的壟斷，使得實際工作者尤其是基層幹部廣泛參與進來，導致全黨辦報、通訊員運動的興起。如果說以前因為中共處於地下秘密狀態或緊張的軍事壓力之下，這一思路無法深入展開，那麼在合法化的陝甘寧邊區，[76] 而且國內的抗日戰爭處於戰略相持階段，加之太平洋戰爭爆發、蘇德戰場拉鋸等有利的國際形勢，使得中共進行政治、經濟、文化各領域的全面建設成為可能。在實用化思路的引領下，邊區的新聞大眾化運動蔚然成風。

二、黨管報紙與布爾什維克化

在《解放日報》1942 年 4 月 2 日刊登的改版座談會消息中，毛澤東結尾的總結陳詞先談了黨報改進問題，繼而話鋒一轉，批評起整頓三風中「有些人從不正確的立場說話，這就是絕對平均的觀念和冷嘲暗箭的辦法」。至於是哪些人，報導並未點名。蕭三日記可以補充相關細節：「主席講了頗長的話，對延安近來有些人寫文章提出的絕對平均主義、絕對民主以及冷嘲暗箭的做法，他沉痛地做了批評（王實味的〈野百合花〉、丁玲的〈三八節有感〉到牆頭壁報《輕騎隊》）。」[77]

76　國民黨承認中共政黨、政權和軍隊的合法存在，中共在陝甘寧邊區享有行政、財政、司法、文化、教育等各項權力。參見葉美蘭等：《中共農村道路探索》（中國民國專題史・第 7 卷），南京大學出版社，2015 年，第 362-369 頁。

77　蕭三日記（1942 年 3 月 31 日），轉引自高陶：《蕭三佚事逸品》，文化藝術出版社，2010 年，第 175 頁。

　　如前節所述，在新聞報導所呈現的會議進程中，自博古以降無不聚焦報紙事宜，看起來像是毛澤東在最後關頭節外生枝，陡然偏離改版的「正題」，將矛頭引向了文藝界。不過從參會者的記述來看，情形並非如此。

　　胡喬木的回憶錄裡寫道：「有一次毛主席召集《解放日報》的人開會，談改版問題，批評《解放日報》對黨的主張、活動反映太少。在這個會上，賀龍、王震同志都批評了〈三八節有感〉，批評得很尖銳。」[78] 時任《解放日報》國內欄編輯的李銳回憶說，改版座談會報社去了六、七人，他在其內，這也是他在延安時期僅有一次「面對面同毛主席坐在一起開會」，[79] 就在這次座談會上，「賀老總批評丁玲的〈三八節有感〉，王震也大講批評的話」。[80] 作家劉白羽的文章透露，開會當天他和丁玲同行走過楊家嶺溝口，丁玲預感到〈三八節有感〉將會遭到批評，劉白羽勸她冷靜對待，「果然，在討論《解放日報》改版問題的會議上，軍隊方面的領導人對延安文藝界的種種怪現象十分氣憤，進行了急風暴雨般的猛烈抨擊」。[81] 在當事人丁玲的記述中，「第一次對我提出批評是在四月初的一次高級幹部學習會上」，期間〈三八節有感〉和

78　胡喬木：《胡喬木回憶毛澤東》（增訂本），第 55 頁。

79　李銳：《李銳詩文自選集》，中國文聯出版公司，1999 年，第 220 頁。

80　丁冬、李南央：《李銳口述往事》，大山文化出版社，2013 年，第 106 頁。

81　劉白羽：〈延安文藝座談會的前前後後〉，《人民文學》，2002 年，第 5 期。

〈野百合花〉受到多位發言人的指斥。[82] 不過，丁玲最後一位秘書王增如與丈夫李向東曾批閱相關檔案，認為「高級幹部學習會」無據可查，應是丁玲時隔多年以後的追憶有誤，並推斷這次會議為《解放日報》改版座談會。[83]

從上述材料可知，改版座談會過程中確實涉及了文藝問題，毛澤東最後的講話是在呼應討論內容，可謂有的放矢。而且，相比於報紙改版的發言，文藝批評更加激烈，因此到會者印象更深——蕭三當天的日記甚至隻字未提毛澤東關於黨報的講話，看起來倒像是參加了一次文藝座談會。會議期間胡喬木曾察覺出議題的「偏離」，建議毛澤東另外找機會討論文藝問題，結果第二天受到毛澤東的批評，「你昨天講的話很不對，賀龍、王震他們是政治家，他們一眼就看出問題，你就看不出來」。[84] 可見在毛澤東看來，在改版座談會上討論文藝問題非但沒有離題，從「政治」的角度來說反而是更緊要的議題。那麼，文藝問題與《解放日報》有何關聯？為何要在這次會上提出？

〈三八節有感〉和〈野百合花〉是當時延安文藝界興起的暴露黑暗、批評政權風潮的代表作，被認為是觸發文藝座談會的導火索[85]。兩篇文章以及「延安之春」其他一些著名作品，

82　丁玲：〈延安文藝座談會的前前後後〉（1982 年 3 月 8 日），張炯主編：《丁玲全集》第 10 集，河北人民出版社，2001 年，第 279 頁。

83　李向東、王增如：《丁玲傳》上冊，中國大百科全書出版社，2015年，第 278-290 頁。

84　胡喬木：《胡喬木回憶毛澤東》（增訂本），第 56 頁。

85　杜忠明：《延安文藝座談會紀實》，中央文獻出版社，2012 年，第260 頁。

如艾青的〈了解作家，尊重作家〉、羅烽的〈還是雜文的時代〉等，大多刊登於黨中央機關報《解放日報》的文藝欄[86]，並且是在該報屬行改造的特殊時期──1942 年 3 月。單從這一點來看，改版座談會波及文藝問題並不突兀。更關鍵的是，這些文章在全黨整風、黨報改造的非常時期仍能得以發表，顯露出採編人員的思想觀念存在某些更深層次的問題。據時任《解放日報》文藝欄編輯的黎辛回憶，〈野百合花〉由丁玲簽署「可用」，經陳企霞編輯，上篇在 3 月 13 日見報後，博古察覺出不妥並且叮囑陳企霞停止發表，陳企霞不明白文章有何問題，博古亦未做解釋，3 月 23 日照舊刊出下篇，而且發稿前曾送交博古，但博古因為太忙而未做審閱。[87]

　　〈野百合花〉的發表在延安引起軒然大波。據胡喬木回憶，毛澤東讀罷〈野百合花〉，「猛拍辦公桌上的報紙，厲聲問道：『這是王實味掛帥，還是馬克思掛帥？』他立即打電

86　包括丁玲的〈三八節有感〉（3 月 9 日），艾青的〈了解作家 尊重作家──為「文藝」百期紀念而寫〉（3 月 11 日），羅烽的〈還是雜文的時代〉（3 月 12 日），王實味的〈野百合花〉（3 月 13 日和 23 日連載）等，以上文章均發表在《解放日報》四版的文藝欄，是文藝界「延安之春」的代表性作品。在《解放日報》文藝欄這個「主陣地」之外，延安的文藝雜誌也發表了一些雜文，比如王實味另一篇引起軒然大波的文章〈政治家‧藝術家〉，刊於《穀雨》，1942 年 3 月 15 日，第 1 卷第 4 期。關於「延安之春」已有大量口述史料和研究著述，此處不再贅述，可參見艾克恩編：《延安文藝回憶錄》，中國社會科學出版社，1992 年；張軍鋒編：《延安文藝座談會的台前幕後》（上下冊），陝西師範大學出版社，2014 年。

87　黎辛：《親歷延安歲月》，陝西人民出版社，2016 年，第 185-193 頁。

話，要求報社作出深刻檢查」。[88] 文章生出事端之後，當事人之一的陳企霞仍然不解其意，始終認為發表這樣的文章並沒有什麼錯[89]。丁玲則很快意識到問題之所在，她事後檢討說，「〈野百合花〉發表在黨報的文藝欄，而那時文藝欄的主編卻是我，我並非一個青年或新黨員」，丁玲認為這樣的「錯誤」絕不僅是一時粗心所致，而是與那時的編輯方針有關，「說明我只站在一個普通的編者的立場（非黨報或黨員）去決定稿件的取捨」[90]。

從普通編者而非黨的立場來取捨稿件，正是後來社論《黨與黨報》所檢討的突出問題：「報館同人可以自己依照自己的好惡、興趣，來選擇稿件」、「依照報館同人或工作人員個人辦事」、「依照自己的高興不高興辦事」，結果導致「黨的意志」無法貫徹，「黨的影響」難以落實——社論仍然將此概括為「黨性不強」[91]。1942 年底的西北局高幹會上，毛澤東批評了這段時間文藝欄的表現，「《解放日報》第四版，那時有一個時期是一個獨立王國，什麼人也不能干涉，這一版和別的版差不多變成這樣的事，就像大英帝國各個殖民地和英國差不多，在某一點上甚至有過之而無不及。實際上這一版是在鬧獨立性，報館的意志不能在這一版實行」[92]。個人主義、鬧獨立

88　胡喬木：《胡喬木回憶毛澤東》（增訂本），第 449 頁。

89　陳恭懷主編：《企霞百年》，寧波出版社，2014 年，第 5 頁。

90　丁玲：〈文藝界對王實味應該有的態度及反省——六月十一日在中央研究院與王實味思想作鬥爭的座談會上的發言〉，《解放日報》，1942 年 6 月 16 日，第 4 版。

91　〈社論：黨與黨報〉，《解放日報》，1942 年 9 月 22 日，第 1-2 版。

92　毛澤東：〈布爾什維克化十二條——在西北局高幹會議上的報告〉

性，對於報社來說是編輯記者的新聞觀念問題，從更大的範圍
而言則是當時知識分子普遍存在的「小資產階級思想」問題，
〈三八節有感〉和〈野百合花〉所折射的深層問題亦在於此。
這是改版座談會上波及文藝問題的深層動因，既預示著文藝整
風的開啟，也表明黨報改造即將進入一個更為深入的新階段。

　改版座談會舉行之際，整風運動已經鋪開，知識分子問
題可謂彼時全黨工作的重心。在調整知識分子政策、從思想與
組織兩方面建構統一意識形態的大背景下，〈三八節有感〉和
〈野百合花〉等要求絕對平均主義、極端民主化的雜文在黨中
央機關報上連續發表，無疑暴露出新聞領域和文藝領域的共
通性問題——從「政治」的宏觀角度而言，即是小資產階級知
識分子與政黨組織的關係問題，這是攸關革命事業前途的根本
性問題，也是整風運動的關鍵所在。並非偶然的是，1945 年
「七大」前夕毛澤東在回顧整風宗旨時又重點談及這個問題，
「如果不整風黨就變了性質，無產階級其名，小資產階級其
實，延安就不得下地，王實味、『輕騎隊』、『西北風』就占
了統治地位，只有經過整風才把無產階級的領導挽救了」[93]。

（1942 年 11 月 23 日），新湖大革命造反臨時委員會編輯部編：《戰
無不勝的毛澤東思想萬歲》第 2 冊，內部資料，1967 年，第 229 頁。
「文革」期間各地紅衛兵組織編輯出版了一些非正式的毛澤東選集，
通常以《毛澤東思想萬歲》或《戰無不勝的毛澤東思想萬歲》命名，
國內史學界一般認為其真實性基本可靠，海外漢學界尤為推崇。參見
劉躍進：《毛澤東著作版本導論》，燕山出版社，1999 年，第 303-
315 頁；高華：〈當代中國史史料的若干問題〉，《革命年代》，廣
東人民出版社，2010 年，第 324-331 頁。

93　毛澤東：〈對《關於若干歷史問題的決議》草案的說明〉（1945 年 4
月 20 日），《毛澤東文集》第 3 卷，第 284 頁。

因此，在 1942 年「延安之春」喧雜嘈切之際，毛澤東、賀龍、王震等「政治家」敏銳捕捉到問題要害，並在黨報改造的座談會上率先提出，也就順理成章了。

實際上，同樣是「政治家」、擔任過中共中央負責人的博古，對個人主義、鬧獨立性這樣的「政治問題」，也是洞若觀火。1942 年延安文藝界「春天的騷動」，文化人要求創作自由、獨立於黨組織，相比之下，博古領導的《解放日報》此前已然進行過「黨性鍛煉」。1941 年 11 月陝甘寧邊區第二屆參議會上，《解放日報》記者田海燕、繆海稜、林朗、普金、郁文等人發起「提高記者地位和待遇，尊重記者採訪自由」的議案，[94] 遭到博古嚴屬批評，指出「這是黨性觀念差的表現，是違反黨的紀律的」，「黨員記者首先是共產黨員，然後才是記者」，要求相關當事人做出深刻檢討，並調整了工作崗位。[95] 文藝界直到普遍整風之後，直到 1943 年 3 月「黨的文藝工作者會議」，才由中央組織部陳雲部長明確提出「先是黨員後是作家」的定位，即文藝工作者「基本上是黨員，文化工作只是黨內分工」。[96]

---

94 張林冬口述、田子渝整理：〈憶社長博古〉，《湖北文史》，2013年，第 1 期。張林冬係田海燕妻子，也是延安時期《解放日報》記者，筆名「林堅」、「林間」，田子渝為田海燕之子。

95 王鳳超、岳頌東：〈延安《解放日報》大事記〉，《新聞研究資料》，1984 年，總第 26 輯，第 136-137 頁；繆海稜：〈延安初期記者生活片段〉，延安清涼山新聞出版革命紀念館編：《萬眾矚目清涼山——延安時期新聞出版文史資料》第 1 輯，內部資料，1986 年，第27 頁。

96 陳雲：〈關於黨的文藝工作者的兩個傾向問題〉（1943 年 3 月 10日），《陳雲文選》第 1 卷，人民出版社，1995 年，第 274 頁。

　　雖然如此，博古的「黨性觀念」與毛澤東的預期仍有相當距離。改版座談會上，毛澤東嚴正批評了王實味、丁玲等人的「小資產階級的空想社會主義思想」。這次會議為「延安之春」畫上了休止符，《解放日報》文藝欄次日停辦，文藝整風與知識分子改造旋即開啟。「記得在那次有軍隊領導人參加的會議之後不久，毛澤東同志開始找文藝界同志談話」[97]，4月間，毛澤東邀約面談或書信交流的文藝界人士多達20餘人，5月間，文藝座談會召開了3次，可以說毛澤東接續「新聞之月」開啟了「文藝之月」[98]。由此，一種嶄新的文化秩序漸趨成型，同時黨報改造也步入新階段。

　　4月1日正式改版之後，《解放日報》嚴格遵從「集體組織者」的辦報路線，緊跟黨中央決策和西北局、邊區政府部署，在指導和推動整風運動、大生產運動方面不遺餘力，[99]毛澤東一方面肯定「有較大的進步」，另一方面又指出「尚未做到完全成為中央的機關報」。[100]毛澤東認為癥結在於「報紙尚

97　劉白羽：〈延安文藝座談會的前前後後〉，《人民文學》，2002年，第5期。

98　李潔非、楊劼：《解讀延安——文學、知識分子與文化》，當代中國出版社，2010年，第82頁。

99　例如《解放日報》1942年4月初連續發表有關整風運動的社論，創辦專欄「黨的生活」以交流整風經驗，4月10日-20日四版連續全文刊載〈整頓三風討論資料特輯〉（即「二十二個文件」），5月設立《學習》副刊（彭真、陸定一負責）；宣傳大生產運動方面，4月30日頭版頭條報導吳滿有的模範事蹟，其後各類生產經驗、勞動競賽的報導充塞報紙版面。

100　毛澤東在1942年8月29日中央政治局會議上的發言，轉引自王敬主編：《延安〈解放日報〉史》，新華出版社，1998年，第39頁。

未與中央息息相關，雖然總的路線是對的」，關於改進辦法，毛澤東提出「以後凡是新的重要問題，小至消息大至社論須與中央商量」，[101]「報紙不能有獨立性，過去有一段是那樣。應當在黨的統一領導下進行，不能有一字一句的獨立性……自由主義在報社內是不能存在的。為什麼不允許鬧獨立性？不要以為某人寫文章署名，就可以自己負責，這是關係到黨的事情」。[102] 政治局通過了毛澤東的意見，並做出決定，委託博古、陸定一等人起草黨報工作條例和管理規定。

「鬧獨立性」、「自由主義」[103] 無疑是相當嚴重的批評，9月5日陸定一在編委會上傳達了毛澤東的意見後，博古自我批評說：「《解放日報》沒有成為一張『完全』的黨報，主要指的是我，責任完全在我。」他深刻檢討，認為主觀意圖上絕沒有向中央鬧獨立性，是嚴格服從領導的，不過客觀上確實欠缺及時請示的制度，因此出了政治差錯，「這主要是組織紀律性不強所造成的結果」。[104] 黨中央和毛澤東所批評的「鬧獨立性」，不僅針對報社的規章制度，而且包括新聞知識分子的自由主義傾向，比如專門指出「不要以為某人寫文章署名，就可以自己負責」。這種情況確實存在，據時任國際部編輯吳

101 王鳳超、岳頌東：〈延安《解放日報》大事記〉，第164頁。
102 王敬主編：《延安〈解放日報〉史》，第40頁。
103 延安時期的「自由主義」話語，不同於政治哲學意義上的英美式自由民主思想及其制度安排，而是一種政黨意識形態的界定，主要指違反黨性和集體主義原則的行為，如生活散漫、個人意氣、自由放任、無組織無紀律等。毛澤東曾列舉了自由主義的11種表現並嚴厲批判，參見毛澤東：〈反對自由主義〉（1937年9月7日），《毛澤東選集》（第2版）第2卷，第359-361頁。
104 李志英：《博古傳》，當代中國出版社，1994年，第409頁。

冷西的回憶，「當時在解放日報工作……個人主義、自由主義很厲害。對事對人都從個人的興趣、利益、得失出發，自高自大，有的甚至可以說相當狂妄，自己寫的稿子別人改一字都不答應。許多人自由散漫，毫無紀律觀念，想幹什麼就幹什麼，想說什麼就隨便說，個人服從組織，下級服從上級的觀念很差」。[105] 此時正值整風學習和檢查工作的高潮（詳見第二章），六、七月間發生的王實味大批判事件，極大地震撼了延安的每一個知識分子。毛澤東此刻批評報社人員「自由主義」、「鬧獨立性」，給記者編輯們帶來了巨大壓力。此後清涼山的整風學習加緊了思想檢查，以中央指定的「整風文獻」的精神來檢討自身的「小資產階級意識」，提高新聞知識分子的黨性觀念。

這一時期博古、陸定一連續召開編委會，討論增強組織紀律性，強化黨性意識，把報紙置於黨中央領導之下，並召開編輯部全體大會傳達中央精神，要求大家牢牢樹立黨管報紙的觀念，「做到每一個消息，每一字句都能夠代表黨」。[106] 編委會很快出台各項規定，包括稿件審查制——黨政軍稿件均由相關負責人審查，各地通訊員稿件由地方當局審查，社論、專論、各版普通稿件須報社總編或版面主編簽字，版樣由報社負責人簽發，印廠實行看大樣制度等。[107] 這是中共黨報歷史上第一次

105　余振鵬、陸小華：〈新形勢與黨的新聞工作優良傳統——吳冷西同志答問錄〉，田方、午人、方蒙主編：《延安記者》，陝西人民教育出版社，1993 年，第 7 頁。

106　吳葆朴、李志英：《秦邦憲（博古）傳》，中共黨史出版社，2007 年，第 370 頁。

107　王敬主編：《延安〈解放日報〉史》，第 41 頁。

建立如此完備的規章制度。

　　「一個字也不許鬧獨立性」，並有組織制度的保障，《解放日報》至此終於完成黨性鍛造，毛澤東9月15日致信中宣部代理部長凱豐，對報社的進步表示滿意，「可以希望由不完全的黨報變成完全的黨報」。[108] 中共中央此後給各中央局、中央分局發去一系列由毛澤東起草的電文，要求學習《解放日報》，增強黨性，克服宣傳人員鬧獨立性的錯誤傾向，《解放日報》的改造經驗隨即在全黨各級、各地報紙中普遍推廣。[109]

　　黨對報紙進行集中化管理，甚至提出「一個字也不許鬧獨立性」這樣的嚴苛要求，毛澤東在11月23日的西北局高幹會上做出如下解釋：「講出來說黨一個字也要管，好像說你這個黨挖苦得很，一個字都要管，一個字不管怎麼樣？允許他訂一個條約，說：你可以鬧獨立性，那麼第二字，第三字都來了。他可以鬧獨立性，為什麼我又不能鬧獨立性呢？不可以的。黨是管一切的⋯⋯黨以外的一切其他組織，通過他的黨員，一切要歸黨領導。」[110] 黨是管一切的，即一元化領導，點出了問題的關鍵。軍隊、政府、群眾團體、文學藝術、新聞宣傳等領域及組織，「一切要歸黨領導」，這是列寧主義政黨民主集中制之「集中」方面的要求，也是延安時期黨報改造和整風運動的一個要旨。延安整風在很大程度上正是中共作為一個列寧主義

108　《毛澤東年譜（1893-1949）》（修訂本）中卷，第403頁。

109　毛澤東：〈增強報刊宣傳的黨性〉（1942年9月、10月），《毛澤東新聞工作文選》，第139-140頁。

110　毛澤東：〈布爾什維克化十二條——在西北局高幹會議上的報告〉（1942年11月23日），《戰無不勝的毛澤東思想萬歲》第2冊，第229頁。

政黨的自我強化過程，如毛澤東在西北局高幹會議上的演講題目——讓全黨「更加布爾什維克化」，朱德也曾概括說，整風運動的目標是「使全黨走上完全布爾什維克化的道路」。[111]

在這次演講中，毛澤東反覆提及兩個中央文件：〈關於增強黨性的決定〉（1941 年 7 月 1 日）和〈關於統一抗日根據地黨的領導及調整各組織間關係的決定〉（1942 年 9 月 1 日），這是指導整風運動的「二十二個文件」之兩篇，高度體現了列寧主義的建黨原則，甚至非常接近列寧的表述。[112] 例如「更進一步的成為思想上、政治上、組織上完全鞏固的布爾塞維克的黨，要求全黨黨員和黨的各個組成部分都在統一意志、統一行動和統一紀律下面，團結起來，成為有組織的整體……把個人利益服從於全黨的利益，把個別黨的組成部分的利益服從於全黨的利益，使全黨能夠團結得像一個人……在黨內更加強調全黨的統一性、集中性和服從中央領導的重要性……嚴格遵守個人服從組織，少數服從多數，下級服從上級，全黨服從中央的基本原則」，[113]「黨是無產階級的先鋒隊和無產階級組織的最高形式，他應該領導一切其他組織，如軍隊、政府與民眾團體」，[114] 等等。

---

111 朱德：〈紀念黨的二十一週年〉，《解放日報》，1942 年 7 月 1 日，第 1 版。

112 列寧建黨學說的重要文獻包括《怎麼辦？》（1901）、《進一步，退兩步》（1904）、《共產主義運動中的「左派」幼稚病》（1920）等，參見《列寧全集》（2 版）第六、八、三十九卷，人民出版社，2013 年。

113 〈中共中央關於增強黨性的決定〉（1941 年 7 月 1 日），《中國共產黨組織史資料》第八卷（文獻選編‧上），第 571-573 頁。

114 〈中共中央關於統一抗日根據地黨的領導及調整各組間關係的決定〉

　　延安整風使中共在思想和行動上更具統一性，形成了強大的「組織的整體性」（organizational integrity），[115] 這是列寧主義政黨的顯著特徵。不同於議會框架下的選舉型政黨，列寧主義政黨是階級「先鋒隊」或曰「先進部隊」，具有明確的意識形態目標和政治價值，並以此凝聚職業革命家，形成紀律嚴明的政治組織，憑藉組織的力量調動群眾，醞釀勢能，改造傳統社會，創造理想的新世界。[116] 列寧主義政黨強調意識形態的純潔性和組織紀律的嚴密性，使成員忠誠於組織的價值和目標，無條件服從組織安排，成為「超個人化」、「非個人化」的「齒輪和螺絲釘」。[117] 在亨廷頓（Samuel Huntington）看來，由於具有超強的組織與社會動員能力，列寧主義政黨在許多後發國家成為推動現代化的一種歷史選擇，具有內在的合理性。[118]

　　從政黨的角度而言，第二階段《解放日報》整風改版的實質，是調整報紙在黨的組織體系中的位置，確立黨對報紙在思想和組織上的絕對領導，使之成為革命機器的有機構成，這也

　　（1942 年 9 月 1 日），《中國共產黨組織史資料》第 8 卷（文獻選編・上），第 604 頁。

115　Kenneth Jowitt, "Soviet Neotraditionalism: The Political Corruption of a Leninist Regime," *Soviet Studies*, 1983 (3): 275-279.

116　修遠基金會：〈群眾路線：人民民主的當代實踐形式〉，《文化縱橫》，2014 年，第 6 期。

117　呂曉波：〈關於革命後列寧主義政黨的幾個理論思考〉，周雪光主編：《當代中國的國家與社會關係》，桂冠出版社，1992 年，第 196 頁。

118　塞繆爾・亨廷頓：《變化社會中的政治秩序》，王冠華等譯，上海人民出版社，2015 年，第 332-359 頁。

是中共「布爾什維克化」改造的重要組成部分。這樣的調整符
合當時革命戰爭的客觀要求，是一種有助於革命整體利益的建
設性轉折，具有內在的歷史合理性。因此，這一階段的黨報
改造不能簡化為「政治對新聞的專制」或「自由到專制的轉
折」，對於作為革命整體之部分的新聞工作者，這樣的調整也
符合他們的目標和利益，獲得了他們的理解和認同，這從延安
時期新聞人的回憶錄中可以得到佐證。[119]

　　集中化改造的效果是顯著的，就後來新聞大眾化運動而
言，整風改版奠定了重要的思想基礎和組織保證：一方面，報
社和新聞知識分子能夠順利接受政黨要求的角色轉換，從「無
冕之王」、「啟蒙教師」變為密切聯繫群眾、向群眾學習的
「新型記者」，從台前指點江山轉到幕後組織通訊員、為工農
幹部修改稿件，這在以往是難以想像的；另一方面，黨報工作
不再局限於報社和宣傳部門，而是成為各級黨委負責人的分內
之事──這是一元化領導的題中之義，[120]可以憑藉黨組織的力

119　例如吳冷西：〈增強黨報的黨性──清涼山整風運動回憶〉，《我們
　　同黨報一起成長──回憶延安歲月》，第 15-24 頁；丁濟滄：〈端正
　　思想方法的起點──回憶清涼山整風學習前後〉，《萬眾矚目清涼
　　山──延安時期新聞出版文史資料》第 1 輯，第 135-137 頁。

120　一元化領導不僅意味著政黨統領政府、軍隊、民眾團體，還包括各級
　　黨委負責人對各項工作的全面領導。這是中共領導方法上的重要特
　　點，毛澤東在〈關於領導方法的若干問題〉一文中，不惜以較長篇幅
　　作出詳細的近乎囉嗦的解釋──對於任何工作任務（革命戰爭、生
　　產、教育，或整風學習、檢查工作、審查幹部，或宣傳工作、組織工
　　作、鋤奸工作等等）的向下傳達，上級領導機關及其個別部門都應當
　　通過有關該項工作的下級機關的主要負責人，使他們負起責任來，達
　　到分工而又統一的目的（一元化）。不應當只是由上級的個別部門去

量加以推動，使之成為普遍深入的群眾性運動。

三、作為動員媒介的文宣事業

　　1942 年春，新聞與文藝在革命事業中的角色功能、知識分子與政黨組織的關係、文宣領域的管理規範均發生歷史性轉變。這年四、五月間，毛澤東頻繁約談文藝界人士、召開文藝座談會，文學研究者稱之為毛澤東的「文藝之月」。借用這樣的說法，此前二、三月份毛澤東密切關注新聞工作，向黨報發出一系列批評指示，則可稱為「新聞之月」。而在既往研究中未能獲得足夠重視的延安《解放日報》改版座談會，堪稱「新聞之月」與「文藝之月」的聯結點，是這一歷史性轉變的典型表徵。改版座談會因此構成一個具有多重轉折意義的歷史時刻：黨報辦報方針的實用化調整在此收官，更為深入的新聞工作者思想觀念的革新就此開啟，「真正的黨報」漸趨成型；文藝界喧鬧的「延安之春」在此終結，文藝整風旋即鋪開，新聞工作者與文藝工作者就此被一同納入「知識分子問題」的範疇接受改造，成為一種新的文化權力結構的組成部分。

找下級的個別部門（例如上級組織部只找下級的組織部，上級宣傳部只找下級的宣傳部，上級鋤奸部只找下級的鋤奸部），而使下級機關的總負責人（例如書記、主席、主任、校長等）不知道，或不負責。應當使總負責人和分負責人都知道，都負責。這樣分工而又統一的一元化的方法，使一件工作經過總負責人推動很多幹部、有時甚至是全體人員去做，可以克服各單個部門幹部不足的缺點，而使許多人都變為積極參加該項工作的幹部。參見毛澤東：〈關於領導方法的若干問題〉（1943 年 6 月 1 日），《毛澤東選集》（第 2 版）第 3 卷，第 900-901 頁。

在改版座談會前後，黨報改造的內容和主題存在明顯的階段性差異：之前的兩個月聚焦辦報方針的調整，強調「集體組織者」的列寧主義黨報理念，發揮報紙對實際工作的組織和推動作用；此後的重點則是新聞知識分子觀念和作風的革新，要求思想上摒棄小資產階級意識，觀念上克服鬧獨立性的傾向，並建立相應的制度體系作為組織保障。後一階段的報社整風，是在整齊劃一的全黨整風中達成，且與文藝整風一道同為知識分子改造的一部分。

利用報紙組織和推動工作，在中共新聞史上並非毛澤東的創舉，只是在全黨整風的前夜，毛澤東重新闡釋了列寧的黨報理論和中共辦報的歷史經驗，領導了黨報的實用化改造，將報紙這種當時影響最大的現代化大眾傳媒納入常規化的政黨組織傳播體系之中，推動政黨工作方式的創新。成為各項運動提倡者與組織者的報紙，必然不再是通常意義上的新聞紙。改版之後的《解放日報》將報導重心從遠方拉回到本地，以極大的篇幅和熱情推動整風運動和大生產運動，更具有組織工具的實用化色彩。

這也並非新聞領域的特殊規定，而是當時文宣工作的整體性路線。在率先處理了黨報編輯部的專家辦報、同人志趣等問題，確定了新聞領域的組織性與實用化方針之後，文藝領域也開始了相似的改造過程。以魯迅藝術文學院為例，自 1939 年底以後「魯藝」逐漸發展出正規化、專門化的教學與研究體系，致力於精深學問和高級藝術的關門提高，這種傾向在 1942 年 5 月文藝座談會之後被制止，轉而開展聯繫實際、貼近群眾、服務抗戰的普及性文藝活動，比如戲劇系的風氣就從排演「大洋古」（大戲、洋戲、古戲）轉變為新秧歌劇的創作

與演出，將傳統秧歌成功改造成「革命媒介」。[121] 文藝的角色轉變為宣傳手段與鬥爭武器，有研究者用「實用化」、「工具化」來描述這一改造過程，認為這是延安文藝運動一個重要的轉折。[122]

　　重新確認新聞與文藝的功能角色，調整二者在革命事業中的位置，從根本上說是由革命政治的內在機制所決定，一些學者稱之為「動員體制」、「動員結構」，[123] 其核心特徵是一個具有明確意識形態指向與政治活力的列寧主義大眾政黨，通過領導群眾運動的方式將民眾政治化並動員起來，以實現發展、解放等現代性目標。湯森（James Townsen）和沃馬克（Brantly Womack）在關於中國政治的研究中指出，這樣的動員體制實際上是第三世界國家的普遍選擇，「中國所屬的那種制度幾乎顯示出所有發展中國家的形態特徵」。[124] 中國的獨特性在於，動員體制的興起固然直接源自革命戰爭、國家發展等現實需要，但是「為人民服務」、「群眾當家做主」等共產主義政治理念深嵌其中，因此動員體制的合法性離不開群眾政治主體地位的確立，實踐路徑主要是群眾的廣泛參與，「使革命成為群眾自己的事情」。[125]

121 張勇鋒：〈從「媒介革命」到「革命媒介」：延安新秧歌運動再考察〉，《新聞大學》，2020 年，第 10 期。

122 李書磊：《1942：走向民間》，人民文學出版社，2017 年，第 154 頁。

123 蔡翔：《革命／敘述：中國社會主義文學—文化想像（1949-1966）》（第 2 版），北京大學出版社，2018 年，第 74-126 頁。

124 詹姆斯·湯森、布蘭特利·沃馬克：《中國政治》，顧速、董方譯，江蘇人民出版社，2004 年，第 15 頁。

125 蔡翔：《革命／敘述：中國社會主義文學—文化想像（1949-1966）》（第 2 版），第 76 頁。

　　在這樣的動員體制中，要達成發動與組織群眾的目標，前提是對群眾進行引導與教育，宣傳的重要性由此凸顯出來。在毛澤東的理念中，宣傳是革命政治的「第一個重大工作」，也是全體成員的分內之事，「不但教員是宣傳家，新聞記者是宣傳家，文藝作者是宣傳家，我們的一切工作幹部也都是宣傳家」，[126] 而且宣傳的手段不拘一格，包羅新聞、文學、戲劇、音樂、傳單、布告、宣言、壁報、畫報等方式，乃至「上門板，捆禾草，掃地，講話和氣，買賣公平，借東西照還，賠償損失」等日常行為都是宣傳，[127] 有研究者將此稱為「泛宣傳」、「泛媒介」。[128] 概而言之，整個革命機器都可以看作是宣傳群眾與組織群眾的「媒介」，而專門處理文化傳播工作的新聞事業與文藝事業，在這個結構中無疑處於更前沿的位置。同時，由於宣傳和組織是高度政治化甚至是高度工具化的，因此被納入其中的新聞與文藝實際上很難存在所謂的專業自主性或獨立性。1942 年春新聞與文藝領域經過改造之後，專門化、自足性等專業訴求逐漸消退，「重新確立的中心主題，則是『為群眾的問題和如何為群眾的問題』」。[129]

　　動員體制彰顯群眾的政治主體地位，但群眾的政治參與並

---

126 毛澤東：〈反對黨八股〉（1942 年 2 月 8 日），《毛澤東選集》（第 2 版）第 3 卷，第 838 頁。

127 毛澤東：〈紅軍宣傳工作問題〉（1929 年 12 月），《毛澤東新聞工作文選》，第 12 頁。

128 劉海龍：《宣傳：觀念、話語及其正當化》，中國大百科全書出版社，2013 年，第 228 頁。

129 蔡翔：《革命／敘述：中國社會主義文學—文化想像（1949-1966）》（第 2 版），第 120 頁。

不指向絕對的自發性，而是與政黨政治密切關聯，是在先鋒隊政黨的動員下進行。作為動員媒介的新聞與文藝，其運作機制是進入政黨政治的內部，經由黨的領導展開宣傳和組織群眾的活動，知識分子與政黨組織的關係由此成為動員體制中的一個重要問題。1942 年春新聞與文藝的實用化改造過程中，黨性原則始終是顯要議題，究其實質正是上述關係的調整與重塑。在此之前的延安初期，中共奉行相對自由獨立的文化路線和寬鬆迎合的知識分子政策，「事實上是還沒有意識到他們在革命整體事業中應該承擔的責任、可能發揮的作用，從某種意義上是一種彬彬有禮的『待客之道』」[130]。從這種氛圍中濫觴的「延安之春」，在通過整風運動鍛造布爾什維克化政黨的關鍵時間節點，暴露出小資產階級知識分子的自由主義思想與革命政黨組織的集體紀律之間的齟齬衝突，這是新聞工作者和文藝界人士的共通性問題，因此在改版座談會上被當作「政治」問題而率先提出。緊隨改版座談會而開啟的文藝整風，拉開了知識分子改造的序幕。這是在調整新聞與文藝領域的方針路線之後，政黨政治進一步向知識分子提出真正進入自身事業的要求，繼而將知識分子「內化」成革命自身的一部分，完成從「客人」身分到「主人」身分的轉變，也是對知識分子革命主體性的詢喚。

對新聞與文藝進行實用化改造，使之在動員體制中發揮宣傳和組織群眾的作用，為此調整新聞、文藝知識分子與政黨的關係，形成一套嚴密的組織管理規範，這樣的歷史性轉折有著

---

130 盧燕娟：〈《在延安文藝座談會上的講話》與人民文化權力的興起〉，《中國現代文學研究叢刊》，2012 年，第 6 期。

內在的必然性，比如「在短時期內動員起極大的文化力量並形成巨大的宣傳效能」，[131] 在當時的語境下「有效完成了對民眾的政治動員」，[132] 對新聞與文藝的影響也不乏創造性的面向，比如促使新聞與文藝走出專業圍囿，參與到解放政治的歷史進程之中。與此同時，以歷史的後見之明來看，這種轉折的局限性、消極的面向同樣無法忽視，例如實用化原則下形成了對於新聞與文藝過於狹隘的工具性理解，如何維繫和發揮知識分子一定程度的獨立性也成為實踐難題——對於生動活潑的政黨政治以及靈活有效的動員體制來說，群眾的相對自發性、知識分子的相對主動性都是不可或缺的要件。

第二節　群眾性：重構新聞生產的邏輯

延安整風是中共在思想和組織上革新進化的關鍵時期，增強黨性、一元化領導自然是題中之義，然而從意識形態宗旨來看，為人民服務是全黨工作的出發點和落腳點；在當時的情勢下，動員廣大群眾投身革命戰爭的現實目標，也迫切要求中共及其領導下的政權回應社會需求、切實解決群眾問題，就像施拉姆（Stuart Schram）所分析的，在競爭性的政治軍事環境下，「生存的需要迫使中國共產主義者必須和他們在其中活動的民眾建立最親密的關係」。[133] 也就是說，最高理想和最低目

131　李書磊：《1942：走向民間》，第 158 頁。

132　蔡翔：《革命／敘述：中國社會主義文學—文化想像（1949-1966）》（第 2 版），第 120 頁。

133　斯圖爾特・施拉姆：《毛澤東的思想》，田松年等譯，中國人民大學出版社，2013 年，第 46 頁。

標兩方面都要求共產黨人走向民間，扎根群眾，通過群眾路線完成組織群眾同時也是自我組織的任務。在延安時期，黨性原則在很大程度上毋寧是一種工具性的政治和組織保障，群眾性原則才是靈魂，如汪暉所說：「如果沒有與群眾打成一片、向群眾學習的過程，組織就是沒有活力的、凌駕於群眾之上的結構。」[134]

作為當時最先進的現代化媒介，報紙為中共所倚重，成為政黨實踐群眾路線、密切聯繫群眾的重要渠道，新聞業本身也按照群眾路線的邏輯進行了重構。

一、整風改版的群眾性面向

從前文梳理可知，毛澤東在《解放日報》改版期間的核心關切是黨報的實用化和集中化。黨性原則固然是整風改版的顯性訴求，但群眾性原則同樣是重要指向，而且在延安後期蔚然成為新聞業的主流。

事實上，《解放日報》改版的直接導火索，恰與脫離群眾有關。1942 年 1 月，任弼時的秘書師哲給黨中央寫去一封長信，批評《解放日報》過於「洋」派，國際新聞繁多，邊區實際和群眾生活稀少。1 月 24 日第一次集中討論《解放日報》問題的政治局會議上，毛澤東讓人念了師哲的意見書，這讓博古非常震驚。[135] 這次會議拉開了黨報改版的序幕，在此後的幾

---

134 汪暉：〈二十世紀中國歷史視野下的抗美援朝戰爭〉，《文化縱橫》，2013 年，第 6 期。

135 吳葆朴、李志英：《秦邦憲（博古）傳》，中共黨史出版社，2007年，第 365 頁；延安幹部學院編：《延安時期大事記述》（試用本），內部資料，2008 年，第 243 頁。諸多回憶錄和傳記均採用這

次關鍵節點上，群眾性與黨性往往相提並論。例如 2 月 11 日的政治局會議，毛澤東對《解放日報》的缺陷癥結與改造辦法做出詳細闡述，批評報紙大量轉載國內外通訊社稿件，「對我黨政策與群眾活動的傳播，則非常之少」，今後應調整注意力，更多地「反映群眾的活動，充實下層消息……成為貫徹我黨政策與反映群眾的黨報」。[136] 3 月 8 日四版的國際婦女節專刊上，毛澤東題詞「深入群眾，不尚空談」，雖然是應蔡暢之邀而作，主要針對當時婦女運動脫離實際、脫離群眾的問題，[137] 但對革新前夜的黨報來說不無警示意味。3 月 11 日討論博古改革方案的政治局會議上，毛澤東再次強調：「報紙必須地方化，要反映地方情形。黨報要反映群眾，執行黨的政策。」[138]

　　3 月 14 日致周恩來的電報，最能體現毛澤東這一時期的黨報改造思路，他將《解放日報》改版的目標概括為一句話：「使之增強黨性與反映群眾」。[139] 由此可見，在全黨整風的節點上，對黨報進行實用化和集中化改造自然是當務之急，但這種改造從一開始就具有雙重指向。毛澤東後來的一段話清晰地表明他對報紙「群眾性」的看法，1944 年他與晉綏分局代

　　個說法，不過師哲本人並未提及此事，參見師哲口述、李海文著：《在歷史巨人身邊：師哲回憶錄》（最新修訂本），九州出版社，2014 年。

136　《毛澤東年譜（1893-1949）》（修訂本）中卷，第 362 頁。

137　中共黨史人物研究會編：《中共黨史人物傳（精選本）》（民運卷），中共黨史出版社，2010 年，第 460 頁。

138　《毛澤東年譜（1893-1949）》（修訂本）中卷，第 367 頁。

139　毛澤東：〈黨報應吸收黨外人員發表言論〉（1942 年 3 月），《毛澤東新聞工作文選》，第 111 頁。

理書記林楓談話時，批評晉綏《抗戰日報》大量刊載新華社文章，指出「不能給新華社辦報，而是給晉綏邊區人民辦報，根據當地人民的需要（聯繫群眾，為群眾服務），否則便是脫離群眾，失掉地方性的指導意義」。[140]

除了黨中央和毛澤東的三令五申之外，希望黨報更加反映群眾、聯繫實際也是讀者的要求。在正式改版前的二、三月份，《解放日報》的「信箱」欄目刊登了多篇讀者來鴻，而且在版面形式上給予較高規格，例如配發「編者按」，其中一則的措辭堪稱恭敬之至：「李微同志的意見，是完全正確的，我們也正是準備朝著這個方向走。」作者李微是一位機關職員，在他「完全正確」的意見中，對於報紙的批評與師哲相似，即國際消息「異常豐富」，不過「對於我日常工作和生活的聯繫，是少了一些」。[141] 李微建議黨報應該把實際工作中的經驗

---

140 山西省出版史志編纂委員會編：《晉綏邊區出版史》，山西人民出版社，1997 年，第 160 頁；另見阮迪民、楊效農：《晉綏日報簡史》，重慶出版社，1992 年，第 13 頁。

141 關於國際報導的問題，有必要單獨予以說明。重國際、輕邊區，這是改版醞釀期間對《解放日報》最集中的批評之一，正如改版社論〈致讀者〉所作的自我批評：「我們以最大的篇幅供給了國際新聞，而對於全國人民和根據地的生活、奮鬥，缺乏系統的記載。」這樣的辦報思路有一定的必然性。一方面，中國戰場是世界反法西斯戰爭的組成部分，蘇德戰爭與太平洋戰爭密切影響著中國局勢，因此突出國際新聞不無道理。吳冷西回憶說，改版期間解放日報社內部曾討論過這個缺點，一致認為版面上偏重國際問題有上述客觀原因。另一方面，改版前報社的人員構成也導致了這樣的局面，博古、楊松、余光生等主要負責人均為留洋歸國的知識分子，對國際問題的知識和興趣超過中國實際。楊松曾對張仲實說：「我們對於外國事情，還可談幾句；對於本國情形，的確一點都不熟悉。」加之採訪通訊科力量薄弱，總

和模範報導出來，以指導和推動工作，應當多反映群眾情況，解決實際問題。這封讀者來信很有代表性，其他幾篇在內容上與之接近。[142]

　　改版前幾天，記者莫艾在 3 月 28 日訪詢延安各界對報紙改革的意見，訪問對象多達 25 種類型 50 餘人次，報導開頭說明《解放日報》是中共中央機關報，這次報導沒有列舉黨中央的批評和建議，可見調查的定位是採集民意或曰「輿論」。在見報的篇章中，多有要求報紙反映群眾的呼聲，比如一位識字農民說「黨報並沒有說出老百姓的內心話」，蕭軍建議報紙應該「群眾化些，黨的消息可占三分之一，群眾性消息應占

共不到十人，基層通訊員又少，邊區版時常出現稿荒。因此，弱化本地、突出國際也是辦報條件所迫。改版後確立了以本國事務、邊區實際為主的辦報思路，大力開展通訊員運動，上述情形得以扭轉。需要特別指出的是，改版後國際報導依然在《解放日報》占有相當篇幅和重要地位，不僅整個二版全為國際新聞，而且在「二戰」結束之前仍有多達三分之一的頭版頭條為蘇德戰場、太平洋戰場的進展。有研究者指出改版後國際新聞不能上黨報頭條，拒用國外通訊社稿件，認為這是新的教條主義、非此即彼的二元化思維，這樣的判斷與實際情況相去甚遠。參見吳冷西：〈增強黨報的黨性——清涼山整風運動回憶〉，《我們同黨報一起成長——回憶延安歲月》，第 18 頁；張仲實：〈悼楊松同志〉，《解放日報》，1942 年 11 月 27 日，第 4 版；王潤澤：〈重塑黨報：《解放日報》改版深層動力之探析〉，《國際新聞界》，2009 年，第 4 期。

142 參見《解放日報》相關文章：李微〈一個機關職員對於本報的意見〉（1942 年 2 月 8 日第 3 版），張宣〈關於黨八股〉（1942 年 3 月 20 日第 3 版），牟原〈對於本報改進的幾點意見〉（1942 年 3 月 22 日第 3 版），羅李王〈對本報的一些意見〉（1942 年 3 月 30 日第 3 版）。

三分之二」，延安大學在讀生章鐵認為反映農村生活的文章太少。[143]

　　林林總總的讀者意見中，有一條值得特別注意——讀者溫金德在給編輯部的信中寫道：「我們黨報的基本特點與外邊報紙是完全不同的，我們黨報是真正代表群眾的喉舌，它是『眼睛向下』傾聽群眾的意見的。」[144] 這封意見書刊登在正式改版前的 3 月 22 日，大概是關於黨報「群眾性」最早的規範性表述，而且出自一般讀者之手，[145] 不得不讓人驚奇，或許可以說明延安時期理論思考的普遍性。直至 4 月 1 日改版社論〈致讀者〉，由博古起草了一段關於報紙「群眾性」的權威闡釋：「密切地與群眾聯繫，反映群眾的情緒、生活需求和要求，記載他們的可歌可泣的英勇奮鬥的事蹟，反映他們身受的苦難和慘痛，宣達他們的意見和呼聲。報紙的任務：不僅要充實群眾的知識，擴大他們的眼界，啟發他們的覺悟，教導他們，組織他們，而且要成為他們的反映者、喉舌，與他們共患難的朋友。」[146] 在此後的一系列社論和專論中，這一觀點被不斷地申述和闡發。

　　明確「群眾性」是黨報整風改版的一個重要面向之後，仍

143　莫艾：〈本報革新前夜訪詢各界意見〉，《解放日報》，1942 年 4 月 2 日，第 2 版。

144　溫金德：〈怎樣發動更多人向黨報踴躍投稿〉，《解放日報》，1942 年 3 月 23 日，第 3 版。

145　該期報紙並未說明作者溫金德的身分職務，當時有位抗大學員名叫溫金德，為炮兵團指導員，建國後曾任瀋陽炮兵學院政治部副主任，參見政協洪洞縣文史資料研究委員會編：《洪洞文史資料》第 14 輯，內部資料，2002 年，第 57 頁。

146　〈社論：致讀者〉，《解放日報》，1942 年 4 月 1 日，第 1 版。

有一些看似尋常卻頗堪深究的問題——政黨為什麼如此強調報紙的群眾性？如何「反映群眾」，通過什麼途徑，何種方式？例如僅就後者而言，1980 年代斯皮瓦克（Gayatri Spivak）發出「底層能否說話」以及「知識分子能否為底層代言」的著名質問，[147] 當代世界的勞動分工、知識分化更加細密，理論與實踐、言說與行動、知識生產與社會生活之間愈發隔裂，斯皮瓦克的質問儼然成為難解謎題。在這樣的歷史時刻，重訪延安時期新聞業的群眾性實踐，應能對當前的理論思考和政治行動有所啟發，具有一定的現實意義。

二、黨報、列寧主義政黨與群眾政治參與

延安時期的中共為何極為重視報紙的群眾性？這個問題應從兩方面解析：一是政黨為何重視群眾？二是在政黨與群眾的交往互動中為何凸顯報紙的重要性？兩者均指向延安時期中共的政治創新——群眾路線。

前文在討論報紙的黨性改造時，論及延安整風是一個列寧主義政黨的自我強化過程。在延安時期，中共不僅推進了政黨組織的集中化、一元化改造，而且通過群眾路線實現了對列寧主義建黨模式的突破創新。關於列寧主義政黨尤其是蘇聯模式，海外學者較多持批評質疑立場，認為是「一個脆弱的政治組織」，[148] 其致命缺陷是政治精英壟斷權力，排斥群眾的政治

147　Gayatri Spivak, "Can the Subaltern Speak?", in Cary Nelson and Lawrence Grossberg (eds.), *Marxism and Interpretation of Culture*. London, UK: Macmillan, 1998, pp.271-314.

148　閆健：《中國共產黨轉型與中國的變遷——海外學者視角評析》，中央編譯出版社，2013 年，第 75-85 頁。

參與，造成信息流動的滯塞和決策體系的封閉，因而無法有效回應社會需求，很難適應環境的變化。[149] 不過一些研究中共歷史的學者發現，列寧主義政黨體制下仍有民眾政治參與的成功經驗，典型就是延安時期的群眾路線。儘管有論者認為馬克思、列寧已經為群眾路線奠定了理論基礎，[150] 但更多的研究者強調毛澤東的群眾思想、中共的延安實踐與蘇聯列寧主義體制的差異。[151] 無論如何，一個公認的事實是，群眾路線在延安時期達到理論和實踐上成熟完善，對中國革命乃至第三世界產生巨大影響，群眾路線也成為毛澤東對馬克思主義最具原創性的貢獻。[152]

---

149 Bruce Dickson, *Democratization in China and Taiwan: The Adaptability of Leninist Parties*, Oxford: Clarendon Press, 1997, p.2; Bruce Dickson, *Red Capitalists in China: The Party, Private Entrepreneurs, and Prospects for Political Change*, New York: Cambridge University Press, 2003, p.10.

150 Mitch Meisner, "Dazhai: The Mass Line in Practice," *Modern China*, 1978(1): 27-62; Mark Selden and Patti Eggleston (eds.), *The People's Republic of China: A Documentary History of Revolutionary Change*, New York: Monthly Review Press, 1979, pp.16-18. 馬克思、恩格斯、列寧關於群眾路線的論述，參見中共中央文獻研究室編：《論群眾路線——重要論述摘編》，中央文獻出版社，2013 年，第 1-16 頁。

151 例如魏斐德：《歷史與意志：毛澤東思想的哲學透視》，李君如等譯，中國人民大學出版社，2005 年，第 320-324 頁；費正清、費維愷編：《劍橋中華民國史（1912-1949）》下卷，劉敬坤等譯，中國社會科學出版社，1994 年，第 935-937 頁。關於群眾路線與馬克思主義傳統的關係，毛澤東本人也有過不同的表述，有時強調是中共的獨特發明，有時則強調是對蘇聯經驗的繼承發展，參見約翰·斯塔爾：《毛澤東的政治哲學》（插圖本），曹志為、王晴波譯，中國人民大學出版社，2006 年，第 118 頁。

152 Peter Zarrow, *China in War and Revolution, 1895-1949*, New York:

　　群眾路線包含雙重內涵：「一切為了群眾，一切依靠群眾」的群眾觀點，「從群眾中來，到群眾中去」的工作方法。[153] 前者是群眾路線的政治哲學基礎，源自歷史唯物主義世界觀。在馬克思主義學說中，那些被社會心理學描繪為「烏合之眾」、「暴民」的普羅大眾，[154] 第一次成為代表人類社會發展方向的歷史主體，人民群眾構成「歷史的真正的最後動力的動力」，[155]「決定歷史結局的是廣大群眾」。[156] 毛澤東尤為重視人民群眾的首創精神，讚頌「群眾是真正的英雄」，[157] 理論上的群眾路線和實踐中的群眾運動也是毛澤東時代引人矚目的特點。他對群眾力量的高度推崇，甚至引起西方學者頗有爭議

Routledge, 2005, pp.333-335.

153　景躍進：〈「群眾路線」與當代中國政治發展：內涵、結構與實踐〉，《湖南科技大學學報》，2004 年，第 6 期。

154　群眾心理學代表性理論家包括柏克（Edmund Burke）、托克維爾（Alexis de Tocqueville）、勒龐（Gustave LeBon）、塔爾德（Gabriel Tarde）、弗洛伊德（Sigmund Freud）、加塞特（José Gasset）、莫斯科維奇（Serge Moscovici）等，代表性著作如古斯塔夫·勒龐：《烏合之眾》，陸泉枝譯，上海譯文出版社，2019 年；塞奇·莫斯科維奇：《群氓的狂歡》，許列民、薛丹雲、李繼紅譯，中國法制出版社，2019 年；何塞·加塞特：《大眾的反叛》，張偉劼譯，商務印書館，2021 年。

155　恩格斯：《路德維希·費爾巴哈和德國古典哲學的終結》（1886 年），《馬克思恩格斯文集》第 4 卷，人民出版社，2009 年，第 304 頁。

156　列寧：〈俄共（布）中央委員會的政治報告〉（1922 年 3 月 27 日），《列寧專題文集·論社會主義》，人民出版社，2009 年，第 333 頁。

157　毛澤東：〈〈農村調查〉的序言和跋〉（1941 年 3、4 月），《毛澤東選集》（第 2 版）第 3 卷，第 790 頁。

的「民粹主義者」的評價。[158] 這樣的歷史觀與世界觀引出群眾路線中的群眾觀點，即作為無產階級先鋒隊的中國共產黨「是人民群眾在特定歷史時期完成特定歷史任務的一種工具」，[159]「共產黨是為民族、為人民謀利益的政黨，它本身絕無私利可圖」。[160] 延安時期劉少奇在「七大」所作修改黨章的報告中，對群眾觀點作出了系統闡述：「一切為了人民群眾的觀點，一切向人民群眾負責的觀點，相信群眾自己解放自己的觀點，向人民群眾學習的觀點，這一切就是我們的群眾觀點，就是人民群眾的先進部隊對人民群眾的觀點。」[161]

作為一種工作方法的群眾路線，雖然在江西時期甚至更早的井岡山時期已經初具雛形，[162] 但第一次形成系統表述並大規模付諸實踐，是在延安整風期間。1943 年，在為中共中央起草的一份關於領導方法的文件中，毛澤東對群眾路線作出了經

---

158 莫里斯・邁斯納：《馬克思主義、毛澤東主義與烏托邦主義》（典藏本），張寧、陳銘康譯，中國人民大學出版社，2013 年。大陸學者普遍否認「民粹主義」判斷，參見石仲泉：〈關於國外毛澤東研究的民粹主義問題〉，《我觀毛澤東》（增訂本）下卷，濟南出版社，2014 年，第 616-630 頁。

159 鄧小平：〈關於修改黨的章程的報告〉（1956 年 9 月 16 日），《鄧小平文選》第 1 卷，人民出版社，1989 年，第 206 頁。

160 毛澤東：〈在陝甘寧邊區參議會的演說〉（1941 年 11 月 6 日），《毛澤東選集》（第 2 版）第 3 卷，第 809 頁。

161 劉少奇：〈論黨〉（1945 年 5 月 14 日），《劉少奇選集》上卷，人民出版社，1981 年，第 354 頁。

162 群眾路線的淵源流變並非本書論述重點，可參見施拉姆：《毛澤東的思想》，第 29-47 頁；李里峰：《「群眾」的面孔——基於近代中國情境的概念史考察》，王奇生主編：《20 世紀中國革命的再闡釋》（新史學・第 7 卷），中華書局，2013 年，第 31-60 頁。

典的詮釋——

> 在我黨的一切實際工作中，凡屬正確的領導，必須是從群
> 眾中來，到群眾中去。這就是說，又到群眾中去將群眾的
> 意見（分散的無系統的意見）集中起來（經過研究，化為
> 集中的系統的意見），作宣傳解釋，化為群眾的意見，使
> 群眾堅持下去，見之於行動，並在群眾行動中考驗這些意
> 見是否正確。然後再從群眾中集中起來，再到群眾中堅持
> 下去。如此無限循環，一次比一次更正確、更生動、更
> 豐富。
> 從群眾中集中起來又到群眾中堅持下去，以形成正確的意
> 見，這是基本的領導方法。[163]

　　由這段表述可見，群眾路線的核心是規範政黨（先鋒隊）
與群眾之間的關係，強調兩者之間的交往互動，黨的政策路線
的合理性和合法性，必須奠定在廣泛吸納群眾意見的基礎之
上，而且要在群眾實踐之中進行檢驗和修正，因此蘊含著群眾
的政治參與。不過這種政治參與並沒有取消政黨的先鋒性，政
黨仍是實踐群眾路線的主體，領導幹部必須積極主動地聯繫群
眾、深入實際。王紹光稱之為「逆向參與」，即西方的公眾參
與模式「強調參與是民眾的權利」，而中共的群眾路線則「強
調與民眾打成一片是幹部的責任」。[164] 進而言之，哈貝馬斯、

163　毛澤東：〈關於領導方法的若干問題〉（1943 年 6 月 1 日），《毛澤
　　東選集》（第 2 版）第 3 卷，第 899-900 頁。

164　王紹光：〈毛澤東的逆向政治參與模式——群眾路線〉，《學習月
　　刊》，2009 年，第 23 期。

巴伯（Benjamin Barber）等當代政治理論家針對代議民主危
機而提出的「協商民主」（deliberative democracy）、「強民
主」（strong democracy）等解決方案，希望將民眾的政治參
與從投票選舉擴展到政策的協商制定，他們依賴的路徑仍是擴
大民眾權利、培養合格的公民，這在現代社會因為原子化生存
而導致的普遍性政治冷漠下，並不具有很強的操作性，實際運
作中所擴展的反倒是利益集團、「遊說團」（lobby group）
的政治操弄。中共的群眾路線則迥異其趣，它並非被動地等待
社會民眾的政治參與，而是先鋒隊主動深入群眾之中，通過打
成一片的直接互動方式使群眾進入政治過程。[165] 國統區記者趙
超構 1944 年在延安實地觀察之後，曾做出一個敏銳的比較：
「倘若說我們社會的人才流動，有如選手制度，向大都會集
中，則共產黨的幹部政策恰是相反。他們的方針是優秀幹部向
群眾中去，向四方分散開來。」[166]

　　從操作層面而言，群眾路線是一個典型的信息（意見）流
動過程。在延安時期，政黨和行政機構的職責權限有著清晰的
區分，政黨的主要任務在於宏觀把握而非具體執行──對整體
情況進行調查研究，在此基礎上制定政策及實施辦法，並檢驗
政策方針的實際執行情況，因地因時加以修正或推進。如一篇
重要社論所說，「黨的領導機關的任務，在於了解情況，掌握
政策……應和政府建立正確的關係，不代替政府工作……要從
瑣事堆中解放出來，要多進行調查研究，多思考，多解決有關

165　吳冠軍：〈重新激活「群眾路線」的兩個關鍵問題：為什麼與如
　　何〉，《政治學研究》，2016 年，第 6 期。

166　趙超構：《延安一月》，中國國際廣播出版社，2013 年，第 91-
　　92 頁。

政策的問題」。[167] 在延安時期，事務主義和官僚主義在政黨
內部是被嚴厲批判的，調查研究則被提升到非常高的地位，全
黨大興調查研究之風。[168] 可見，在政黨的基本任務和日常工
作中，信息（意見）的獲取與傳達至為關鍵，而群眾路線實際
上正是一種獨特的信息（意見）流動過程。在這個過程中，作
為當時最主要的現代化大眾傳播媒介，報紙的作用至關重要。
正如《解放日報》採訪通訊部部長裴孟飛所說：「（黨報）是
『集中起來堅持下去』的最有力武器之一……因為它集中的意
見最廣泛，發行範圍也最廣泛，時間上也最迅速。」[169]

　　關於報紙對黨的群眾路線的作用以及運作方式，社論〈新
聞必須完全真實〉曾作出詳細解釋——

> 黨對群眾運動的領導，就是「集中起來，堅持下去」，或
> 者是「從群眾中來，到群眾中去」。所謂集中起來，或者
> 從群眾中來，對於運動來說，就是從當時當地的群眾中，
> 發現每一項工作的好的典型或壞的典型，好的辦法或壞的
> 辦法，研究其所以好或所以壞的原因，從這裡來發現運動
> 的規律。所謂堅持下去，或到群眾中去，就是研究出規律
> 與辦法之後，把它傳布出去，在工作中實行起來。這種領
> 導方法，與教條主義或狹隘經驗主義的領導根本不同。在

167　〈社論：提高領導改造作風〉，《解放日報》，1942 年 11 月 10 日，
　　　第 1 版。

168　〈中共中央關於調查研究的決定〉（1941 年 8 月 1 日），《建黨以來
　　　重要文獻選編（1921-1949）》第 18 冊，第 530-533 頁。

169　裴孟飛：〈貫徹全黨辦報與培養工農通訊員的方針〉，《解放日
　　　報》，1943 年 8 月 8 日，第 4 版。

黨的這種領導之下，我們的記者、通訊員，我們的報紙，
擔負了很大的任務。我們的記者與通訊員寫來的新聞，經
過報紙傳出去，使大家有所效法，有所警戒，這個過程就
是集中起來、堅持下去的過程中的重要的一部分，也就是
黨對於運動的領導的工作過程中的重要一部分。[170]

概言之，在群眾路線的信息流動過程中，報紙是關鍵的媒
介和渠道，也正是在這個意義上，社論提出新聞報導必須實事
求是，「求得新聞的完全真實」。從「集中起來」即信息上達
的角度而言，「黨的領導機關，把報紙上的材料作為決定政策
的依據材料之一，甚至有時作為主要材料，如果我們反映的材
料不夠真實，黨的決策就可能發生錯誤」。[171] 毛澤東也表達
過類似觀點，1944 年他對解放日報社和新華社全體人員說：
「中央了解國內外情況有許多來源，但是，主要靠你們，別的
方面來的東西也有一些，但是不多，主要還是靠你們。」[172]
從「堅持下去」即信息下達的角度來說，由於黨報文章接近於

---

170 〈社論：新聞必須完全真實〉，《解放日報》，1945 年 3 月 23 日，
第 1 版。

171 〈本報採訪通訊工作簡略總結〉，《解放日報》，1945 年 3 月 23
日，第 4 版。

172 岳頌東、王鳳超：〈延安《解放日報》大事記（續）〉，《新聞研究
資料》，1984 年，總第 27 輯，第 93 頁。胡喬木在 1980 年代介紹過
中國領導層獲得信息的諸多渠道，包括黨政機關工作彙導、開會、實
地考察、諮詢機構報告、專家研究成果、群眾信訪、新聞媒體等，這
個介紹或許有助於了解延安時期情形。參見胡喬木：〈中國領導層怎
樣決策——1989 年 3 月 4 日在美國訪問時所作的學術講演〉，《胡喬
木文集》第二卷，人民出版社，2012 年，第 282-289 頁。

官方文件的權威地位，也要求新聞報導做到「完全誠實完全負責」，如果報導失實「那末讀報的人就會在工作中走錯路……影響到工作和黨的領導」。[173]

三、新聞業群眾路線的多重蘊涵

上文剖析了中共重視報紙「群眾性」的諸般原因，緊接而來的是具體操作問題，即報紙如何反映群眾，如何做群眾的喉舌？在延安時期，作為政黨宣傳和組織體系的重要一環，黨報在致力於推動群眾路線的同時，新聞生產本身的邏輯也按照群眾路線的原則進行了重構，形成了新聞領域的群眾路線。下文結合當時的文字論述和實際運作，對延安時期新聞業群眾路線的內涵進行簡要概括。

第一，報社方面，新聞工作者的使命是為群眾代言。記者莫艾與一位農民的對話，生動地體現了這種職業規範——

> 南區居民老楊雖然扶著鋤頭，仰天的哈哈大笑把他的身體也扭彎了：「咱一個字也不識問，怎提咱對報紙的意見來？」
> 「不，老鄉！」我對他說：「報紙不僅是給大家看的，並且是給大家說話的。譬如你種地有些什麼困難，你對公家人有些什麼意見，你告訴報館，報館就把你的話在報上發表，等到人家知道了，不是問題就容易解決了麼？你是和報紙有關係的呵！」

---

173 〈社論：新聞必須完全真實〉，《解放日報》，1945 年 3 月 23 日，第 1 版。

「哦！真的麼，報紙會發表咱們的意見，替咱們言傳嗎？
真是好極了！那末……」
老百姓肚皮裡有意見，需要報紙幫他「言傳」。[174]

　　莫艾這種「替群眾言傳」的認識，以及在這種認識指導下
深入群眾的實踐，在改版之前的新聞知識分子之中並不多見，
因此在整風改版、走向民間的氛圍中，莫艾成了新聞界領風氣
之先的模範人物。4月4日改版後的第一次編委會上，博古和
余光生強調記者要深入民間，反映工農兵生活，特別表揚莫艾
扎根群眾的採訪作風。[175] 4月30日，莫艾對普通農民吳滿有
的報導，破天荒地登上了《解放日報》的一版頭條，引起強烈
反響，莫艾也獲譽「首席記者」，[176] 並在文藝座談會上得到朱
德的專門表揚，被贊為知識分子與工農群眾相結合的典型。[177]
整風改版之後，新聞工作者為了準確地反映群眾生活和實際工
作情況，確立了走出編輯部、深入田間地頭的工作作風。黨對
領導幹部的「三同」（即與群眾同吃、同住、同勞動）要求，
也成為延安時期記者的採訪準則。《解放日報》記者楊永直多
年後回憶道：「我習慣了在老百姓家裡睡滾燙的熱炕，學會了

174　莫艾：〈本報革新前夜訪詢各界意見〉，《解放日報》，1942 年 4 月
　　　2 日，第 2 版。
175　王鳳超、岳頌東：〈延安《解放日報》大事記〉，《新聞研究資
　　　料》，1984 年，總第 26 輯，第 146 頁。
176　吳葆朴、李志英：《秦邦憲（博古）傳》，中共黨史出版社，2007
　　　年，第 390 頁。
177　黃鋼：〈八次見到毛澤東（節錄）〉，齊志文編：《記者莫艾》，光
　　　明日報出版社，2010 年，第 213 頁。

用樹枝削成的筷子吃蕎麥麵，我與老鄉一起聊天，很有興趣
地吸著他們的旱煙袋。我放下了大學生的架子，不嫌髒、不怕
苦……我在黨報的工作中，磨練成長起來。」[178]

　　與此同時，記者也並非「客觀」「中立」的觀察者、記錄
者，而是「既當記者，又做工作」，[179] 從躬身參與的實際工作
之中發現材料、反映報導，如《解放日報》記者田方參與習仲
勛領導的綏德分區移民工作，在組織發動中採寫了米脂縣移民
的新聞報導和〈馬丕恩在召喚〉等通訊。[180] 延安時期還強調職
業記者編輯以主要精力組織通訊員，教會群眾寫稿，幫助通訊
員修改稿件。以整風的觀點看，「給工農同志的文章做『理髮
員』，實際上也是向工農同志學習的一種方法」。[181]

　　不光是報社的新聞知識分子，在開門辦報的方針下，所有
知識分子都應當「替百姓言傳」，如《解放日報》社論曾發出
號召：「散布在全邊區各個角落裡的小學教師和分派到縣區鄉
上去參加黨政工作的知識分子同志……請儘量使用自己的筆
來替群眾講出他們所要講的話吧！」[182] 需要指出的是，相比

---

178 楊永直：〈我在延安《解放日報》的日子〉，《解放日報》，2004 年
　　4 月 27 日，第 8 版。楊永直在延安時期曾任《解放日報》記者、採訪
　　通訊部主任，建國後曾任上海《解放日報》社長兼總編輯、中共上海
　　市委宣傳部部長。

179 阮迪民、楊效農：《晉綏日報簡史》，重慶出版社，1992 年，第
　　77-79 頁。

180 田方：〈延安的記者生涯〉，《我們同黨報一起成長——回憶延安歲
　　月》，第 150-154 頁。

181 柯仲平：〈在寫作上幫助工農同志〉，《解放日報》，1942 年 10 月
　　17 日，第 4 版。

182 〈社論：展開通訊員工作〉，《解放日報》，1942 年 8 月 25 日，第

「五四」新文化運動及「左聯」時期左翼知識分子描寫底層、創作通俗作品等文化實踐，延安新聞業的群眾路線及大眾化運動具有質的差異。借用延安整風的術語，群眾路線一方面是政黨鼓勵和幫助工農群眾提高文化水平，實現這個階級「知識化」；另一方面是知識分子在政黨的引導下走向民間，在思想觀念、倫理道德和行為方式上趨向與群眾「真正的結合」，完成自身的「革命化」、「無產階級化」，這與「五四」和「左聯」時期知識分子以啟蒙教師的「客居心態」[183]下鄉采風相去甚遠。

第二，群眾方面，鼓勵和幫助群眾自己發言。為了反映群眾的真實情況、解決群眾問題，新聞報導不能成為少數職業新聞人的「個人創作」。時任軍委秘書長兼總政治部宣傳部長的陶鑄，曾撰文呼籲「必須打破知識分子能孤立地把報紙辦好的才子式幻想」，相反，「應該大膽信任群眾的能力，著重發動群眾積極寫稿，組織廣大的群眾通訊員，使報紙成為群眾自己的輿論機關」。「機關報」因此成為一個貶義詞，「戰士們嘲笑這樣由少數機關人員辦的脫離群眾的報紙」。[184] 在胡喬木看來，群眾性構成了新黨報與舊觀念的根本分野，「舊的傳統是：報紙只談上層人物的活動，或者登載僅供消遣的社會新聞……因此，報紙只是報館工作人員的工作……現在已經到了徹底改變這種舊傳統舊觀念的時候了。要使報紙成為我們改進

---

1 版。

183 這是整風期間周立波的自我批評，參見立波：〈後悔與前瞻〉，《解放日報》，1943 年 4 月 3 日，第 4 版。

184 陶鑄：〈關於部隊的報紙工作〉，《解放日報》，1944 年 12 月 21 日，第 4 版。本節關於陶鑄的引文均來自此處，不再贅列。

工作的工具，就要使報紙的工作帶有深厚的群眾性；每個機關、每個鄉村、每個部隊、每個學校、每個工廠，都有報紙的通訊員、撰述員、熱心關切報紙的人」。[185]

　　在文化教育極端落後的陝甘寧邊區，中共政權大力推動正規的國民教育以及夜校、冬學、識字組等社會教育，致力於「消滅文盲，提高大眾政治文化水平」。[186] 1944 年邊區政府發動的鄉村建設「十一運動」中，[187] 甚至提出了「每人識一千字」的宏偉目標，「要辦到每鄉一個民辦學校、夜校、識字組、讀報組、黑板報、秧歌隊……在五年十年之內，我們如能達到邊區每個人識一千個字的目標，那末全中國任何大城市（如上海、廣州、天津等）所從來沒有做到的事情，就可以在

---

185 〈社論：報紙和新的文風〉，《解放日報》，1942 年 8 月 4 日，第 1 版。

186 陝甘寧邊區政府教育廳：《邊區教育宗旨和實施原則（草案）》（1940 年），陝西師範大學教育研究所編：《陝甘寧邊區教育資料・教育方針政策部分》上卷，教育科學出版社，1981 年，第 134 頁。關於延安時期普及教育的研究，參見王玉鈺：《抗戰時期陝甘寧邊區社會教育研究》，中國社會科學出版社，2015 年；朱慶葆等：《教育的變革與發展》（中華民國專題史・第 10 卷），南京大學出版社，2015 年，第 270-301 頁。

187 包括：一、每戶有一年餘糧；二、每村有一架織布機；三、每區有一處鐵匠鋪，每鄉有一個鐵匠爐；四、每鄉有一處民辦學校和夜校；五、每人識一千字；六、每區有一處衛生合作社，每鄉有一個醫生，每村有一個接生員；七、每鄉有一處義倉；八、每鄉有一副貨郎擔；九、每戶有一牛、一豬；十、每戶種一百棵樹；十一、每村有一眼水井，每戶有一處廁所。參見延安市政協文史資料委員會編：《延安文史資料》第 2 輯，內部資料，1985 年，第 136 頁。

文化素質素來落後的邊區首先實現了」。[188] 在新聞實踐中，一些能為報紙寫稿的工人、農民和戰士獲得報社和黨組織的隆重嘉獎，被樹立為工農通訊或學文化的模範典型，在地方黨報甚至《解放日報》上予以報導推介。[189] 經過不斷的嘗試，延安時期逐漸摸索出大眾黑板報這個群眾發言的最有效途徑，並在基層社會以群眾運動的方式加以普遍推行。不過鑒於邊區的實際文化狀況，延安時期更側重於培養出身工農、參與實際工作的基層黨政幹部學習寫作。

第三，管理方面，實行首長負責制。群眾路線作為一種領導方法，宗旨是回應群眾需求，形成正確意見，更好地開展工作。對群眾分散的、無系統的意見進行調查研究，形成集中的、系統的「正確意見」，職業新聞人、業餘通訊員固然是重要中介，但「先鋒隊」的黨政軍首長無疑負有重要責任。在延安時期，各級領導幹部尤其是基層負責同志，對轄區的新聞通訊工作直接負責，不僅組織發動通訊員寫稿、布置寫作計劃、簽字審稿，而且對於本地重要的、綜合性的稿件往往親自動手。

全黨辦報、群眾辦報都依託黨的組織系統加以推動，這也要求各級黨委負起領導責任，各地通訊組織的開展情況和以及寫稿的數量質量，被列為考核幹部的依據，成為上級組織給予的任務。[190] 報紙工作因此不僅僅是專門的黨政宣傳部門的業

---

188 〈社論：十一運動〉，《解放日報》，1944 年 9 月 15 日，第 1 版。

189 例如薛文華〈張國保讀報組〉（1945 年 10 月 8 日第 4 版），馬少堂〈農婦通訊員李錦秀〉（1946 年 9 月 8 日第 2 版）。

190 〈關於《解放日報》幾個問題的通知〉（1943 年 3 月 20 日），《中國共產黨新聞工作文件彙編》上卷，第 141-144 頁。

務，而是各級黨政首長的分內之事。解放日報社設立在各分區的通訊站，僅在業務上接受報社指導，在組織和政治上則服從地方黨委管理。[191] 如前所述，這也是列寧主義政黨一元化領導的題中之義。

　　第四，報導內容和形式貼近群眾。首先是內容上以群眾為中心對象，改版前《解放日報》的邊區報導「生活於會議當中，對廣大群眾性的事情卻少注意」，[192] 記者的眼睛「向上看，向會議記錄看，向文件報告看」。[193] 改版期間解放日報社採訪通訊部曾與「青記」（中國青年新聞記者學會）聯合召開座談會，討論的主題之一就是新聞的主要內容應該是群眾生活還是會議。[194] 經過整風改版後，黨報確立了新聞採寫的群眾路線，即以群眾生活和工作為中心，如陶鑄所言：「最有價值的報導乃是群眾的創造和群眾運動中的典型事物。群眾的創造才能是豐富的，從這裡經常能出現『偉大的事物』。問題是我們如何去發現，反映報導出來，做到『從群眾中來，到群眾中去』，這要求我們深入群眾，熟悉群眾，與群眾心心相印，看出並重視群眾的創造的萌芽，加以發揚光大，使它條理化、系統化，然後散播到群眾中去。」《解放日報》「新聞通訊」專

191　王敬主編：《延安〈解放日報〉史》，新華出版社，1998 年，第44 頁。

192　〈西北局宣傳委員會 檢討本欄和群眾報〉，《解放日報》，1942 年 3 月 20 日，第 4 版。

193　鄧儀：〈新聞觀點與採訪路線〉，《解放日報》，1943 年 4 月 8 日，第 4 版。

194　〈青記（中國青年新聞記者）學會、本報採訪通訊部召開座談會〉，《解放日報》，1942 年 5 月 13 日，第 2 版。

欄的一篇重要文章，曾以一連串的驚嘆號發出動員：「『等電話通知』的時代過去了！『坐在機關裡抄決定』的時代也過去了！主動地深入群眾採訪的時代到了！我們必須真正實行新聞下鄉！新聞入伍！」[195]

　　形式上則要求通俗樸素，為群眾喜聞樂見。陶鑄認為，報紙「不僅要給群眾以需要的內容，並給群眾以需要的形式，才能達到目的，完成職責。所謂群眾的形式，就是群眾看得懂並看得有味的形式」。他提倡《邊區群眾報》的做法，即學習群眾的語言，多用俗語，減少抽象無味、晦澀難懂的術語。時任《邊區群眾報》編輯的鄭育之曾回憶說，報社當時訂了一條規矩，每出一期報紙都將稿件念給不識字或識字少的本地同志（如燒飯師傅、勤雜人員），他們聽懂了才算定稿，如果他們說「一滿解不下」（陝北方言，大意為「完全聽不懂」），就得重寫或大修改，所以報紙辦得生動活潑，通俗易懂。[196]也就是說，改版前《解放日報》令人「望洋興嘆」的文風必須革新，應照顧到大多數工農出身的讀者的口味，而不以記者編輯等少數知識分子的趣味為標準，陶鑄打了一個比喻，既然在「群眾的菜館當廚子，就絕不能弄只有少數編輯者所愛吃的那樣做法的菜，強迫大家吃，反之，他應服從大家的口味」。

　　上述操作層面的規範要點之中，其實蘊含著群眾史觀的思想底色。例如，開展工農通訊員運動的前提是「大膽信任群眾的能力」，即認為寫稿、作文章乃至廣義上的文化活動並非知

195　鄧儀：〈新聞觀點與採訪路線〉，《解放日報》，1943 年 4 月 8 日，第 4 版。

196　鄭育之：〈《邊區群眾報》誕生前後〉，《延安時期新聞出版工作者回憶錄》，第 8 頁。

識分子的范圍，勞動人民完全有能力在革命進程中接受教育，成長為文化生活的主人。而且「從文化的歷史意義上說」，勞動人民成為「堂奧」的主人，「是使人類生活達到合理的，幸福的必經的道路」。[197] 又如，新聞報導的內容和形式以群眾為中心，乃是出於人民群眾是歷史的主體，「事業是群眾的事業，歷史是群眾的歷史」，而不是少數英雄豪傑的豐功偉業，因此「我們的記者」不能走聚焦領袖、高層、元帥、將軍的上層路線，相反，「縈繞於他們胸懷和筆端的是千千萬萬的群眾，特別是群眾中湧現出的富有創造力和勇敢精神的真正的群眾英雄」。[198]

概言之，由於報紙在中共宣傳和組織體系中的重要性，政黨工作思路的調整，勢必要求新聞操作模式的改變，形成新聞宣傳領域的群眾路線。從上述提煉可知，延安時期新聞業的群眾路線蘊涵豐厚，涉及內容與形式、職業記者與通訊員、知識分子與工農幹部、先鋒隊政黨與群眾等多重關係，不僅有成熟完備的理論作為指導，而且形成了一系列行之有效的新聞操作規範。

本章小結

19 世紀以降的政治舞台上，「現代君主」即政黨始終是主角，正如葛蘭西所說，「如果在現代寫一部新的《君

197　陳企霞：〈「理髮員」和他的工作〉，《解放日報》，1942 年 10 月 8 日，第 4 版。

198　總政宣傳部：〈蘇聯的軍事宣傳與我們的軍事宣傳〉，《解放日報》，1943 年 3 月 3 日，第 4 版。

主論》，其主人公不會是一位英雄人物，而只能是一個政黨」。[199] 在中國，政黨政治是 20 世紀最重要的政治創新，其中列寧主義政黨、布爾什維克體制尤其扮演了核心角色，占據了革命世紀的政治中心，極大地改變了中國社會的面貌和歷史的進程。上世紀四十年代的延安整風運動，正是中共作為一個列寧主義政黨的進化革新的關鍵時刻，而作為當時傳播最廣、影響最大的現代化大眾傳播媒介，報紙在黨的組織體系和宣傳體系中具有舉足輕重的地位，黨報因此成為推動政黨轉變的有力武器，「武器」本身也在運動中經歷了深刻的改造。

高度嚴明的組織紀律性是列寧主義政黨的顯著特點，整風運動是中共統一思想和行動的重要步驟，使全黨形成「組織的整體性」，為政治軍事鬥爭和根據地建設提供了思想和組織上的保證。黨報和新聞工作者也被納入這個整齊劃一的革命機器中，經過整風改造後嚴格服從黨的一元化領導，甚至達到「一個字也不許鬧獨立性」的苛刻程度，這也使此後的新聞大眾化運動具備了組織上的統一性。因為報紙是當時最重要的傳播手段，在推動工作方面比開會、談話、寫指示信等「秘密手工業式落後習慣」更有效能，所以在全面整風之前黨中央和毛澤東率先對報紙進行了實用化改造，組織和推動工作成為報紙的主要功能。

出於社會動員的現實需要與革命意識形態的終極訴求，中共在延安時期完善了群眾路線的理論與實踐，完成對列寧主義建黨模式最重要的突破和創新。「一切為了群眾，一切依靠群眾」的群眾觀點，「從群眾中來，到群眾中去」的工作方法，

---

199 李鵬程編：《葛蘭西文選》，人民出版社，2008 年，第 133 頁。

要求先鋒隊政黨和革命的知識分子必須走向民間，扎根群眾，與群眾打成一片。這是政黨回應社會需求、組織和動員群眾參與政治的過程，也是政黨、知識分子與群眾密切聯繫及相互塑造，形成新的政治主體的創生性過程。在實踐群眾路線的過程中，報紙成為組織和動員群眾的有力工具，成為政黨和知識分子為群眾代言、讓群眾自我表達的重要平台，新聞生產的邏輯也按照群眾路線的原則進行了重構——不僅內容上以群眾活動為中心，形式上符合群眾口味，更關鍵的是打破編輯部的專業壁壘，職業的新聞知識分子深入群眾，參加實際工作，與底層深度結合，非專業的工農幹部和群眾被動員起來參與辦報。在黨組織的有力推動下，新聞大眾化運動在延安時期蔚成風氣。

　　歷史的複雜之處在於，延安時期一方面是「中國共產主義運動最開放、最富有創造性的時期」，[200] 政黨通過整風運動統一了內部的思想和組織，使全黨在政治目標和政治價值上更為清晰明確，並實踐群眾路線建立了與自身群眾基礎的密切關係，但另一方面這個創造性的過程又與結構性的權力關係糾結在一起，突出表現在權力的等級化和壟斷化、過度的思想和組織控制等「陰影」。[201] 這樣的悖論或悲劇，應該置於政黨自身的矛盾結構中加以理解——政黨是一個不斷生成的過程，「一個黨永遠不會徹底和完全形成」，[202] 但作為政治組織的政黨

200　馬克・塞爾登：《革命中的中國：延安道路》，魏曉明、馮崇義譯，社會科學文獻出版社，2002 年，第 304 頁。

201　參見陳永發：《延安的陰影》，中央研究院近代史研究所，2015 年；David Apter and Tony Saich, *Revolutionary Discourse in Mao's Republic,* Cambridge: Harvard University Press, 1994.

202　安東尼奧・葛蘭西：《獄中札記》，曹雷雨、姜麗、張跣譯，河南大

從誕生的一刻起，就有著結構化、官僚化、穩定化的本能。用汪暉的話說，延安時期的政治實踐體現了革命的創造性過程（政治化）與革命的結構化過程（去政治化、異化）的相互纏繞。[203]

　　對於延安時期的新聞業來說，最大的「陰影」無疑是報社和新聞工作者被完全取消了獨立性，過度的政治干預和思想控制使得新聞業失去了任何的自主空間，而在黨報之外也沒有民間的出版物。[204] 作為言論和思想表達平台的新聞媒體，擁有適當的自主性對於維繫政黨的政治活力、打破結構化趨向、促進自我更新都是必要的。

　　學出版社，2014 年，第 180-181 頁。

203　汪暉：《別求新聲：汪暉訪談錄》（第 2 版），北京大學出版社，2010 年，第 49 頁。

204　朱鴻召：〈只讀《解放日報》〉，《上海文學》，2004 年，第 2 期。

第二章

新型記者：
有機知識分子的鍛造

　　1942 年夏天，魯藝文學系學生穆青正在做著「作家夢」，解放日報社的一紙調令打破了他的憧憬。由於一篇描寫部隊戰士文化學習的通訊稿，[1] 穆青被報社點名要人，此時正是《解放日報》改版後亟需補充採編力量之際，穆青和魯藝十幾位同學被選中。這個調令讓穆青非常為難，一方面因為文學創作的興趣和理想，更關鍵的是他對記者形象的認識——八面玲瓏的交際明星，而自己「性格內向，不善與人交際」。[2] 不僅是穆青，實際上很多延安時期新聞人最初都懷有類似玫瑰色想像，如袁良和孫雁去群眾報社之前的「朦朧印象」——「記者，名噪遐邇，望塵莫及」，[3]「聽說是自由職業，能滿天飛，能經

1　穆青：〈我看見了戰士們的文化學習〉（1942 年 4 月），《穆青通訊》，新華出版社，2003 年，第 6-7 頁。

2　張惠芳、王昉編著：《穆青自述》，河南人民出版社，2015 年，第51 頁。

3　袁良：〈初上清涼山〉，陝西日報社、延安時期新聞出版工作者西安聯誼會編：《延安時期新聞出版工作者回憶錄》，內部資料，2006年，第 256 頁。

歷各種生活，能當大作家」。[4]

　　在整風運動中，這樣的關於記者身分的想像以及「無冕之王」、「同仁辦報」等觀念，統統被歸結為「小資產階級思想」，是「小資產階級知識分子」從舊世界夾帶而來的錯誤觀念，成為改造的對象。一種與之相對的「無產階級思想」，以及具有這種先進思想的「新型記者」被形塑出來。延安時期新聞大眾化運動的重要特徵，也是黨報整風改造的獨特之處，不僅在於確立了黨性原則、群眾路線等辦報方針，更在於通過一系列手段和措施使得新聞知識分子接納新理念，完成自身的革命化轉型。

　　可見，「新型記者」是延安新聞傳統的一個關鍵問題，不過在以往並未得到足夠的學術關注。陳力丹、居然等研究者依據《解放日報》社論〈政治與技術〉，指出「新型記者……是區別於其他政黨和個人新聞事業的黨的新聞工作者」，[5]要點大致包括為工農兵服務、與工農兵結合、忠誠於人民解放事業、遵循「政治第一，技術第二」原則等。[6]這樣的概括基本沿用了社論的表述，對「新型記者」的內在理路與相關背景缺乏細緻分析。黃旦和周葉飛則穿過政治話語的表層迷霧，從身分意識、業務操作和開門辦報等方面進行考察，認為「新型記者」的本質是黨的喉舌、眼睛和耳朵，延安時期批判「無冕之

4　孫雁：〈清涼山我的起步地〉，《延安時期新聞出版工作者回憶錄》，第 289 頁。

5　陳力丹：《馬克思主義新聞學詞典》，中國廣播電視出版社，2002年，第 83-84 頁。

6　居然：〈中國共產黨的「新型記者」〉，《新聞界》，2015 年，第 17 期。

王」、「技術至上」觀念，樹立全黨辦報模式，目的是取消新聞工作者的獨立性、消解新聞專業的壁壘，「新型記者」的塑造實際上消弭了新聞人的專業主體性。[7]

從邏輯上說，黨報改版確立了新的辦報方針，這就必然要求與之相應的職業倫理與行為規範，呼喚一種「新型記者」的誕生。因此，研究者對於辦報思路的理解，直接決定了對「新型記者」的闡釋。在此之前，黃旦深入剖析了《解放日報》改版的來龍去脈，指出改版所創立的新聞範式是「以組織喉舌為性質，以黨的一元化領導為體制，以四性一統（黨性、群眾性、戰鬥性、指導性，統一在黨性之下）為理論框架」。[8]亦即是說，「黨性」構成了新辦報方針的核心。「新型記者」的研究顯然賡續了上述思路，關切點主要是新聞工作者與政黨／政治權力的關係，並在這個視角上對「新型記者」做出了細密的探討。

然而，將「新型記者」界定為黨的喉舌、眼睛和耳朵，理解為附屬於政黨機器的被動的、喪失主體性的「齒輪和螺絲釘」，首當其衝的問題是不符合經驗材料的情形。延安時期對於「新型記者」的定義，通常是「工農兵記者」、「人民公僕」、「群眾勤務員」，也就是從新聞工作者與群眾的關係角度進行界定。如前章所述，延安時期新聞活動主要不在政黨

7　黃旦、周葉飛：〈「新型記者」：主體的改造與重塑——延安《解放日報》改版之再考察〉，李金銓主編：《報人報國：中國新聞史的另一種讀法》，香港中文大學出版社，2013 年，第 325-354 頁。

8　黃旦：〈從「不完全黨報」到「完全黨報」——延安《解放日報》改版再審視〉，李金銓主編：《文人論政：知識分子與報刊》，廣西師範大學出版社，2008 年，第 250-280 頁。

與新聞工作者之間的關係上展開，彼時的中共通過群眾路線重
建了與階級基礎的密切聯繫，達成對列寧主義政黨和布爾什維
克體制的突破創新，政黨及其領導下的政權、軍隊致力於組織
動員民眾參與抗戰建國和邊區全面建設，而作為當時影響最大
的現代化大眾傳播手段，報紙在黨的組織和宣傳體系中居有特
殊地位，成為組織和動員民眾的有力武器。換言之，延安時
期新聞事業的主題是黨報與群眾的關係，群眾路線構成了延安
新聞範式的靈魂，黨性原則在很大程度上是一種工具性的政治
要求。

　　由是觀之，究竟何為「新型記者」仍然有待探析。本章將
該問題置於中國革命及其新聞業的「內部視野」，首先考察延
安時期中共辦報思路的調整對新聞工作者職業規範提出的新要
求，繼而在比較毛澤東和葛蘭西知識分子觀點的基礎上闡釋
「新型記者」的內涵，接著通過新聞界整風運動和「新型記
者」培育過程進一步分析新的倫理規範的含義及其實施情況，
最後討論「新型記者」這段歷史經驗對於當代的啟發意義。

第一節　「新的報紙」與「新的新聞工作者」

　　延安時期關於「新型記者」的論述，最早見於博古的講
話。1942 年 9 月 1 日，黨報改版後的第一個記者節，延安新
聞界舉行盛大紀念集會，楊尚昆、博古、凱豐等人先後講演。
其中，「博古同志的講話中心為新的報紙黨報及新的新聞工作
者，應有的新意義及條件」，[9] 博古指出，「作一個新的新聞

9　〈延安新聞界熱烈紀念九屆記者節 並追悼何雲等同志 會後舉行各種

事業工作者，他將遇到從前舊的報紙從業員想像不到的困難。因此，新聞事業對他的要求更大，更高。首先，要求我們的記者有堅強的黨性，要求他是好的黨員，好的革命者，隨時帶著黨的階級的眼睛，要脫掉知識分子的高傲習氣，恭敬勤勞地向群眾學習，不要寫那些政治的空談！」[10]

博古的這次發言，目前可見者僅有如上片段，出自《解放日報》記者黃鋼發表於記者節次日的一篇通訊。從這段話來看，「新的新聞工作者」首先應具備黨性，其次要踐行群眾性——「脫掉知識分子的高傲習氣，恭敬勤勞地向群眾學習」，這個表述具有鮮明的延安文藝座談會講話精神的底色，也是延安時期知識分子改造的經典術語，其主旨在於轉變啟蒙主義立場中知識精英與普羅大眾的關係，樹立一種新的群眾觀點。在引用完博古的講話之後，黃鋼抒發感慨：「想想，這個是很難做到的。困難在於深入到群眾裡去。」接著以大量的篇幅描述了新聞記者走向田間地頭、密切聯繫群眾、反映群眾呼聲、發動通訊員寫稿等方面的努力與不足。[11] 可以看出，對於博古「新的新聞工作者」的論述，黃鋼主要是從群眾性的面向去理解和闡發。

「新的新聞工作者」應具備黨性原則和群眾觀點，這是由「新的新聞事業」、「新的報紙」所決定的，不過究竟「新」在何處，亦即整風改版後確定的黨報方針，博古在這裡並未解釋。在當時的語境下，這一點應是眾所周知的常識。從 1942

晚會〉，《解放日報》，1942 年 9 月 2 日，第 2 版。

10　黃鋼：〈記者們的節日——延安紀念九屆記者節追悼何雲同志〉，《解放日報》，1942 年 9 月 2 日，第 2 版。

11　同上。

年 4 月中宣部發出第一個「四三決定」開始，整風學習運動在
延安各界全面鋪開，包括集體研究「二十二個文件」，以「文
件精神」即無產階級的立場、觀點和方法來檢查工作等環節。
在新聞領域，整風學習引發了新聞理論創新的熱潮，此時關於
新聞事業和新聞學的討論，充溢著理論自覺與自信的朝氣，敢
於衝決各類教條的束縛，想像一種不同於古今中外既有模式的
新聞圖景，文章往往以「我們的報紙不同於一般資產階級的報
紙」作為開場白，然後鋪展開去。[12] 也就是說，關於新聞事業
性質的理論思考，是新聞界整風學習的重點之一。就在博古這
次演說的前幾天，1942 年 8 月 25 日，《解放日報》發表社論
〈展開通訊員工作〉，開篇對「我們的報紙」亦即博古口中的
「新的新聞事業」作出如下界定——

> 我們的報紙是黨的報紙，同時也是群眾的報紙，群眾的利
> 益、群眾的情緒，是黨決定政策的依據；群眾的意見、群
> 眾的行動，也是考驗我們的政策與工作的標尺；黨教育群
> 眾，不是高高在上地用空洞的原則、死板的教條去照本宣
> 科的說教，而應該是站在群眾之中，通過群眾耳聞目見的
> 活生生的事實之分析與理解，使群眾逐漸提高他們的認
> 識。我們的報紙正是要負起這樣的任務，這也正是我們的
> 報紙之所以異於一般資產階級報紙的基本一點。[13]

12　《解放日報》1942 年下半年刊發了大量相關文章，例如社論〈展開
　　通訊員工作〉（1942 年 8 月 25 日第 1 版）和〈給黨報的記者和通訊
　　員〉（1942 年 11 月 17 日第 1 版），楊永直的文章〈健全我們的通訊
　　網〉（1942 年 9 月 1 日第 2 版）。

13　〈社論：展開通訊員工作〉，《解放日報》，1942 年 8 月 25 日，第

　　這裡顯然是從政黨（先鋒隊）與群眾的關係、在群眾路線的邏輯中，來定義「我們的報紙」的性質、角色和功能。相比毛澤東闡釋群眾路線的經典文章〈關於領導方法的若干問題〉，這篇社論提前近一年，但已經頗得群眾路線之神韻，即政黨行為（制定決策、開展工作）的合法性取決於是否回應社會需求、解決群眾問題，因而正確領導方法是「從群眾中來」（集中群眾意見，以此制定政策），「到群眾中去」（宣傳政策，貫徹落實，並接受檢驗），如此無限循環。[14] 如前章所述，作為工作方法的群眾路線，實際是政黨和群眾的持續交往互動過程，其中信息（意見、需求、政策）的通暢流動至為關鍵，這固然需要整個政黨組織有效運動起來，但專門從事信息採集和傳播的新聞事業，無疑應當扮演重要角色。

　　在群眾路線的理想狀態中，政黨與群眾的目標和行動趨向一致，而作為兩者之間溝通媒介的黨報，自然既是黨的報紙同時也是群眾的報紙，新聞事業的黨性與群眾性在群眾路線的邏輯中融為一體。可見，「我們的報紙」的根本特點，或者說「新的新聞事業」的實質，正是群眾路線中政黨和群眾交往互動的橋梁、紐帶。這也是整風改版所形成的新聞學常識，《解放日報》頻有闡述，例如記者楊永直在一篇專論中寫道：「我們的報紙，不能是迎合一般人脾味的『消閒品』，也不能是營利的商品……它必須成為黨和廣大群眾間的紐帶。」[15]

---

　　1 版。

14　毛澤東：〈關於領導方法的若干問題〉（1943 年 6 月 1 日），《毛澤東選集》（第 2 版）第 3 卷，第 899-900 頁。

15　楊永直：〈健全我們的通訊網〉，《解放日報》，1942 年 9 月 1 日，第 2 版。

　　社論還談及「黨教育群眾」問題，認為「我們的報紙正是要負起這樣的任務」，這實際上是黨報中介作用的具體內容之一。在延安的語境中，黨對群眾的「教育」有著特定的含義，它並非通常意義上的知識傳授和思想灌輸，而是馬克思主義所強調的階級意識的啟發，即作為階級先鋒隊的政黨通過細膩繁複的教育、動員和組織工作，將群眾的階級覺悟激發出來，形成政治主體性。延安時期群眾路線的獨特之處，也是毛澤東思想對於列寧主義的重要超越，在於政黨和群眾之間並非單向度的意識形態灌輸，而是一種辯證互動的師生關係。[16] 用毛澤東的話說，「我們對群眾的關係是，一方面要教育群眾，一方面要向群眾學習」。[17] 在向群眾學習、與群眾打成一片的過程中，先鋒隊政黨與群眾緊密結合、相互塑造，在教育群眾的同時也教育、改造政黨本身。

　　延安時期黨對新聞事業的規範性要求，應當置於上述政治視野中方能獲得確切理解。毛澤東 1948 年對晉綏新聞工作者的談話——這篇文獻可以視為延安新聞經驗的系統總結，就是在階級政治的大框架下論述新聞工作。毛澤東首先指出，「馬克思列寧主義的基本原則，就是要使群眾認識自己的利益，並且團結起來，為自己的利益而奮鬥」，如果把這段通俗語言轉譯成馬克思的理論術語，即啟發人民群眾的階級意識，引導

16　白鋼稱之為「師生辯證法」，參見鄢一龍等：《天下為公：中國社會主義與漫長的 21 世紀》，中國人民大學出版社，2018 年，第 34-39 頁。

17　毛澤東：〈布爾什維克化十二條——在西北局高幹會議上的報告〉（1942 年 11 月 23 日），新湖大革命造反臨時委員會宣傳部編：《戰無不勝的毛澤東思想萬歲》第 2 冊，內部資料，1967 年，第 238 頁。

無產階級的自我解放，這是共產主義運動的終極使命。從這個
基點出發，毛澤東談了他對新聞工作的期望和要求，「同志們
是辦報的。你們的工作，就是教育群眾，讓群眾知道自己的利
益，自己的任務，和黨的方針政策」，與此同時，「報紙工作
人員為了教育群眾，首先要向群眾學習」。[18]

由此可見，在毛澤東看來，新聞工作從屬於革命整體的政
治邏輯，新聞應為政治服務。然而這裡的「政治」，不能狹隘
地理解為結構性的權力關係，不能窄化為權力操控或官僚科層
體系，而是群眾解放、人民當家作主的總體性政治。正如毛澤
東在文藝座談會上所說，「政治是指階級的政治、群眾的政
治，不是所謂少數政治家的政治」。[19] 在這樣的視野下，新聞
為政治服務，並不必然導致自主性的壓制，反而敞開了廣闊的
空間，促使新聞工作者超越逼仄的個人天地和專業苑囿，去
觸摸更高遠更複雜的政治命題，把個人命運、職業生涯與整體
歷史進程關聯起來。[20] 博古說的「新的新聞事業」對「新的新
聞工作者」提出了更大、更高的要求，背後的深意或許正在
於此。

從這樣的政治觀出發，《解放日報》1943 年 6 月 10 日的
社論〈政治與技術〉，先是全面批判新聞領域「技術至上」的

18　毛澤東：〈對晉綏日報編輯人員的談話〉（1948 年 4 月 2 日），《毛
　　澤東選集》（第 2 版）第 4 卷，第 1318-1322 頁。

19　毛澤東：〈在延安文藝座談會上的講話〉（1942 年 5 月），《毛澤東
　　選集》（第 2 版）第 3 卷，第 866 頁。

20　此處受到周展安的啟發，參見周展安：〈重新認識《在延安文藝座
　　談會上的講話》的普遍性和新穎性〉，《文藝報》，2018 年 5 月 23
　　日，第 3 版。

觀點，強調「政治」對於新聞事業的統領地位。在這個論述中，「政治與技術」的關係一定程度上可以置換為「整體與局部」、「長遠與眼前」、「集體與個人」等範疇。社論繼而在破與立的基礎上，指明了新聞工作者的職業方向——做「一個新型的記者」，亦即「一個工農兵的記者」。看起來頗為奇怪的是，社論通篇談論「政治」，但並未交代「政治」的確切含義。這在當時的語境下似乎不難理解：1942 年 5 月毛澤東在文藝座談會上賦予了「政治」特定的內涵，經過聲勢浩大的整風學習，在這篇社論發表之際，「政治」應當已是無人不曉的習得話語。

由於「政治」是階級的政治，是「人民當家作主」的宏偉願景，因此對於遵循「政治第一，技術第二」原則的「新型記者」，社論並沒有凸顯其服從組織紀律的「黨性」面向，而是主要從「群眾的政治」角度加以規範——

> 我們的新型記者，對於工農兵應有熱愛，要有當他們的小學生的態度，要有當他們「理髮員」的志願。我們相信真理，這個真理即是：世界上的一切都是勞動者創造出來的……讓我們更密切的與工農兵結合，更誠懇地傾聽他們的意見，更真切地表達他們的意見，更耐心更友好地幫助他們掌握新聞事業，掌握這一戰鬥的武器。新型的新聞記者，他們的技術修養是和政治修養分離不開的，是和為群眾服務，和群眾結合的精神分離不開的。[21]

21　〈社論：政治與技術——黨報工作中的一個重要問題〉，《解放日報》，1943 年 6 月 10 日，第 1 版。

第二節　「新型記者」與「有機知識分子」

社論〈政治與技術〉在定義「新型記者」時所採用的方法和路徑，尤為值得注意。文中寫道：「我國社會上有些名記者，他們的名字在某些階層中很響亮；但是直到現在，在工農兵中名字很響亮的名記者還待努力。這種新型的記者，比之以前任何的名記者更偉大得多，因為他們的名字是與占人口最大多數的工農兵聯繫在一起的。」因此，「新型記者」的確切含義，就是「工農兵的記者」。[22] 這個界定方式，一方面讓人聯想起毛澤東在文藝座談會講的「為什麼人」這個根本的、原則的問題，「我們的文藝」是為工農兵、為人民大眾服務的，「我們的報紙」同樣如此。另一方面，這個定義沒有對記者群體及其活動展開本質主義的分析，而是從整體的社會關係角度，從記者與特定階層／階級的實際關聯中進行界說。這樣的方法論視角，讓人聯想到葛蘭西對於知識分子的經典論述。李潔非和楊劼在延安文學的研究中，指出毛澤東和葛蘭西的知識分子觀點存在相似性，[23] 這個洞見啟發我們對「新型記者」作更深層的思考。

延安的知識分子群體中，[24] 新聞工作者是重要組成部分，

22　同上。

23　李潔非、楊劼：《解讀延安──文學、知識分子與文化》，當代中國出版社，2010 年，第 81-112 頁。

24　關於知識分子的界定，向來眾說紛紜。在延安時期，知識分子通常在與工農幹部和群眾的比較中突顯身分，一般接受過系統教育，從事文化、教育、宣傳、科技等腦力性質的工作。從事新聞工作的專業記者和編輯，在當時是毫無疑問的知識分子。此類研究成果頗多，不再贅

新聞出版單位所在的清涼山，被時人公認為知識分子扎堆的地方。[25] 有兩個例子可茲佐證——

其一，1942 年「延安之春」的「諷刺畫展事件」，張諤、華君武和蔡若虹三位畫家展出七十多幅諷刺時弊、揭露延安陰暗面的漫畫，一時觀者如堵，甚至擠壞了門檻，其中華君武所作〈1939 年所植的樹〉諷刺盲目追求數量而缺乏耐心培育的形式主義作風，毛澤東的點評是：「那是延安的植樹嗎？我看是清涼山的植樹。」[26] 意思是說，勞動人民植的樹不會如此糟糕，很可能是知識分子的毛病。在毛澤東看來，《解放日報》駐地清涼山儼然是知識分子的代名詞。[27]

其二，知識分子、文化人的盛會「延安文藝座談會」，由毛澤東和凱豐（何克全）聯名發出的近百份請柬中，新聞界受邀人員計有《解放日報》社長博古，採訪部主任丁浩川，通訊

述，可參見楊鳳城：《中國共產黨的知識分子理論與政策研究》，中共黨史出版社，2005 年；朱鴻召：《延河邊的文人們》，東方出版中心，2010 年。

25　何其芳：〈毛澤東之歌〉（1977 年），《何其芳文集》第 3 卷，人民文學出版社，1983 年，第 62 頁。

26　《毛澤東年譜（1893-1949）》（修訂本）中卷，第 363 頁。

27　陳晉：《毛澤東文藝生涯》上冊，人民文學出版社，2014 年，第 256-257 頁。「諷刺畫展事件」當事人之一蔡若虹，在回憶錄中也談到了毛澤東的這個評價，並延伸開來論及自己對知識分子改造的理解，「清涼山是解放日報和抗日大學的所在地，是知識分子的集中點，清涼山下種的樹都沒有種活，這是華君武諷刺畫的根據，也是毛澤東單獨提出清涼山的根據。看來，毛主席早就把知識分子的長處和短處看得清清楚楚，所以知識分子必須有個思想改造的過程」。參見蔡若虹：《赤腳天堂——延安回憶錄》，湖南美術出版社，2000 年，第 74 頁。

科科長郁文，記者莫艾和黃鋼，副刊部舒群、陳企霞和林默涵，美術編輯張諤，大眾讀物社周文社長，《邊區群眾報》主編胡續偉，《大眾習作》主編胡采，《八路軍軍政雜誌》主編蕭向榮，攝影記者鄭景康等十餘人，另外一些知識分子如丁玲、陳學昭、白朗、方紀、周立波、艾思奇、溫濟澤、劉雪葦等人也先後供職於《解放日報》，可見新聞工作者堪稱文藝座談會的主力軍。據黎辛統計，僅副刊部的聲勢就頗為豪壯，座談會親歷者之中約有十分之一先後在副刊部工作，這是新聞史和文藝史上十分少見的強大陣容。[28]

延安時期並沒有單獨針對新聞工作者的政策文件，而是納入知識分子的範疇，一起作為「問題」接受學習和改造。毛澤東對晉綏新聞工作者說：「同志們都是知識分子。知識分子往往不懂事。」[29]可謂一語道破玄機，即對於延安新聞工作者的理解，必須置於知識分子的總體問題之中。

在延安時期，毛澤東對知識分子問題進行了深刻思考。1939年，毛澤東為中央書記處起草了〈大量吸收知識分子〉的文件，標誌著中共知識分子政策的重大調整，從之前的猜忌、疏遠、排斥轉變為重視、吸收、利用。[30]在這一政策的引

28　黎辛：《親歷延安歲月》，陝西人民出版社，2016年，第59頁。關於文藝座談會參加人員情況，高杰做過詳細考訂，參見高杰：《延安文藝座談會紀實》，陝西人民出版社，2013年，第219-231頁。

29　毛澤東：〈對晉綏日報編輯人員的談話〉（1948年4月2日），《毛澤東選集》（第2版）第4卷，第1320頁。

30　關於中共知識分子政策的流變，可參見翟志成：〈中共與黨內知識分子關係之四變（1921-1949）〉，《近代史研究所集刊》，1994年，第23期。

導下大量青年知識分子湧入革命根據地，僅奔赴延安的「新知識分子」即有四萬餘人，[31] 延安時期的新聞工作者，例如穆青和胡績偉等人，多數即在此時從國統區奔赴延安。這個群體一方面是革命事業不可或缺的組織力量，另一方面也帶有「個人主義、英雄主義、自由主義、獨立主義」等小資產階級意識。[32] 如何克服知識分子的「小資產階級性」，使之成為「整個革命機器的一個組成部分」，[33] 是擺在黨中央面前的一道難題。

延安初期毛澤東對知識分子問題進行了持續的思想探索，在〈五四運動〉（1939 年 5 月 1 日）、〈青年運動的方向〉（1939 年 5 月 4 日）、〈大量吸收知識分子〉（1939 年 12 月 1 日）、〈中國革命與中國共產黨〉（1939 年 12 月）、〈新民主主義論〉（1940 年 1 月）等系列文章中，毛澤東從中國革命的性質、動力、戰略的整體視野來思考和論述知識分子的角色使命，提出了克服小資產階級思想意識、知識分子與工農群眾相結合、知識分子的無產階級化等重要命題。其中，〈大量吸收知識分子〉這份文件典型體現了毛澤東極具深度的理論思考。他首先指出革命事業離不開知識分子群體，批評過去黨內對知識分子的恐懼和排斥心理，「不懂得為地主資產階級服務的知識分子和為工農階級服務的知識分子的區別」，號

31　中共中央文獻研究室編：《任弼時傳》下冊，中央文獻出版社，2014年，第 622 頁。

32　任弼時：〈關於增強黨性問題的報告大綱〉（1941 年），《任弼時選集》，人民出版社，1987 年，第 235 頁。

33　毛澤東：〈在延安文藝座談會上的講話〉（1942 年 5 月），《毛澤東選集》（第 2 版）第 3 卷，第 848 頁。

召今後應該「放手地大量地招收」，但要注意「好好地教育他們」，使知識分子「在長期鬥爭中逐漸克服他們的弱點，使他們革命化和群眾化」，同時還應當「切實地鼓勵工農幹部加緊學習，提高他們的文化水平，使工農幹部的知識分子化和知識分子的工農群眾化，同時實現起來」，並強調「無產階級自己的知識分子的造成，決不能離開利用社會原有知識分子的幫助」。[34]

毛澤東的知識分子觀點，與葛蘭西的「有機知識分子」理論庶幾相近，表明了兩位共產黨領袖在同一問題的探索上達到驚人的殊途同歸。如果用葛蘭西的理論語言來注解毛澤東的知識分子思想，那麼「為地主資產階級服務的知識分子」與「為工農階級服務的知識分子」，意味著知識分子與特定階級、社會集團之間存在密切關聯，也就是葛蘭西所說的「同質性」。[35] 這是「有機」（organic）概念最基本的含義（廣義），既有隸屬於封建地主階級和資產階級的有機知識分子，為這些統治集團行使「智識和道德的領導」，作為「管家」「代理人」執行意識形態領導權，[36] 又有同工農群眾緊密聯繫、為無產階級代言的有機知識分子。

在葛蘭西的論述中，有機知識分子有時專指後一種，即大多數人民群眾利益的「有機」代表，葛蘭西認為只有無產階級的有機知識分子才能達到理論與實踐的統一、知識分子與普羅

34　毛澤東：〈大量吸收知識分子〉（1939 年 12 月 1 日），《毛澤東選集》（第 2 版）第 2 卷，第 618-620 頁。

35　安東尼奧・葛蘭西：《獄中札記》，曹雷雨、姜麗、張跣譯，河南大學出版社，2014 年，第 1 頁。

36　李鵬程編：《葛蘭西文選》，人民出版社，2008 年，第 357 頁。

大眾的統一，也就是普遍的、徹底的「有機性」（狹義）。[37]
在他看來，以往的唯心哲學存在理論與實踐的脫節問題，而馬
克思主義的實踐哲學則發現了歷史主體，即代表人類社會前進
方向的無產階級，而有機知識分子的理論工作、認知活動根基
於無產階級的實踐，是無產階級認識世界、形成階級意識的過
程，這樣的認知最終轉化為改造世界的實踐，理論與實踐、知
識分子與人民群眾圍繞歷史主體而實現統一。[38]

　　葛蘭西通過對馬克思主義「實踐哲學」的闡釋，發現了
有機知識分子的歷史重要性，他認為現代政黨的使命也與此相
關，「某些社會集團的政黨不過是它們直接在政治和哲學領
域而非生產領域培養自己有機知識分子範疇的特定方式」，[39]
「政黨是新的完整的和全面的知識分子的培養者，以及被理
解為現實的歷史過程的理論和實踐的統一在其中發生的坩
堝」。[40] 無獨有偶，延安時期的毛澤東也通過〈實踐論〉、
〈在延安文藝座談會上的講話〉等文章和講演，重新解說了理
論與實踐、知識分子與工農群眾的關係，並在整風運動中將知
識分子問題作為全黨工作的重點。

　　在 1942 年 5 月 23 日文藝座談會的「結論」中，毛澤東

37　余一凡、趙冶：〈葛蘭西有機知識分子概念新探〉，《理論月刊》，
　　2016 年，第 2 期。

38　安東尼奧・葛蘭西：《實踐哲學》，徐崇溫譯，重慶出版社，1990
　　年，第 76-96 頁。關於馬克思主義理論與實踐相統一的邏輯，亦可參
　　見汪暉：《別求新聲：汪暉訪談錄》（第 2 版），第 37-43 頁。

39　安東尼奧・葛蘭西：《獄中札記》，曹雷雨、姜麗、張跣譯，河南大
　　學出版社，2014 年，第 15 頁。

40　安東尼奧・葛蘭西：《實踐哲學》，第 17 頁。

正式將知識分子納入「小資產階級」的範疇，作為工農兵群眾、無產階級的對立面而存在，是需要改造的對象。[41] 五天之後的中央學習組會上，毛澤東向黨內高層進一步解釋了文藝座談會的宗旨，他說座談會目的是解決「結合」問題，「即文學家、藝術家、文藝工作者和我們黨的幹部相結合，和工人農民相結合，以及和軍隊官兵相結合的問題」，而整頓三風就是解決思想上的問題，「把資產階級思想、小資產階級思想加以破除，轉變為無產階級的思想」。在這次報告中，毛澤東的一些表述與上述葛蘭西的理論更為接近，比如「任何一個階級都要用這樣的一批文化人來做事情，地主階級、資產階級、無產階級都是一樣，要有為他們使用的知識分子。在他們這個階級完全知識化以前，還要利用別的階級出身的知識分子」。[42] 由此可見，延安整風可以視作革命政黨培養和鍛造有機知識分子的過程——借用葛蘭西的理論話語，就是將資產階級、小資產階級的有機知識分子，「化」為無產階級、工農群眾的有機代表，「轉變知識分子的小資產階級思想意識，使他們革命化，無產階級化」。[43]

　　毛澤東和葛蘭西知識分子觀點的對比分析，為理解「新型記者」的複雜內涵提供了重要視角——這是在黨報改版和整風

41　毛澤東：〈在延安文藝座談會上的講話〉（1942 年 5 月），《毛澤東選集》（第 2 版）第 3 卷，第 847-879 頁。

42　毛澤東：〈文藝工作者要同工農兵相結合〉（1945 年 5 月 28 日），《毛澤東文集》第 2 卷，第 424-433 頁。

43　總政治部：〈關於部隊中知識分子幹部問題的指示〉（1942 年 9 月 17 日），《建黨以來重要文獻選編（1921-1949）》第 19 冊，第 456 頁。

運動的大背景之下，中共對新聞工作者提出的全新職業規範。「新型記者」首先應當樹立新型世界觀，如社論〈政治與技術〉提出的，「我們相信真理，這個真理即是：世界上的一切都是勞動者創造出來的」，[44] 也就是認同唯物史觀，堅信無產階級的歷史主體性，惟其如此方能自覺地將自身工作融入無產階級解放的歷史進程之中。「新型記者」的工作原則是為工農兵服務，為人民群眾服務，與他們密切結合，傾聽和表達他們的意見，幫助他們掌握文化和新聞事業。這也決定了「新型記者」在專業操作上不可能是「中立」「客觀」的觀察者、記錄者，而是社會生活的深度參與者，「既當記者，又做工作」，「三同」（與群眾同吃、同住、同勞動）成為延安記者的採訪準則。同樣不可忽略的是「新型記者」與政黨的關係，延安時期中共主導了文化革新，推動了知識分子的改造。在黨的組織引導下，「新型記者」放棄了基於啟蒙立場的、個人英雄主義的「無冕之王」「為民請命」等專業期許，以政黨政治的途徑與群眾建立密切關聯，因此「黨性」原則也是「新型記者」必得遵循的基本規範。

　　要言之，所謂「新型記者」，實際上是一種圍繞階級先鋒隊、通過政黨政治而與人民群眾深度結合的新聞領域的有機知識分子。

44　〈社論：政治與技術──黨報工作中的一個重要問題〉，《解放日報》，1943 年 6 月 10 日，第 1 版。

第三節　「有機知識分子」的培育程式

　　葛蘭西長期身陷囹圄，以至盛年而歿、壯志未酬，他的理論洞見最終停留在紙面「札記」之上，有研究者稱之為「失敗的革命者或書齋裡的革命者……在獄中深刻地思想著革命或在書齋裡詩意地想像著革命」。[45] 與之相反，延安時期的毛澤東與中共則發明並實施了一整套行之有效的策略和手段，推動知識分子的「有機化」改造，為中共取得意識形態領導權及革命建國奠定了文化基礎。李潔非和楊劼通過對延安文藝界整風運動的分析，提煉了「有機知識分子」培育模式的諸般要點：

　　（一）集中和強化的政治學習；（二）在集體環境下訴諸思想鬥爭和個體靈魂剖白，即「批評與自我批評」；（三）政治身分的組織化甄別與確認；（四）懲前毖後、治病救人的程序；（五）將中國傳統知識分子固有的「民本主義」倫理，移情並過渡到「工農兵崇拜」，否定和放棄知識分子價值觀當中其他與無產階級世界觀不一致的部分；（六）思想改造和勞動鍛煉相結合，使知識分子改變精神世界的同時，也改變他們對自己「身體屬性」的觀念和理解，從內到外真正失去舊知識分子歷來所有的那種角色體驗……這是一種從內到外，從精神到行為，從思想到政治，從個體催化到組織威服，全方位的知識分子改造體

45　解志熙：〈與革命相向而行──《丁玲傳》及革命文藝的現代性悖論〉，李向東、王增如：《丁玲傳》上冊，中國大百科全書出版社，2015 年，「序」第 18 頁。

系。[46]

　　新聞事業在中共的組織體系中居有特殊地位，在 1942 年
4 月全黨普遍整風開始之前的二、三月間，黨報率先經歷了深
刻改造（即「改版」），這也被認為是整風運動的一部分，是
整風初期的「第一個戰役」。[47] 這一階段的辦報方針調整，主
要是順應政黨工作形勢變化和呼應黨中央、毛澤東及社會各界
的批評，屬於外部壓力引起的變革，可以視為「外向整風」。
在改版座談會之後整齊劃一的普遍整風中，如學習文件、檢
查工作、大生產運動等，新聞界與整體步調較為一致，重點
是「黨報工作人員本身的思想改造」，[48] 也被稱為「內部整
風」。[49] 這是在新的辦報思路下構建相應的倫理規範和行為準
則，並使之為新聞工作者所自覺接受的過程，可以視為「新型
記者」的培育過程。從目前可見的材料來看，新聞界的「內部
整風」大體包含李潔非和楊劼歸納的上述要點，在具體實踐中
一方面體現了新聞事業本身的特性，但另一方面更主要地服從
於總體的文化與政治邏輯。

46　李潔非、楊劼：《解讀延安──文學、知識分子與文化》，當代中國
　　出版社，2010 年，第 108 頁。

47　馬馳、張喜華、黎辛：〈回望延安整風初期（上）──訪談前延安黨
　　中央《解放日報》文藝編輯黎辛〉，《社會科學報》，2009 年 11 月
　　26 日，第 8 版。

48　〈社論：政治與技術──黨報工作中的一個重要問題〉，《解放日
　　報》，1943 年 6 月 10 日，第 1 版。

49　《新華通訊社史》編寫組編：《新華通訊社史》第 1 卷，新華出版
　　社，2010 年，第 232-234 頁；王敬主編：《延安〈解放日報〉史》，
　　新華出版社，1998 年，第 74-80 頁。

　　整風運動的主要對象是抗戰之後投身革命的新黨員、新幹部（這些人構成了全體黨員的九成），而在紅色大本營延安，新黨員、新幹部主要又是抗戰後從國統區而來的青年知識分子。[50] 因此，整風的重點也就成了知識分子改造，可以說是中共發動的一場大規模的文化運動。這一時期，「小資產階級」無疑是最熱門的話語，是勒在知識分子頭上的「緊箍咒」。這個概念因為毛澤東在文藝座談會上的反覆申說而流行，毛澤東強調知識分子不僅要在組織上入黨，更關鍵的是思想上入黨，因此在整頓黨組織之前，首先要進行一場思想上的鬥爭，破除小資產階級思想的影響，樹立無產階級思想的主導權。[51] 此後，《解放日報》的一篇社論將整風運動的實質明確定義為「無產階級思想與小資產階級思想的鬥爭」。[52]

　　新聞界整風的主題同樣如此。解放日報和新華社的記者編輯，絕大多數是抗戰以後參加革命工作的青年知識分子，還有部分從國外和國統區奔赴延安的中年知識分子，「主要業務骨幹大都是二十剛出頭的青年」。[53] 1943 年 9 月第二次「九月會議」期間，博古在自我檢討中談到報社工作時說，《解

50　胡喬木：《胡喬木回憶毛澤東》（增訂本），人民出版社，2014 年，第 205 頁。

51　毛澤東：〈在延安文藝座談會上的講話〉（1942 年 5 月），《毛澤東選集》（第 2 版）第 3 卷，第 847-879 頁。

52　〈社論：延安一個月學習運動的總結〉，《解放日報》，1942 年 6 月 5 日，第 1 版。這個判斷同樣來自毛澤東。他在此前 5 月 28 日的中央學習組會上談到，整頓三風「就是一個無產階級的思想同小資產階級思想的鬥爭」。參見中共中央文獻研究室編：《毛澤東傳》第 2 卷，中央文獻出版社，2013 年，第 649 頁。

53　王敬主編：《延安〈解放日報〉史》，第 24 頁。

放日報》辦報初期最大的問題是「由少數小資產階級出身的知識分子關門辦報，實際上是向黨的領導鬧獨立性」，並且認為 4 月改版以後報社仍然存在「強調技術，忽視政治」的錯誤傾向。[54] 因而報社「內部整風」的重點，便是改造這些知識分子。《邊區群眾報》主編胡績偉在多年後回憶道：「整風運動一開始，就把『小資產階級知識分子』作為主要的整風對象，就是整我們這些從白區來的知識分子」。[55]

「整風運動……就是整我們這些從白區來的知識分子」，胡績偉這句話的表述結構，讓人想起王明（陳紹禹）對洛甫（張聞天）說過的一句名言：「整風就是整你和我」。[56] 如果對這兩句形式相似但內容殊異的話進行勾連，或許可以發現某種邏輯關聯——延安整風的直接起因是清除王明等人的思想和政治影響，[57] 這些人又以理論家、馬列正統而著稱，「大擺其

54　博古：〈我的初步反省〉（1944 年 1 月），轉引自朱鴻召：《延安締造》，陝西人民出版社，2013 年，第 531 頁。

55　胡績偉：《青春歲月——胡績偉自述》，河南人民出版社，1999 年，第 247 頁。

56　毛澤東對此並不諱言，在第二次「九月會議」上毛澤東說王明這句話「又對又不對」：「說是對的，首先要揭破教條宗派，要整，要將軍，要全黨揭露。說是不對的，還要把一切宗派打垮，打破各個山頭」。參見張樹軍、齊生編：《中國共產黨重大會議實錄》上冊，湖南人民出版社，2006 年，第 174 頁。

57　陸定一：〈陸定一同志談延安解放日報改版——在解放日報史座談會上的講話摘要〉，《新聞研究資料》，1981 年，總第 8 輯，第 1 頁。延安整風的現實考慮是搞倒王明等「國際派」，毛澤東也有過坦率的承認，他在 1945 年「七大」之前說：「1940 年不許提路線，1941 年談了路線，以後就發生了王明同志的問題。他養病的時候，我們整了風，討論了黨的歷史上的路線問題，『項莊舞劍，意在沛公』，這是

知識架子」，[58] 誇誇其談而脫離實際，所犯的恰是知識分子凌空蹈虛的通病，於是最徹底的解決辦法莫過於重新規範理論與實踐、知識分子與工農群眾的關係，這就勢必擴及整個知識分子群體。因此，知識分子問題確實構成延安整風的重要內容，知識分子也不可避免地成為整風運動的重點改造對象。[59]

整風運動的總體部署和時間節點大致如下：1942 年 2月，毛澤東發表整頓三風和反對黨八股的演說，標誌著全黨普遍整風的發動；4 月 3 日，中宣部發出〈關於在延安討論中央決定及毛澤東整頓三風報告的決定〉（第一個「四三決定」），學習運動全面展開，包括研究文件、檢查工作、總結經驗幾個階段；1943 年 4 月 3 日，中共中央發出〈關於繼續開展整風運動的決定〉（第二個「四三決定」），進入審查幹部階段；1945 年 4 月，中共「七大」召開，整風運動結束。[60]其間，從 1944 年開始延安的機關單位興起了個人生產的熱潮，雖然通常歸入大生產運動的範疇，但從知識分子改造的角度而言，體力勞動也是整風運動的一部分。

清涼山的新聞知識分子深度參與了整風運動，經受由內而外、從思想到身體、從立場到行為的全方位改造。這個改造體

確實的，但『沛公』很多，連『項莊』自己也包括在內。」參見毛澤東：〈對《關於若干歷史問題的決議》草案的說明〉（1945 年 4 月 20 日），《毛澤東文集》第 3 卷，第 283 頁。

58　毛澤東：〈整頓黨的作風〉（1942 年 2 月 1 日），《毛澤東選集》（第 2 版）第 3 卷，第 815 頁。

59　李書磊對此作過頗具洞見的分析，參見李書磊：《1942：走向民間》，人民文學出版社，2017 年，第 207-226 頁。

60　中共中央黨史研究室：《中國共產黨歷史·第一卷（1921-1949）》（第 2 版）下冊，中共黨史出版社，2011 年，第 613-624 頁。

系大致包括四個環節：學習文件、檢查工作、審查幹部和個人
生產，前兩個階段較有實質意義，後者更具儀式的意味。

一、話語習得：把全黨辦成一個大學校

解放日報社和新華社在清涼山合署辦公，屬於一個伙食單
位，由同一個編委會領導，社長均由博古擔任。兩社開始內部
整風的最早記錄，是在 1942 年 4 月 10 日，當天編委會討論
了報社的整風學習問題。[61] 這個時間點與整體行動十分合拍，
在一周前發布的「四三決定」中，中宣部要求各機關「有準備
的、有計劃的」組織討論十八個文件，[62] 並以文件的精神與實
質檢討部門工作及每個人的工作與思想。「決定」對文件學習
的方法做出詳細規定，「每個同志必須逐件精讀，逐件寫筆
記，然後逐件或幾件合併開小組會討論……在閱讀與討論中，
每個人都要深思熟慮，反省自己的工作及思想，反省自己的全
部歷史」，時間上也有具體安排，「各機關規定為三個月，學
校規定為兩個月，然後開始檢查工作」，為考察學習效果中宣
部還將「舉行普遍考試一次」。值得注意的是，「決定」提
出討論文件和檢查工作的開展原則，是兼顧上級領導與發揚民

61　王鳳超、岳頌東：〈延安《解放日報》大事記〉，《新聞研究資
　　料》，1984 年，總第 26 輯，第 147 頁。

62　4 月 16 日中宣部又補充通知，增加了四個文件，最終形成著名的
　　「二十二個文件」，參見中央宣傳部：〈關於增加整風學習材料及
　　學習時間的通知〉，中央檔案館編：《中共中央文件選集》第 13 冊
　　（1941-1942），中央黨校出版社，1991 年，第 371 頁。「二十二個
　　文件」曾彙集成「整風文獻」，在各根據地廣為發行，近年出版了
　　1949 年解放社的影印本，參見朱鴻召主編：《紅色檔案——延安時期
　　文獻檔案彙編・整風文獻》，陝西人民出版社，2013 年。

主，而且鼓勵爭論，「不管是正確的或錯誤的意見，都得自由
發表，不得加以抑制」，並要求各機關出牆報推動整風。[63]

此時《解放日報》已經正式改版，毛澤東的「經過黨報
來改造黨」的實用化思路，已經成為辦報方針。第一個「四三
決定」出台之後，《解放日報》連續發表指導整風的社論，並
創辦專欄「黨的生活」交流經驗、釋疑解難，4 月 10 日至 20
日四版的〈整頓三風討論資料特輯〉連續全文刊登中央規定
的必讀文件，5 月中旬又設立《學習》專刊（彭真、陸定一負
責）。一時間，報紙上的整風報導緊鑼密鼓。與此同時，解放
日報社和新華社內部也謹遵中央部署開始整風學習。

濃厚的學習空氣，很快彌漫了整個延安，閱讀文件、傳
閱筆記、小組討論成為機關學校全部生活的中心。這樣的學習
場景，或許接近毛澤東「把全黨辦成一個大學校」[64] 的設想。
解放日報社也緊張學習起來，成立了領導整風學習的「中心
小組」，由陸定一擔任組長，成員包括博古、余光生、陳坦、
曹若茗、艾思奇、吳文燾等人，接受中直機關學委會領導。[65]
編輯部每天上午完成工作後，下午和晚上都用來學習文件，外
勤記者則隨身攜帶文件，隨時隨地閱讀。[66] 報社還按照業務部

63　中共中央宣傳部：〈關於在延安討論中央決定及毛澤東整頓三風報
　　告的決定〉（1942 年 4 月 3 日），《中共中央文件選集》第 13 冊
　　（1941-1942），第 363-367 頁。

64　《毛澤東年譜（1893-1949）》（修訂本）中卷，第 127 頁。

65　中共黨史人物研究會編：《中共黨史人物傳》第 87 卷，中央文獻出
　　版社，2008 年，第 68 頁。

66　〈本報工作人員進行文件研究〉，《解放日報》，1942 年 4 月 30
　　日，第 2 版。中宣部在六月份甚至規定「機關部隊凡能閱讀文件者，
　　均應盡可能減少工作時間增加學習時間」、「在學習二十二個文件時

門分成若干小組，由組長帶領討論文件、寫作筆記、反省檢討，「每個人在發言時聯繫自己思想，大家敞開思想，心情愉快」。[67] 邊區群眾報社的情形也較為相似，「大家先是認真學習文件，然後開展批評和自我批評，用文件的精神來檢查自己的思想作風，找出自己的主觀主義、宗派主義和黨八股的具體表現，分析它產生的原因和今後改進的辦法。在開初階段，大家心情舒暢地投入了學習」。[68]

整風學習一開始是熱烈踴躍的，甚至有點興奮過頭，發生了一些「越軌」現象，主要體現在牆報《春風》上。這是解放日報社和新華社按照第一個「四三決定」的要求，為推動整風學習而創辦的機關刊，結果甫一問世就出了問題。4 月 10 和 18 日兩次編委會，副總編輯余光生和國際部主任曹若茗指出牆報《春風》存在不正確的傾向、不良的偏向。[69] 牆報編委田方在第一期讀後感中寫道，整風初期延安許多機關或學校的牆報普遍存在的問題，如「絕對平均主義、專找細節、冷風暗箭、捕風捉影」等等，在《春風》上也或多或少存在。[70] 這些機關牆報中，比較著名的有中央青委的《輕騎隊》、西北局的

期中，應把其他一切學習暫行停止」，解放日報社為使報紙正常出版，乃決定半天出報半天學習，並將文件學習時間延長到四個月。參見中共中央宣傳部：〈關於在全黨進行整頓三風學習運動的指示〉，《中共中央文件選集》第 13 冊（1941-1942），第 391-392 頁。

67　陳學昭：〈在解放日報社參加整風審幹運動〉，任文主編：《我所親歷的延安整風》下冊，陝西師範大學出版社，2014 年，第 94 頁。

68　胡續偉：《青春歲月——胡續偉自述》，第 224 頁。

69　王鳳超、岳頌東：〈延安《解放日報》大事記〉，第 147-148 頁。

70　田方：〈清涼山的記者生涯〉，《萬眾矚目清涼山——延安時期新聞出版文史資料》第 1 輯，第 168 頁。

《西北風》和中央研究院的《失與的》，後來都被毛澤東點名批評，勒令整頓。[71] 清涼山的牆報創辦之初，貼滿了批評性的稿件，如〈漫談余光生同志的領導〉、〈給光生同志的幾點意見〉、〈我對總務科的幾點懷疑〉等。[72] 還有文章批評生活待遇上的等級差異，如大灶、中灶、小灶之分，要求一律平等。國際部編輯吳冷西貼出的一篇文章尤其引發紛紛議論，他批評報社的制度不民主，重大事情由編委會關門決定，記者編輯們不知情，要求今後旁聽編委會和黨委會，提出報社大事應由編輯大會討論通過。[73]——這些激進訴求非常契合〈野百合花〉和〈三八節有感〉等雜文所關注的話題。

　　吳冷西批評的情況確實存在，余光生後來在 5 月 15 日編委會上承認，報紙改版時「發動群眾討論不夠，致使有些同志認為改版僅是縮小國際擴大國內。我們沒有及時、具體地向群眾解釋、教育」，以後工作中「要耐心聽取別人的意見」。[74] 不過從彼時彼刻的總體氛圍來看，《春風》的主題特別是吳冷

71　毛澤東在「七大」前夕談整風運動的目的和意義時提到了這幾份牆報，措詞極為嚴厲，「如果不整風黨就變了性質，無產階級其名，小資產階級其實，延安就不得下地，王實味、『輕騎隊』、『西北風』占了統治地位，只有經過整風才把無產階級的領導挽救了」。參見毛澤東：〈對《關於若干歷史問題的決議》草案的說明〉（1945 年 4 月 20 日），《毛澤東文集》第 3 卷，第 284 頁。

72　王敬主編：《延安〈解放日報〉史》，第 76 頁。

73　吳冷西：《回憶領袖與戰友》，新華出版社，2006 年，第 239 頁；余振鵬、陸小華：〈新形勢與黨的新聞工作優良傳統——吳冷西同志答問錄〉，田方、午人、方蒙主編：《延安記者》，陝西人民教育出版社，1993 年，第 7 頁。

74　王鳳超、岳頌東：〈延安《解放日報》大事記〉，第 149 頁。

西的文章，就顯得非常不合時宜了。此前延安剛發生了一場
「民主風波」，主角是王實味——3 月 18 日整風運動的試點
單位中央研究院召開了動員大會，王實味批評負責人羅邁（李
維漢）的家長制作風，提出整風檢查工作委員會不能由領導幹
部直接出任，應該民主選舉。王實味言辭激烈，嘲諷羅邁「比
豬還蠢」，贏得陣陣喝彩，他的意見也獲得壓倒性的支持，
在最後的舉手表決中占了上風。接著王實味又一鼓作氣，3 月
23 日和 28 日又在牆報《矢與的》上連連發聲，繼續批評「領
導」、「大人物」、「上司」，引起軒然大波。[75] 李維漢時隔
多年之後曾說：「中央研究院的整風牆報《矢與的》更以『民
主』獲勝的面目，轟動了整個延安，有幾期甚至不是貼在牆
上，而是貼在布上拿到延安南門外（鬧市區）懸掛起來，前往
參觀者川流不息。」[76]

　　王實味再次引起中央高層的重視。此前他批評延安「衣
分三色，食分五等」的〈野百合花〉已經引起關注，這次「民
主風波」更是背離了整風運動增強黨性、統一步調的目標，干
擾了大方向。毛澤東很快直接介入此事：3 月 31 日《解放日
報》改版座談會上，他沉痛批評了王實味和丁玲所代表的「絕

75　黃昌勇：《王實味傳》，河南人民出版社，2000 年，第 169-171 頁。
　　王實味在《矢與的》發表的文章為〈我對羅邁同志在整風檢工動員大
　　會上發言的批評〉和〈零感兩則〉（3 月 23 日）、〈答李宇超、梅洛
　　兩同志〉（3 月 28 日），另在 3 月 15 日第 4 期《穀雨》發表〈政治
　　家・藝術家〉，3 月 23 日《解放日報》第 4 版發表〈野百合花〉下
　　半部。

76　李維漢：《回憶與研究》下冊，中共黨史出版社，2013 年，第
　　371 頁。

對平均的觀念」、「冷嘲暗箭的辦法」、「小資產階級的空想
社會主義思想」；4 月初的一個晚上，毛澤東從楊家嶺趕到蘭
家坪的中央研究院，用馬燈和火把照明觀看《失與的》，留下
一句「思想鬥爭有了目標了，這也是有的放矢嘛」；[77] 4 月 2
日政治局會議，毛澤東指出「不要暗箭，不要冷嘲」，在機關
學校裡是要開展民主，「但還須有領導，使這個運動發展到正
確的方向去」，[78] 康生也指責王實味、丁玲的文章風氣不正，
有極端民主化的傾向；[79] 4 月 3 日，中宣部出台第一個「四三
決定」，提出「討論與批評的態度，應該是嚴正的、徹底的、
尖銳的，但又應該是誠懇坦白的、實事求是的、與人為善的態
度，而一切冷嘲暗箭、誣衊謾罵、捕風捉影、誇誇其談，都是
不正確的」。[80]

　　就在這樣山雨欲來的氛圍中，消息靈通的報館人員竟然
對周遭環境的變化一無察覺，解放日報社內部仍然發生了「民
主」問題。這表明整風學習初期，人們對運動的目標和性質嚴

77　《毛澤東年譜（1893-1949）》（修訂本）中卷，第 373 頁。

78　姜華宣、張尉萍、肖甡主編：《中國共產黨重要會議紀事（1921-
　　2011）》，中央文獻出版社，2011 年，第 214 頁。

79　此說法源自楊奎松，但未標明史料出處。參見楊奎松：《毛澤東與莫
　　斯科的恩恩怨怨》，江西人民出版社，1999 年，第 139 頁。陳晉也提
　　到康生在這次政治局會議上的發言，不過略有不同，「康生說現在反
　　三風，不好的形式有三種，一是王實味、丁玲的形式，一是輕騎隊的
　　形式，一是中央研究院及西北局的牆報形式」。參見陳晉：《文人毛
　　澤東》，上海人民出版社，2005 年，第 224 頁。

80　中共中央宣傳部：〈關於在延安討論中央決定及毛澤東整頓三風報
　　告的決定〉（1942 年 4 月 3 日），《中共中央文件選集》第 13 冊
　　（1941-1942），第 365-366 頁。

重缺乏了解。鑒於此前黨內高級幹部的路線鬥爭情況（1942年「九月會議」），很多人認為整風就是「對付某幾個領導人」，整「名流大師」，比如王實味就認為「整風就是要整領導人，要割大尾巴」，[81] 黎辛後來也說，對於整風的意圖，普通幹部並不了解，甚至一些高層幹部也不明其詳。[82] 這一時期整風文獻的「精神與實質」尚未有權威的定義，流行的話語如「主觀主義」、「宗派主義」、「黨八股」、「學風」、「黨風」、「文風」等等，比較抽象模糊，彷彿漫無邊際的「能指」，當事人大概只能將它們與眼前剛剛發生的高層鬥爭勾連起來，很難預見到因為王明等「二十八個半布爾什維克」的理論家形象和知識分子身分，要徹底清除他們的思想和政治影響，勢必要對知識分子進行一番徹底的整頓。

經過 5 月份文藝座談會之後，整風運動的性質有了明確定義：「一場無產階級的思想同小資產階級思想的鬥爭」，[83] 整風文獻的精神與實質被概括為「無產階級的立場、觀點和方法」，[84] 學習內容進一步確定為「一是學習中央規定的二十二個文件，一是結合學習檢查自己的非無產階級思想」。[85] 文藝座談會之後的六、七月間，延安開展了大規模的鬥爭王實味

81 溫濟澤等：《王實味冤案平反紀實》，群眾出版社，1993 年，第 5 頁。

82 黎辛：《親歷延安歲月》，陝西人民出版社，2016 年，第 196 頁。

83 毛澤東在 5 月 28 日中央學習組會上的講話，中共中央文獻研究室編：《毛澤東傳》第 2 卷，中央文獻出版社，2013 年，第 649 頁。

84 〈社論：延安一個月學習運動的總結〉，《解放日報》，1942 年 6 月 5 日，第 1 版。

85 《毛澤東傳》第 2 卷，第 649 頁。

的運動，《解放日報》連續發表 20 餘篇批判文章，中央研究院組織了多次批鬥會，王實味最終被徹底打倒。[86] 在這次規模空前的大批判中，最集中的火力正是瞄準「小資產階級知識分子」，王實味被當作小資產階級錯誤立場、思想、傾向、情調、本性的活標本，范文瀾的批判尤為典型：「王實味同志是一個共產黨員，可是他的思想意識卻集合了小資產階級一切劣根性之大成。所有散漫、動搖、不能堅忍、不能團結、不能整齊動作、個人自私自利主義、個人英雄主義、風頭主義、平均主義、自由主義、極端民主主義、流氓無產階級與破產農民的破壞性、小氣病、急性病等等劣根性，王實味同志意識中各色俱全，應有盡有，不折不扣。」[87] 總之，知識分子身上一切不符合政黨規範、違反黨性的毛病，統統歸結為小資產階級的劣根性，這一時期「小資產階級」話語的出現頻率劇烈增長。[88]

　批鬥王實味事件，給延安所有的知識分子造成了強大的精神震懾和心理衝擊，也使整風學習轉入黨中央和毛澤東預期的軌道。從 1942 年下半年開始，清涼山內部整風學習的重點發生了變化，由初期無主題的暢所欲言，轉變為集中地反省小資產階級錯誤觀念，「著重克服年輕幹部中的個人主義、自由主

86　關於「王實味事件」，1980 年代以來已有大量研究，此處不再贅述，可參見黃昌勇：《王實味傳》；魏時煜：《王實味：文藝整風與思想改造》，香港城市大學出版社，2016 年；Dai Qing, *Wang Shiwei and "Wild Lilies": Rectification and Purges in the Chinese Communist Party*, New York: M.E. Sharpe, 1994.

87　范文瀾：〈論王實味同志的思想意識〉，《解放日報》，1942 年 6 月 9 日，第 4 版。

88　吳敏：〈試論 40 年代延安文壇的「小資產階級」話語〉，《中國現代文學研究叢刊》，2004 年，第 2 期。

義和極端民主化、絕對平均主義等非無產階級思想」。[89] 也就在這一時期，毛澤東幾次批評《解放日報》鬧獨立性的傾向，加強對報社的集中化管理，與小資產階級錯誤立場相對立的無產階級黨性原則，成為報社學習討論的焦點。這年 9 月初，博古在解放日報社和新華社兩百多人的全體大會上做報告，系統檢討報紙工作的錯誤，提出無組織、無紀律、無政府主義、極端民主化不能在報社存在，應在黨的統一領導下辦報，一個字也不能鬧獨立性，並結合自己過去歷史上的錯誤作了自我批評。[90] 博古的檢討對大家觸動很大，這次全體大會後報社內部開始認真地討論黨性問題，整風學習的重點是「解決黨報的黨性問題、報紙怎樣貫徹黨性原則、黨報和黨中央的關係問題」。[91]

這一時期的牆報《春風》上，更多的是個人檢討、思想自傳類的文章，許多記者編輯對照文件，檢查自己的思想，寫出來貼在牆報上。[92] 整風初期因為批評報社民主問題而引起軒然大波的吳冷西，此時也在檢討反省、改造思想，「陸定一同志轉達毛主席指示知識分子要克服絕對平均主義和極端民主思想這兩種小資產階級個人主義表現，我才恍然大悟，開始自我檢討」。[93] 通過學習文件和自我檢查，吳冷西對報紙的黨性原則

89　吳冷西：〈增強黨報的黨性——清涼山整風運動回憶〉，《我們同黨報一起成長——回憶延安歲月》，第 23 頁。

90　吳葆朴、李志英：《秦邦憲（博古）傳》，中共黨史出版社，2007年，第 371 頁。

91　吳冷西：〈增強黨報的黨性——清涼山整風運動回憶〉，第 21 頁。

92　王敬主編：《延安〈解放日報〉史》，第 78 頁。

93　吳冷西：《回憶領袖與戰友》，新華出版社，2006年，第 240 頁。

有了深刻體悟，認識到黨報的根本特質是「黨的喉舌」，戰鬥性、組織性都是從黨性延伸出來的品質，而且黨性原則的合理性建立在共產黨是無產階級先鋒隊，能把人民群眾眼前的、局部的利益與長遠的、根本的利益統一起來，「《解放日報》在整頓和改造的過程中，明確解決了黨報的根本原則問題，使當時像我這樣的許多年輕的記者、編輯受到很大的教育，澄清了當時許多同志頭腦中存在的什麼『無冕之王』、『辦同仁報』、『為民請命』、『為民立言』等等違背黨性原則的糊塗思想」。[94]

　　整風學習對吳冷西的影響是巨大的，此後若干年裡乃至改革開放以後，他的思考方式和寫作文風一直顯現出「毛文體」[95]的特徵。例如事過境遷之後，吳冷西用非常「標準」的話語回顧了新華社的整風學習——

　　當時在新華社的工作人員中，絕大部分是在抗日戰爭爆發後投奔到延安來的青年學生和知識分子。他們有的是抗日

94　吳冷西：〈增強黨報的黨性——清涼山整風運動回憶〉，第 22 頁。

95　李陀在一篇分析丁玲文風與思想轉變的文章中，將「毛文體」作為核心概念加以討論。「毛文體」是形成於延安時期的話語秩序，包括思維方式、詞語系統、修辭文風等諸多方面，也可稱為「毛話語」或延伸至「毛主義」、「毛澤東思想」。李陀認為延安時期丁玲等知識分子的轉變，根本原因不在於政治壓迫，而在於「毛文體」是一種適應中國情境的現代性話語，符合知識分子建立現代民主國家的理想，所以在延安整風學習中丁玲等人會心服口服地進入這個話語秩序，甘心受其支配，且終生不渝。參見李陀：〈丁玲不簡單——革命時期知識分子在話語生產中的複雜角色〉，《雪崩何處》，中信出版社，2015年，第 128-155 頁。

救國的滿腔熱情和對新社會的理想，工作中也積極努力。
但是，這些同志的靈魂深處，仍然潛藏著許多資產階級的
和小資產階級的思想。這在抗戰處於嚴重困難、生活極其
艱苦的情況下就暴露出來了。整風運動開始，許多同志就
表現了嚴重的極端民主傾向和絕對平均主義的思想。黨當
時就採取治病救人、實事求是的方針，通過學習文件、自
我反省、互相批評的方法，使全社同志得到了思想改造的
機會。通過整風運動，大多數同志在思想上政治上提高一
步，劃清了無產階級的與非無產階級的思想界限，明確地
樹立了無產階級的立場。[96]

二、理論創新：開中國報界之新紀元

整風學習的另一項內容是檢查工作，即以「二十二個文
件」的精神與實質來檢查部門工作和個人工作。第一個「四三
決定」對檢查工作的部署較為靈活，一般要求學習完文件之後
再檢查工作，但時間上可以「由各機關學校自行規定」。[97]

96　吳冷西：〈新華社二十年〉，新華通訊社國內新聞編輯部編：《我們
　　的經驗（1931-2001）》第 1 卷，新華通訊社，2001 年，第 4-5 頁。
　　這篇文章作於 1960 年代，吳冷西晚年的著述仍然具有「毛文體」的
　　風格，可參見《新的探索與整風反右──吳冷西回憶錄之一》（中
　　央文獻出版社，2016 年），《十年論戰──1956-1966 中蘇關係回憶
　　錄》（中央文獻出版社，2014 年），《回憶領袖與戰友》（新華出版
　　社，2006 年），《吳冷西論新聞報導》（新華出版社，2005 年）等
　　著作。

97　中共中央宣傳部：〈關於在延安討論中央決定及毛澤東整頓三風報
　　告的決定〉（1942 年 4 月 3 日），《中共中央文件選集》第 13 冊

解放日報社檢查工作的時間較早，文件學習約一個月後，5 月 15 日的編委會上博古就布置了檢查的計劃：先檢查報紙工作，然後是新華社，接著檢查各部門。這一時期的檢查比較側重「技術」層面：5 月 20 日檢查報紙工作，編委們詳細討論了採編業務存在的問題，比如根據地、大後方消息少，整風報導內容枯燥，專論缺乏計劃性等；5 月 29 日檢查新華社工作，討論了發稿、通訊網、指導分社等工作的正規化；7 月 17 日檢查總務處工作，討論報社收支情況；7 月 24 日檢查採訪通訊部工作，部門主任丁浩川的報告非常具體，包括海稜、普金、海燕、林朗等記者下去採訪解決稿荒問題，3 個月發表會議新聞 245 篇，政權建設報導公式化，生產通訊除吳滿有之外寫作呆板，學習運動的消息千篇一律，等等。

這一時期王稼祥、胡喬木也屢屢對報紙工作發表意見，內容同樣是技術性的。比如王稼祥批評形式呆板，專論不深入，整風報導內容貧乏，反掃蕩應以通訊來寫，通訊要具體實在，少發議論。胡喬木的意見，甚至細微到「報上刊登的地圖只有國際而無根據地的」。[98] 此時關於新聞工作的理論性文章，僅有 7 月 18 日胡喬木撰寫的社論〈把我們的報紙辦得更好些〉，重點是批評新聞寫作中的黨八股，指導如何寫出生動靈活的報導。[99] 為配合這篇社論，7 月 20 日刊登了列寧的〈論我

（1941-1942），第 366 頁。

98　解放日報社 1942 年 5-7 月編委會記錄，參見王鳳超、岳頌東：〈延安《解放日報》大事記〉，第 151-160 頁。

99　〈社論：把我們的報紙辦得更好些〉，《解放日報》，1942 年 7 月 18 日，第 1 版。

們的報紙〉，內容同樣關乎文風。[100]

　　1943 年第二次「九月會議」期間，博古曾檢討這一時期的工作，說自己即便在 4 月改版以後，對報紙的領導仍然「強調技術，忽視政治」，並且認為這是「錯誤」。[101] 雖然有些主動上綱上線的意味，但從上文所述來看，也確屬實情。究其原因，大抵由於整風初期對運動的目標認識不清，「學風」、「黨風」、「文風」三者之中，與報紙關聯最密切的無疑是「文風」，以文件精神來檢查報社工作，自然容易聚焦於採編技術。六、七月份的王實味大批判給知識分子帶來巨大的心理衝擊，「小資產階級」話語開始迅猛傳播，「二十二個文件」的精神與實質被權威定義為「無產階級立場、觀點和方法」。報社整風學習和檢查工作的重點逐漸調整，運動的推進方式也有所變化。胡績偉回憶邊區群眾報社的情況時說，批判王實味之後，「整風學習的和風細雨味越來越少，運動的火藥味就越來越濃了」。[102] 在解放日報和新華社，從 7 月下旬開始，特別是 8 月中旬陸定一履職總編輯之後，學習和檢查更強調「政治性」，氛圍也愈加嚴厲，也就在這時形成了一個黨報理論創新的蓬勃期，以階級話語為核心的新聞觀念和操作規範漸趨成型。

　　從總體上看，延安時期的中共極具理論自覺的意識，理論創新的成果也頗為豐碩，尤以毛澤東的一系列開創性著述為典

100　列寧：〈論我們的報紙〉，《解放日報》，1942 年 7 月 20 日，第
　　　4 版。

101　博古：〈我的初步反省〉（1944 年 1 月），轉引自朱鴻召：《延安締
　　　造》，陝西人民出版社，2013 年，第 531 頁。

102　胡績偉：《青春歲月——胡績偉自述》，第 224 頁。

範。早在 1938 年〈論新階段〉一文，毛澤東就鮮明地提出了理論創新的命題，「指導一個偉大的革命運動的政黨，如果沒有革命理論，沒有歷史知識，沒有對於實際運動的深刻的了解，要取得勝利是不可能的」。[103] 在毛澤東看來，最重要的理論課題是「使馬克思主義在中國具體化，使之在其每一表現中帶著必須有的中國的特性」，他的這段氣勢磅礴、語調鏗鏘的表述尤為經典：「洋八股必須廢止，空洞抽象的調頭必須少唱，教條主義必須休息，而代之以新鮮活潑的、為中國老百姓所喜聞樂見的中國作風和中國氣派。」[104]

不過，博古主持的解放日報社在理論自覺方面多少有些遲鈍，創刊初期有意模仿一些中外大報的模式，追求形式上的「正規化」、「城市化」，直至改版之後仍有教條主義的尾巴，「博古同志曾主張，每張報紙必須有新聞、社論、通訊報導，缺一便不成其為報紙。過去《大公報》、《新聞報》、蘇聯《真理報》都是如此，好像是天經地義不能變的。這種光注意形式的傾向，持續到改版後的一個時期」。[105]

103　毛澤東的這句話，讓人想起列寧的著名判斷：「沒有革命的理論，就沒有革命的運動。」在汪暉看來，重視理論是無產階級政黨的基本特徵，一個關鍵原因在於階級的主體性、階級意識的形成，除了物質基礎和社會條件等實證的、結構性的要素之外，也離不開能動的、政治性的理論分析和理論鬥爭，尤其是在落後的社會中，理論條件往往構成階級政治的首要前提，因而列寧和毛澤東格外強調理論的重要性。參見汪暉：〈代表性斷裂和「後政黨政治」〉，《開放時代》，2014年，第 2 期。

104　毛澤東：〈中國共產黨在民族戰爭中的地位〉（1938 年 10 月 14日），《毛澤東選集》（第 2 版）第 2 卷，第 534 頁。

105　陳坦：〈回憶解放日報社的工作〉，《新聞研究資料》，1983 年，第

　　陸定一擔任總編輯後，兩人在社論問題上起過爭執。博古堅持每天一篇社論，理由正是中外「主流大報」的示範作用，「你看《真理報》——蘇共中央機關報，不是每天一篇社論嗎？我們要學習《大公報》嘛，《大公報》老闆張季鸞、胡政之等商量商量，一篇社論就出來了」。[106] 他甚至向陸定一繪聲繪色地講起《大公報》的掌故：「《大公報》的社論都是這樣寫出來的：張季鸞、胡政之躺在鴉片煙燈旁邊，王芸生就來請示：明天社論寫什麼？張季鸞他們一邊吞雲吐霧一邊說，王芸生就回去照寫，寫完拿給他們兩人改，第二天就發表了。幾乎天天如此。」[107] 時隔近四十年之後，陸定一回憶起博古的這番話仍覺得「很有味道」，[108] 或許是因為它典型地反映了博古的一些舊的辦報思路，「帶有某些資產階級性」，[109] 而他則認為「這種腐朽的辦報方法，絕不是無產階級的報紙應當仿效的」[110] ——他要開創新局面。

　　22 輯，第 14 頁。

106 陸定一：〈陸定一同志談延安解放日報改版——在解放日報史座談會上的講話摘要〉，《新聞研究資料》，1981 年，總第 8 輯，第 6 頁。

107 陳清泉：〈中國共產黨新聞事業的奠基人——淺談陸定一新聞工作的理論與實踐〉，張國良主編：《新聞春秋》第 7 輯，上海人民出版社，2008 年，第 28 頁。作者陳清泉原為《光明日報》史學專刊主編，多年致力於陸定一研究，著有《在中共高層 50 年：陸定一傳奇人生》（人民出版社，2006 年）和《陸定一傳》（中共黨史出版社，1999 年），主編《陸定一新聞文選》（新華出版社，2007 年）。

108 陸定一：〈陸定一同志談延安解放日報改版——在解放日報史座談會上的講話摘要〉，第 6 頁。

109 博古：〈我的初步反省〉（1944 年 1 月），轉引自朱鴻召：《延安締造》，第 531 頁。

110 陳清泉：〈中國共產黨新聞事業的奠基人——淺談陸定一新聞工作的

有意思的是，在與陸定一發生爭執之前，[111] 博古實際上已經意識到問題所在。他在 1942 年 7 月 31 日的編委會上說：「黨報的歷史很短，經驗有限，可以吸收外國資產階級報紙的經驗，但要劃清原則界限，同時也不能機械搬用蘇聯的東西。要自己創造，這是個長期的過程。」[112] 在講出這段頗有深度和遠見的話之後，仍然發生了「社論風波」，說明轉變觀念、改造思想殊為不易。他自己說「這是個長期的過程」，可謂一語成讖。

　　「陸主任」[113] 履新之後，報社很快氣象一新。正如博古所說，「定一同志來後」報社工作「改善了許多」。[114] 這種改善，主要是增強了黨性，調整了報社與黨中央、西北局及各地黨政機關的關係，並迅速出台相關規章制度，此前與黨組織有些扞格不通以致於動輒舉措失當的境況，逐漸開始步入通暢協調的軌道。此時的檢查報紙工作亦由陸定一負責，雖然也會涉及技術性的業務問題，但重點已經轉移到政治方面，如陸定一

理論與實踐〉，第 28 頁。

111 據解放日報社編委會記錄，這次爭執發生在 1942 年底，12 月 7 日的編委會重點討論了社論問題，陸定一和博古各執一見。參見王鳳超、岳頌東：〈延安《解放日報》大事記〉，第 174 頁。

112 王鳳超、岳頌東：〈延安《解放日報》大事記〉，第 160 頁。

113 陸定一原任八路軍前方總部野戰政治部副主任，整風期間從太行山調往延安，先是擔任中央總學委《學習》專刊副主編，1942 年 8 月 8 日政治局決定陸定一出任解放日報社總編輯，以上工作均未免職，到報社後警衛員、副官和夫人仍稱他「陸主任」。參見黎辛：《親歷延安歲月》，第 41 頁。

114 博古：〈我的初步反省〉（1944 年 1 月），轉引自朱鴻召：《延安締造》，第 531 頁。

在 1943 年 3 月 9 日編委會上所總結的，檢查報紙工作的關鍵是「弄清業務與政治的關係」，重點「首先放在政治方面，其次才是技術」。[115]

著重於從政治層面檢查報紙工作，具體而言，也就是以整風精神即「無產階級立場、觀點和方法」來檢查新聞事業，由此引發了新聞理論創新的熱潮。此時關於報紙工作、新聞學的討論，充溢著理論自覺與自信的朝氣，這在陸定一的筆下得到充分表達，「抗戰以後，參加黨的新聞事業的知識分子，乃是來自舊社會的，他們之中，也就有人帶來了舊社會的一套思想意識和一套新聞學理論」，這套思想和理論不適於根據地實情和革命戰爭的需要，「糊塗」、「不大老老實實」、「不大科學」，因此必須與之展開理論鬥爭，豐富和發展「我們自己的關於新聞學的實踐和理論」，做到「使任何資產階級的報紙望塵莫及，開中國報界之新紀元」，[116]〈我們對於新聞學的基本觀點〉由此成為中共新聞理論的一篇經典文獻。

這種理論自覺與自信，胡喬木曾以更為通俗而潑辣的文字寫道——

> 人家看得輕的，難道我們也一定要看輕嗎？人家擺在頭一條，我們根本不登不也是可以的嗎？人家把報紙上分出那麼多門類，一格一格儼然是不能互相侵犯和互相變換的神氣，好像一向沒有排在新聞格子裡的，就不算新聞了，所

---

115 岳頌東、王鳳超：〈延安《解放日報》大事記（續）〉，《新聞研究資料》，1984 年，總第 27 輯，第 78 頁。

116 陸定一：〈我們對於新聞學的基本觀點〉，《解放日報》，1943 年 9 月 1 日，第 4 版。

以也不能排在新聞的位置了，這對於我們難道是必要的嗎？他們又給新聞的體裁定出許多規章，難道我們因此就必須依他們，因此就不能在新聞裡嬉笑怒罵，辯難和鼓動了嗎？去它的吧！對於我們，沒有比人民的要求更神聖的標準了，我們不但要大膽的改造，更重要的是大膽的創造。[117]

　　新聞理論的創新，自然要體現在業務操作層面。這一時期不僅對「舊社會的新聞理論」、「資產階級的新聞理論」展開了系統的批判，而且也在回應一些迫在眉睫的新聞實踐問題。1942 年 4 月改版之後，《解放日報》緊跟黨中央和西北局的部署，努力組織和推動整風運動和大生產運動，給人以煥然一新的印象，但僅能差強人意，毛澤東在 8 月 29 日政治局會議上點名批評了一系列的「採編事故」，包括：黨校學生自殺的消息「不應該登」，七七宣言、印度問題、參議會、自衛軍等社論「有些錯誤」[118]。其中，消息〈黨校一學生失戀自殺——

117　喬木：〈報紙是教科書〉，《解放日報》，1943 年 1 月 26 日，第 4 版。

118　王敬主編：《延安〈解放日報〉史》，第 40 頁。「七七宣言」指的是《解放日報》1942 年 7 月 8 日第 1 版社論〈讀蔣委員長七七演辭與中共中央宣言〉，文章將抗戰五週年之際蔣介石的演說與黨中央的宣言擇要比對，處處闡述兩者的一致性，由此模糊了黨的主張，接近王明的「一切經過統一戰線、一切服從統一戰線」的右傾投降主義立場。這篇社論暴露的實質問題仍然是「鬧獨立性」，即報紙尚未與黨中央息息相關，未能在文章中體現黨的意志。參見楊放之：〈解放日報改版與延安整風〉，《新聞研究資料》，1983 年，總第 18 輯，第 2 頁。

忘卻黨的事業 在燒酒砒霜中找死路〉刊於 4 月 10 日 2 版右下角，是一條篇幅 200 餘字的「豆腐塊」。從「資產階級新聞學」的角度來看，這則事實包含移情別戀、燒酒砒霜、遺書自殺等頗能吸引眼球的「趣味性」要素，當屬「新聞」的範疇，不過以指導和組織工作的新辦報方針來看，這樣的「新聞」顯然背離彼時「黨的政策」，既反映出「報館同人」依據個人興趣選擇稿件的舊問題仍然存在，也凸顯出在新的辦報路線下何為新聞、如何選擇新聞等理論與業務問題有待破題與生發——例如吳滿有開荒種地這樣的事實，是改版之後黨報組織和推動大生產運動的重要選題，但顯然並不符合既往的新聞價值判斷標準；再如類似操作手冊、說明書一般詳致描述某項工作經驗的典型報導，也不合乎過去的新聞文本樣式。正因為此，陸定一在〈我們對於新聞學的基本觀點〉一文中，首先就將批判的靶心瞄準「資產階級新聞理論中的『性質說』」（Quality theory），他從唯心論的角度駁斥「趣味性」、「時宜性」、「文藝性」等新聞價值要素，提出「興趣是有階級性的，對於勞動者有興趣的事實，寫出來就成為勞動者有興趣的新聞。但同一事實，剝削者看來就毫無趣味，因為這個新聞對於剝削者也就成為無興趣的新聞」，在陸定一看來，「關於勞動英雄的新聞，就是如此」。[119]

延安時期的新聞觀念中，最核心的一條是新聞業的性質，即「我們的報紙」是黨組織這個集體的宣傳者和組織者，由於黨是無產階級的先鋒隊，代表了人民群眾的普遍利益，「我們

---

119 陸定一：〈我們對於新聞學的基本觀點〉，《解放日報》，1943 年 9 月 1 日，第 4 版。

的報紙」因此又是群眾的耳目喉舌，這與「資產階級報紙」劃
清了界限。這樣的報紙定性，決定了新聞工作的業務操作、
管理規範、職業倫理等其他方面的特徵。對於新聞從業者而
言，理論創新的結果體現在「新型記者」的誕生。如前所述，
「新型記者」是「工農兵的記者」，本質上是一種圍繞階級先
鋒隊、通過政黨政治而與人民群眾深度結合的新聞領域的有機
知識分子。在具體操作中，「新型記者」是在與「舊」記者的
比較中凸顯自身特質的：從服務對象而言，也就是毛澤東所說
「為什麼人」這個「根本的問題」、「原則的問題」方面，資
產階級報紙的記者是為報館同仁「小集體」或個人工作，歸根
結底為資產階級、剝削者辦事，黨報的「新型記者」則是黨和
人民這個「大集體」的公僕、勤務員，個人溶化在集體之中，
在黨的事業、人民解放的歷史進程中實現自身價值；[120] 就行為
方式而言，或者說「如何去服務」的問題，資產階級的記者以
「無冕之王」自命，「依照自己的好惡、興趣，來選擇稿件，
依照自己的意見採寫社論、專論」，[121]「對於什麼是報紙，
什麼是新聞，也可以隨心所欲，作出自己的定義；對於報紙的
方向，也可以隨心所欲作出自己的主張」，[122] 黨報的「新型記
者」則是「一切依照黨的意志辦事，一言一行一字一句都要顧
到黨的影響」；[123] 在採編實踐中，資產階級的記者「只談上

---

120 〈社論：給黨報的記者和通訊員〉，《解放日報》，1942 年 11 月 17
　　日，第 1 版。

121 〈社論：黨與黨報〉，《解放日報》，1942 年 9 月 22 日，第 1-2 版。

122 〈社論：政治與技術——黨報工作中的一個重要問題〉，《解放日
　　報》，1943 年 6 月 10 日，第 1 版。

123 〈社論：黨與黨報〉，《解放日報》，1942 年 9 月 22 日，第 1-2 版。

層人物的活動，或者登載只供消遣的社會新聞」，黨報的「新型記者」則是「深入廣大群眾生活中去」，「作為群眾的一分子，與工農兵親密地結合在一起，與黨政軍民的各種工作結合在一起，實際地參加鬥爭，改造現實、報導現實」。[124]

概而言之，清涼山內部整風的學習文件和檢查工作階段，政黨經由階級話語的建構與傳播，使得新聞知識分子樹立了黨性原則和群眾觀點，在此過程中通過思想鬥爭和理論創新，形成了一套特徵鮮明、內容豐贍的新聞學理論。對於有機知識分子的鍛造而言，新觀念和新話語的「習得」無疑是關鍵的一步，但延安整風並未停留於此，更深入的改造運動還在後頭。

三、苦其心志：「一堂必須上的課」

1943 年春天，整風運動由初期的學習文件和檢查工作轉入審查幹部階段，後來發展成聲名狼藉的「搶救運動」。1944 年初，延安的機關單位又開展了大生產運動。一般認為審幹是延安整風的組成部分——學習和檢查是思想上的清黨，審幹和搶救是組織上的清黨，[125] 而機關的生產則屬於另一場性

---

124 鄧儀：〈新聞觀點與採訪路線〉，《解放日報》，1943 年 4 月 8 日，第 4 版。

125 這個判斷源自毛澤東 1943 年 11 月 13 日的講話，參見胡喬木：《胡喬木回憶毛澤東》（增訂本），人民出版社，2014 年，第 277 頁。關於整風運動幾個階段的關係，康生在 1943 年曾說，「整風必然轉入審幹，審幹必然轉入肅反……三者之間是必然聯繫，鐵的規律」，這個觀點過去通常被認為是康生別有用心的「謬論」，近年有研究者認為符合實情。康生的說法參見師哲口述、李海文著：《在歷史巨人身邊：師哲回憶錄》（最新修訂本），九州出版社，2014 年，第 180 頁。

質不同的運動。不過從實際過程來看，草木皆兵人人自危的審
幹搶救，最終沒有落實多少「特務」，並未起到多少「組織上
清黨」的作用，其真實意義毋寧是使運動參與者置身一種「儀
式」，在此過程中形成特定的「體驗」，以達到改造思想之目
的。機關單位的知識分子參加生產勞動，也應作如是觀，只是
投入的是另一種「儀式」。整風運動後期的審幹和大生產，因
此也是形塑有機知識分子的環節。

　　審查幹部向來是中共組織部門的基本業務之一，但像延安
整風時期公開的大規模審幹，在黨史上還屬罕見。解放日報社
和新華社最早開始審查幹部的記錄，是在 1943 年 4 月 13 日，
當天的編委會議討論了清除特務內奸的問題。[126] 這與全黨的整
體步調非常一致。此前 10 天，第二個「四三決定」出台，提
出整風運動一方面要糾正非無產階級思想，另一方面還需肅清
潛伏在黨內的反革命分子，認為根據地黨政軍民機關已混入大
量特務內奸，「其方法非常巧妙，其數量甚足驚人」。[127] 這個
決定標誌著整風運動從學習文件和檢查工作階段轉入審查幹部
階段，以往隱秘戰線上的鬥爭正式公開化。

　　這樣的轉變，並非事態變化引起的斷裂，而是按照既定
方針有條不紊的推進。實際上，在第二個「四三決定」出台之
前，審幹工作一直在精密布置與實施中。早在 1942 年 4 月上
旬的一次政治局會議上，毛澤東就指出：「在學習和檢查工
作中，實行幹部鑒定，對幹部的思想與組織觀念，實行審查

126　岳頌東、王鳳超：〈延安《解放日報》大事記（續）〉，第 79 頁。
127　〈中共中央關於繼續開展整風運動的決定〉（1943 年 4 月 3 日），
　　　《中共中央文件選集》第 13 冊（1941-1942），第 29 頁。

工作；在審查工作中，發現反革命分子，加以掃除，以鞏固組織。」[128] 此時普遍的文件學習才剛剛開始。6 月 19 日批鬥王實味高潮之際，毛澤東又說：「現在的學習運動，已在中央研究院發現了王實味的托派問題，他是有組織地進行托派行動……中直、軍委、邊區機關幹部中知識分子有一半以上，我們要發現壞蛋，拯救好人……各機關都要冷靜觀察，此項工作應有計劃的布置。」[129] 這次講話不僅重申了審幹工作的必要性，而且將「壞蛋」與知識分子明確關聯起來。11 月中旬的西北局高幹會議上，毛澤東提出「半條心」和「兩條心」的說法，「整風不僅要弄清無產階級思想與非無產階級思想（半條心），而且要弄清革命與反革命（兩條心）」，[130] 這事實上已經為第二個「四三決定」定下基調，此後一些機關單位開始小範圍的審查幹部工作，直到 1943 年 4 月從內部轉為公開，由少數人參與變成群眾性運動。

然而在審幹運動的動員階段，人們普遍不甚熱衷，用事後總結的話說，就是「熟視無睹」。[131] 原因在於，黨中央和毛澤東是以實證的理由發起運動的，即潛入延安的敵人「數量甚足

---

128 這次會議上康生彙報了國民黨動態，指出「國民黨特務稱讚《輕騎隊》為延安專制下的唯一呼聲」，有領導人認為特務分子利用黨內自由主義趁機活動。參見王秀鑫：〈延安「搶救運動」述評〉，《黨史文獻》，1990 年，第 3 期。

129 王秀鑫：〈延安「搶救運動」述評〉，《黨史文獻》，1990 年，第 3 期。

130 中共中央黨史研究室：《中國共產黨歷史大事記（1919-2009）》，中共黨史出版社，2010 年，第 101 頁。

131 《毛澤東年譜（1893-1949）》（修訂本）中卷，第 486 頁。

驚人」，「特務之多，原不足怪」，[132] 不過人們僅憑經驗常識就大致可以推斷，情況遠沒有如此嚴重，自己以及身邊同志大多懷著革命理想而來，延安並沒有那麼多的「特務」。所以當運動逐漸升級，坦白的「特務」越來越多之時，人們普遍感覺錯愕驚恐。

清涼山的審幹運動起初同樣不積極。在第二個「四三決定」出台的前兩天，4 月 1 日夜，邊區保安處在延安逮捕 200 多人，理由是胡宗南的秘書胡公冕來延安談判，康生擔心「特務」與胡公冕聯絡，因此提前抓捕了一些嫌疑分子。[133] 這次深夜的「秘密突破」，使延安陷入了緊張氛圍，《解放日報》國內部編輯楊永直和李銳、國際部編輯黃操良、採通部記者繆海稜四人也被抓走。博古對此表示異議，並向康生提意見，但沒起作用。[134] 博古及報社領導層並不認同如此大張聲勢的審幹運動，他們與編輯部同事朝夕相處，不相信能有多少「特務」，因此解放日報社和新華社的審幹工作進展不順，沒有抓出所謂「內奸」。[135]

在中央總學委和社會部的強力推動下，審幹運動的升級趨勢不可逆轉，各機關單位紛紛開始掀起「坦白」高潮。7 月 15

132　〈中共中央關於審查幹部的決定〉（1943 年 8 月 15 日），《建黨以來重要文獻選編（1921-1949）》第 20 冊，第 531 頁。

133　師哲口述、李海文著：《在歷史巨人身邊：師哲回憶錄》（最新修訂本），第 180 頁。

134　黎辛：〈我在延安經歷的審查幹部運動〉，任文主編：《我所親歷的延安整風》下冊，陝西師範大學出版社，2014 年，第 86 頁。

135　吳葆朴、李志英：《秦邦憲（博古）傳》，中共黨史出版社，2007 年，第 418 頁。

日，康生在中直機關幹部大會上作《搶救失足者》報告，號召
「失足青年」即為敵人服務的特務奸細向黨坦白悔過，並說抗
戰以後到延安的廣大青年和幹部（即外來知識分子），有百分
之七、八十是政治上靠不住的。[136] 此後，延安到處召開「搶
救大會」、「規勸會」，按照康生定下的指標去搶救「失足
者」，為了完成任務甚至不惜刑訊逼供，形勢變得恐怖起來，
「僅半個月就挖出了所謂特嫌分子一千四百多人，許多幹部惶
惶不可終日」。[137] 即使如此，清涼山仍然按兵不動，終於引
起康生的不滿，在楊家嶺中央大禮堂召開的一次整風大會上，
康生點名批評解放日報社和新華社，「你們清涼山是特務成堆
的地方，你們怎麼就抓不出來？！」並勒令報社派人去西北公
學（康生親自抓的典型單位）取經。[138] 編委會討論後，決定
派黨總支書記陳坦前往考察，他帶回來的「經驗」令人大跌眼
鏡——

> 那天，西公正好召開搶救失足者大會，會上，負責人首先
> 報告胡宗南圍困和即將進攻我們的形勢，然後說組織上已
> 掌握失足者的可靠證據和材料，號召失足者立即向黨坦白
> 交待自己的問題，否則就要受到嚴肅處理。同時，當場拘
> 捕了一個認為證據確實而又不交待的人。當時就有好幾個
> 人上台坦白交待，受到台下鼓掌歡迎。會場上頓時分成許

136 仲侃：《康生評傳》，紅旗出版社，1982 年，第 90 頁；林青山：
　　《康生傳》，吉林人民出版社，1996 年，第 104 頁。
137 胡喬木：《胡喬木回憶毛澤東》（增訂本），第 279 頁。
138 《新華通訊社史》編寫組編：《新華通訊社史》第 1 卷，新華出版
　　社，2010 年，第 233 頁。

多團團和小組，僅憑一些所謂材料或檢舉，就分別促自己單位的對象主動上台坦白交待。就這樣，那次會上共抓出十幾個「特務」。[139]

這樣的搶救方式讓大家頗感吃驚，但討論一番又沒有其他辦法，博古在被康生批評後「有些不知所措」，最終編委會決定如法炮製西北公學的「經驗」。從此清涼山開始了搶救運動，捕風捉影，大搞「逼供信」，一時間人人自危。解放日報社和新華社是知識分子集中的地方，記者編輯大多來自國統區、淪陷區或海外的知識分子，正是搶救運動的矛頭所指，很少能有人置身事外。清涼山的搶救運動，一旦開啟就有些「轟轟烈烈」。[140]

「搶救」分兩種方式進行，一種是在各支部（按業務部門劃分）開展，所有人輪流進行，各個擊破，另一種是集體的搶救大會。陳坦「取經」歸來後，清涼山的解放日報社、新華社、中央出版局等單位聯合組織了一場「搶救動員大會」，先由博古報告形勢，他按照康生的講話照本宣科，接著陸定一講話，號召有問題的人「速速坦白」，共有 4 人（解放日報社 1 人，新華社 3 人）上台承認特務身分。與西北公學一樣，台下也分小組「促」，副刊部黎辛幾乎被幾個積極分子抬上主席台，讓他坦白。[141] 據溫濟澤回憶，此前被邊區保安處秘密逮捕

139　陳坦：〈回憶解放日報社的工作〉，《新聞研究資料》，1983 年，第 22 輯，第 20 頁。

140　吳葆朴、李志英：《秦邦憲（博古）傳》，第 419 頁。

141　陳清泉、宋廣渭：《陸定一傳》，中共黨史出版社，1999 年，第 284-285 頁；黎辛：〈我在延安經歷的審查幹部運動〉，《我所親歷

的國內部編輯楊永直，經過「車輪戰術」和「逼供信」，[142] 已經承認自己是特務，這次搶救大會他和在西北文工團工作的妻子慕琳被釋放回來，作了典型報告。聽完他們的現身說法，報社領導號召「失足者」坦白從寬，既往不咎，還優待吃三天小灶。[143] 搶救大會之後，坦白者果然受到優待，慕琳很快被調往報社俱樂部工作。

這種集體性的盛大儀式，對參與者的感染力是巨大的。有一次博古身染微恙，披著毯子坐在一旁休息，正當一位「特務」講述之時，博古突然掀起毯子，倏地蹦起來，激動地呼籲「失足者」趕快坦白。[144] 博古平日裡溫文儒雅，很少發脾氣，[145] 對搶救運動並不積極，但在熱烈的氛圍中也罕見地失態了。對於那些被歸為搶救對象的人來說，參加這種集體儀式

的延安整風》下冊，第 85-91 頁。黎辛在回憶文章中糾正了《陸定一傳》的許多細節，此處採用黎辛的說法。

142 同時被捕的李銳，對邊區保衛處審訊情況有過詳細描述，自己經歷過的刑訊手段有五天五夜不准睡覺的疲勞戰術，長時間立正站直，戴手銬等，聽說過的手段有老虎凳、鞭笞、假槍斃、餓飯等。參見李銳：《李銳口述往事》，大山文化出版社，2013 年，第 132-137 頁；宋曉夢：《李銳其人》，河南人民出版社，1999 年，第 199 頁。

143 溫濟澤：《第一個平反的「右派」——溫濟澤自述》，中國青年出版社，1999 年，第 175 頁。

144 王敬主編：《延安〈解放日報〉史》，第 78 頁。

145 據黎辛回憶，博古罕見的一次大發脾氣，發生在 1941 年底邊區參議會期間，當時解放日報記者團提出議案，要求提高記者待遇、尊重採訪自由，博古嚴厲批評了幾位當事記者，「嗓門特大」，「但言之有理，又有分寸」，大家心服口服。不過事後博古仍在編輯部會議上做了自我批評，以後再沒發脾氣。參見黎辛、朱鴻召編：《博古，39 歲的輝煌與悲壯》，學林出版社，2005 年，第 251 頁。

往往引起劇烈的心理震盪，比如陳學昭從搶救大會回到窯洞後久久不能入睡，腦子裡充滿疑問，[146]《穆青傳》的作者則以文學化的筆法敘述了這段歷險：「風雨仍在黑夜中肆虐。想起白天大會上那句『速速坦白』，穆青不禁打了個寒噤。坦白什麼？……在這個風雨嗚咽的晚上，來到延安後的穆青第一次想哭。這種來自革命隊伍內部的不信任，比世界上任何一種打擊都令他傷痛。」[147]

　　全體人員參加的搶救大會，在清涼山舉行的次數不多，日常的審幹工作主要在黨支部小範圍內進行。這個環節需要人人過關，編輯部至少一半的人被列為嫌疑分子而實施「搶救」。[148]例如在《解放日報》副刊部，舒群、白朗、陳企霞和黎辛四人被列為搶救對象，艾思奇、林默涵和溫濟澤三人審問，因為遲遲沒有「戰果」，副總編輯余光生親自上陣，溫濟澤也從積極分子轉為搶救對象。「搶救」手段包括集體審問（從個人歷史中發現疑點，反覆詢問，有時拍桌子、訓斥），個別談話（領導或積極分子私下裡找搶救對象談心、勸降），武力恫嚇（例如一位骨幹記者堅稱自己不是特務，陸定一把手槍往桌上一拍，「不坦白，我斃了你！」黎辛回憶曾被報社領導 L 持槍逼問，威脅再不坦白移交社會部），等等。總之，目標是使搶救對象快快坦白，承認自己是特務，一旦鬆口則萬事好說，優待有加。[149]分散在各分區通訊處的記者，組織上受

146　陳學昭：《延安訪問記》，廣東人民出版社，2001 年，第 256 頁。

147　張嚴平：《穆青傳》，新華出版社，2005 年，第 71 頁。

148　黎辛：《親歷延安歲月》，陝西人民出版社，2016 年，第 218 頁。

149　此處綜合多人說法，包括黎辛：〈我在延安經歷的審查幹部運動〉，《我所親歷的延安整風》下冊，第 87-90 頁；溫濟澤：《第一個平反

所在地黨委領導，也都參加了當地的審查運動。《解放日報》
駐綏德分區通訊處負責人田海燕，因為在 1941 年 11 月邊區
參議會期間發動記者聯名提出爭取記者待遇、要求新聞自由的
議案，1943 年綏德分區開始審查幹部時，田海燕與妻子林堅
一起逃到重慶，向董必武彙報自己不是特務，要求留在重慶工
作。[150]

　　總體而言，清涼山的搶救運動波及範圍非常之廣，採編人
員大部分被捲入，緊張的時候連值班編輯、採訪活動都安排不
開。[151] 運動的「成效」也頗為可觀，據溫濟澤回憶，解放日報
社和新華社「兩個社的一百幾十人中，被逼承認是『特務』的
占 70% 左右」。[152] 這個比例符合康生的預期，實際上很多單
位挖出的「特務」大體上都接近這個比例，比如魯藝、軍委三
局電訊學校、關中師範、綏德師範、延安警衛團等，一些單位
的負責人按照指標搶救，以「逼供信」誣告同志向上邀功。[153]

　　陸定一在 1981 年回顧這段歷史時說：「搶救運動在報社

　　　的「右派」——溫濟澤自述》，第 175-179 頁；王敬：〈博古的新
　　　聞生涯（三）〉，《新聞研究資料》，1988 年，總第 44 輯，第 118-
　　　137 頁。

150　田方談話記錄（2001 年 6 月 27 日），《習仲勳傳》上卷，中央文獻
　　　出版社，2013 年，第 358 頁；黎辛：《親歷延安歲月》，第 329 頁；
　　　張林冬口述、田子渝整理：〈憶社長博古〉，《湖北文史》，2013
　　　年，第 1 期。

151　張惠芳、王昉編著：《穆青自述》，河南人民出版社，2015 年，第
　　　77 頁。

152　溫濟澤：〈再談王實味冤案——冤案的始末及教訓〉，《王實味冤案
　　　平反紀實》，群眾出版社，1993 年，第 53 頁。

153　仲侃：《康生評傳》，第 90 頁。

也搞了，後來停下來。很多機關把青年打得很慘！解放日報損失較輕一些。」[154] 黎辛認為，解放日報社的搶救運動「沒有死人與動刑」，從這個角度而言確實「損失較輕」。[155] 邊區群眾報社則「上了刑」，據時任主編胡績偉回憶──

> 每天開鬥爭大會時，陝北幹部的總支書記一上場，就把手槍擺在桌子上作為威懾力量。動不動就把人吊在房梁上，好在只是推推拉拉，沒有拷打。只要你一承認「我是特務」，馬上就從房梁上放下來，把你關在窯洞裡去寫「交代材料」。而且還立即得到優待──吃一碗雞蛋掛麵，這是當時延安招待客人的好飯。有的人一連坦白三次，吃了三碗雞蛋麵才「過關」！[156]

如此戲劇性的場面，胡績偉多年以後回想起來，覺得「十分可笑」。由此可以看出，實際運作中的搶救運動，重點不在於真正落實誰是「特務」，而是完成指標，為此搶救者往往恩威並施，採用各種手段擊潰搶救對象的心理防線，迫其就範。運動發起者所關注的，或許也不是「特務」行為的確切證據，而是讓盡可能多的人參與到「儀式」之中，為此不惜誇大敵情，默許下級的過火行為。

154　陸定一：〈陸定一同志談延安解放日報改版──在解放日報史座談會上的講話摘要〉，《新聞研究資料》，1981 年，總第 8 輯，第 8 頁。

155　黎辛：〈我在延安經歷的審查幹部運動〉，《我所親歷的延安整風》下冊，第 85 頁。

156　胡績偉：《青春歲月──胡績偉自述》，河南人民出版社，1999 年，第 226 頁。

　　邊區群眾報社的搶救運動進行了兩個多月，報社四、五十個外來知識分子中，僅主編胡績偉和副主編譚吐沒被當作「特務」搶救。這兩人得以倖免，一方面是由於報紙正常出版的需要，另一方面也是西北局宣傳部長李卓然的力保，「他一再強調《邊區群眾報》一期也不能停，把報社主編都打倒了，誰來辦報呢？」事實上，胡績偉和譚吐都曾面臨「特務」指控。[157]可以說，該報社所有人在搶救運動中均已「下水洗澡」。

　　搶救運動進行了約半年之後，在這一年的末尾落下帷幕。運動既然以實證的理由發動，也應以數據來收官。在 1943 年12 月 22 日中央書記處舉行的反特務鬥爭工作會議上，任弼時作了重要發言，他指出抗戰以來赴延安的知識分子總計四萬多人，同期國民黨發展學生黨員約三萬人，絕無可能將這三萬人都派到延安，而且抗戰初期國民黨自顧不暇，四川、陝西等地組織渙散，根本沒有能力安排大批特務潛入延安，因此他認為延安的新知識分子八、九成都是好的。[158]任弼時的講話，顯然直接否定了康生關於「來延安的廣大青年和幹部百分之七、八十政治上靠不住」的論斷，也再次表明審幹搶救的主要對象是這些「新知識分子」。這次會議作出決定：審幹運動經歷了開展前的熟視無睹到搶救運動後的特務如麻，今後應轉入甄別是非輕重的階段。[159]至此，搶救運動終於被制止。

　　運動結束了，戲劇性的場景仍在上演。最令人印象深刻的

157　同上書，第 226-228 頁。

158　胡喬木：《胡喬木回憶毛澤東》（增訂本），第 280-281 頁。

159　中共中央文獻研究室編：《陳雲年譜》（修訂本）上卷，中央文獻出版社，2015 年，第 439 頁。

是，黨的最高領袖毛澤東在不同場合公開道歉近十次。[160] 其中第一次道歉時的表態，尤其富有深意。1944 年元旦，軍委通訊局一批被「搶救」的幹部來到毛澤東的窯洞前，整整齊齊站成一片，給毛澤東拜年。毛澤東出門一看就明白來意，他說：「這次延安審幹，本來是讓你們洗個澡，結果灰錳氧放多了，把你們嬌嫩的皮膚燙傷了，這不好。今天我向你們敬個禮，你們回去要好好工作。」[161] 這番話表明，毛澤東希望整風運動達到「洗澡」的效果，讓所有革命幹部特別是抗戰後赴延安的「新知識分子」在運動中洗滌舊跡，重塑自我，正如他在整風初期所言，「一兩桶水」是不夠的，「要造成一河大水」。[162] 為了達到洗心革面、脫胎換骨的目標，[163] 光有和風細雨的教化是不夠的，需要加入一些消毒粉或催化劑，審幹和搶救運動的作用大抵如此。毛澤東在運動之初打過預防針，他說整風運動「一定要搞，搞到哇哇叫也要搞，打得稀巴爛也要搞」。[164] 不過，「猛藥」有劑量的問題，「嬌嫩的皮膚」固然不利於革命事業，應該加強鍛煉，但用量過度導致「燙傷」也並非理想結局——這是一個微妙的平衡。

---

160 朱鴻召：《延河邊的文人們》，東方出版中心，2010 年，第 190-191 頁。

161 李逸民：《李逸民回憶錄》，湖南人民出版社，1986 年，第 118 頁。

162 毛澤東在 1942 年 2 月 28 日政治局會議上的講話，《毛澤東年譜（1893-1949）》（修訂本）中卷，第 365 頁。

163 丁玲在整風運動期間寫了兩本學習心得，封面題目取為〈洗心革面〉和〈脫胎換骨〉，可惜遺失。參見朱鴻召：《天上星星 延安的人》，紅旗出版社，2016 年，第 107 頁。

164 毛澤東：〈關於整頓三風〉（1942 年 4 月 20 日），《毛澤東文集》第 2 卷，第 416 頁。

另一個著名場景是 1944 年 5 月 22 日延安大學的開學典禮。毛澤東在致辭中說：整風是好的，審幹也有成績，但搶救運動做得過火了，傷害了好些同志，戴錯了帽子，應該給他們一個脫帽鞠躬禮。說完摘下帽子，深鞠一躬。會場霎時沸騰起來，響起了經久不息的掌聲，接著唱起了〈東方紅〉，很多在搶救運動中受了委屈的人，更是一邊高聲歌唱，一邊激動地流下熱淚。[165] 這個場景或許表明，殘酷的搶救運動之後，經過黨中央和毛澤東的善後工作，「願打者」與「不願挨者」正在消融衝突和矛盾，並達成了一定程度的和解，這無疑是非常高明的政治舉措。

在毛澤東的垂範下，各單位的領導人也開始甄別平反和善後工作。經過內查外調，徵求意見，逐個作結論，清涼山的甄別工作直到 1945 年「七大」前夕才算完畢，最終的甄別結果是：清涼山的所有新聞單位沒有一個特務。如此清澈純淨的結果，讓鬥爭之弦緊繃許久的人頗感意外，有人向博古表達疑惑，他的回答是：「如果每個機關都有特務，那還得了？」[166] 雖然是迫於上面的壓力，但清涼山的搶救運動畢竟是在自己的主持之下，傷了同志，影響了情緒，博古對此非常痛心和遺憾。[167] 在甄別平反的過程中，博古和陸定一等人主動承擔起領導責任，通過集體大會和私人談話等形式向受傷害者賠禮道歉。同時召開各種會議，請受委屈的同志提意見，「出氣」，對他們的生活和工作給予照顧和撫慰。為了打破沉悶的氣氛，

165　王雲風主編：《延安大學校史》，陝西人民教育出版社，1994 年，第 95 頁。

166　黎辛：《親歷延安歲月》，第 221 頁。

167　吳葆朴、李志英：《秦邦憲（博古）傳》，第 422 頁。

編輯部還在 1944 年春節舉辦了一場聯歡晚會和跳舞會。[168]
最終大家卸下包袱，解開疙瘩，重新投身緊張的新聞工作之
中。[169] 清涼山的這場「鬧劇」終於收場。[170]

　　搶救運動在很長一段時期內被列為中共黨史的禁區，直到
1980 年代才有相關的回憶錄、傳記面世。事過境遷之後，許
多當事人對這段往事依然迷惑不解，如溫濟澤感歎：「中共中
央機關報和通訊社的工作人員竟然有 70% 左右是『特務』，
豈非咄咄怪事！」[171] 胡績偉的看法很有代表性：「這是一件
『眾人皆醒黨獨醉』的大錯誤。」他的判斷依據與任弼時一
致，即國民黨絕無可能安排螞蟻那樣多的特務潛入延安，「這
是很容易想到的」。在他看來，發動這樣一場大規模的搶救運
動，把絕大多數外來知識分子都當成特務來審查和批鬥，實在
是糊塗之至，好在時間不長，否則「我們共產黨就要自毀長
城、玉石俱焚了」。[172]

　　胡績偉從普通常識和一般實證事實出發來看待這場運動，
當然有其道理。不過從作家劉白羽的講述中，可發現另一種理

168　張嚴平：《穆青傳》，新華出版社，2005 年，第 65-66 頁；黎辛：
　　　〈博古與延安《解放日報》〉，《博古，39 歲的輝煌與悲壯》，第
　　　251 頁。

169　王敬主編：《延安〈解放日報〉史》，第 79 頁。

170　王敬以「鬧劇」來描述整個搶救運動，雖然這兩個字難以承受歷史
　　　之沉重，但從「儀式」的角度而言頗為貼切。參見王敬：〈博古的
　　　新聞生涯（三）〉，《新聞研究資料》，1988 年，總第 44 輯，第
　　　132 頁。

171　溫濟澤：〈再談王實味冤案——冤案的始末及教訓〉，《王實味冤案
　　　平反紀實》，第 53 頁。

172　胡績偉：《青春歲月——胡績偉自述》，第 228、232 頁。

解。劉白羽在試點單位中央研究院參加整風，那裡的搶救運動比新聞單位更加猛烈，「像延河夏天的山洪，充滿巨大的恐怖，挾持無窮的威力」，搶救大會的「戲劇性場面」使他愕然、震驚、目瞪口呆、魂飛魄散，劉白羽經過艱難痛苦的審查、批判方才「過關」。半個世紀後回顧這段歷史，劉白羽認為這場運動是思想改造不可分割的整體步驟，「這一場衝擊（搶救運動──引注）打掉了我那小資產階級無謂的自尊心，而不打掉它，是不可能嚴格地進行自我解剖的」。經過這場狂風暴雨，劉白羽加深了對革命的理解，「一個非無產階級出身的人要改造成為有無產階級思想、感情的人，必然會經受一次衝擊，這是一堂必須上的課，必須經過的磨練」。劉白羽引用阿‧托爾斯泰的名言來詮釋知識分子在革命中的歷險──「在清水裡泡三次，在血水裡浴三次，在鹼水裡煮三次。我們就會乾淨得不能再乾淨了」。[173]

劉白羽的述說布滿了「毛文體」的痕跡，一如晚年的丁玲，[174]表明延安整風至少在部分知識分子身上取得巨大成功。他的理解，或許更接近運動的本意。

四、勞其筋骨：在紡車聲中改造

審幹運動造成的肅殺沉悶的氛圍，在 1944 年春節前後逐漸消散。延安的新聞單位很快出現了另一種奇特的景觀：記者編輯們投身體力勞動，開荒、紡織、種菜、養殖、運輸、燒

---

173 劉白羽：《心靈的歷程》（新版），解放軍文藝出版社，2003 年，第 381-393 頁。

174 李陀：《雪崩何處》，中信出版社，2015 年，第 128-155 頁。

炭、捲煙、磨豆腐、加工文具……報社儼然成了一個種類繁多的生產基地，各部門、各人之間展開火熱的勞動競賽。胡績偉回憶說：「在整風運動特別是搶救運動中，大家心情壓抑，機關裡死氣沉沉，聽不到歌聲，更聽不到笑聲。大生產運動一來，人們一下就活躍起來了，唱著歌開荒，哼著小調紡線，整個機關熱氣騰騰，充滿了朝氣。」[175]

新聞知識分子普遍地參加生產勞動，比邊區總體的大生產運動要延遲許多。早在 1939 年 2 月 2 日延安的生產動員大會上，毛澤東就號召「自己動手」，[176] 李富春也提出「普遍的動員廣大民眾以及黨、政、軍各機關部隊、各學校、各群眾團體參加農業生產」，[177] 這次動員大會標誌著邊區大生產運動的興起。[178] 中央直屬機關的大生產運動，遲至 1943 年 1 月李富春號召「豐衣足食，為改善物質生活而鬥爭」之後，也風風火火地開展起來。[179] 解放日報社和新華社最早在 1943 年 2 月 1 日

---

175 胡績偉：《青春歲月──胡績偉自述》，第 251 頁。

176 顧龍生編著：《毛澤東經濟年譜》，中共中央黨校出版社，1993 年，第 134-135 頁。

177 李富春：〈加緊生產，堅持抗戰〉（1939 年 2 月 2 日），陝甘寧邊區財政經濟史編寫組編：《抗日戰爭時期陝甘寧邊區財政經濟史料摘編》第 2 卷（農業），陝西人民出版社，1981 年，第 203 頁。

178 葉美蘭等：《中共農村道路探索》（中國民國專題史·第 7 卷），南京大學出版社，2015 年，第 474 頁。關於大生產運動的起點，學界存在不同意見，除了此處引用的觀點之外，另有研究者以 1941 年 3 月三五九旅開進南泥灣為起點，還有研究者認為直到 1942 年毛澤東在西北局高幹會議上做〈經濟問題與財政問題〉報告之後，如火如荼的大生產運動才真正開展起來。參見張素華編：《毛澤東與中共黨史重大事件》，中央文獻出版社，2001 年，第 152 頁。

179 李富春：〈豐衣足食，為改善物質生活而鬥爭──1 月 8 日在中直

的編委會上討論生產計劃，決定成立生產委員會，由總務處蘇愛吾處長領銜。[180]

　　清涼山新聞單位最初的大生產運動，主要由行政後勤人員擔綱。解放日報社豆腐坊在 1943 年 4 月底開工，負責人為李光裕（非採編人員，具體職務不詳），生產豆腐、豆漿、豆干、千張皮等各類豆製品，在中直軍直展覽會上受到好評，成為清涼山大生產的典範。[181] 報社還成立由黨總支部書記陳坦領導的合作社，出售的豆代乳粉頗受歡迎，供不應求，「近日很多同志來買，均應無法應售，致令空勞往返，殊為致歉」，為此合作社擴大生產，並在延安增設多個代售處，報紙上也屢屢刊登廣告，如「本報創制的豆代乳粉，解決嬰兒缺奶的困難，增進兒童或成人的營養」，「胖娃牌代乳粉，解放合作社創制，嬰兒最佳之食品」，等等。[182] 其他生產門類如開荒種地、文具加工、養殖、紡織和運輸也紛紛開展，解放日報社甚至還辦了一個捲煙廠，產售清涼山牌香煙。[183] 生產人員的辛勤勞動獲得了報社的高度禮遇，1943 年底清涼山為燒炭隊舉辦過一次盛大的晚會，報社全體人員熱烈歡迎外出勞動 3 個多月的

軍直經濟工作人員會議上的報告〉，《解放日報》，1943 年 1 月 13 日，第 4 版。

180　岳頌東、王鳳超：〈延安《解放日報》大事記（續）〉，第 75 頁。

181　〈產量提高種類增多——記本報豆腐坊〉，《解放日報》，1943 年 5 月 23 日，第 2 版。

182　〈解放日報合作社啟事〉，《解放日報》，1944 年 1 月 10 日，第 1 版。

183　溫濟澤：〈憶清涼山的戰鬥歲月〉，任文主編：《窯洞軼事》，陝西師範大學出版社，2014 年，第 89 頁。

15 人燒炭隊，並紛紛捐款慰勞。[184]

　　這一時期編輯部有時也參加生產勞動，比如 6 月份曾幫助駐區農民鋤草，[185] 但當時主要任務是審查幹部，同時保證報紙正常出版，這已經殊為不易。這年 7 月，在國民黨發動第三次反共高潮之際，邊區各界紛紛以加緊生產、勞軍自衛等活動，呼應黨中央的戰鬥號召，清涼山的解放日報、新華社、出版局、中央印刷廠等新聞單位則開展了工作競賽，「競賽條件」以加緊本職工作為主，另外包括加強學習、深刻反省、向黨坦白、徹底改造思想等審幹搶救的內容。[186]

　　從 1944 年初開始，審幹運動大體收場，延安的中直機關也將大生產的重心轉入個人生產，號召機關單位的知識分子人人參加勞動。1 月 16 日，《解放日報》在一版頭條位置刊登了楊家嶺機關工作人員 1944 年度詳細的個人生產計劃，此後林伯渠、李鼎銘、高崗等黨政要員的生產計劃也相繼在報上公布，[187] 這無疑釋放了一個強烈的信號。1 月 23 日，解放日報

184　〈本報燒炭同志 超過任務兩萬斤 大家捐款熱烈慰勞〉，《解放日報》，1943 年 12 月 4 日，第 2 版。

185　〈中直各機關 按照駐區助民鋤草 本報工作人員昨為呂家鋤草五垧半〉，《解放日報》，1943 年 6 月 20 日，第 2 版。報導中交待，報社工作人員因為工作關係，只能抽出半天時間勞動。

186　〈解放日報等四機關熱烈動員 開展工作大競賽〉，《解放日報》，1943 年 7 月 16 日，第 1 版。

187　參加《解放日報》相關報導：〈1944 年楊家嶺機關工作人員個人生產計劃〉（1944 年 1 月 16 日第 1-2 版），〈林主席李副主席以身作則訂出生產節約計劃 變工種糧交公全年衣被自給〉（1944 年 1 月 28 日第 2 版），〈以身作則號召生產節約 高崗同志訂生產計劃〉（1944 年 2 月 5 日第 1 版）。

社和新華社編委會討論當年大生產的任務和方法，提出首長負責、大家動手、各盡所能、農業工業並重、生產多樣化，今年達到半自給，明年全部自給。[188] 此後，經過民主評議和領導批准，編輯部每人都訂出生產定額和勞動計劃，[189] 並變賣一些家當，用以購置農具和紡車。[190] 清涼山新聞知識分子的大生產運動終於拉開帷幕，正如穆青所說：「一月尾，個人生產使報館熱鬧起來了。所有的編輯、記者和校對同志，都做了個人計劃，而且想盡辦法到處尋找生產門徑。」[191]

穆青的長篇通訊〈本報編輯部的個人生產〉，記錄了當時的勞動情況。解放日報社編輯部四十多人，按照各人特長和工作時間，組織起了農業、紡織、文化供應等生產活動，其中農業和紡織是兩個中心。約 20 個男勞力開荒種地，除了日常的編輯和採訪工作之外，平均每天有 12 個全工，他們在勞動中實行「包工制」，三、五人一組設定開荒面積，比賽哪一組先完成任務。這些知識分子還向農民請教開荒經驗，並勤於摸索，掌握了鋸齒式、三角式等先進技術，還探索出開山側背的穿插開墾和留三角形的「戰術」，國內部編輯蘇遠創造了一畝七分的開荒紀錄。[192] 在穆青筆下，勞動是快樂的，「這期間

188 岳頌東、王鳳超：〈延安《解放日報》大事記（續）〉，第 87 頁。

189 任豐平：〈延安清涼山生活回憶片段〉，新華社新聞研究所編：《新華社回憶錄》，新華出版社，1986 年，第 126 頁。

190 〈本市簡訊〉，《解放日報》，1944 年 1 月 31 日，第 2 版。

191 穆青：〈本報編輯部的個人生產〉，《解放日報》，1944 年 4 月 7 日，第 4 版。

192 這個成績即便放在農民和戰士之中也是較高水平，三五九旅某班平均每人每天開荒一畝五分，已經屬於很好的成績。不過在大生產運動中，部隊的開荒紀錄連連刷新，把農民群眾和機關單位的知識分子甩

山上的勞動使人們感到莫大的愉快，歌聲和笑語整天傳遍著山頭，即令在最緊張的無形競賽中，人們也會高叫著第一烏克蘭前線部隊的光輝勝利，而一直衝到山頂」。[193]

　　這篇通訊的議論文字，體現了穆青非常高的政治意識和思想水平。1942 年夏天，這個做著「作家夢」的魯藝文學青年意外地開始了記者生涯，他的第一次採訪報導就引起強烈反響，在根據地掀起了風風火火的「學習趙占魁運動」。雖然採訪趙占魁是編輯部指派的任務，「大概當時報社裡實在抽不出人手，或者是領導有意給我們（**穆青和魯藝同學張鐵夫——引注**）一個鍛煉的機會，所以才讓我們兩個新來的年輕人挑起這份重擔」，[194] 但如果沒有對形勢和政策的透徹把握，顯然無法寫出這樣轟動性的報導。兩年來經過高強度的採寫實戰、整風學習以及審幹運動帶來的「委屈和怨憤的折磨」等歷練，此時的穆青無論在新聞業務還是思想意識上都已更上層樓。在這篇通訊中，穆青在介紹完編輯部的勞動情形後寫道，「勞動改變了知識分子的面貌」，這種改變不僅是「我們的手滿是水泡，腳底刺滿了荊棘」這些外部表現，更關鍵的是勞動觀念的內在轉變。剛開始勞動時，很多人反感挑糞，擔心弄髒衣服、

得很遠，中央警衛團戰士杜林森創造了六畝三分五的最高紀錄，獲譽「氣死牛」，毛澤東改為「氣死人」，即氣死蔣介石。參見中共陝西省委黨史研究室編：《毛澤東在陝北》，陝西人民出版社，1993 年，第 270 頁；左齊：〈南泥灣屯墾〉，《星火燎原（全集精選本）》，解放軍出版社，2009 年，第 246-247 頁。

193　穆青：〈本報編輯部的個人生產〉，《解放日報》，1944 年 4 月 7 日，第 4 版。

194　張惠芳、王昉編著：《穆青自述》，第 53 頁。

染了疾病，「過去我洗澡都要坐汽車去，現在卻要挑糞了」，
有的記者挑糞時碰到熟人，總要低頭躲避。經過一段時間的大
生產之後，大家的勞動觀念和積極性提高了，「由騾馬糞的拾
運到跳進人家的毛坑」，無不幹勁衝天。對比編輯部同事前後
的表現，穆青認為「農業勞動……是改造知識分子的最好的方
法」。[195]

　　從胡績偉的晚年回憶中，可以看到相似的場景、相近的體
會。他描繪過邊區群眾報社一個頗為濃烈的勞動畫面：「我們
幾個人掏大糞，我跳進糞坑，用洗臉盆一盆一盆地端糞。送上
去一盆就高叫『紅燒肉來了』、『紅燒什錦來了』，情緒高
漲，氣氛熱烈。」胡績偉對生產勞動飽含深情，此前的搶救
運動一度令他悲觀失望，而大生產則「掃清了心靈上空的雲
翳」，一方面因為解放區熱火朝天的生產運動以及生機勃勃的
精神狀態，讓他感受到黨為民謀福利的誠篤意願和超卓能力，
這樣的黨必然成為新中國的締造者；另一方面，大生產運動也
給自己帶來身心變化，不僅瘦弱的身體健壯了，而且使他這樣
的知識分子樹立了群眾觀點，「我們這些知識分子在黨的指引
下都比較自覺地深入群眾，深入生活」。[196]

　　報社女同志以紡織為主。這是延安時期最流行的生產方
式──男女皆紡、婦幼均織，正如吳伯蕭所說：「那個時候在
延安的人，無論是機關的幹部，學校的教員和學員，也無論是
部隊的指揮員和戰鬥員，在工作、學習或者練兵的間隙裡，誰

195　穆青：〈本報編輯部的個人生產〉，《解放日報》，1944 年 4 月 7
　　日，第 4 版。
196　胡績偉：《青春歲月──胡績偉自述》，第 236、242、243 頁。

沒有用過紡車呢？」[197] 飛轉的紡車由此成為大生產運動乃至延安時代的標識，「文藝版黨史」、史詩〈東方紅〉即以紡車象徵那段崢嶸歲月。不過，延安時期的紡車不光是一件生產工具，對於當時的知識分子而言，紡車更有一種神秘的力量。

在介紹報社的紡織小組時，穆青以「在紡車聲中改造」作為標題，可謂一語中的，即紡織活動是知識分子改造的一種方式。編輯部的女同志們，起初抵觸紡車這種原始工具，認為這是鄉野村婦使用的東西，似她們這般「有知識」的人應去管理現代化機器，因而不熱心紡織。開始的一周，清涼山的紡車聲時斷時續，歎息聲此起彼伏，「紡著紡著，一想起這單調的紡車聲會埋葬她的『雄才大略』時，就不安心」。[198] 這年 2 月底，清涼山新聞單位的女同志聯合召開「三八」節座談會，邀請東關勞動英雄趙秀蘭現場示範紡紗。[199] 趙秀蘭的高超技術讓她們獲益匪淺，不僅學到了技術，而且改變了對紡車的認識，提高了生產耐心，「她們決心在紡車聲中把自己改造」。[200]

穆青的報導勾勒了粗線條，副刊部編輯陳學昭在自傳體小說中提供了細膩的描寫——

197　吳伯蕭：〈記一輛紡車〉，曹海明編：《吳伯蕭散文選集》，百花文藝出版社，2009 年，第 213 頁。

198　穆青：〈本報編輯部的個人生產〉，《解放日報》，1944 年 4 月 7日，第 4 版。

199　〈迎接「三八」節 清涼山機關女同志 向老百姓學習紡織技術〉，《解放日報》，1944 年 3 月 4 日，第 2 版。

200　穆青：〈本報編輯部的個人生產〉，《解放日報》，1944 年 4 月 7日，第 4 版。

當她第一次坐在紡車的面前，她不知道怎樣去下手：一會兒錠子跳了，一會兒棉條斷了，急得她一身大汗；這裡拉一把，那裡敲一下，兩隻手弄的滿是汙髒的油和灰土。她看著自己這一雙手，心裡不禁感歎著：「這本是一雙彈鋼琴的手呵！」還沒有抽成三、四尺長的線，已經累得好像做了一天苦工，精疲力竭了。

但是一天一天地，她坐在紡車邊的日子愈多，時間愈久，她的思想跟著那一根一根的線抽出來，愈抽愈長，愈抽愈多。

她開始想到：自己活了幾十年，沒有織過一寸布，沒有種過一粒米，但卻已穿過不知多少丈布，吃過數不清的米了！她為自己這一新的思想覺得驚奇，由驚奇而感到羞愧，由羞愧而感到負疚，感到有罪，感到對不起勞動人民！但是，她卻還不能不帶著憂鬱地想：「從前做牛做馬學得來的一點法文，一天一天地荒棄，要是從前就是一個勞動的婦女，哪怕是一個文盲，總比現在這樣不三不四的好……」[201]

---

201 陳學昭：《工作著是美麗的》，浙江人民出版社，1979 年，第 268 頁。陳學昭在延安時就發表過一篇相似文章，講述自己面對紡車的心理變化，參見陳學昭：〈體驗勞動的開始〉，《解放日報》，1944 年 4 月 8 日，第 4 版。趙超構 1944 年訪問延安時讀到陳學昭的這篇自白，感慨道：「這篇小品使我如實地見到一個知識分子到延安去必須經過的『蛻變』。大體上說，這一種自我克服的過程，總免不了有些痛苦的。」參見趙超構：《延安一月》，中國國際廣播出版社，2013 年，第 137-138 頁。

　　這段心路歷程頗堪玩味。陳學昭出身浙江海寧的書香門第，讀過私塾和現代學校，後在法國攻讀十年獲得文學博士學位。即便是在群星璀璨的「延河邊的文人們」之中，陳學昭的「小資氣息」也是異常突出，這一點給訪問延安的趙超構留下深刻印象：「陳學昭女士臉容豐腴，鬢髮修整，很別致的裝束（白羊毛背心外加『夾克』、西裝褲、青布鞋），態度嫻雅」，「她還保留住一點愛美的習氣，就是在談吐上，也含有法國風的嫻雅與含蓄」，趙超構稱她為「巴黎回來的女紳士」。[202]

　　就是這樣一位高級知識分子，在最簡單、最原始的紡車面前徹底敗下陣來，在操作嫻熟的農婦面前自慚形穢，這種挫敗感引起她對「知識」的懷疑，「哪怕是一個文盲，也比現在這樣不三不四的好」。這樣的懷疑，意味著身分認同的動搖，即以往自詡為「先進」、「優越」、「啟蒙教師」的知識分子，實際上百無一用，甚至是勞動人民的寄生蟲，這讓她感到羞愧歉疚，乃至「感到有罪，感到對不起勞動人民」。

　　推動知識分子轉變對勞動群眾的態度和感情，在倫理道德的層面顛覆知識分子和工農兵的關係，可以說是延安時期知識分子改造的核心命題，也是大生產運動的深層訴求。1942年全黨整風之初，毛澤東在演講和報告中一再貶抑書本知識和知識分子，抬高實踐知識和勞動群眾，[203] 尤其那句「最乾淨的

202　趙超構：《延安一月》，第95、137頁。
203　例如毛澤東的整風動員演講中有這樣幾段調侃：「書是不會走路的，也可以隨便把它打開或者關起，這是世界上最容易辦的事情。這比大師傅煮飯容易得多，也比殺豬更容易。你要捉豬，豬會跑（笑聲），殺牠，牠會叫（笑聲），一本書擺在桌子上既不會跑，又不會叫（笑

還是工人農民，儘管他們手是黑的，腳上有屎，還是比資產階級和小資產階級知識分子都乾淨」，[204] 實際上以隱喻的方式宣判了知識分子在精神上負有「原罪」。毛澤東的這些論述，均納入整風學習的必讀材料。整風期間發表的最重要的新聞理論文章〈我們對於新聞學的基本觀點〉，從更實際的角度強調了知識分子的「罪感」，陸定一以嚴苛的語調寫道：「我們新聞工作者，必須時刻勉勵自己，做人民的公僕，應知我們既不耕田，又不做工，一切由人民供養，如果我們的工作，無益於人民，反而毒害人民，那就比蠹蟲還要可惡，比二流子還要卑劣。」[205]

倘若理論、言說稍顯縹緲，不容易刻入腦際，那麼親身參與勞動則能立竿見影——以陳學昭為例，一架中世紀的紡車竟將一個學歷最高的知識分子打得落花流水。這是鄉間男女老幼皆能操作自如的工具，知識分子卻玩不轉，「向群眾學習」、「做群眾的學生」這種反覆言說的大道理，頓時有了現實的依

聲），隨你怎樣擺布都可以。世界上哪有這樣容易辦的事呀！」、「你們應該知道一個真理，就是許多所謂知識分子，其實是比較地最無知識，工農分子的知識有時倒比他們多一點」、「他們一不會耕田，二不會做工，三不會打仗，四不會辦事，這些都沒有幹過，這些實踐的知識一點都沒有，他們有的只是書本知識」。參見毛澤東：〈整頓黨風學風文風〉（1942 年 2 月 1 日），《解放日報》，1942年 4 月 27 日，第 1 版。這篇演講收入《毛澤東選集》時標題改為〈整頓黨的作風〉，上述文字已刪節。

204 毛澤東：〈在延安文藝座談會上的講話〉（1942 年 5 月），《毛澤東選集》（第 2 版）第 3 卷，第 850 頁。

205 陸定一：〈我們對於新聞學的基本觀點〉，《解放日報》，1943 年 9月 1 日，第 4 版。

託。正如副刊部另一位編輯方紀所寫的那樣，「我一坐到紡車前，就感到知識分子的渺小，和勞動人民的偉大！」[206] 同樣的效果也出現在農業勞動中，艾青在大生產運動期間曾寫詩歌頌勞動英雄，同時嘲諷自己這樣的知識分子，為知識分子身分感到羞愧，「南瓜結得像碗那末大，包穀像指頭那末小……假如人人都像我，那還得了？」[207] 在一首當時廣為流傳的歌曲中，作詞者賀敬之甚至將種菜英雄黃立德稱為「聖人」。[208] 由此可見，躬身參與生產勞動從心理上擊垮了知識分子的優越感。進而言之，誰是先生，誰是啟蒙者，這些在延安初期爭論不休的問題，[209] 答案至此一目了然。現代文化秩序所規定的知識分子與勞動群眾、啟蒙者與被啟蒙者的關係，以及相關的權力關係和等級結構，也被「紡車的力量」[210] 所顛覆、消解。

---

206 方紀：〈紡車的力量〉，《解放日報》，1945 年 5 月 20 日，第 4 版。

207 艾青：〈歡迎三位勞動英雄〉，《解放日報》，1943 年 2 月 17 日，第 4 版。

208 賀敬之詞、張魯曲：〈種菜聖人黃立德〉，《解放日報》，1943 年 3 月 7 日，第 4 版。

209 整風之前知識分子的文章普遍延續了啟蒙主題，與毛澤東的言說與政黨的意識形態存在相當距離。例如丁玲寫於 1938 年的短文〈適合群眾與取媚群眾〉，針對當時「接近群眾」的主流話語，丁玲強調知識分子的群眾化並不是把「我們」變成與老百姓一樣，而是成為「他們」所喜歡的、所敬重的師長、依賴的人。張炯主編：《丁玲全集》第 7 集，河北人民出版社，2001 年，第 22-23 頁。

210 方紀：〈紡車的力量〉，《解放日報》，1945 年 5 月 20-21 日，第 4 版。這篇文章同樣描寫知識分子面對紡車的複雜心態，發表後引起廣泛討論（例如方習：〈略論「紡車的力量」〉，《解放日報》，1945 年 7 月 11 日，第 4 版；韓書田：〈我對「紡車的力量」的理解——商榷於〈略論「紡車的力量」〉的作者〉，《解放日報》，1945 年 8

　　由此觀之，大生產運動實為知識分子改造的有力手段，艾思奇曾精煉地概括為「勞動就是整風」。[211] 體力勞動不僅在精神上擊潰了「啟蒙者」、「無冕之王」的優越感，使他們從天上落入凡間，而且在倫理上調整了知識分子與勞動群眾的關係，馬克思主義的群眾史觀與儒家傳統的民本意識在勞動中被召喚出來，[212] 知識分子被鎖定在勞動人民附庸的道德位置。在如此巨大的心理震盪下，「做一個工農兵的記者」、「為群眾服務，和群眾結合」等規範準則，從政黨的指令「內化」為知識分子的自覺實踐。「新型記者」暨「有機知識分子」的鍛造，至此完成最關鍵的一步。

本章小結

　　本章嘗試以一種內在於中國革命與延安新聞傳統的視野，

月 28 日，第 4 版）。文學研究者李潔非和楊劼對〈紡車的力量〉進行過深入的文本分析，認為這篇文章深刻地反映了時代現實，堪比巴爾扎克和魯迅對歷史趨勢的把握，這樣的作品在文學史上默默無聞是不可原諒的。參見李潔非、楊劼：《解讀延安——文學、知識分子與文化》，當代中國出版社，2010 年，第 236-241 頁。

211　艾思奇：〈勞動就是整風〉，《解放日報》，1944 年 2 月 19 日，第 4 版。

212　已有研究表明，馬克思主義與中國傳統文化存在深刻的共通性，中共的群眾路線則與儒家的民本主義有著深厚的思想淵源。延安時期中共有意識地調用了一些儒家思想資源，如劉少奇關於黨員修養的論述多次引用儒家經典，整風學習中的反省檢討也與儒家的修身術相通。參見陳先達：《馬克思主義與中國傳統文化》，人民出版社，2015 年；金觀濤、劉青峰：《毛澤東思想和儒學》，風雲時代出版社，2006 年。

從多重面向揭示「新型記者」複雜而深刻的內涵。研究認為，整風改版將新聞事業納入革命整體，成為群眾路線中政黨與群眾交往互動的橋梁紐帶，成為先鋒隊教育、組織和動員群眾的有效中介。「新的新聞事業」要求相配套的職業規範和操作準則，要求新聞工作者在政黨的領導下與群眾打成一片，使這個無根漂浮的知識分子群體，轉變成一種與底層民眾建立歷史性聯繫的「有機知識分子」，在人民群眾的解放事業中實現新聞工作及個體生命的價值。可以說，「新型記者」的主體性，無法以獨立、自治等當代新聞框架來衡量，相反，延安傳統的獨特之處在於新聞工作者與政黨、群眾投身於同一場運動之中，相互結合與塑造，在動態的政治進程中融合生成一種新的主體性。

在知識分子問題上，毛澤東和葛蘭西所見略同。要言之，現代政黨的一個基本使命是培養本階級的有機知識分子，以有效執行意識形態領導權和履行統治管理職能，用葛蘭西的話說，「政黨是新的完整的和全面的知識分子的培養者」。[213] 而且，唯有無產階級政黨才能培育出理論與實踐相統一的徹底的有機知識分子。這樣的知識分子是人民群眾普遍利益的有機代表，他們的言說和行動根基於無產階級實踐，將普通群眾零散的、模糊的訴求加以融貫統一，通過他們的傳播、教育、組織和動員，分散的、自發的無產階級成員匯成自覺的、具有自我意識的階級主體。

延安時期的毛澤東創造並實施了培植有機知識分子的一

213　安東尼奧・葛蘭西：《實踐哲學》，徐崇溫譯，重慶出版社，1990年，第 17 頁。

整套體系。以新聞知識分子改造為例，這個體系的要點大致包括：一、制度化的政治學習，將新的革命性意識形態付諸若干文本，通過組織的力量發動學習熱潮，使知識分子在精讀文件、研究討論、反省檢討中革新思想意識，習得新話語、新觀念；二、集中化的檢查工作，以新習得的革命意識形態對照檢查個人和部門工作，開展批評與自我批評，清理不符合新形勢的工作慣例與古舊觀念，創設新的指導理論和工作規範；三、組織化的審幹甄別，依據個人歷史、運動中的表現、揭發出的線索對知識分子進行反覆審查詰問，做出政治結論，在此過程中通過集體壓力甚至暴力，既消解知識分子的自尊心自傲心，又「展演」組織的威力；四、普遍性的體力勞動，組織和推動知識分子參加生產勞動，在勞動中解構他們的知識分子身分認同和角色體驗，召喚出群眾觀點和民本意識，確立知識分子作為勞動群眾的附庸、被教育者的道德倫理地位。

這一整套改造體系涉及思想觀念、工作規範、行為方式、倫理道德等方方面面，旨在全方位地轉變和改造現有知識分子，使他們成為圍繞無產階級政黨、密切聯繫群眾的有機知識分子。就新聞界的具體情形而言，也就是鍛造「新型記者」。在這個改造模式中，政治學習和檢查工作相對具有實質性的意義，通過對「小資產階級」話語的集中批判，[214] 新聞知識分子

214 延安時期「小資產階級」話語，內涵不甚明確，存在相當大的模糊性，有時甚至與「資產階級」混同使用，表達相近的涵義。概念上的模糊性意味著操作上的靈活性，政黨可以將所有不符合革命意識形態的問題，統統納入「小資」話語而加以批判否定。這給運動參與者造成一定困擾，例如胡績偉在延安時期對「小資」話語操弄起來非常嫻熟，他在一篇新聞論文中呼籲記者編輯要扎根群眾、深入實際工作，

清理了舊的思想觀念和文化意識，「習得」新話語和新觀念，並創造了獨具特色的無產階級新聞理論，這些都是真切實在、可觀可感的成效。審幹運動和體力勞動則更具「儀式」意味，清涼山的審幹運動聲勢浩大，但最終沒有甄別出一個所謂「特務」，知識分子的專長畢竟不在體力勞動，短時間內也難以變成生產能手。[215] 以動員之初所宣稱的目標來實證地考量，這兩個環節似乎是失敗的，但運動的意義與其說是實際結果，不

「在這當中，慢慢的改革自己的小資產階級的思想方法和生活習慣，使自己真正慢慢的變成當地的工農大眾的一員。這是我們小資產階級『大眾化』的道路。不這樣，我們的報紙，是編不好的。」但在晚年回憶中，胡績偉卻對「小資產階級」這個概念表達了極度困惑，「弄不懂，想不通」，他說整風運動的關鍵就是要弄清「無產階級和小資產階級的區別」，但他從始至終沒能搞明白，「毛澤東把一切好的思想作風都說成是無產階級的，把一切不好的思想作風都說成是小資產階級、資產階級的，特別是小資產階級知識分子的」，「我們黨中央的那些領袖人物，包括毛澤東在內，也大都出身於小資產階級的知識分子，原來也不屬於無產階級，他們是怎麼成為『無產階級』的『先鋒』了呢？」參見胡小丁：〈地方報紙地方化〉，《解放日報》，1943 年 1 月 26 日，第 4 版（小丁為胡績偉筆名）；胡績偉：《青春歲月──胡績偉自述》，第 246-248 頁。

215 例如時任《解放日報》國內部主任高揚文回憶，「在清涼山，因為編輯工作忙，知識分子又缺乏生產經驗，生產組織得不好，和其他機關比較，生活差一些」。高揚文去報社之前曾擔任縣委書記，屬於「工農出身的幹部」，組織部派他去《解放日報》目的是加強報社對實際工作的把握。有意思的是，在「知識分子幹部」如胡績偉等人的敘述中，報社的大生產運動則取得了豐碩成果，經過辛勤勞動極大改善了生活水平。參見高揚文：〈我在清涼山的新聞生涯〉，田方、午人、方蒙主編：《延安記者》，陝西人民教育出版社，1993 年，第 462 頁；胡績偉：《青春歲月──胡績偉自述》，第 237-238 頁。

如說是過程和形式，即讓新聞知識分子普遍參與「儀式」或者「入戲」，使他們在運動過程中獲得特定體驗，轉變對知識分子的固有身分認同和對勞動群眾的認知態度和情感結構。

田家英認為，整風運動最重要的經驗是，「我們各級黨的許多領導骨幹都學會了改造小資產階級出身分子的方法，懂得如何去重新教育這樣出身的人，使得無產階級影響他們，而不是他們影響無產階級」。[216] 這個判斷可謂一語破的。延安整風改造了一代青年新聞知識分子，培養了一批「新型記者」，使穆青這樣的文學青年，成長為具有鮮明政治意識、密切聯繫群眾的有機知識分子。這種思想改造是深刻而持久的，在此後幾十年的新聞生涯中，穆青矢志不渝地踐行「延安新傳統」，堅守「人民主體」的新聞倫理，直到晚年在市場化新聞業的洪流中仍反覆叮嚀「勿忘人民」，強調「為人民是新聞的永恆主題」。[217] 不僅如此，延安整風還意味著一種改造知識分子的思路基本成型，大體形成了源源不斷地培育有機知識分子的模式和體系。不僅延安後期新加入的新聞工作者也都經歷了相同的系統化鍛煉，[218] 而且一直影響到新中國成立後的知識分子

---

216 田家英：〈毛澤東同志論抗日時期的整風運動和生產運動〉（1953年），力平、王仲清、梁進珍編：《田家英談毛澤東思想》，四川人民出版社，1991年，第210頁。

217 張惠芳、王昉：《人民記者——穆青傳記》，河南人民出版社，2013年，第305頁。

218 例如1946年8月入職《邊區群眾報》的李迢，在接受筆者訪談時介紹，他到報社後也進行了整風學習，對當年開會批判「小資產階級思想」的情形依然記憶猶新。此時延安總體的整風運動早已結束，對新入職的幹部進行整風教育顯然已經成為常規化的制度安排。訪談時間：2016年10月31日，地點：西安。

政策。

　　我們今天重訪「新型記者」這段歷史經驗，或許有助於
為當代新聞知識分子的職業想像打開新的可能空間。改革開放
四十年來，隨著新聞傳播領域的市場化改革日趨推進，新聞從
業者群體也經歷了深刻轉型：一方面從改革前統一的宣教系統
幹部轉變為多元分化但主要是「掙工分」的雇傭勞動力，[219]
另一方面這個群體的價值理念和實踐範式也發生了複雜變化。
關於後者，一般認為當代中國新聞界主要存在兩種職業規範：
一是中共新聞傳統，強調政治導向、黨性原則、宣傳喉舌等；
二是西方舶來的新聞專業主義，強調職業獨立、客觀性原則、
公共服務等。[220] 在研究者通常採用的「國家—社會」分析框架
中，這兩種職業規範構成對立衝突的緊張關係，「政黨」「國
家」被認為是限制專業自主性、與公眾利益相對的壓迫性結構
或者說「威權力量」，而新聞專業主義的關鍵前提則是獨立於
政治控制，行使專業社區的自治權。[221]

　　從近年來對於中國新聞從業者的觀察訪談所獲得的經驗材
料來看，這個群體的價值規範普遍地傾向於新聞專業主義，例
如將新聞工作的社會作用理解為傳遞信息、滿足受眾／消費者

219　夏倩芳：〈「掙工分」的政治：績效制度下的產品、勞動與新聞
　　人〉，《現代傳播》，2013 年，第 9 期。關於新聞勞動的商品化，王
　　維佳做過深入考察，參見王維佳：《作為勞動的傳播——中國新聞記
　　者勞動狀況研究》，中國傳媒大學出版社，2011 年。

220　白紅義：《以新聞為業：當代中國調查記者的職業意識研究》，上海
　　交通大學出版社，2013 年，第 14-21 頁。

221　Jonathan Hassid, "Four Models of the Fourth Estate: A Typology of
　　Contemporary Chinese Journalists," *The China Quarterly*, 2011(12): 813-
　　822.

的需求，在操作準則上追求中立、客觀和自治，服務公眾利益
的基本方式是監督政治權力。[222] 李彬將這種現象描述為新聞領
域「文化領導權」的衰落，原因在於改革開放以來西方新聞傳
播學與新聞觀念風靡中國新聞學界業界，而馬克思主義及其新
聞思想則遭到很大程度的消解。[223] 換句話說，當代的思想和知
識狀況決定了新聞從業者關於新聞工作和自身角色的理解，也
限制了他們的想像空間——比如關於超越性的「新聞理想」，
新聞從業者似乎很難越出「看門狗」（watchdog）、「扒糞
者」（muckraker）等歐美新聞神話的天花板。

　　延安時期「新型記者」的啟發意義，或許在於突破合理分
化、專業分工等所謂現代性規律帶來的視野促狹，超越新聞專
業主義的有限想像，在一種更宏闊的歷史與政治格局中重新理
解新聞的社會角色以及新聞工作者的職業追求。對於今天的新
聞工作者來說，重建這樣的想像力顯得尤為迫切。隨著中國社
會與新聞領域的激進市場化、新聞內容與新聞勞動的商品化，
新聞從業者逐漸變為出售勞動力的雇傭工，「掙工分」式的新
聞生產關係導致了一定程度的勞動異化，亦即繁巨的生存競爭
迫使新聞人疏離專業目標，新聞勞動日漸窄化為純粹的謀生活

222　較近的實證研究可參見周睿明、徐煜、李先知：〈液態的連接：理
　　　解職業共同體——對百餘位中國新聞從業者的深度訪談〉，《新聞
　　　與傳播研究》，2018 年，第 7 期；趙雲澤、滕沐穎、楊啟鵬、解雯
　　　迦：〈記者職業地位的隕落：「自我認同」的貶斥與「社會認同」的
　　　錯位〉，《國際新聞界》，2014 年，第 12 期；張志安、張京京、林
　　　功成：〈新媒體環境下中國新聞從業者調查〉，《當代傳播》，2014
　　　年，第 3 期。
223　李彬：〈中國道路新聞學（四）——挨打、挨餓、挨罵〉，《當代傳
　　　播》，2018 年，第 4 期。

動。上述進程內在於新自由主義在中國與世界範圍內的擴張，是市場理性和資本邏輯在中國新聞業不斷深化的產物。在當前的數字媒體時代，商品化新聞模式面臨全球性危機，廣告、投資、人才紛紛湧向更迎合市場邏輯的新聞聚合應用、社交媒體平台等互聯網巨頭，出於成本效益的考量，傳統的專業化新聞操作及新聞專業人員遭到減削、甚至可能被拋出新聞生產流程之外。[224] 這一點在近年來中外新聞從業者大量的危機言說中體現的非常明顯。[225] 頗為吊詭的是，在新聞從業者的社會經濟地位加速下滑、不斷趨近物化的生產要素的同時，這個群體卻表現出對商品化、市場化新聞模式的「認可或至少是別無他選」，[226] 由此更加凸顯了重構新聞知識、打開新的想像空間的重要性。

---

224 Anthony Nadler, *Making the News Popular: Mobilizing U.S. News Audience*. Urbana, IL: University of Illinois Press, 2016.

225 Jeffrey Alexander, et al., *The Crisis of Journalism Reconsidered: Democratic Culture, Professional Codes, Digital Future*. New York, NY: Cambridge University Press, 2016.

226 王維佳：《作為勞動的傳播——中國新聞記者勞動狀況研究》，第291頁。

第三章 —————————————
通訊員運動：
從新聞編輯室走向基層

1942 年 5 月 23 日晚，楊家嶺中央辦公廳廣場被汽燈照得通亮，延安文藝座談會的壓軸大戲正在進行。毛澤東題曰「結論」的演講用語鮮活，分析透闢，引得陣陣掌聲和笑聲。[1] 坐在人群中間的胡績偉聽得特別入神，「感到有些飄飄然，好像是一個打了多次勝仗的老戰士聆聽司令員在慶功會上的講話一樣」，聽到興奮處，他「眼睛放光，面孔發紅」，乃至「激動得熱淚盈眶」。[2]

之所以如此親切，乃是因為毛澤東講話的中心是文藝大眾化，即「為群眾的問題」和「如何為群眾的問題」，而胡績偉主編的《邊區群眾報》及其隸屬於的大眾讀物社，是文化大眾化、新聞大眾化的先行者，他們卓有成效的工作此前已獲得毛

———————————————

1　毛澤東的演講以妙趣橫生而且深刻透闢著稱，在延安很受歡迎，一有公開講話大家互相告知，提前占座。陝北公學校長成仿吾回憶，毛澤東常到該校做報告，是該校最搶手的「教員」，講演後「常常被學生團團圍住，要求簽名留念」。參見中共陝西省委黨史研究室編：《毛澤東在陝北》，陝西人民出版社，1993 年，第 104 頁。
2　胡績偉：《青春歲月——胡績偉自述》，第 214-216 頁。

澤東的多次嘉獎。[3] 文藝座談會之前，該報已經初步構築了一套新聞大眾化的有機體系：報社是這個體系的首腦，編輯記者時刻處在群眾之中；在邊區發展通訊員，組織大眾通訊網；以通訊員為骨幹組建大眾讀報組。「報社─通訊網─讀報組」三個環節各自提高，又相互聯繫滲透。[4]

在這個新聞大眾化體系之中，通訊員居有重要地位，而通訊員運動也是延安新聞業最引人矚目的特色。1942 年黨報整風改版之後，辦報思路從「專家辦報」轉變為「開門辦報」，一方面推動「專業」的新聞工作者改造思想觀念、重塑職業規範，鞭策「新型記者」走向民間，與群眾打成一片；另一方面更為強調「非專業」的通訊員積極投身新聞活動，中央文件、黨報社論和領導人講話反覆申說通訊員工作的重大意義，強調組織和幫助「非專業記者」參與新聞事業是「新的黨報」、「無產階級新聞事業」區別於「舊的報紙」、「資產階級報紙」之根本所在。這在陸定一的筆下表達得尤為急切──「這種報紙，不但有自己的專業的記者，而且，更重要的（再說一

3　例如 1940 年底《邊區群眾報》出刊半年時，毛澤東致信周文社長，肯定該報工作「有意義有成績」；1941 年毛澤東對林伯渠說，他最喜歡讀的報紙是《邊區群眾報》。參見陝西省地方志編纂委員會編：《陝西省志》第 70 卷（報刊志），陝西人民出版社，2000 年，第585-588 頁。

4　周文：〈《大眾化工作研究》序〉（1941 年 3 月 6 日），《周文文集》第 3 卷（文論／雜文），作家出版社，2010 年，第 398 頁。《邊區群眾報》起初隸屬於大眾讀物社，該社成立於 1940 年 3 月 12 日，周文任社長，1942 年 2 月更名邊區群眾報社。1941 年初，大眾讀物社在成立一週年之際總結經驗，由延安新華書店出版《大眾化工作研究》，周文在序言中進行了提綱挈領的概括。

遍：更重要的！）是它有廣大的與人民血肉相連的非專業的記者」。[5]

　　在胡績偉聆聽毛澤東的文藝座談會講話之際，新聞大眾化還只是少數先行者的自發努力，最重要的黨中央機關報《解放日報》，雖然在整風改版前零散地組織通訊員寫稿，但指導思想還是「記者辦報」，廣大工農幹部和群眾則將寫稿視為「神秘奧妙的事」，[6]鮮有問津，各級黨政組織對報紙也不夠重視，「把黨報當作普通新聞紙類一樣看待……隨便拿黨報去糊窗子、包東西」。[7]經過黨報改版和全黨普遍整風，如前兩章所述，辦報方針與新聞知識分子的思想觀念都發生了重大轉變，在政黨的引導下走向民間成為基本共識，利用黨報、參與辦報也成為各級黨政部門的分內之事。在全黨辦報、群眾辦報的大潮中，培養工農通訊員、組織基層讀報組、建立鄉村黑板報等新聞實踐均以「運動」的方式鋪展開來，整個邊區儼然成了一個新聞教育與實踐的大學校。周文、大眾讀物社、《邊區群眾報》關於新聞大眾化的先期探索，終於在全新的情勢下演變為波瀾壯闊的群眾性運動。

5　陸定一：〈我們對於新聞學的基本觀點〉，《解放日報》，1943 年 9
　　月 1 日，第 4 版。

6　郝玉山：〈定邊縣組織通訊工作的經驗〉，《解放日報》，1944 年 9
　　月 1 日，第 4 版。

7　〈關於《解放日報》工作問題的決定〉（1942 年 9 月 9 日），《中國
　　共產黨新聞工作文件彙編》上卷，第 132 頁。

第一節　曲折展開：新聞大眾化運動的興起

通訊員運動是延安新聞業最引人矚目的特色，不過歷史自有其隱秘卻堅韌的連續性，就像延安時期其他特色一樣，通訊員制度也並非這一時期橫空出世的嶄新創造，而是有著內在的發展脈絡。

中國新聞通訊員的歷史淵源，有研究者追溯至宋代的「內探」、「衙探」，認為古已有之；其近代源頭，最遲至 19 世紀末《申報》等商業化報紙，已經形成較為成熟的「訪員」、「訪事」制度，形式與內容均已接近現代通訊員。[8] 不過，作為一個奉行列寧主義原則的無產階級政黨、共產國際的一個支部，中共的黨報通訊員制度更直接地借鑒了蘇聯經驗，從建黨初期就注意組織新聞通訊員（也稱通信員），1930 年中共中央曾頒布正式文件〈黨報通訊員條例〉，江西蘇維埃時期通訊員制度獲得一定發展。[9]

總體而言，在延安時期之前中共雖然重視通訊員制度，但因為客觀條件的限制，並未充分鋪開。一方面，中共始終處於地下狀態，難以大規模地發展新聞業，正如延安初期一份中央

8　楊新正：《中國新聞通訊員簡史》，人民日報出版社，2014 年，第 7-24 頁。

9　關於通訊員制度的歷史演變，既往研究已作過較為清晰的梳理，本書聚焦於延安時期，此前的情況會結合具體問題進行分析，但不作系統的介紹，可參見楊新正：《中國新聞通訊員簡史》；方漢奇主編：《中國新聞事業通史》第 2 卷，中國人民大學出版社，1996 年，第 263-347 頁；周峰：〈新民主主義革命時期中共工農通訊員制度的生成與運作〉，《中共黨史研究》，2017 年，第 1 期。

文件所說，「由於過去黨處在長期秘密工作之下，不能發行全國性黨報，因此對於黨的各項政策只能靠秘密的油印刊物傳達」，[10] 即便在建立了紅色政權的江西蘇區，受困於持續的政治軍事壓力，中共也無法從容推進新聞與文化建設。另一方面，政黨自身的人員構成同樣限制了新聞業及通訊員運動的開展，主要體現在知識分子的匱乏。1927 年「八七會議」之後，中共的文化政策長期偏「左」，理論上將知識分子排除在革命動力之外，實踐上拒斥知識分子入黨，全力培植工農幹部，直到延安初期這個偏向才逐漸得以糾正。1939 年底，中共中央發布〈大量吸收知識分子〉的決定，知識分子政策徹底扭轉，極大改變了中共的組織構造，增強了政黨的文化力量。

　　在合法穩定的陝甘寧邊區，一個享有各方面自治權力的馬克思主義權力中心，中共終於具備了實施政治、經濟、文化等全面建設的歷史契機。不過通訊員運動並非一蹴而就，而是經歷了一個摸索、試驗、整頓、鋪開的曲折過程，直到黨報改版和整風運動以後，才在黨組織的全力推動下造成了一場普遍而廣泛的群眾運動。本節圍繞兩篇題材相近的重要文獻——周文的〈開展通訊員運動〉和解放日報社論〈展開通訊員工作〉，結合相關歷史背景，對延安時期通訊員運動的展開過程略作梳理與分析。

一、大眾讀物社小試身手

　　〈開展通訊員運動〉發表在 1941 年 2 月 15 日第一卷第

10　〈中共中央關於黨報問題給地方黨的指示〉（1938 年 4 月 2 日），《中國共產黨新聞工作文件彙編》上卷，第 86 頁。

四期《大眾習作》，[11] 作者是大眾讀物社社長周文。作者及其
單位、發表刊物均含有重要信息，因此在進入文本分析之前，
需要對這些背景略加爬梳。

赴延安之前，周文是一位頗具文名的左翼青年作家，曾任
「左聯」黨團成員，深受魯迅的賞識和信任。[12] 1930 年代的
文藝大眾化論戰中，魯迅發表了多篇倡導性的文章，周文也積
極撰文參與討論，並在此後致力於踐行魯迅的大眾化理念，不
僅創作通俗文學作品，而且主辦大眾化報刊，發起通俗文藝
運動，成為著名的倡導者和實踐者。[13] 1940 年 2 月，周文、
鄭育之夫婦徒步跋涉兩個多月來到延安，抵達兩天後即在楊家
嶺受到毛澤東接見。毛澤東詢問了三十年代左翼文壇特別是
大眾化的爭論情況，鑒於邊區群眾文化程度低，亟需開展文化
普及工作，毛澤東鼓勵周文繼續大眾化工作，提議籌建大眾讀
物社，編輯一份適合群眾水平的通俗化報紙，取名《邊區群眾

11　周文：〈開展通訊員運動〉（1941 年 1 月），《周文文集》第 3 卷
　　（文論／雜文），第 388-394 頁。本節的相關引文均出於此，不再
　　贅舉。

12　周文的早期作品大多由魯迅推薦發表，1934 年魯迅向伊羅生（Harold
　　Isaacs）介紹左翼新銳作家，排在第一位便是周文，1936 年史沫特萊
　　（Agnes Smedley）在採訪中提閱哪些是中國最優秀的左翼作家，魯
　　迅列舉的十人中包括周文，另外還有茅盾、郭沫若等名家。周文還是
　　魯迅葬禮的十六位抬棺人之一。參見陝西省陝甘寧革命根據地史地研
　　究會編：《論周文——紀念周文誕辰 90 週年學術研討會論文集》，
　　中共陝西省委黨校，1998 年，第 10、176 頁。

13　丁玲在 1980 年代盛讚周文在文藝大眾化方面所做的「開創性工
　　作」，「貢獻是非常大的」。參見丁玲：〈堅定頑強的戰士 埋頭實
　　幹的作家〉，《周文選集》，人民文學出版社，1981 年，「序」第
　　1 頁。

報》，並親自題寫報頭。會談之後，毛澤東通知中央組織部、邊區黨委儘快籌備經費、選定社址、調配人員，僅一個月之後的 3 月 12 日，大眾讀物社即正式成立。[14]

　　這段背景十分關鍵，表明包括通訊員運動在內的延安時期文藝大眾化、新聞大眾化實踐，與「左聯」乃至更早的「五四」有著內在的歷史淵源。1930 年代的大眾化爭論，一個核心問題是知識分子的啟蒙使命，這正是延續了「五四」未完成的啟蒙話題，至延安文藝座談會和整風時期終由毛澤東一錘定音。實際上，旨在喚醒民眾、形塑新人的文化大眾化運動，堪稱近代中國一以貫之的思想文化主題。[15] 在空前的民族危機和社會矛盾的形勢下，這場運動兼具思想啟蒙和救亡圖存的雙重意涵，用周文的話說，「民族危機嚴重的時候，對於加緊喚醒民眾，更是感到非常的迫切，因此大眾化的深入的實踐，更是成為當時的緊急任務」。[16] 延安時期毛澤東重視文化與新聞的普及工作，鼓勵周文籌建大眾讀物社並很快拿出一攬子方案，正是源於對這一歷史主題的長期思考和精準把握。在大約半年前紀念「五四」二十週年的延安群眾大會上，毛澤東號召知識青年與工農群眾相結合，其理論分析的出發點正是文化啟蒙的重要性。毛澤東指出，孫中山以來五十多年革命的經

14　鄭育之：〈《邊區群眾報》誕生前後〉，《延安時期新聞出版工作者回憶錄》，第 7 頁；朱鴻召：《天上星星 延安的人》，紅旗出版社，2016 年，第 239 頁。

15　費約翰：《喚醒中國：國民革命中的政治、文化與階級》，李恭忠等譯，生活‧讀書‧新知三聯書店，2004 年。

16　周文：〈大眾化運動歷史的鳥瞰〉（1941 年 5 月），《周文文集》第 3 卷（文論／雜文），第 402 頁。

驗教訓,「根本就是『喚起民眾』這一條」,占全國人口百分之九十的工農大眾是革命建國的主力軍,必須「組織起來,動員起來」,知識分子要擔負起這個責任。[17] 對於毛澤東的這番遠見卓識及新民主主義文化觀,周文首肯心折,所以意氣風發地投身大眾讀物社的創辦之中。[18]

大眾讀物社設有叢書科、報紙科、通訊科三個部門。叢書科編寫大眾讀本,如《怎樣養娃娃》、《紀念五四》、《五卅慘案》等;報紙科出版通俗化報紙《邊區群眾報》,1940 年3 月 25 日創刊,據兩週年之際的一項調查顯示,能識五百字的人即可讀懂六成,文盲也能聽懂,「最受一般下級幹部和群眾熱愛」;[19] 通訊科負責組建通訊網、聯絡通訊員、提高通訊員寫作水平,日常工作主要為回信,「來稿必覆」,還舉辦過通訊員講習班,為了系統地組織和教育通訊員又在 8 月創辦刊物《大眾習作》,設立「習作」、「原作與改作」、「公開信」、「工作經驗」等針對性很強的欄目。[20] 1941 年 4 月周

17　毛澤東:〈青年運動的方向〉(1939 年 5 月 4 日),《毛澤東選集》(第 2 版)第 2 卷,第 561-569 頁。

18　周文曾高度評價毛澤東的〈新民主主義論〉和張聞天的〈抗戰以來中華民族新文化運動與今後任務〉,認為這些輝煌的文章「極清澈的指出大眾化的前途和方向」,參見周文:〈大眾化運動歷史的鳥瞰〉。關於周文和毛澤東在大眾化問題上的契合相通,參見朱鴻召:《天上星星 延安的人》,第 239 頁。

19　〈大眾讀物社結束 群眾報社成立 群眾報將有大革新〉,《解放日報》,1942 年 2 月 22 日,第 4 版。

20　胡采:〈周文與大眾讀物社〉,上海魯迅紀念館編:《周文紀念集》,上海文藝出版社,2002 年,第 40-43 頁。胡采時任《大眾習作》主編。

文調任邊區政府教育廳長，仍兼任大眾讀物社長。1942 年 2
月，鑒於《邊區群眾報》的影響力日漸增強，西北局決定將其
從「邊區文協」[21] 旗下的通俗文化類報紙升格為黨的機關報，
並以邊區群眾報社取代大眾讀物社，直接隸屬於西北局，以新
聞大眾化為主業，兼做文化普及工作。[22]

　　周文的這篇〈開展通訊員運動〉寫於 1941 年 1 月，意在
繼往開來──系統總結讀物社成立以來 9 個月的大眾化工作，
展望新的一年更上層樓。文章的著眼點不局限於新聞大眾化，
而是更為廣泛的文化普及工作。周文在開篇指出，邊區文化
向來落後，要建立新民主主義文化必須造成一場廣大的群眾運
動，把群眾組織成讀報組、讀書會，使他們有組織有計劃地
參與活動，提高文化水平，並逐漸學會使用文化、創造文化。
進而言之，要在文化上發動一場群眾運動，那麼「幹部決定
一切」，而培養文化幹部的最佳方式就是通訊員制度，各縣、
區、鄉「熱心文化的人」應該成為大眾通訊員，每人至少組織
一個讀報組，定期讀報，提高群眾的文化水平和政治水平，然
後通過讀報組的積極分子影響更多的群眾。因此，基層幹部和
學校教員參加通訊員運動，「是當前偉大的事業」。

　　從這段論述可知，大眾讀物社開展的文化普及運動，仍然
延續了喚醒民眾的啟蒙主題，不過在運動主體和操作方式上已

21　全稱「陝甘寧邊區文化界救亡協會」，1937 年 11 月成立，主要領導
　　人有艾思奇、吳玉章、丁玲、柯仲平等，是一個包羅廣泛的群眾性文
　　化組織，致力於抗戰救亡，在文化普及方面卓有成效。參見鍾敬之、
　　金紫光主編：《延安文藝叢書》第 16 卷（文藝史料卷），湖南文藝
　　出版社，1987 年，第 317-322 頁。
22　胡績偉：《青春歲月──胡績偉自述》，第 210 頁。

有較大超越。1930 年代「左聯」時期的文藝大眾化，大體處
在理論辯論與建設籌劃階段，即以馬克思主義文藝理論強調大
眾化的歷史意義，探索適合大眾口味的表現形式如唱本、街
頭劇、連環畫、木刻、歌謠小調、牆頭小說、報告文學等，
語言文字問題即大眾語成為論戰的中心。這一時期知識分子、
文化人普遍以大眾的啟蒙者或先進文化的灌輸者的身分來倡導
大眾化，討論文藝創作如何在技術上更有效地接近群眾，實際
上在思想和立場上仍與群眾相脫離，仍帶有「五四」以來啟蒙
主義的「知識分子中心論」。延安時期的周文顯然已經突破了
知識分子的啟蒙立場，在他設計和實施的大眾化方案中，主角
已經是群眾，目的是使他們「學習文化」、「使用文化」，最
終「創造文化」。通訊員的人員構成上，「大多數是各縣、各
區、各鄉的幹部，或者是中學小學的教員」，他們當中有少數
人文化程度較高，「但是大多數並不一定高」，還要在運動中
不斷學習、提高自己──在周文的論述中，搜集材料、寫稿方
法等業務學習是通訊員的三項基本活動之一，其他兩項為組織
讀報組和投稿。

　　在操作方式上，1930 年代的文藝大眾化實踐基本停留在
創作通俗作品或主辦大眾化報紙雜誌的層面。在國統區，即便
這樣的實踐也舉步維艱，諸多大眾化報刊被禁止出版。正如魯
迅早在 1930 年就敏銳指出的，「大眾化的文藝……若是大規
模的設施（實施──引注），就必須政治之力的幫助，一條
腿是走不成路的，許多動聽的話，不過是文人的聊以自慰罷
了」。[23] 在陝甘寧邊區，大眾化由毛澤東提倡和推動，各級黨

23　魯迅：〈文藝的大眾化〉（1930 年 3 月），《魯迅全集（編年版）》

政組織加以配合，周文自身也逐漸完成了由「文學家」向「革命家」的身分轉變，[24] 他領導下的大眾讀物社開始嘗試以中共所擅長的群眾運動的方式，來推動文化大眾化。

發展勢頭是迅猛的。周文這篇文章透露，大眾讀物社創辦前 9 個月就發展了 554 名通訊員，收稿 3000 餘篇。呼籲十餘年的大眾化運動，至此終於初具「運動」面貌。之所以是「初步」，因為相比 1942 年整風改版之後的通訊員運動，大眾讀物社的推動方式和實際成效遠不可同日而語。最重大的差異在於，此時通訊員運動的組織方式，仍以報社為「首腦」，指派記者編輯去基層幫助組建通訊網，報社人員鞭長莫及之處，唯有依靠散落在基層的「熱心文化的人」。結果是各地通訊員運動的發展極不平衡。大眾讀物社發布的通訊工作組織細則中，要求各鄉至少須有一名通訊員，「這是我們通訊組織的基礎」，各區則成立三人以上的通訊組，各縣建立通訊站，如此構成一個縣的通訊網。[25] 不過在當時的近 30 個縣中，僅有 8 個縣組建了通訊網，其中 4 個是因為「我們（**大眾讀物社——引注**）派了同志去幫助組織成的」，另外 4 個由於「那些地方有積極的同志自動組織起來的」。就通訊員分布來看，人數最多的延川縣多達 150 人，安塞縣 51 人，綏德、米脂等縣僅 1

第 6 卷（1929-1932），人民出版社，2014 年，第 330-331 頁。

24　關於周文的雙重身分，可參見溫儒敏、王曉冬：〈周文論——紀念周文誕辰 100 週年〉，上海魯迅紀念館編：《周文研究論文集》，上海社會科學院出版社，2013 年，第 8-32 頁。

25　大眾讀物社：〈邊區各地通訊工作及組織細則〉，《大眾習作》，1940 年，第 3 期。該刊已有影印本，見朱鴻召主編：《紅色檔案——延安時期文獻檔案彙編·大眾習作》，陝西人民出版社，2013 年。

人，佳縣、新寧等縣則一個也沒有。

面對如此不均衡的格局，周文所能想到的對策，僅是按照目前的框架去努力推進。在展望 1941 年的前景時周文寫道：「我們一定要把大眾通訊員運動，在全邊區大力地開展起來。」具體辦法是，一方面經常派報社同志到各縣去，幫助建立通訊網；另一方面更重要的是仰仗基層「熱心文化的人」的主動性。周文在文章末尾發出一連串誠摯的期盼：「我們更熱烈的希望各地大眾通訊員同志，在沒有組織大眾通訊網的地方，按照我們的組織細則，發動同志組織起來……我們尤其熱烈希望各縣、各區、各鄉的幹部，各中學小學的教員同志們，踴躍的參加大眾通訊網，來共同開展大眾化文化運動，來共同建設新民主主義的文化！」

從事態的發展來看，周文的熱烈企盼雖然難說徒勞無功，至少也是效果有限。邊區的基層幹部大多是工農出身，不重視寫稿，甚至懷有根深蒂固的畏懼心理，知識分子幹部則往往存在「無組織的自流現象」。直至普遍整風之後，通訊工作被提升到「黨性」高度，成為每個黨員應盡的責任和義務，納入領導幹部的業績考核，並在黨中央、西北局和解放日報社的全力推動下，才在整個邊區漫天徹地鋪展開來。

二、解放日報社掀動波瀾

1942 年 8 月 25 日，《解放日報》頭版刊登社論〈展開通訊員工作〉，[26] 這是該報自 1941 年 5 月 16 日創刊以來第一次

26　〈社論：展開通訊員工作〉，《解放日報》，1942 年 8 月 25 日，第 1 版。本節關於該社論的引文均出於此，不再贅舉。

發表關於通訊員工作的社論，意義非同一般。在此之後，相關
的社論、專論、黨委決議、各地通訊消息等連續密集發表，形
成了一個輿論高潮，各級黨政機關被迅速動員起來，黨報通訊
員工作顯現一日千里的強勁勢頭。因此，這篇文獻可以視為通
訊員工作真正演變成一場群眾運動的發端。

　　由前兩章的梳理可知，《解放日報》從 1942 年 4 月正式
改版，這篇社論發表之際，報社正處於內部整風階段，主要任
務是學習「二十二個文件」，並以文件精神檢查報社工作。當
此之時，黨報性質、黨性原則、群眾路線已為新聞工作者所熟
稔，無產階級新聞理論也在探索創生之中。這篇社論便極具這
一時期的「整風」品格。文章開篇從無產階級報紙與一般資產
階級報紙的本質區別切入，以十分理論化同時又高度政治性的
話語，來闡明通訊員工作的重大意義。社論指出，「我們的報
紙」是黨的報紙、群眾的報紙，群眾的利益決定黨的政策和工
作，而黨教育群眾不是空洞的說教，而是立於群眾之中，通過
對鮮活事實的分析和理解，使群眾提高認識，報紙「正是要負
起這樣的任務」。換言之，無產階級報紙的基本任務是反映群
眾和教育群眾，而且是以「從群眾中來，到群眾中去」的方
式來進行。因此，黨報不僅需要專業的記者編輯，「尤其需要
有生活在廣大人民中間的、參加在各項實際工作裡的群眾通訊
員」。

　　對比前述周文的文章，可以發現在論述通訊員重要性這個
相同的問題上，兩篇文獻的出發點不盡相同。周文從寬泛的文
化普及、喚醒民眾的角度來闡發，這符合大眾讀物社的定位，
即隸屬於邊區文協這一文化團體，致力於提高邊區群眾的知識
文化水平。而《解放日報》作為黨中央的機關報，經過整風改

版的洗禮，開始從黨報性質與政黨使命的高度來看待通訊員工作。這樣的差異也導致兩篇文獻的分量相去甚遠，周文的論述大體屬於專家的說理和呼籲，黨報社論則具有權威指令的作用。在理論上闡述了通訊員工作的重要性之後，社論明確提出「做通訊員，為黨報寫稿，關心與幫助通訊員工作，也就不僅是報社對於每個工作同志、每個工作機關的希望和要求，同時這也應該是每一工作同志、每一工作機關的責任與義務……你雖然不是一個新聞從業員，為黨報寫稿，作黨報的通訊員卻是你的責任呢！」這等同於向全體黨員下達了開展通訊員工作的動員令。

社論接下來寫道：「過去，我們是這樣認識的，是這樣做了的，而且做得有成績；但是這樣的認識還不夠普遍，做出來的成績還不能使我們滿意。」如前所述，通訊員制度一向是中共的辦報傳統，延安初期黨中央曾為《新中華報》專門發布了一份建立通訊網的文件，規定邊區機關單位凡三十人以上者均須指定一名通訊員，各縣委和區委也須指定一、兩個通訊員。[27]《解放日報》創刊後同樣開展通訊員工作，據編委會記錄顯示，1941 年八、九月間，編輯部多次討論通訊員問題，提出採訪通訊科的中心工作要放在組織和建立基本通訊員上面。10 月 6 日編輯部會議認為，採訪通訊科「開始走上軌道，但外縣情況差」，該科主任郁文提出人手不夠，只有 9 人，要求增加力量。[28] 1941 年底採訪通訊科發表《給本報通

27　〈中共中央關於建立《新中華報》的邊區通訊網問題的通知〉（1939年 3 月 11 日），《中國共產黨新聞工作文件彙編》上卷，第 87 頁。

28　王鳳超、岳頌東：〈延安《解放日報》大事記〉，《新聞研究資料》，1984 年，總第 26 輯，第 132、134 頁。

訊員的一封信》，文中寫道，自從報紙擴版以來（1941 年 9
月 15 日由兩個版增至四個版），「邊區情形的反映是完全仰
仗了各位通訊員同志的努力」，並透露解放日報社在全邊區共
有 300 多位通訊員。[29] 1942 年 3 月副刊「中國婦女」欄目刊
登過一封給通訊員的信，說明採寫婦女通訊的注意事項。[30]

　　不過，這兩封公開信也是《解放日報》改版前僅有的兩篇
關於通訊員工作的文章，與運動興起後連篇累牘的報導情形判
若天淵，多少表明報社在改版之前對通訊員工作不夠重視。田
方曾回憶說，1941 年 10 月他被分配到《解放日報》採訪通訊
科擔任編輯、記者，「那時，縣、區、鄉通訊員很少」，邊區
版經常鬧稿荒，「有時，一個記者一天要寫五、六條新聞才
能填滿『邊區版』」。[31] 陸定一說改版以前報社「在縣、區、
鄉沒有通訊員。地方黨當前的中心工作是什麼，人民生活怎麼
樣，很難知道」。[32] 綜合這些材料，《解放日報》的通訊員網
絡在改版前規模和範圍有限，特別是在延安之外的廣大邊區
伸展不足。在整風後期的檢討過關中，博古提到改版前「報
紙完全脫離黨政軍民各領導機關，而由少數小資產階級出身的
知識分子關門辦報」，在操作上「依賴職業記者，忽視工農

29　採訪通訊科：〈給本報通訊員的一封信〉，《解放日報》，1941 年
　　12 月 25 日，第 4 版。

30　中國婦女社：〈怎樣寫婦女通訊──給本刊通訊員的一封信〉，《解
　　放日報》，1942 年 3 月 16 日，第 4 版。

31　田方：〈延安的記者生涯〉，丁濟滄、蘇若望主編：《我們同黨報
　　一起成長──回憶延安歲月》，人民日報出版社，1989 年，第 148-
　　149 頁。

32　陸定一：〈陸定一同志談延安解放日報改版──在解放日報史座談會
　　上的講話摘要〉，《新聞研究資料》，1981 年，總第 8 輯，第 7 頁。

通訊員」。[33] 這道出了部分原因。《解放日報》改版之前的辦報思路是效仿《大公報》、《真理報》等城市大報，業務上追求「正規化」、「專家化」，[34] 體現在採訪上則是以記者為中心。這從創刊之際採訪科的一則啟事中可窺一斑：「為了迅速報導本市各機關學校群眾團體新聞消息起見，貴處如有重要集會，及其他重要事情發生時，請事先給我們通知（緊時事件請用電話通知九十八號），以便本報採訪工作的進行。」[35] 這樣的採訪路線顯然與通訊員制度存在矛盾之處，不可避免地發生了商業化媒體生態下的常見一幕——搶新聞。1941 年 7 月 10 日編輯部會議上，採訪通訊科主任郁文報告說，「本市通訊員和外勤記者在某些方面衝突，互相搶消息」。[36] 在改版前關於黨報的熱烈討論中，上述業務問題屢遭指摘：例如西北局宣傳部長李卓然批評解放日報社聯繫通訊員做得很差，組織和推動作用弱；[37] 讀者來信也建議「擴充邊區版，多派記者建立通訊網」，[38]「不要把黨報整個篇幅，都由少數名人、專家去培植，或用專家、名人的標準去衡量一切投稿者，特別是下層幹

33　博古：〈我的初步反省〉（1944 年 1 月），轉引自朱鴻召：《延安締造》，陝西人民出版社，2013 年，第 531 頁。

34　王敬主編：《延安〈解放日報〉史》，新華出版社，1998 年，第 24 頁。

35　〈本報採訪科啟事〉，《解放日報》，1941 年 5 月 25 日，第 1 版。

36　王鳳超、岳頌東：〈延安《解放日報》大事記〉，第 131 頁。

37　〈西北局宣傳委員會 檢討本欄和群眾報〉，《解放日報》，1942 年 3 月 20 日，第 4 版。

38　羅李王：〈對本報的一些意見〉，《解放日報》，1942 年 3 月 30 日，第 3 版。

部和群眾」。[39]

　　整風改版期間，《解放日報》辦報思路全面調整，通訊員工作逐漸受到重視。改版當日的報紙 2 版創立「黨的生活」專欄，第一期主題為「怎樣辦黨報」，刊登了中宣部〈為改造黨報的通知〉、〈列寧論黨報〉、〈聯共八次大會關於報紙的決議〉、〈聯共黨史記真理報〉共 4 篇文章，其中多處涉及通訊工作——中宣部通知明確提出「要有與黨的生活與群眾生活密切相聯繫的通訊員或特約撰稿員，要規定黨政軍民各方面的負責人經常為黨報寫稿」；[40]摘錄的幾段聯共黨史關於真理報的介紹，中心話題就是通訊員，「在每期真理報上，都發表數十篇工人通訊……真理報有極多的工人通訊員，僅在一年當中，在該報上就發表了一萬一千餘工人通訊」。[41]

　　指令發出後，報社和黨政部門迅速行動起來。採訪通訊部先是聯合「青記」（中國青年新聞記者學會）召開多次通訊員座談會，闡明通訊員與黨報的關係，「通訊員是報紙的基本力量，加強報社與通訊員之聯繫，已為本報密切注意」，講解新聞採寫技術，嘉獎優秀通訊員。[42] 5 月下旬，博古在編委會上提出，今後要從批稿子、看卷子轉到組織方面去，並將草擬

39　溫金德：〈怎樣發動更多人向黨報踴躍投稿〉，《解放日報》，1942年 3 月 23 日，第 3 版。

40　〈為改造黨報的通知〉，《解放日報》，1942 年 4 月 1 日，第 2 版。

41　〈聯共黨史記真理報〉，《解放日報》，1942 年 4 月 1 日，第 2 版。

42　參見《解放日報》相關報導：〈通訊員是報紙的基本力量 本報召開通訊員座談會 外縣優秀通訊員獲獎〉（1942 年 5 月 18 日第 2 版），〈青記（中國青年新聞記者）學會、本報採訪通訊部召開座談會〉（1942 年 5 月 12 日第 2 版）。

一項組織黨報通訊員的提議，呈交中央討論決定。[43] 報社人員也很快投身組織工作之中，一方面加強與各單位行政當局的聯繫，做通黨政領導的思想工作，使他們協助通訊活動；另一方面派人幫助各單位組建通訊小組，講授搜集材料、寫作等業務要領，例如延安市行政學院、軍事學院、綏德市、華池縣、隴東特委等通訊小組的成立或改組會議上，均有解放日報記者參加。[44]

各級黨政軍民學機關也紛紛響應，成立或整頓通訊組織。改版之後的邊區欄刊登了大量此類消息。例如曲子縣、同宜耀縣、固臨縣、甘泉縣、民族學院以及一些部隊團級單位在這年6月間組建了解放日報通訊小組，組長通常由縣委書記、縣長或宣傳部長等領導同志擔任，組員為縣委和縣府同志，按照業務部門進行分工，如劃分為黨的生活、經濟建設、群眾活動、自衛軍、司法、教育等「口子」。[45] 隴東特委、鄜縣、米脂縣、延安大學、行政學院、軍事學院等單位，則整頓了既有的通訊組織，檢討過去缺點，如領導幹部不重視、缺乏組織分工、報社援助不夠等，「大多數人輕視黨報通訊，少數人把持寫稿特權」，「有負黨報和西北局再三指示」，延安大學的通訊小組以往由同學們自發組織，規模較小，工作渙散，現在則

43　王鳳超、岳頌東：〈延安《解放日報》大事記〉，第152頁。

44　參見《解放日報》相關報導：〈隴東本報通訊小組重新改組〉（1942年6月6日第2版），〈行政學院通訊員座談新聞通訊問題 王院長重視黨報通訊工作〉（1942年6月15日第2版）。

45　參見《解放日報》相關報導：〈同宜耀通訊員投稿踴躍〉（1942年6月8日第2版），〈甘泉通訊小組會決定 每月每人最少寫稿兩篇〉（1942年6月19日第2版）。

改由學校行政領導，各部門負責同志參加。[46]

　　以上是社論〈展開通訊員工作〉發表之前解放日報社該項工作的發展演變情形。從中可以看出，《解放日報》的通訊工作大體以整風改版為分水嶺：此前報社在「專業化」思路指導下主打專業新聞工作者，不過由於歷來注重通訊員的黨報傳統以及《新中華報》奠定的基礎，改版前《解放日報》的通訊員工作仍有零散的開展，並與專職記者產生過衝突；改版之後，在毛澤東和黨中央的推動下報社轉變辦報方針，各級黨政機關紛紛響應，通訊員工作頓為改觀。因此，社論所說「過去，我們是這樣認識的，是這樣做了的，而且做得有成績」，但同時承認缺點和不足，「做出來的成績還不能使我們滿意」。關於通訊員工作的缺憾，一個月前胡喬木有過批評，「我們的報紙上的通訊，不說質量，單說數量也就是一貧如洗了」。[47]

　　社論接著批評了兩種糊塗思想，也是此後反覆申說的兩點：一是許多負責幹部不重視、不扶助、不參與通訊員工作，認為替報紙寫稿事不關己，應該交給那些具有「特別本領」的人。社論指出擔任通訊員是黨員的義務，要求各地負責同志轉變觀念，指導和幫助通訊員。二是許多通訊員對於寫作懷有刻板印象，「總感覺到沒有什麼可寫的『大事』，拿起筆來總想摹擬一定的現成『腔調』」。換言之，通訊員也普遍認同「技術至上主義」，追求「專業化」。社論提出的解決方案頗有

46　參見《解放日報》相關報導：〈隴東本報通訊小組重新改組〉（1942年6月6日第2版），〈多反映群眾生活　鄜縣各區設本報通訊員　市府加強通訊小組工作〉（1942年7月29日第2版）。

47　〈社論：把我們的報紙辦得更好些〉，《解放日報》，1942年7月18日，第1版。

解放思想、實事求是的意味，體現了整風學習階段自覺自信的
精神風貌，文字表述也樸實清新，「你所接觸的群眾的行動、
群眾的意見，你日常工作中所遇到的新的情況、新的問題，並
不需要什麼特別費勁的去摹擬新聞筆調，或裝進什麼一定的格
局，只要如實的、具體的（把時間、地點、人物和情節交代清
楚）就好」。

在末尾處，社論發出這樣的號召——

> 散布在全邊區各個角落裡的小學教師和分派到縣、區、鄉
> 上去參加黨政工作的知識分子同志，已有許多是報紙的通
> 訊員了，而且已經供給了我們不少很好的稿件；但依然有
> 許多同志還沒有負起這一義不容辭的責任。邊區的一般文
> 化程度是這樣低，能用文字表達意見的人是這樣的少，請
> 儘量使用自己的筆來代替群眾講出他們所要講的話吧，儘
> 量替我們那些積有豐富經驗而不能執筆為文的工農幹部做
> 喉舌吧！
> 讓我們共同努力，在普遍的健全的通訊網上建立黨報的
> 支柱。

這段文字既表明報社在整風改版後新聞觀念有所改進，同
時又顯露了改進的限度。改進是顯而易見的，一方面，編輯室
的專業壁壘被打破，報紙不再是記者編輯的苑囿，基層幹部和
小學教師廣泛參與新聞實踐，通訊員成為黨報的支柱。相比改
版前的「關門辦報」、「同人辦報」，這無疑是巨大的進步。
另一方面，群眾觀點取代了個人趣味，知識分子為黨報寫稿的
宗旨並非實現自身的文學夢、作家夢，而是替群眾發言，為群

眾代言，庶幾接近葛蘭西「有機知識分子」的意涵。

　　至於進步的限度，則需要結合以後運動的發展來討論。此時社論所召喚的對象仍是知識分子，要求知識分子代表群眾、工農幹部發聲。亦即是說，辦報主體只是從專業的新聞知識分子擴展到一般知識分子。這篇社論發表後不久，1942 年 10 月 4 日，《解放日報》在社論位置刊登了康生「代論」〈提倡工農同志寫文章〉，[48] 由此掀開了轟轟烈烈的工農寫作運動，勞動人民成為文化的主人，工農群眾學習自己發言，知識分子被要求撤離文化主體的位置，逐漸適應給工農同志修改文章、普及知識的助推手或「理髮員」角色，並在這個過程中向群眾學習，實現自身的大眾化——整風運動在很大程度上實現了這種轉變。在此之後，培養工農通訊員成為運動的主潮，通訊員運動走出知識分子的狹隘圈子，真正推向全黨辦報、群眾辦報的新局面。[49]

48　〈代論：提倡工農同志寫文章——康生同志給「筆談會」編輯同志的信〉，《解放日報》，1942 年 10 月 4 日，第 1 版。

49　通訊員運動開展初期，動員對象以知識分子為主，這是一個普遍現象。例如關中分區自從 1940 年《關中報》創刊後，各縣即著手建立通訊工作，通訊員由報社聘請或特約，絕大多數為高小以上文化程度的知識分子。1942 年 9 月西北局發布關於《解放日報》工作問題的決定，以及解放日報社成立關中通訊處之後，關中分區才開始建立對解放日報、對延安的通訊報導，直到 1943 年 6 月之前該分區通訊工作均以知識分子為主幹，工農通訊員與知識分子通訊員數量上 1 比 4。1943 年 7 月，工農寫作運動已在邊區蓬勃開展，西北局、解放日報社一再強調培養工農通訊員，關中分區各級黨委才真正注意發動工農同志寫稿，此後通訊員中絕大多數為工農出身。參見〈通訊小組和廣大通訊網的建立——關中通訊工作經驗之二〉，《解放日報》，1945 年 9 月 1 日，第 2 版。

第二節　細膩革命：群眾運動的動員技術

社論〈展開通訊員工作〉如同一項政治動員令，釋放出強烈的信號，並憑藉政黨強大的組織力量，很快產生了實際效果。1942 年 9 月初，西北局發布關於《解放日報》工作問題的通知，這份官方文件呼應社論的號召，對各級黨委、機關學校的通訊工作給出了更明確也更權威的規範要求。黨政系統在傳達西北局通知精神的同時，也按照上級指示行動起來，全力開展黨報通訊員工作。中共發動群眾運動的成熟經驗，如層層動員、典型示範、勞動競賽等，都被借鑒到通訊員運動之中。《解放日報》在這一時期集中刊登了大量關於通訊員工作的社論、專論，並推出《新聞通訊》專版，進一步從理論上闡釋、思想上勸誡、技術上指導，對於各地的通訊員工作動態也不遺餘力地加以介紹，在宣傳報導上營造熱烈勢頭。通過多層次、全方位的政治動員，黨報通訊員工作終以群眾運動的模式開動起來。

超強的組織動員能力是中國革命得以成功的關鍵，中共的政治動員及其典型實踐形態——群眾運動，持續吸引著眾多的學術關注。[50] 近年來該領域出現一種研究視角的轉換，從過去偏重宏觀論述與政策梳理轉向微觀描述與策略分析，例如李里

50　相關文獻汗牛充棟，大致情況可參見新近的綜述，例如李里峰：〈中國革命中的鄉村動員：一項政治史的考察〉，《江蘇社會科學》，2015 年，第 3 期；沈乾飛：〈政治動員與農民行為研究的四個視角——基於研究述評基礎上的學理反思〉，《中國農村研究》，2016 年，第 1 期；李漢卿：《中國共產黨農村政治動員模式研究（1949-2012）》，中央編譯出版社，2015 年，第 8-19 頁。

峰描述了土改運動中的物質激勵、宣傳口號、情緒調動、典型示範等動員策略——所謂的「權力技術」，[51] 周海燕分析了大生產運動中「完整的政治動員過程」的四個步驟：議題提出、議題傳達、勞動競賽與典型生產。[52] 這樣的政治社會學微觀分析視角，有助於揭示具體的政治運作過程，加深對於中國革命複雜性的理解。

　　延安時期的通訊員運動大體具備群眾運動的一般特徵，不過在既往研究中類似的微觀分析尚不多見。[53] 本節嘗試借鑒上述研究視角，對通訊員運動的動員技術進行初步的描述和分析。需要說明的是，延安時期通訊員運動的目標，是「使黨報通訊工作變成相當的群眾運動」，[54] 但鑒於邊區實際的文化教育水平，一般農民顯然難以在短時間內達到寫稿的程度，因而實際運作中的「動員客體」[55] 更側重基層工農幹部。中宣

51　李里峰：〈群眾運動與鄉村治理——1945-1976年中國基層政治的一個解釋框架〉，《江蘇社會科學》，2014年，第1期。另可參見李里峰：〈土改中的訴苦：一種民眾動員技術的微觀分析〉，《南京大學學報》，2007年，第5期。

52　周海燕：《記憶的政治》，中國發展出版社，2013年，第87-100頁。

53　過往關於通訊員的相關研究，視角上側重制度與政策的爬梳整理，材料上主要依託官方文件，例如楊新正：《中國新聞通訊員簡史》，人民日報出版社，2014年；趙振祥、劉慧珍：〈「群眾辦報」的重要保證——根據地時期工農通訊員制度的歷史發展〉，鄭保衛主編：《新聞教學與學術研究2011年刊》，光明日報出版社，2012年，第45-53頁。

54　延屬地委：〈關於黨報通訊工作的指示〉，《解放日報》，1943年10月2日，第1版。

55　按照徐彬的界定，動員客體即「發動誰」，動員主體即「誰發動」。

部 1943 年底曾作出解釋，「新聞通訊工作者及一般文學工作者的主要精力，即應放在培養工農通訊員，幫助鼓勵工農與工農幹部練習寫作，使成為一種群眾運動⋯⋯在陝甘寧邊區工農（首先是工農幹部、八路軍和工廠工人）的學習條件較好，更應以大力有系統地進行之」。[56] 雖然仍屬於群眾運動的範疇，[57] 但發動對象的特點在很大程度上決定了動員策略的選擇。

一、宣傳教化：消解新聞專業的壁壘

重視思想政治工作是無產階級政黨的一大特色，這既取決於馬克思主義學說對社會意識、人的主觀能動性的闡揚，又關乎階級意識、先鋒隊使命等宏大議題。在 20 世紀中國革命實踐中，思想工作是中共的重要政治優勢，被認為是黨的「生命線」，[58] 形成了一整套內容豐贍的理論、方法與制

參見徐彬：《前進中的動力——中國共產黨政治動員研究（1921-1966）》，新華出版社，2007 年，第 32 頁。

56　中共中央中宣部：〈關於執行黨的文藝政策的決定〉（1943 年 11 月 7 日），《中國共產黨宣傳工作文獻選編》第 2 卷（1937-1949），第 545 頁。

57　在中共的話語體系中，群眾是一個靈活的概念，既可以指非「先鋒隊」成員的普通民眾，又可以指與黨員幹部相對而言的、不擔任領導職務的黨員群眾，他們既在「先鋒隊」內部，又是「群眾」的一分子。參見李里峰：《「群眾」的面孔——基於近代中國情境的概念史考察》，王奇生主編：《20 世紀中國革命的再闡釋》（新史學・第 7 卷），中華書局，2013 年，第 51-53 頁。

58　一本總結中共思想政治工作基本經驗的著作，即以「生命線」作為關鍵詞，參見劉仕清、沈其新：《永恆的生命線——中國共產黨 80 年思想政治工作的回眸與前瞻》，湖南大學出版社，2001 年。

度。[59] 細緻的思想政治工作見諸中共幾乎所有的重大活動，延安時期的通訊員運動也不例外，鑒於運動的特殊性——發動長久以來被拒斥在文化堂奧之外的工農分子廣泛投身新聞實踐，這在中國文化史上幾乎是破天荒之舉，因此解放思想、掃除成見積習無疑是關鍵一步。這項工作的艱巨性和複雜性，也決定了思想工作是一個長期的過程。延安時期的通訊員運動中，不僅在早期的發動階段強調思想動員，而且貫穿始終，從未稍有停息，其中特別彰顯了報紙的宣傳教化功能。

在延安時期，工農幹部與知識分子是一組常見的概念範疇，同時也是一對重要的社會關係。通訊員運動旨在打破知識分子對新聞活動的壟斷，發動文化水平較低的「工人和農民出身的幹部」參與其中。從運動過程中大量的思想檢討來看，工農幹部對通訊工作的認識主要受制於根深蒂固的「專業化」思路，由此帶來畏難情緒和患得患失心理。

新聞的專業化，不僅是改版前《解放日報》的辦報方針，同時在一般幹部群眾眼中也屬天經地義。這種觀點一方面表現在認為新聞寫作是記者與知識分子的特權，例如參加過長征的老紅軍幹部陳春林，在一篇介紹經驗的文章中談及最初對寫作的看法，「寫文章是那些知識分子幹的事」，即便在黨中央發出工農寫作的號召之後，他仍覺得「工農幹部不要去出這個洋相，讓文化人去做，我們看一看就是了」。[60] 作家洪流曾撰文

59　馮文彬等主編：《中國共產黨建設全書（1921-1991）》第 7 卷（黨的思想政治工作），山西人民出版社，1991 年；王樹蔭主編：《中國共產黨思想政治教育史》，中國人民大學出版社，2011 年。

60　陳春林：〈我的寫作經過〉，《解放日報》，1944 年 4 月 20 日，第 4 版。

推薦幾篇工農通訊員的稿件，在引言中批評了當時流行的陳舊觀念，即認為新聞寫作「極其奧妙，深不可測，除了少數職業記者，便不能輕易下筆」。[61] 另一方面，專業化思路還體現在黨政幹部的工作態度上，將新聞通訊看作報社和宣傳部門的分內之事，交由專家去打理，其他人「只要工作就對了，寫稿不是我的事」。[62] 更有甚者，一些幹部還認為通訊工作是「吹打」、「圖名譽」的浮誇之舉，「有啥了不起，還不是吹牛」，乃至對積極寫稿的同事出言譏諷，「多做一些實際工作，何必吹打」。[63]

對寫稿懷有畏懼情緒、自卑心理是運動之初的普遍現象。鄜縣太樂區抗會主任姚進賢在被動員寫稿時說，「咱是個粗人，又笨，寫的字也難看，白字也很多，材料歸納不在一搭，怕人家笑話」。[64] 在這樣的心理狀態下，工農幹部在通訊寫作問題上往往患得患失，寫稿熱情極易遭受打擊。1943 年 3 月西北局出台關於《解放日報》的第二次通知之後，新正縣委召開通訊工作動員大會，縣委書記史梓銘被熱烈的氛圍所感染，慷慨提出自己的寫稿計劃。會後他與一位知識分子談寫作方法，這位知識分子說：「寫稿主要的妙訣是要有文化修養才

61　洪流：〈介紹幾篇短小精悍的通訊〉，《解放日報》，1944 年 9 月 18 日，第 4 版。

62　這是綏德縣一位幹部的說法，聶眉初：〈綏德縣委連續集會 討論改進通訊工作辦法〉，《解放日報》，1946 年 7 月 8 日，第 2 版。

63　參見《解放日報》相關報導：王赤軍〈怎樣開展部隊通訊工作〉（1944 年 9 月 1 日第 4 版），〈延屬縣宣部長會議決定 各縣普設通訊幹事〉（1946 年 6 月 29 日第 2 版）。

64　姚進賢：〈我寫稿子的一點經驗〉，《解放日報》，1944 年 9 月 18 日，第 4 版。

行，我雖是高師畢業，但寫稿還差得遠呢！」這樣一番看似謙遜的言辭，卻讓史梓銘碰了釘子，心灰意冷——他將這段話的意思理解成，「你這個程度，還想寫稿，俏情啥哩！」[65] 一些工農幹部雖然鼓起勇氣提筆，但自卑心理作祟，寫出來的稿子自己都嫌棄，子長縣一位區長寫完稿子裝在口袋裡好幾天，不敢寄給報社，「怕吃不開」。[66]「天津部」一位八路軍幹部寫完文章之後，沒敢拿出來給別人看就扯掉了，原因是「怕羞」。[67]

　　針對上述糊塗觀點和心理負擔，《解放日報》在 1942 年下半年至 1943 年這個大致的通訊員運動的發動階段，刊發了大量的社論、專論與報導，並利用紀念日集會、黨委會、座談會等一切時機與場合，不厭其煩地反覆申說「全黨辦報」的基本規範，努力破除新聞的專業壁壘，消弭知識分子與工農幹部之間的鴻溝，做通工農幹部的思想工作。繼 1942 年 8 月 25 日社論〈展開通訊員工作〉之後，9 月 1 日記者節又發表社論，文章的邏輯和觀點與一周前並無太大差異，先是闡述黨報的性質，繼而指出黨報「不僅是新聞從業員們的工作，而且是從事各種職業的、在各種抗戰工作崗位上努力的人們的共同工作。大家應當經常給報紙供給新聞、供給通訊，和報紙工作發

65　史梓銘：〈回憶初次寫稿〉，《解放日報》，1944 年 3 月 18 日，第 4 版。

66　〈子長通訊工作差 準備整頓加強領導〉，《解放日報》，1945 年 9 月 29 日，第 2 版。

67　保振、青林：〈「天津」部成立中心通訊小組〉，《解放日報》，1944 年 5 月 18 日，第 2 版。

生密切的聯繫」。[68]

　　記者節當天的二版發表了記者楊永直的專論〈健全我們的通訊網〉，文章寫道：「我們的新聞工作，必須把主要的支柱放到一個新的工作上——這一個新的工作，便是通訊員的組織和通訊網的建立。」此處重複表述「新的工作」，既凸顯了通訊員工作的重要性，如後面所說「通訊員的組織工作是黨的建設工作中的一部分，這絕不是誇張的」，同時也表明解放日報社此前對該項工作不夠重視，發動通訊員還處於起步階段。楊永直花費了較多筆墨批評黨政幹部對通訊工作的漠視態度和糊塗看法，重申了一個核心理念：「替黨報寫稿是每個工作同志的責任，而不只是少數記者、編輯和作家的事情。」[69]

　　此後一年裡，《解放日報》連續刊登了多篇類似文章，舉其犖犖大者，如社論〈給黨報的記者和通訊員〉〈政治與技術〉、志勇的〈把組織通訊員的工作辦好〉、裴孟飛的〈貫徹全黨辦報與培養工農通訊員的方針〉、陸定一的〈我們對於新聞學的基本觀點〉等。[70] 其中，解放日報社編委、採訪通訊部主任裴孟飛的文章格外值得注意。裴孟飛是知識分子出身，

68　〈社論：紀念九一記者節〉，《解放日報》，1942 年 9 月 1 日，第 1 版。

69　楊永直：〈健全我們的通訊網〉，《解放日報》，1942 年 9 月 1 日，第 2 版。

70　參見〈社論：給黨報的記者和通訊員〉（1942 年 11 月 17 日第 1 版），〈社論：政治與技術〉（1943 年 6 月 10 日第 1 版），志勇〈把組織通訊員的工作辦好〉（1943 年 4 月 8 日第 4 版），裴孟飛〈貫徹全黨辦報與培養工農通訊員的方針〉（1943 年 8 月 8 日第 4 版），陸定一〈我們對於新聞學的基本觀點〉（1943 年 9 月 1 日第 4 版）等。

1930 年代在國立北平大學讀書期間組織學生運動，抗戰後先後擔任晉中、太南地區特委書記。1942 年《解放日報》改版後，為了改進編輯部缺乏實際工作經驗的弊端，組織部調遣裴孟飛、高揚文等地方黨政幹部參與編報。[71]

　　裴孟飛將改版之後的辦報路線明確概括為兩條：全黨辦報和培養工農通訊員，要求全黨同志「在思想上搞通」，把中央的辦報方針貫徹到實際中去。他以切身經驗批評與糾正幾種「錯誤想法」：首先是基層幹部往往以為「做了就算，何必宣傳」，把寫稿視為附帶工作、分外負擔，裴孟飛指出根本原因是不了解黨報是集體的宣傳者和組織者的意義，不清楚報紙在群眾路線「集中起來堅持下去」中的角色，他以吳滿有、申長林的報導為例，闡述新聞通訊對實際工作的巨大推動作用；其次是工農同志習慣認為寫稿是知識分子的事，裴孟飛指出這危害了理論與實踐的統一，把寫作專門化使得知識分子不能很好地接觸實踐，也使工農幹部失掉了提高文化和理論水平的機會，他列舉延安縣委書記王丕年、靖邊縣委書記惠中權等人的事例，說明工農出身的幹部完全可以執筆寫稿，而且重申新聞寫作並無一定之規，實事求是寫明情況即是優秀報導。[72]

　　刊登社論、專論之外，報社還利用其他機會進行思想動員，報社記者還分赴各地宣傳解釋，例如西川縣的通訊員大會，就由解放日報記者報告「黨報通訊員對工作的認識和態

71　高揚文：〈我在清涼山的新聞工作〉，《萬眾矚目清涼山——延安時期新聞出版文史資料》第 1 輯，第 116 頁。

72　裴孟飛：〈貫徹全黨辦報與培養工農通訊員的方針〉，《解放日報》，1943 年 8 月 8 日，第 4 版。

度」。[73] 對於各地通訊工作的進展及經驗,《解放日報》也不吝版面事無巨細地加以報導,造成蓬勃開展的熱烈勢頭,促進落後地區迎頭趕上。造勢的效果是顯著的,靖邊縣的幹部就在這種熱火朝天的氛圍中「躍躍欲試」,並組織若干稿件獲得發表,「煽動」大家的寫作心,不少文化程度低的工農幹部被影響和推動起來。[74]

為了鼓勵工農幹部的寫稿信心,《解放日報》在版面形式上給予優待,例如特別冠以「工農通訊」的醒目標誌,或者配發「編者按」,介紹作者的工農身分、學習寫作經歷,表揚稿件的優點等。1942 年 10 月 27 日,「工農通訊」欄目首次出現,刊登了米脂縣保安科李長雄的文章,介紹該縣一位保長的事蹟,原文及「編者按」茲錄如下──

〔工農通訊〕連選連任的好保長
李長雄

(編者按:李長雄是農民出身的同志,米脂人,在革命中,他的文化程度提高了,這篇文章是他最近寫的,寫得很樸素、具體,我們除將錯字校正外,全文只去掉兩句。)

米脂印斗區第八保保長姜純儒,今年卅三歲,農人出身,是個最忠實能幹的人。去年八月被選為本保保長,一貫對於工作非常積極。每件工作只要區上有指示,他便自動執

行。比如去年的公糧，八保共擔了一百〇一石，其他保總要區上的幹部幫助，可是他保，區上的幹部還未去，他就自己去布置，同時還布置的很合適，按規定之期，很順利的完成了任務。最近區上又派來三十斤棉花，要發動婦女來紡織，其他保都還未開始，八保就完成了。線子本應派毛驢送到區上去，但保長說：「要派毛驢又要誤老百姓的一天工，況且現在正運輸冬麥，我總要到區上去，就自己背著送去好了。」所以老百姓說：「咱們的保長真能吃苦！」

他對於優抗工作，更多關心，八保高西溝村，抗屬高增雄，在八十六師部下當兵，因高增雄多時不回家，他妻就另尋改嫁，這個消息，傳到保長的耳朵裡，他就很快的跑到她家，給她再三解釋，不讓她走，同時又給優待了小米三斗八升，黑豆一升，棉花三斤。

他保的放哨工作，也做得很好，自他當保長到現在，光逃兵就抓了十幾個，在前天又給區政府送來逃兵二名。姜保長最會給群眾解決問題，老百姓有了爭吵事，他便用說服解釋的辦法，給調和了，因此老百姓有事，便找他處理。

今年選舉工作開始，保長要給人民做一年的工作報告，他雖不多識字，報告卻寫的很詳細，他手續上的事，都搞的很清楚，準備要改選。可是這樣的保長，人民那 [哪] 裡同意改選，大會上，就選他當了參議員，開參議會時，到會的議員，只有四十二名，選保政府委員，他就占了四十一票。選保長他就占了四十票。一陣熱烈的鼓掌聲中，姜純儒又被選為本保保長。老百姓說：「這才是連選

連任的好保長」。[75]

1943 年 11 月 18 日「新聞通訊」專版發表了兩位鄉長所寫的新聞，「編者按」更具典型意義——

自從本報積極提倡全黨辦報與培養工農通訊員方針後，工農幹部、區鄉級同志為本報寫稿者日增，但在有些人的思想中總還不相信工農同志能寫稿，我們特將新甯四區五鄉鄉長劉照得同志及新甯四區一鄉鄉長李生桂同志所寫的新聞發表於後。這兩則新聞除標點符號外，一字未改，而且不要十分修飾，他們所寫的就是很樸素具體的新聞。由此可見認為「寫作是知識分子的事，工農幹部不會寫」的錯誤認識應該放棄了，我們希望區鄉工農幹部以後更熱烈的向黨報投稿，大大提高寫作的信心。[76]

報社的良苦用心產生了積極影響，許多工農幹部受到激勵，勇敢地執筆為文。綏德縣沙灘平區科員劉海成，起初認為

---

75 李長雄：〈連選連任的好保長〉，《解放日報》，1942 年 10 月 27 日，第 2 版。

76 〈兩位鄉長所寫的新聞〉，《解放日報》，1943 年 11 月 18 日，第 4 版。這一時期發表的「工農通訊」非常之多，除了文中介紹的幾篇外，還包括劉春官〈我們在生產戰線上〉（1942 年 11 月 5 日第 2 版），冠軍〈工人們在改進學習〉（1942 年 11 月 16 日第 4 版），楊一青〈我怎樣學習文化的〉（1943 年 2 月 16 日第 2 版），房柏年〈一隻手的同志〉（1943 年 2 月 18 日第 4 版），平野〈西華池繁榮了〉（1943 年 4 月 27 日第 2 版），呼光亮〈呼老黑養羊的辦法〉（1944 年 2 月 5 日第 4 版），等等。

像自己這樣文化低的人沒有寫稿的希望，「但是有一次，忽然在報上發現了一個與我程度相等的同志寫文章，當時便想：他能寫，我為什麼就不能寫？」1943 年 4 月之後劉海成開始寫稿，開始多次投稿被退回，但屢敗屢戰，最終成為《抗戰報》的模範通訊員，高峰時達到 3 個月發表 13 篇，包括《解放日報》大塊頭文章。[77]

　　思想動員貫穿延安時期通訊員運動之始終，例如固臨縣直到 1946 年 6 月檢查通訊工作時，仍然從思想上檢討對全黨辦報和培養工農通訊員的方針認識不足，[78] 胡喬木在 1946 年 9 月撰文〈人人要學會寫新聞〉，繼續在思想觀念上消解新聞專業的壁壘。[79] 需要指出的是，思想動員並不局限於報紙的宣傳教化，政黨還利用組織的力量推動思想政治工作，實際效果更為突出。與此同時，黨政系統在通訊員運動中所採用的動員手段，除了思想觀念層面說服教育之外，更有組織號令的強制色彩。

二、組織調控：寫稿是測量黨性的尺度

　　嚴明的組織紀律性是列寧主義政黨的基本特徵，完備的組織體系和超強的組織力量更被公認為中共的核心優勢。在延安時期，毛澤東將組織紀律概括為「四個服從」——個人服從組

77　〈通訊員之窗〉，《解放日報》，1946 年 6 月 26 日，第 2 版。

78　程士毅：〈固臨更樂等區發動通訊工作競賽〉，《解放日報》，1946 年 6 月 14 日，第 2 版。

79　喬木：〈人人要學會寫新聞〉，《解放日報》，1946 年 9 月 1 日，第 4 版。

織、少數服從多數、下級服從上級、全黨服從中央，[80] 並通過
整風運動使全黨的意志和行動更加統一，形成強大的組織整體
性，這為開展通訊員運動提供了強有力的組織保證。延安時期
的通訊員網絡建立在黨組織的基礎之上，受地方黨委或軍隊政
治部領導，[81] 發動寫稿的對象主要是黨內基層幹部，因此組織
引導與控制成為最重要、最有效的動員手段。

　　1942 年下半年通訊員運動正式發動之際，陝甘寧邊區的
政權結構大致如下：邊區是國民政府下屬的地方特別行政區，
作為最高行政機關的邊區政府享有各方面的自治權，下設延
屬、綏德、關中、隴東、三邊共五個分區及直屬的延安市，每
個分區轄有若干縣，縣以下設立區政府、鄉政府。[82] 政黨的組
織體系與上述政權結構大致平行對應：中共中央西北局統一領
導邊區的黨政軍工作，分區一級設立地委（特委），以下包括
縣（市）委、區委、鄉（鎮）委、村支部等。[83]

80　毛澤東：〈中國共產黨在民族戰爭中的地位〉（1938 年 10 月 14
　　日），《毛澤東選集》（第 2 版）第 2 卷，第 528 頁。

81　〈關於通訊社工作的一點經驗──新華總社通報〉，《解放日報》，
　　1945 年 3 月 23 日，第 4 版。

82　1937 年頒布的《陝甘寧邊區議會及行政組織綱要》規定，邊區政權
　　由邊區政府、縣政府和鄉政府三級組成，在邊區與縣政府之間設立邊
　　區政府的派出機關，即分區或行政督察專員公署，在縣與鄉之間設立
　　縣政府的派出機關，即區公署。關於邊區政權的組織結構與運作模
　　式，可參見葉美蘭等：《中共農村道路探索》（中國民國專題史・第
　　7 卷），南京大學出版社，2015 年，第 370-423 頁。

83　關於邊區的黨組織結構，可參見中共中央組織部、中共中央黨史研究
　　室、中央檔案館編：《中國共產黨組織史資料》第 3 卷（抗日戰爭時
　　期・上），中共黨史出版社，2000 年，第 87-112 頁。

　　就在社論〈展開通訊員工作〉發表前後，解放日報社完成了組織關係上的重大調整。1942 年 8 月 24 日，西北局常委會專門討論報紙問題，決定《解放日報》既是中共中央的機關報，同時在一定範圍內又是西北局的機關報，報社和西北局互派人員參加各自會議，西北局把辦好黨報當作自己應盡的責任。8 月 29 日，中央政治局批准了上述決定，指示西北局應積極管理解放日報社在邊區範圍內的事項。[84] 加之此前《邊區群眾報》已經成為西北局的機關報，至此邊區最重要的兩份報紙均由西北局直接領導。全黨辦報、通訊員運動正是在西北局的鼎力推動下，依託黨組織的高效動員而迅猛開展起來。

　　在確立了與解放日報社的組織關係之後，西北局很快在 9 月 9 日出台〈關於《解放日報》工作問題的決定〉（以下簡稱「黨報決定」），對各級黨委與黨報之間的關係做出全面規範。「決定」措辭嚴厲，批評地方黨組織和黨員對《解放日報》的利用和幫助不夠，「實在是一個嚴重的缺點」，繼而將報紙工作提升到黨性高度，規定幫助黨報、組織黨報的通訊工作是每個黨員的責任，「責成各級黨部在黨內進行關於黨報的教育工作，使每個黨員幹部認識到對黨報漠不關心的態度乃是黨性不好的一種具體表現」。在具體操作層面，「決定」要求各級黨組織把幫助和利用黨報「當作自己經常的重要業務之一」，應定期檢查並向西北局報告，規定各分區黨委、各縣的宣傳部長擔任《解放日報》通訊員，與報社取得直接聯繫，負責組織轄區內的通訊員工作，各機關學校的負責同志應經常寫

84　王鳳超、岳頌東：〈延安《解放日報》大事記〉，第 162-163 頁。

稿，幫助建立本部門的通訊工作。[85]

《解放日報》9 月 14 日頭版社論位置刊登了這個決定，一個月後毛澤東起草了一份給各地中央分局的文件，批評各地對報紙工作注意甚少，尚不清楚報紙是革命工作的宣傳者組織者「這種偉大的作用」，西北局的做法被毛澤東樹為典範，「西北中央局已經發表了一個關於報紙工作的決定，各地亦應仿此辦理」。[86]

西北局「黨報決定」出台後，各地黨委和機關單位火速響應，紛紛檢討對黨報的認識不足、建立健全通訊網、組織黨政幹部寫稿。魯藝總支委很快擴大了通訊組織，為貫徹西北局號召在 9 月底召開特別集會，周揚親自出席並講解黨報的重要性、黨員對報紙應有的態度以及通訊員搜集材料等問題。[87] 分區一級的黨委先是舉行擴大常委會，對照西北局決定檢討過去對黨報的錯誤思想和漠視態度，制訂出貫徹實施的具體辦法，然後以地委、特委名義給轄區各縣發出指示，縣委再開會討論並傳達給區委，整個邊區黨組織在短時間之內被迅速動員起來。[88]

85　〈關於《解放日報》工作問題的決定〉（1942 年 9 月 9 日），《中國共產黨新聞工作文件彙編》上卷，第 132-134 頁。

86　毛澤東：〈增強報刊宣傳的黨性〉（1942 年 9 月、10 月），《毛澤東新聞工作文選》，第 140 頁。

87　〈魯藝總支委關心黨報通訊工作〉，《解放日報》，1942 年 10 月 1 日，第 2 版。

88　《解放日報》報導了隴東特委、關中分委、綏德警區特委響應西北局決定的消息，參見〈西北局關於黨報決定 隴東特委擴大討論 訂執行辦法並實施獎懲〉（1942 年 10 月 21 日第 2 版），〈重視黨報 關中分委進行討論〉（1942 年 11 月 4 日第 2 版），〈固臨駐軍工農同志

　　以隴東分區為例，該分區特委於 10 月 14 日召集擴大常委會，檢討特委、縣委及一般黨員幹部對黨報的態度，自我批評通訊工作組織得「很差」，並討論如何在隴東更好地執行西北局指示。會議決定：召開黨員大會傳達西北局精神，徹底轉變對黨報的認識，各機關支部認真討論檢查；各單位設專人負責黨報工作，有計劃地組織討論重要文章；把組織通訊工作列為宣傳部重要業務；對執行成績的好壞進行獎勵和批評。會後特委正式作出決議，向轄區各縣下發〈執行西北局關於解放日報工作問題的決定給各縣的指示信〉，規定了各縣執行的具體辦法。[89] 華池縣委接到隴東特委的指示之後，在 11 月 18 日召開常委會進行討論，同樣先是檢討思想認識，批評了怕「麻達」（陝北方言，意為麻煩）、不敢寫以及只有「大知識分子」才能寫稿等「糊塗觀點」，然後也作出決定：各部門負責人每月至少寫稿一篇；鼓勵工農幹部寫作，行政上給予幫助；縣委宣傳部負責通訊工作，每月召開一次座談會；以部門為單位組織讀報組。該決定在會後傳達給縣級部門和區級黨委。[90]

　　需要指出的是，「黨報決定」並非嚴格按照黨的組織次序層層下達，由於該決定在《解放日報》社論位置刊發，按照規定，「凡在《解放日報》上發表的社論，黨和邊區政府的決議、指示、法令等以及中央或西北局中央負責同志發表的談話

　　開始熱心寫作 米脂葭縣討論「黨報決定」〉（1942 年 11 月 16 日第 2 版）。

89　〈西北局關於黨報決定 隴東特委擴大討論 訂執行辦法並實施獎懲〉，《解放日報》，1942 年 10 月 21 日，第 2 版。

90　〈華池縣委討論為黨報寫稿 幫助工農幹部寫作〉，《解放日報》，1942 年 11 月 30 日，第 2 版。

或文章，各級黨的領導機關應即分別的在黨員幹部中組織研究，並討論執行，不得藉口沒有接到黨的直接通知而置之不理」，[91] 有的地方黨政部門看到報紙後立即討論實施。例如隸屬於延屬分區的延長縣，對西北局決定「深切注意」，9 月下旬即在縣級學習會議上進行討論，檢討過去漠視黨報工作的缺點，出台相關改進辦法。[92] 子長縣委在 10 月初開會討論西北局決定，商議執行辦法，指定一批具有起碼寫作能力的區鄉幹部作為黨報通訊員，該縣半個月的發稿量超過半年總和，響應上級號召非常迅捷。[93]

「黨報決定」出台約半年之後，1943 年 3 月 20 日，西北局又發布〈關於《解放日報》幾個問題的通知〉（以下簡稱「二次通知」），要求各地擴大通訊網，「達到每區有一個通訊員」。同時指出過去的弱點是缺乏系統、深刻的報導，指示各級黨委負責同志親自操刀，要求解放日報社每半年匯總一次寫稿成績，提交西北局作為幹部考核的依據。「二次通知」發布於審幹前夕，行文峻急，例如要求整頓通訊員，「政治面目不清楚，品質惡劣者，必須予以清洗」。[94] 在當時的語境中，知識分子的政治面目相對複雜，因此這份文件有助於推動工農

91　〈關於《解放日報》工作問題的決定〉（1942 年 9 月 9 日），《中國共產黨新聞工作文件彙編》上卷，第 132-133 頁。

92　〈延長縣級同志討論西北局「黨報決定」決設專人幫助幹部讀報〉，《解放日報》，1942 年 9 月 28 日，第 2 版。

93　〈子長通訊小組討論西北局黨報決定　縣委將定具體實施辦法〉，《解放日報》，1942 年 10 月 3 日，第 2 版。

94　〈關於《解放日報》幾個問題的通知〉（1943 年 3 月 20 日），《中國共產黨新聞工作文件彙編》上卷，第 141-144 頁。

通訊員的培養。事態的發展確乎如此。

「二次通知」出台後的情形，與「黨報決定」十分相似，通訊員運動朝著更加普遍而深入的方向推進。《解放日報》3月20日頭版刊登了這份通知，各級黨委踴躍響應。關中地委宣傳部制定了一份詳細條例，規定縣區級通訊員的組織原則、寫稿標準、稿件審查手續等，下發各縣宣傳部。[95] 此後關中各縣的通訊工作突飛猛進，縣委書記、縣長紛紛參與，動筆人數、寫稿數量激增，平均每縣每月投稿近40篇，造成了一個通訊熱潮，許多幹部下鄉工作完畢後，在深夜趕寫稿件。[96]

值得注意的是，延屬地委響應「二次通知」，制定了一份關於黨報通訊工作的全面指示，也登上了《解放日報》頭版社論位置。文件要求各縣在通訊員人選上「應以工農幹部和忠誠為革命服務的知識分子為骨幹」，發動縣、區、鄉的工農幹部寫稿，「使黨報的通訊工作變成為相當的群眾運動」，同時對各縣每月給《解放日報》和《邊區群眾報》的投稿數量做出明確規定，如子長等縣40篇，安塞等縣30篇，甘泉等縣20篇，作為檢查各縣通訊工作的主要標準，甚至對寫作內容和方法也給出扼要指示。[97] 這份文件發布之後，延屬分區的通訊工作同樣一日千里，湧現出安塞縣委書記李望淮、鄜縣縣長張育

95　〈關中整頓黨報通訊組織 馬欄淳耀首先完成〉，《解放日報》，1943年5月11日，第2版。

96　〈關中黨報通訊工作改進 十月份工農通訊員投稿五十餘篇〉，《解放日報》，1943年12月14日，第4版。

97　延屬地委：〈關於黨報通訊工作的指示〉，《解放日報》，1943年10月2日，第1版。

民、延安縣委書記李興旺等通訊工作模範幹部。[98]

在部隊的通訊員運動中，組織號令也是關鍵的動員手段。1943 年底，邊區的黨政系統和機關學校已經普遍發動起來，「除個別縣分以外，大家都動起手來寫了」，但軍事系統恰好相反，「除掉個別部隊以外，大家都還沒有動起手來」，《解放日報》對此提出批評。[99] 留守兵團政治部很快做出反應，在黨報批評約半個月後給各部政治委員、政治部主任發出一份關於通訊工作的指示，檢討各旅過去完全由少數知識分子幹部寫稿，因此審幹以來幾乎陷入停頓狀態，要求今後發動連隊基層幹部和戰士寫稿。關於改進辦法，文件仍強調從思想觀念上著手，指出「替報紙寫通訊寫文章……是作為一個共產黨員一個革命者的本身工作任務之一」，革命軍人「會拿槍桿、會拿筆桿、會拿鋤頭」，要求貫徹領導負責制，各部軍政首長和政治部主任需直接過問，通訊網應建在連隊之上，「不僅是知識分子，而主要是工農分子；不僅是幹部，而且是戰士」。文件最後讚揚了西北局和地方黨委在推動通訊工作上的成就，要求各部向相關地委取經。[100]

「留政」指示下達之後，各部紛紛落實執行，部隊的通訊工作蓬勃開展。例如「南昌部」對照指示進行檢討，認為對黨

98　參見《解放日報》相關報導：〈造成對黨報寫稿熱潮 安塞縣委總結通訊工作〉（1943 年 10 月 22 日第 2 版），〈通訊工作動態〉（1943 年 11 月 18 日第 4 版），〈延屬地委召集延安縣市通訊員 舉行通訊工作座談會〉（1944 年 1 月 10 日第 2 版）。

99　〈編者的話〉，《解放日報》，1943 年 12 月 14 日，第 4 版。

100　〈留政指示各部隊 發動幹部與戰士寫稿〉，《解放日報》，1943 年 12 月 29 日，第 1 版。

報的不負責態度反映了黨性問題，將通訊工作確立為測量幹部黨性的尺度之一。[101]「亞洲部」遵照指示開展廣泛動員，通訊工作發展迅猛，1944 年初僅一個半月的對外投稿就多達 248 篇，其中工農幹部和戰士占了 155 篇。[102]《解放日報》肯定了部隊通訊工作的進步，記者林朗在一篇評論中寫道，自從「留政」發布了加強部隊通訊工作的決定以後，部隊來稿逐漸增多，通訊員運動深入開展。[103]

　　從上文梳理可見，政黨憑藉強大的組織權威和動員能力，有效地推動了通訊員運動迅猛鋪開，這是報社的宣傳教化、通訊員的自發組織所難以比擬的。延川縣響應黨報號召開展通訊工作之初，僅有六、七個外來知識分子寫稿，而且均為縣級機關從事宣傳教育工作者，他們依據寫作興趣組織起來，自由選出一位組長，通訊員直接與報社聯繫投稿。結果工作推動不起來，有的月份僅投稿二、三篇。1943 年以後，該縣貫徹西北局決定，縣委負責人親自主抓，宣傳部統一管理，檢討思想，布置寫稿，培養工農通訊員，至 1943 年下半年已有 26 位通訊員，其中半數以上為「有豐富實際工作經驗的本地工農老幹部」，每月投稿達三、四十篇。[104]

---

101 王赤軍：〈怎樣開展部隊通訊工作〉，《解放日報》，1944 年 9 月 1 口，第 4 版。

102 〈「亞洲」部工農幹部和戰士積極向黨報寫稿 小組個人間掀起寫稿競賽〉，《解放日報》，1944 年 3 月 6 日，第 2 版。

103 林朗：〈發動部隊寫稿〉，《解放日報》，1944 年 4 月 18 日，第 2 版。

104 史堅：〈半年來延川的通訊工作〉，《解放日報》，1943 年 11 月 18 日，第 4 版。

三、典型示範：工農通訊員的光輝例子

在中共領導的各種群眾運動中，通過塑造模範典型來帶動普通民眾，是一種頗為常見且極具效力的動員策略，稱為典型示範法或典型教育法。[105] 這種動員方法通過褒揚先進人物或群體的思想、事蹟、經驗、做法，來營造一種熱烈積極的氛圍，以此感染和教育目標對象，使運動朝著預定的方向發展。在這個過程中，媒體的宣傳造勢是關鍵環節，由此產生了中共新聞史上的一個重要傳統，也是中國現代新聞業的一個獨特景觀——典型報導。[106]

作為政黨工作方法創新的典型示範法，以及涵蓋其中的新聞業的典型報導，均成熟於延安時期，以大生產運動中《解放日報》的吳滿有報導最為著名。[107] 一個完整的典型教育過程，包括發現典型、確立典型、宣揚典型、推廣典型、學習典型等步驟，已有研究者通過吳滿有的個案分析對此進行過細緻的描述。[108] 不過從目前的材料來看，延安時期通訊員運動雖然在動員過程中使用了典型示範法，但並沒有出現吳滿有那樣特別突出的典型人物。

---

105 王平：《馬克思主義思想政治教育主要方法論》，東北師範大學出版社，2015 年，第 208 頁。

106 關於典型報導，已有研究者作過系統考察，例如張威：《比較新聞學：方法與考證》，清華大學出版社，2013 年，第 246-270 頁；朱清河：《典型報導研究》，科學出版社，2016 年。

107 朱鴻召：《天上星星 延安的人》，紅旗出版社，2016 年，第 283-323 頁。

108 周海燕：《記憶的政治》，中國發展出版社，2013 年，第 93-100、204-221 頁。

　　早在 1942 年 5 月，即正式改版後剛著手加強通訊工作之際，解放日報社就注意嘉獎模範通訊員，以推動運動的開展。5 月 17 日，解放日報社採訪通訊部聯合「青記」延安分會召開通訊員座談會，評選出 50 名外縣優秀通訊員和 100 名投稿成績優良者。[109] 這是解放日報社第一次表彰獎勵先進通訊員。9 月 1 日記者節當天，楊永直撰文〈健全我們的通訊網〉，列舉了多位通訊模範的事蹟，呼籲全黨同志向他們學習，樹立對黨報的正確態度。例如介紹鹽池縣四科長聶光祖，一位文化水平欠佳的農民出身的老幹部，起初投稿常被報社拒登，但他並不灰心，仍持續向報社寄送新聞稿，楊永直表揚他「清楚的認識到替黨報寫稿是每個工作同志的責任，而不只是少數記者、編輯和作家的事情」。[110]

　　1942 年底解放日報社關中通訊處發起了創造模範通訊小組的兩月突擊運動，各縣紛紛響應，掀起一個寫稿熱潮。[111]「創造」二字，表明這是報社有意為之，也是政黨工作方法創新的體現。用毛澤東的話說，即「突破一點，取得經驗，然後利用這種經驗去指導其他單位」。[112] 通訊員運動中，創造典型不光是黨報刻意發動，還是地方當局對報社的要求。延安縣曾

109　〈通訊員是報紙的基本力量 本報召開通訊員座談會 外縣優秀通訊員獲獎〉，《解放日報》，1942 年 5 月 18 日，第 2 版。

110　楊永直：〈健全我們的通訊網〉，《解放日報》，1942 年 9 月 1 日，第 2 版。

111　參見《解放日報》相關報導：〈本報關中通訊處創造模範小組 組織基幹通訊員〉（1942 年 12 月 17 日第 2 版），〈淳耀通訊小組投稿積極 鹽池整頓黨報通訊組〉（1943 年 1 月 8 日第 2 版）等。

112　毛澤東：〈關於領導方法的若干問題〉（1943 年 6 月 1 日），《毛澤東選集》（第 2 版）第 3 卷，第 899 頁。

向解放日報社提議，要求採訪通訊部派遣專人、集中力量研究
一個縣的通訊工作領導問題，取得全面系統的經驗，以更好地
指導其他縣分。[113]《解放日報》後以較大篇幅介紹了通訊模範
單位志丹縣、安塞縣、關中分區的經驗，有力推動了運動的開
展。[114]

關於創造典型的具體辦法，新華社山東分社提供了一則案
例。1943 年接到毛澤東的文藝座談會講話後，山東分社寫信
給分散下鄉的幹部，要求培養一兩名工農通訊員，以便創造經
驗。費東縣宣傳部副部長李毅和青石區委書記鄭現春「發現」
了識字農民密士交，加以悉心培養，指導和幫助他寫稿，費縣
通訊站發布通告，表揚密士交的寫稿行為，《大眾日報》用一
個版的篇幅刊登了通訊站通告和密士交稿件，並配發專論，號
召各地「創造」十多個密士交。密士交由此成為魯中根據地的
模範通訊員，他所在村莊「街頭巷尾的談論著」，激勵了許多
人提筆寫作。[115]

陝甘寧邊區沒有「創造」出一個密士交這樣的模範典型，
而是描繪了一幅遍地開花的英雄群像。《解放日報》報導的模

---

113 蕭連：〈延安縣的通訊工作〉，《解放日報》，1944 年 9 月 18 日，
　　第 4 版。

114 參見《解放日報》相關文章：張蓓〈安塞縣委領導通訊工作的經驗〉
　　（1944 年 3 月 18 日第 4 版），蘊明〈志丹的通訊工作〉（1945 年 10
　　月 5 日第 2 版），〈關於分區通訊工作——關中通訊工作經驗之一〉
　　（1945 年 8 月 20 日第 2 版），〈通訊小組和廣大通訊網的建立——
　　關中通訊工作經驗之二〉（1945 年 9 月 1 日第 2 版），〈如何培養基
　　幹通訊員〉（1945 年 9 月 4 日第 2 版）等。

115 山東新華分社：〈組織通訊員工作經驗〉，《解放日報》，1945 年 3
　　月 23 日，第 4 版。

範通訊員大致分為兩類：一是積極寫稿的通訊員，二是在組織通訊工作和動手寫稿兩方面均表現突出的黨政負責人。前者多為文化水平較低的基層工農幹部，他們在革命工作中掃盲開蒙，並在黨組織、報社等各方面的引導鼓勵下，打破文化自卑心理，掌握寫作技術，踴躍為黨報投稿。這種先進人物報導非常之多，在 1943 年和 1944 年通訊員運動的熱烈動員階段，幾乎每一期《解放日報》四版都有這類人物稿，而且不定期出版的「新聞通訊」專版還會集中報導。[116] 這裡無法一一介紹，僅從兩個典型案例略窺其貌。

延安縣委保安科勤務員秦登生的名字，在《解放日報》多次出現，大概是當時邊區相對著名的模範通訊員。1943 年 12 月 14 日第九期「新聞通訊」登載了八位勞動英雄和區鄉幹部的稿件，「編者的話」介紹這些作者大多是沒進過學校的工農同志，經過努力學習後寫出了優秀文章，事實證明「工農兵同志是能寫新聞的，而且能寫得好」。在這次工農通訊員的集體亮相中，秦登生格外搶眼，他的勤務員身分被多次強調，編輯部表揚他「所寫的東西很好……我們只增加了一、兩個字」。[117]

秦登生的稿件不足三百字，介紹了延安縣東川口一戶家庭辛勤勞動、豐衣足食的事蹟。文字樸素無華，敘述清晰，茲錄

116　關於《解放日報》的「新聞通訊」專題，李秀雲做過考察，介紹了專版在培養工農通訊員方面的作用。參見李秀雲：〈工農通訊寫作：「全黨辦報」的縮影——以延安《解放日報·新聞通訊》為中心的考察〉，陳信凌主編：《新聞春秋》第 11 輯，江西高校出版社，2009年，第 106-110 頁。

117　〈編者的話〉，《解放日報》，1943 年 12 月 14 日，第 4 版。

如下——

要想豐衣足食　就要大家動手
延安縣委勤務員　秦登生

延安縣東川口陳士章家，糧食滿囤，衣服有穿的、有改
的，男女整齊，這是什麼道理？就是他們全家人，大家用
兩雙手，在田野山間勞動來的，就連六十餘歲的老太婆也
在勞動。他們全家八口人，就有老小兩寡婦，弟兄兩個有
十二、三歲的兩個侄兒子。

每逢農忙一到，他們家只丟一個小媳婦和六十餘歲的老太
婆在家，其餘一同到田地去。男的送糞，女的掏糞，男的
揵地，女的抓糞，打土疙瘩，男的鋤草，女的也鋤草，男
子收秋，女的也收秋。當男子揹莊稼時女人就在家場上打
小蔓豆、蕎麥、麻子，男人把莊稼揹完了，女人們就把雜
糧也打完了。只剩下糜穀大家齊上手有兩場就都打回來
了。其中四婆姨生產最凶，她不但參加農業生產，還勻空
紡線，真夠一個女勞動英雄，這是川口村所公知的。[118]

　　該期報紙還刊登了一則消息，延安縣委書記李興旺總結
通訊工作，特別表揚了秦登生，介紹他看到別人為黨報寫稿
後，自己也動起手來，第一篇稿子〈要想豐衣足食　就要大家
動手〉就「寫得很好」，先是投寄到邊區群眾報社，現在又被
《解放日報》選中刊登，李興旺認為秦登生的例子說明「全黨

118　秦登生：〈要想豐衣足食　就要大家動手〉，《解放日報》，1943 年
12 月 14 日，第 4 版。

辦報與培養工農通訊員的方針是合乎實際的，是正確的」。[119]
此後幾篇關於延安縣通訊工作的新聞中，「勤務員秦登生」的
名字也屢屢出現，追蹤報導他新近的寫稿活動。[120]

　　更為常見的報導模式，是以單篇文章全面推介某位通訊
員，例如題為〈工農通訊員的光輝例子〉一文，介紹部隊《戰
聲報》模範通訊員陳春林。這篇文章的選題立意和結構布局頗
具代表性。文章首先高屋建瓴，指出戰士可以像使用槍桿、鋤
頭一樣自如地掌握筆桿，接著介紹陳春林學習文化、練習寫作
的過程和經驗。陳春林過去僅識二、三百字，1941 年在留守
兵團研究班學習時認識到文化的重要性，從此苦下功夫，逐漸
可以閱讀報紙和戰爭小說。閱讀勾起了十年戰爭的回憶，刺激
了寫作衝動，在《邊區群眾報》讀到其他工農同志的文章後，
陳春林終於鼓起提筆的勇氣，但起初寄出的十幾篇石沉大海，
使他心灰意冷，覺得「寫文章是知識分子的事」。1942 年康
生發出工農寫作的號召，陳春林備受鼓舞，下決心提高調查本
領和寫作技術，稿件逐漸被報社採用。文章最後介紹了陳春林
學習寫作的經驗，諸如深入研究、慎重動筆、寫稿與工作結合
等。[121]

　　整篇文章僅千餘字，既勾勒了陳春林對待寫作的心路歷

---

119 〈延縣區鄉幹部投稿積極 區長區書每月寫稿兩篇〉，《解放日報》，
　　1943 年 12 月 14 日，第 4 版。

120 例如〈加強調查研究提高寫稿質量 延縣安塞展開通訊工作競賽 培養
　　通訊員骨幹幫助勞動英雄寫稿〉（1944 年 5 月 18 日第 2 版），連耡
　　〈延縣的寫稿熱潮〉（1944 年 5 月 18 日第 2 版）等。

121 李明：〈工農通訊員的光輝例子〉，《解放日報》，1944 年 9 月 18
　　日，第 4 版。

程，又介紹了工農幹部初學寫稿的注意事項，對讀者兼有鼓勵
和教育作用。編輯部還會以「編者按」的方式，闡明個人經驗
的普遍意義，例如讚揚陳春林的頑強精神和寫作經驗，呼籲讀
者廣泛學習與效仿，「要使得每個八路軍戰士都是文武雙全，
要使得邊區任何一個角落都沒有文盲」。[122]

　　延安時期擔任縣委書記、縣長等職務的模範通訊員，數量
頗多，頻繁見報者如志丹縣書王耀華、安塞縣書李望淮、吳旗
縣長王明遠、靖邊縣書惠中權等。這類人物的典型報導，一方
面介紹他們作為黨政負責人以身作則，親自動手寫稿，另一方
面更突出他們組織轄區內的通訊工作，帶動其他人寫作。例如
王明遠 1943 年為《解放日報》寫稿 11 篇，發表 8 篇，平日裡
留心工作中值得反映的材料，細心搜集整理，「多在工餘夜靜
提筆，有時直至雞叫黎明稿就後始擱筆」，更重要的是王明遠
熱心推動別人寫稿，經常給同事做思想動員，講解報導重點和
寫作方法，在他的影響下吳旗縣多名「出身於內戰中的工農老
幹部」大膽地寫起來，該縣的通訊網遍及縣、區、鄉，各級幹
部均向王縣長看齊。[123] 又如「亞洲部」三連模範通訊員、副指
導員朱自立曾受到《部隊生活》表彰，1944 年邊區文教大會
將他樹立為部隊文教工作的模範典型。關於朱自立的報導，既
介紹他勤於筆耕，一年寫稿 50 餘篇，又表揚他有效地組織了
連隊的通訊工作，督促戰士寫稿，幫他們修改稿件，「把通訊

122　〈集體學習與個人學習〉，《解放日報》，1944 年 4 月 20 日，第
　　 4 版。
123　〈吳旗總結去年通訊工作 共向黨報投稿二百餘篇 王縣長寫作最積
　　 極〉，《解放日報》，1944 年 2 月 20 日，第 2 版。

工作真正看成了是自己政治工作的一部分」。[124]

　　在黨報的宣傳報導之外，大會頒獎、組織表彰也是樹立典型的重要方式。延安時期全邊區範圍內的通訊工作盛大頒獎共有三次：1944 年底邊區文教大會，專門設立「報紙」項目，包括個人獎和集體獎，大部分獲獎者與通訊工作相關；[125] 1946 年 5 月 16 日，為紀念創刊五週年，解放日報社聯合韜奮基金委員會、西北局宣傳部、延安記者學會等機構，專門組織了通訊工作大評選；[126] 1946 年 9 月 1 日記者節，解放日報社採訪通訊部、部隊生活報社、邊區群眾報社三家聯合組成「獎勵評判委員會」，表彰新聞工作先進個人和團體，特別規定「評選對象為非職業新聞工作者」。[127] 另外，分區級的黨報和地委宣傳部也會樹立模範通訊員，給予榮譽表彰和物質獎勵。例如隴東地委宣傳部在 1944 年 9 月評選了通訊工作先進單位和模範通訊員，1946 年 2 月《隴東報》又開展分區的評獎。[128]

124　參見《解放日報》相關報導：杜錦藩〈「亞洲」部三連朱副政指 善於領導通訊工作〉（1944 年 5 月 18 日第 2 版），〈邊區文教會部隊代表團 熱烈討論全軍辦報 戰士寫稿讀報成為群眾運動〉（1944 年 10 月 23 日第 1 版）等。

125　〈文教大會勝利閉幕 大批模範人員及團體光榮受獎〉，《解放日報》，1944 年 11 月 20 日，第 1 版。

126　〈紀念本報創刊五週年 韜奮基金委員會、西北局宣傳部、延安記者學會 獎勵本報通訊員 志丹等縣榮獲團體榮譽獎〉，《解放日報》，1946 年 5 月 16 日，第 2 版。

127　〈邊區通訊工作之光 大批模範通訊工作者、優秀新聞通訊受獎〉，《解放日報》，1946 年 9 月 1 日，第 2 版。

128　華池縣志編纂委員會編：《華池縣志》，甘肅人民出版社，2004 年，

延安時期物質條件較為艱難，對於模範通訊員的獎勵，如果僅從物質方面來看，可謂十分微薄。1946 年創刊五週年盛大頒獎，個人甲等獎金為邊幣 3 萬元，乙等獎 1 萬。[129] 按照當時的購買力，1 萬元約合小米 3 斗（20 公斤左右）。[130] 這已經是較高規格的獎勵，其他各類評選的獎品通常只是文具，例如 1944 年隴東地委宣傳部獎勵 4 名模範通訊員稿紙 50 張、鉛筆 2 支、小本子 2 個，[131] 志丹縣特等文化學習模範、邊區群眾報模範通訊員王海清，所獲優待為長期受贈一份群眾報，[132] 新正縣委宣傳部評選模範工農通訊員，獎品為一本《劉志丹》。[133] 不過在當時的社會氛圍下，表彰嘉獎的精神激勵效果是可觀的。延安工藝廠的啟侗在 1946 年 5 月 16 日獲得個人乙等獎，獲獎後寫信給報社：「五月份我竟得到黨報的獎勵，這件事使我興奮極了，報社沒有忘記我，單是這一點鼓勵就遠遠的勝過那一萬元的獎金。今後我當繼續努力為黨報寫稿。」[134]

第 851 頁。

129 〈紀念本報創刊五週年 韜奮基金委員會、西北局宣傳部、延安記者學會 獎勵本報通訊員 志丹等縣榮獲團體榮譽獎〉，《解放日報》，1946 年 5 月 16 日，第 2 版。

130 陝甘寧邊區財政經濟史編寫組編：《解放戰爭時期陝甘寧邊區財政經濟史資料選輯》下冊，三秦出版社，1989 年，第 82 頁。

131 〈隴東地委宣傳部表揚合水華池通訊工作 獎勵張啟賢等為模範通訊員〉，《解放日報》，1944 年 6 月 12 日，第 2 版。

132 〈志丹模範學習幹部王海清 經常為黨報寫稿〉，《解放日報》，1944 年 8 月 31 日，第 2 版。

133 〈新正工農通訊員董永科郭振英受獎〉，《解放日報》，1944 年 3 月 22 日，第 2 版。

134 〈通訊員之窗〉，《解放日報》，1946 年 6 月 26 日，第 2 版。

四、通訊競賽：激發樸素的好勝心

　　觀諸中共黨史上的歷次群眾運動，挑戰、競賽同樣是一種重要的動員手段，而且往往與典型示範法同生並存，相輔相成。競賽之目的，在於激發一般群眾樸素的好勝心，使他們以高昂的熱情投身運動之中。趙超構 1944 年觀察到，在吳滿有、趙占魁、張治國等勞動英雄的激勵下，延安各行各業展開勞動競賽，到處是加油聲，給人以不斷的刺激與興奮，許多工人深夜裡偷偷起來加班，有的士兵滿手鮮血仍然握緊鋤頭。[135]通訊員運動中也有類似現象，比如魯中根據地「創造」了模範通訊員密士交之後，一位名叫朱富勝的工農幹部給他寫信，要求進行寫稿比賽，朱富勝也成長為優秀通訊員。[136]

　　《解放日報》曾詳細地報導了 1944 年延安縣和安塞縣之間的通訊競賽，[137] 從中可以窺探這一動員技術的基本模式——

　　從競賽主體來看，由通訊工作較為落後的延安縣向模範單位安塞縣發起挑戰，這與朱富勝挑戰密士交如出一轍。安塞是較早開展通訊員運動的縣分之一，早在 1942 年底就注意培養工農幹部寫作，縣委十分重視組織通訊工作，將寫稿提升為「黨的任務」，縣委書記李望淮親自擔任《解放日報》通訊小組的組長。在強有力的領導之下，為黨報寫稿成為「熱烈的

135　趙超構：《延安一月》，中國國際廣播出版社，2013 年，第 207 頁。

136　高克亭：〈貫徹黨的文藝政策——開展工農通訊工作的初步體驗與意見〉，《魯中日報》，1944 年 7 月 16 日，第 2 版。

137　〈加強調查研究提高寫稿質量 延縣安塞展開通訊工作競賽 培養通訊員骨幹幫助勞動英雄寫稿〉，《解放日報》，1944 年 5 月 18 日，第 2 版。本節引文凡未標明出處者，均出自該報導。

普遍運動」，[138] 多次受到解放日報社和延屬地委的嘉獎，[139]
1944 年初《解放日報》在顯要位置刊登了安塞縣委領導通
訊工作的經驗，[140] 進一步確立了該縣的先進典型地位。與之
相比，延安縣起步較晚，直至 1943 年 10 月延屬地委出台指
示，要求各縣將黨報通訊列為黨委重要工作，以黨的核心力量
去推動，造成「相當的群眾運動」，[141] 此時縣委才開會檢討，
重新整頓通訊組織。[142] 1943 年底，延屬地委宣傳部專門在延
安縣召開通訊員座談會，強自修部長提出「在通訊工作的領導
上學習安塞的經驗」。[143] 強自修的講話直接為通訊競賽指明了
目標，不啻於點燃了導火索——為了迅速改進通訊工作，延安
縣委在 1944 年 3 月 1 日召開全體通訊員大會，決定向安塞縣
發出挑戰。

從競賽內容來看，延安縣提出的三個條件，直接呼應西北
局通知和延屬地委指示，具有很強的現實針對性。競賽條件第
一項為「稿件要有連續性」，正是西北局「二次通知」重點強

---

138 參見《解放日報》相關報導：〈造成對黨報寫稿熱潮 安塞縣委總結通
    訊工作〉（1943 年 10 月 22 日第 2 版），〈安塞縣委整頓通訊組織
    吸收大批工農同志擔任黨報通訊員〉（1943 年 9 月 16 日第 2 版）。
139 裴孟飛：〈貫徹全黨辦報與培養工農通訊員的方針〉，《解放日
    報》，1943 年 8 月 8 日，第 4 版。
140 張蓓：〈安塞縣委領導通訊工作的經驗〉，《解放日報》，1944 年 3
    月 18 日，第 4 版。
141 延屬地委：〈關於黨報通訊工作的指示〉，《解放日報》，1943 年
    10 月 2 日，第 1 版。
142 〈通訊工作動態〉，《解放日報》，1943 年 11 月 18 日，第 4 版。
143 〈延屬地委召集延安縣通訊員舉行通訊工作座談會 強自修同志做總
    結〉，《解放日報》，1944 年 1 月 10 日，第 2 版。

調的內容。1943 年 3 月西北局通知指出，通訊工作最主要的弱點是各地報導缺乏系統性和深刻性，「多未能做到對於一項工作堅持的有系統的報導，往往是有頭無尾的」。[144] 此後延屬專署也發出指示，要求各縣把工作情況寫成報告，注意連續性，特別責成各縣負責人動手寫作綜合稿件，或在《解放日報》發表，或供專署了解各縣情況。[145] 第二項為「每月向群眾報投稿 35-40 篇，解放日報 15-20 篇」，安塞縣的應戰條件為「每月至少寫 40 篇（解放日報 25 篇，群眾報 15 篇）」。這項內容直接呼應延屬地委的指示。為了督促各縣的通訊工作保持經常性，延屬地委明確規定了各縣的寫稿數量，其中延安縣每月各給解放日報和群眾報寫稿 20 篇，安塞縣則各寫 30 篇。[146] 在通訊競賽中兩縣根據各自情況，對上級規定的指標略加調整。第三項為培養 7 名工農通訊員（列出名單），「至年底總結時其培養程度要達到：甲、能獨立搜集和整理材料；乙、語句通順，能把意思表達明白；丙、每人每月至少寫稿兩篇。培養辦法是：分配專人負責，幫助修改他們的稿件，並提出具體意見。每次寫稿均留一份存根，待發表後，將底稿對照以研究自己寫作上的缺點。離縣遠的同志則專門召集兩次至三次的會議，研究搜集材料與寫作方法等」。這項內容尤其契合當時的整體形勢，西北局「二次通知」要求各級黨委審查通訊

144　〈關於《解放日報》幾個問題的通知〉（1943 年 3 月 20 日），《中國共產黨新聞工作文件彙編》上卷，第 142 頁。

145　〈延屬專署指示各縣市 經常報導工作成績經驗 規定每縣每月寫稿十篇〉，《解放日報》，1943 年 8 月 18 日，第 2 版。

146　延屬地委：〈關於黨報通訊工作的指示〉，《解放日報》，1943 年 10 月 2 日，第 1 版。

員、整頓通訊組織，[147] 解放日報社接著將辦報方針概括為「全黨辦報」和「培養工農通訊員」，[148] 此後通訊員運動的重心即為發動工農同志執筆寫作。在競賽之前，延屬地委的指示也強調以工農幹部為骨幹，責成各縣以極大力量動員縣、區、鄉幹部寫稿。[149]

從競賽成效來看，兩縣掀起了寫稿熱潮，推動通訊員運動深入開展。延安縣自 3 月 1 日發起挑戰後，通訊工作迅速改觀，區、鄉幹部寫稿踴躍，至 5 月份從黨政負責人到機關勤務員已有多達 63 人寫稿，僅烏陽區就向黨報投稿 42 篇，[150] 至 7 月份寫稿人數超過 100 人，縣、區、鄉共寄給縣委宣傳部 311 篇，通訊網從縣、區個別幹部擴大到鄉一級。[151] 該縣由此從一個通訊工作的落後縣分躍居為先進單位，多次受到延屬地委和黨報的表彰，[152] 1946 年 5 月盛大頒獎，延安縣躋身 6 個團體甲等獎，數名通訊員榮獲個人獎，堪稱大贏家。[153] 應戰的安塞

147 〈關於《解放日報》幾個問題的通知〉（1943 年 3 月 20 日），《中國共產黨新聞工作文件彙編》上卷，第 143 頁。

148 裴孟飛：〈貫徹全黨辦報與培養工農通訊員的方針〉，《解放日報》，1943 年 8 月 8 日，第 4 版。

149 延屬地委：〈關於黨報通訊工作的指示〉，《解放日報》，1943 年 10 月 2 日，第 1 版。

150 連耜：〈延縣的寫稿熱潮〉，《解放日報》，1944 年 5 月 18 日，第 2 版。

151 蕭連：〈延安縣的通訊工作〉，《解放日報》，1944 年 9 月 18 日，第 4 版。

152 參見《解放日報》相關文章：採訪通訊部〈對於縣委領導通訊工作的意見〉（1944 年 7 月 23 日第 4 版），〈延屬地委給模範通訊員贈發獎章〉（1946 年 5 月 16 日第 2 版）。

153 〈紀念本報創刊五週年 韜奮基金委員會、西北局宣傳部、延安記者

縣原本通訊工作已經蓬勃開展，競賽進一步激發了通訊員的幹勁，「挑戰書到達安塞後，該縣全體通訊員同志均極為興奮，當即在縣委領導下，縣級通訊員特集會討論」。4月份縣委宣傳部召開通訊員座談例會，大家紛紛拿出了寫稿計劃，數量上大有提高，例如縣委組織部長王懷義提出寫稿5篇，遠遠超出了每月1篇的規定。在通訊競賽的刺激下，安塞縣的寫稿熱潮遍及各區、鄉，全體區級幹部參加寫稿學習，鄉長、文書開始寫稿，並組建通訊小組。[154] 競賽推動安塞縣的通訊工作更上層樓，接連獲得解放日報社表揚。[155]

通訊競賽還在工廠、連隊、通訊小組、個人等不同範圍內廣泛進行。例如鎮原縣的石佛區與馬渠區開展比賽，條件是年底時通訊員數量由5個擴大到10個；[156] 延安的難民工廠向邊區其他工廠挑戰，條件包括廠長親自領導、通訊員每月至少寫稿1篇；[157]「亞洲部」三連與四連進行比賽，提出一年寫稿

學會 獎勵本報通訊員 志丹等縣榮獲團體榮譽獎〉，《解放日報》，1946年5月16日，第2版。

154 〈加強調查研究提高寫稿質量 延縣安塞展開通訊工作競賽 培養通訊員骨幹幫助勞動英雄寫稿〉，《解放日報》，1944年5月18日，第2版。

155 參見《解放日報》相關文章：〈社論：發揚在職幹部學習的範例〉（1944年7月31日第1版），採訪通訊部〈怎樣把通訊工作做的更好一些？〉（1944年9月1日第4版），楊永直〈安塞五區的通訊工作〉（1944年9月18日第4版）。

156 〈鎮原加強培養本地通訊員 以區書區長為骨幹 發動寫稿競賽〉，《解放日報》，1945年10月16日，第2版。

157 〈難民工廠整頓通訊工作 向各工廠挑戰〉，《解放日報》，1944年5月18日，第2版。

200 篇；[158] 延長的兩個縣級通訊組（縣政府、聯社小組，縣委、保安科小組）互訂競賽條件，規定凡是下鄉工作超過半個月的縣級幹部寫稿 2 篇；[159]「亞洲部」某連長鄭昌茂向該部全體連長發出挑戰，保證一年寫稿 20 篇以上，其他連長紛紛應戰，一位名叫顏龍輝的連長還回信應戰。[160]

為了激發通訊員的比賽心，「青記」延安分會發起了新聞作品評選活動——「記者學術獎金」，由博古、羅烽、余光生、曹若茗、胡小丁、何定華、楊永直、黃鋼、金照 9 人組成裁判委員會，每月從《解放日報》、《邊區群眾報》和地方報紙中評選優秀新聞和通訊各兩則，次月 15 日公布。出於鼓勵通訊員之目的，評選範圍中排除了職業記者的作品。[161] 這項評選活動確實激發了通訊員的熱情，1942 年 11 月中旬第一次「記者學術獎金」揭曉後，淳耀縣通訊員開會討論，認為這個評獎是「無限的興奮與鼓勵」。[162]

除了上文所述的四種主要動員策略之外，延安時期通訊員運動還使用了標語口號等方法手段。通俗鮮明的口號可以直接

158　杜錦藩：〈「亞洲」部三連朱副政指 善於領導通訊工作〉，《解放日報》，1944 年 5 月 18 日，第 2 版。

159　〈延長整頓通訊工作 今後每人每月寫稿兩篇〉，《解放日報》，1944 年 2 月 20 日，第 4 版。

160　〈「亞洲」部工農幹部和戰士積極向黨報寫稿 小組個人間掀起寫稿競賽〉，《解放日報》，1944 年 3 月 6 日，第 2 版。

161　〈青記延安分會籌辦「記者學術獎金」〉，《解放日報》，1942 年 10 月 3 日，第 2 版；〈青記第一次學術獎金 羅健等同志獲獎〉，《解放日報》，1942 年 11 月 18 日，第 2 版。

162　〈本報關中通訊處創造模範小組 組織基幹通訊員〉，《解放日報》，1942 年 12 月 17 日，第 2 版。

調動群眾的情緒，有效地推動群眾運動。當時最重要的總體性口號無疑是全黨辦報、全軍辦報、培養工農通訊員等，這在黨報和黨委的組織動員中反覆出現。在實施過程中，一些簡潔有力的具體口號也被發明出來，例如在寫作內容上提出「做什麼寫什麼」，[163] 部隊則是「怎麼打怎麼寫」；[164] 關於工農幹部寫稿，提出「工農寫，寫工農」，[165]「報紙為工農兵服務，工農兵為報紙服務」，[166]「大家辦，大家看」，[167] 等等。在部隊系統的通訊員運動中，「會拿槍桿、鋤杆、筆桿」也是耳熟能詳的口號。[168]

本章小結

作為一種新聞業務形態，通訊員制度並非延安時期的發明創造，中國古代報業、近代商業化報紙以及蘇聯黨報體制中均有通訊員的身影，中共自從建黨之後也向來注意組織通訊員。

163　封營書：〈積極發動工農幹部聯繫寫作〉，《解放日報》，1943 年11 月 23 日，第 4 版。

164　總政宣傳部：〈蘇聯的軍事宣傳與我們的軍事宣傳〉，《解放日報》，1944 年 3 月 3 日，第 4 版。

165　姜丕之：〈一年來魯中工農通訊運動 —— 為紀念魯中日報三週年而作〉，魯中文協編：《工農通訊寫作》，1945 年 5 月。

166　〈淮北拂曉報召開工農通訊員座談會〉，《解放日報》，1944 年 2 月 6 日，第 2 版。

167　〈關中報四週年紀念 提倡「大家辦大家看」〉，《解放日報》，1944 年 5 月 18 日，第 2 版。

168　〈留政指示各部隊發動幹部與戰士寫稿，加強「部隊生活」通訊工作〉，1943 年 12 月 29 日，第 1 版。

不過，受制於持續的政治軍事壓力以及政黨本身的人員構成，在延安時期之前中共一直無法從容開展文化建設與新聞工作，直至全面抗戰爆發後，在合法穩定的陝甘寧邊區，終於具備了實施政治、經濟、文化等全面建設的歷史契機，通訊員運動也在政黨的全力推動下蓬勃開展起來。

延安時期的通訊員運動經歷了一番摸索、試驗、整頓、鋪開的曲折過程。周文領導的大眾讀物社和《邊區群眾報》率先開展文化普及工作，迅速組織了一批通訊員，在部分縣、區搭建了通訊網。不過，周文與大眾讀物社雖然有意將通訊工作造成一場群眾運動，但推進方式和實際效果遠未達到「運動」的規模。究其原因在於，作為邊區文協下屬的文化團體，大眾讀物社僅能以報社人員為核心力量來組織通訊網，沒能發動起全黨的力量，而任何一場普遍的群眾運動都離不開黨組織的全面動員。

在大眾讀物社先行試驗新聞大眾化及通訊員工作之際，黨中央機關報《解放日報》還在模仿中外主流大報的格調，追求正規化、專業化，在日常操作上依賴職業記者，忽視工農通訊員，在延安甚至發生了報社記者與通訊員爭搶新聞的現象。解放日報社專家辦報、關門辦報的思路，在整風改版中遭到黨中央和讀者群眾的批評，改版後確立了全黨辦報和培養工農通訊員的方針，一場真正意義上的群眾運動拉開帷幕。

陝甘寧邊區的文化建設旨在消除文盲，使廣大群眾在文化上翻身、翻心，但鑒於邊區實際的教育水平，一般農民顯然難以在短時間內學會寫作，因此通訊員運動的目標對象側重於工農出身的基層幹部。這個群體不僅文化水平較低，而且對於新聞寫作懷有根深蒂固的積習成見，由此帶來畏難情緒和自卑心

理。換言之，工農幹部與改版前的新聞知識分子共享相同的新聞觀念，即新聞專業化，認為寫稿是記者的特權，退一步也是知識分子的專長。專業化思路還體現在黨政幹部身上，普遍把新聞通訊歸為宣傳部門和報社的業務，交由專家打理，旁人無需問津。這實際上違背了一元化的領導原則。因此，在通訊員運動初期亟需一場思想觀念上的革命，破除新聞專業的壁壘，使得工農同志敢想敢做，解放日報社和各級黨委為此進行了耐心艱苦的思想動員。

延安整風為通訊員運動提供了組織保證。通訊網建立在黨組織架構之上，發動對象主要是基層幹部，因此組織調控是最有效的動員手段。《解放日報》和《邊區群眾報》在組織關係上均由西北局直接領導，通訊員運動正是在西北局的大力推動下，依託邊區黨組織的高效動員而迅猛展開。成熟於大生產運動中的典型示範法，以及涵蓋其中的新聞業的典型報導，體現了政黨工作方法的創新。這一策略也被應用於通訊員運動，雖然沒有創造出吳滿有那樣聞名遐邇的典型人物，但黨委和黨報樹立了眾多模範通訊單位與模範通訊員，舉辦了多次盛大評選與頒獎，繪製了一幅遍地開花的英雄群像，這同樣營造出積極熱烈的氛圍，感染了一般工農幹部參與寫稿。通訊競賽與典型示範相輔相成，先進典型激發了普通群眾樸素的好勝心，發起挑戰，展開通訊競賽，將運動推向深入。相比大生產、土改等物質領域的運動（當然也有精神層面的意涵），通訊員運動在動員策略上並不完全相同，例如「利益之滿足」這個中共鄉村動員的最基本技術手段，[169] 在通訊員運動中就難覓蹤影；反

---

169 李里峰：〈中國革命中的鄉村動員：一項政治史的考察〉，《江蘇社

之，宣傳教育、思想勸導等其他運動中較為常規的環節，則被格外凸顯。

通過細膩複雜的動員，黨報通訊工作終以群眾運動的方式發動起來，新聞活動溢出專家與知識分子的狹隘圈子，工農兵及其幹部普遍參與其中，全黨辦報、全軍辦報的理念付諸實踐。運動的推進程度，可以從幾則數據中略窺一斑——至 1944 年下半年，警三旅八團二連 90% 以上參加寫稿，[170] 七七一團衛生隊 30 餘人僅 2 人沒有寫稿。[171] 需要補充說明的是，通訊員運動從 1942 年下半年發起，中間經歷頓挫反覆，動員工作基本上貫穿於整個延安後期。1944 年初《解放日報》創刊一千期的社論曾指出，通訊工作的重心過去是廣泛動員工農幹部寫稿，今後則要講究技巧和表現形式。[172] 這年 7 月採訪通訊部給各縣的意見書，提出「普遍發動的時期已經過去」，接下來應當提高質量，努力把稿件寫得具體、生動、形象。[173] 也就是說，解放日報社認為動員階段至 1944 年業已結束，應該從普及轉入提高。這個判斷對通訊員運動產生了消極影響，採通部文件發出後，各縣來稿銳減，許多通訊員畏縮不

會科學》，2015 年，第 3 期。

170 〈文教會部隊代表團討論報紙工作 警三旅八團二連新創造 戰士寫稿成為運動 全連百分之九十參加寫稿提高了部隊文化〉，《解放日報》，1944 年 10 月 17 日，第 2 版。

171 〈七七一團衛生隊賈大勝耐心幫助戰士寫稿〉，《解放日報》，1944 年 10 月 31 日，第 2 版。

172 〈社論：本報創刊一千期〉，《解放日報》，1944 年 2 月 16 日，第 1 版。

173 採訪通訊部：〈對於縣委領導通訊工作的意見〉，《解放日報》，1944 年 7 月 23 日，第 4 版。

前，失去了寫稿信心。[174] 面對這樣的挫折，解放日報社迅速發文更正，指出就目前通訊員的實際情況而言，直接而性急地要求「提高」極不恰當，是一種主觀主義的想法。[175] 在此之後，廣泛的組織動員仍是通訊工作的重點，一直持續至延安尾期。

中國革命的一個顯著特徵是波瀾壯闊的社會動員，先鋒隊政黨通過細膩繁巨的組織動員，召喚出億萬民眾的政治參與熱情，深刻地改造了基層社會。這種社會動員的廣度和深度，是二十世紀其他任何的革命所難以比擬的。在關於延安時期鄉村建設的研究中，孫曉忠指出革命政黨的獨到之處，在於對農民日常生活細微小事的重視，「從為農民挑水、和農民共同勞動，到同鍋同炕，我們看到『細膩革命』如何成為傳統，主導著鄉村日常生活」。[176] 從延安時期新聞通訊工作動員技術的微觀分析中，我們可以看到新聞傳播、文化領域的「細膩革命」──對於這場被賦予「文化革命」意義的聲勢浩大的群眾運動，黨組織及其領導下的黨報以高度的政治熱情和政治活力，通過周密而艱辛的努力，創造了一個獨具特色的新聞景觀。

---

174 〈通訊工作動態〉，《解放日報》，1944 年 9 月 1 日，第 4 版；〈通訊小組和廣大通訊網的建立──關中通訊工作經驗之二〉，《解放日報》，1945 年 9 月 1 日，第 2 版。

175 採訪通訊部：〈怎樣把通訊工作做的更好一些？〉，《解放日報》，1944 年 9 月 1 日，第 4 版。

176 孫曉忠：〈創造一個新世界──延安鄉村建設經驗〉，孫曉忠、高明編：《延安鄉村建設資料》第 1 冊，上海大學出版社，2012 年，第 4 頁。

第四章
運動中的通訊員：
運作機制與行為邏輯

　　1946 年 4 月 8 日，在重慶參加國共談判的部分中共代表，奉命回延安彙報請示，途中飛機因惡劣氣候而迷失航向，不幸在山西興縣黑茶山遇霧失事，機上 17 人悉數罹難，年僅 39 歲的博古亦在其中。[1] 此後一段時間，《解放日報》刊載了多篇紀念「四八烈士」的文章，記者田方從日記中摘錄出博古生前的一個報告，以緬懷這位社長和戰友。這段講話或許是博古關於新聞工作尤其是通訊員運動最為精彩的一次。

　　田方找到了 1942 年 9 月 20 日的日記。此前的 9 月 9 日，西北局通過了「黨報決定」，開始以組織的權威和力量推動通訊員工作，規定分區黨委和縣委宣傳部長負責組織轄區內的通訊事宜，並要求報社在分區成立通訊處，以配合幫助此項任務。[2] 解放日報社在綏德、隴東、延屬、關中、三邊五個分區設立了常駐通訊處，一批主力記者被派往駐站，接受地委與報

1　當日情形可參見相關回憶文章，例如肖瑩：〈父母離我很遙遠——訪博古之女秦吉瑪〉，鄒賢敏、秦紅主編：《博古和他的時代——秦邦憲（博古）研究論集》，當代中國出版社，2016 年，第 837-838 頁。

2　〈關於《解放日報》工作問題的決定〉（1942 年 9 月 9 日），《中國共產黨新聞工作文件彙編》上卷，第 133 頁。

社的雙重領導，以加強採訪報導和健全通訊網。[3] 9 月 20 日，
在清涼山辦公室窯洞前的院子裡，編輯部五、六十人圍坐在一
起，為即將出發的特派記者送行，社長博古發表講話——

> 要以小學生的態度，虛心請教的精神去接近群眾。丟掉舊
> 的新聞記者的架子，我們不是無冕之王，不是居高臨下的
> 社會輿論的指導者，我們的新聞工作是黨的事業的一部
> 分。要做一個人民的勤務員，一定要在工作中擠出時間去
> 向群眾學習。
> 我們不僅是帶了筆自己去寫，更需要培植當地的通訊員；
> 只有依靠廣大通訊員，報紙才能有群眾基礎。他們熟悉當
> 地情況，了解本身業務。我們必須虛心的向他們學習，細
> 心的幫助他們，組織他們，除了現有的知識分子通訊員以
> 外，更要注意培養工農兵通訊員。
> 要做一個新聞戰士，勤勤懇懇為人民服務，這是我們唯一
> 的天職。[4]

關於特派記者的採訪寫作與培養工農通訊員的關係，田方
後來還補充了一個細節：博古在發言中舉了一個非常生動的比
喻——作為一個黨報記者到地方工作，千萬不要像公雞那樣跳
到牆頭上，咯咯咯地高啼幾聲，就拍拍翅膀跑掉了，而要像母
雞那樣，每到一個地方就要下蛋孵小雞。[5]

3　王敬：〈博古與延安《解放日報》改版〉，《新聞戰線》，1987 年，
　　第 10 期。

4　田方：〈日記的一頁〉，《解放日報》，1946 年 5 月 16 日，第 4 版。

5　田方：〈憶延安《解放日報》〉，中共中央黨史資料徵集委員會

　　博古的講話實際上是以整風改版的精神，重新界定了新聞工作者的倫理角色和行為規範，特別規定了新聞大眾化運動中專業記者與業餘通訊員的關係。這次講話的背景，即報社遵從黨委的指令組建分區通訊處，也涉及通訊員運動中政黨的角色問題。這些都是新聞大眾化的重要內容。本章將圍繞這些問題，描述和分析延安時期通訊員運動的運作機制，以及運動中各方行為者的行動邏輯。

第一節　高度組織化：通訊要素及流程勾勒

　　1944 年 10 月至 11 月，陝甘寧邊區舉行了盛大的文化教育工作大會，總結整風與大生產運動以來群眾文教工作的經驗。大會特別設立陳列室，展覽各項典型，包括新聞工作的成績。解放日報社記者劉漠冰在陳列室中觀察到，陝甘寧的報紙分為五個層次：全國性的《解放日報》，[6] 在邊區主要面向中高級幹部和知識分子；邊區性的《邊區群眾報》，四開鉛印週報，側重基層區鄉幹部和農村群眾；4 種分區一級的報紙，

編：《中共黨史資料》第 28 輯，中共黨史資料出版社，1988 年，第42 頁。

6　第二次國共合作之後，理論上中共的報刊可以在國統區發行，通過中華郵政系統，《解放日報》等延安報刊確實能夠傳寄至國統區，但實際上被限制在非常狹小的流通範圍內。皖南事變後，國共摩擦不斷，國民黨對邊區採取了全面封鎖的措施，包括新聞封鎖，不過中共仍通過秘密的發行網點及其他渠道，在艱難的條件下散發延安出版物。參見趙曉恩：〈以延安為中心的革命出版工作（1936-1947）（四）〉，《出版發行研究》，2001 年，第 4 期；王東倉：《延安：中國現代革命的符號》，人民日報出版社，2015 年，第 217-218 頁。

如綏德分區《抗戰報》，通常為週刊或五日刊，四開鉛印或石印；11 種縣報，大多為週報，四開油印；最後是遍地開花的黑板報。劉漠冰還給出一組數據：前四種報紙在邊區共發行21500 份，平均每 70 人擁有一份定期的報紙，全邊區共創辦黑板報 668 塊；此外邊區的部隊還辦有報紙 23 種，每個連隊都有壁報，各機關學校均有牆報。[7]

這篇報導大致勾畫出當時新聞事業的發展狀況，可見在文化教育水平較為落後的陝甘寧邊區，新聞活動堪稱繁盛。上述五級報業結構中，每一層次都重視通訊工作。本節主要針對定期出版的報紙，考察通訊員的數量、分布、構成等人口統計學特徵，以及通訊員的採訪寫作、寄送稿件、審查錄用、發表、稿酬等新聞業務流程。

一、通訊員的人口統計學特徵

延安時期通訊員的人數和分布，並沒有詳盡的權威統計，我們可以從一些數據的比較分析中略窺一斑。1946 年黑茶山事件後，時任《解放日報》總編輯余光生、副總編輯艾思奇、新華社總編輯陳克寒三人聯袂撰文悼念博古，文章寫道：「由於博古同志的精心策劃和指導有方，解放區的新聞事業已經形成了一套有系統和統一的戰鬥機構。這個機構是由許多通訊社和報紙組成的；在這個機構中，《解放日報》和新華通訊總

7　劉漠冰：〈邊區文教工作的陣容——從文教陳列室看到的〉，《解放日報》，1944 年 11 月 16 日，第 2 版。關於延安時期邊區報紙的分布，另可參見《解放日報》相關報導：〈邊區資料：邊區主要報紙調查〉（1942 年 1 月 22 日第 4 版），〈資料：解放區報紙〉（1946 年 9 月 1 日第 2 版）。

社是它的神經中樞，各解放區的報紙和通訊社（現有總分社 9
個，分社 40 餘個）、地方報紙、部隊報紙是其軀幹脈絡，而
牆報、黑板報是其基層支柱。這一機構，除了職業新聞從業
員，還擁有近三萬業餘通訊員。」[8]

　　3 萬這個數字，大約是 1946 年初所有根據地的通訊員人
數總和。同一時期的其他數據顯示，華中解放區有通訊員萬餘
人，[9] 魯中解放區發展了近 6000 名工農通訊員。[10] 這些統計包
含了黑板報的通訊員，如魯中的通訊員人數後，緊接著寫道
「在農村辦了 9000 多塊黑板報」。如果把統計範圍縮小為報
紙通訊員，那麼數字會緊湊許多。前文所引劉漠冰的報導透
露，截至 1944 年 10 月文教大會之前，陝甘寧邊區為報紙寫稿
的通訊員計有 1952 人，其中區、鄉、村工農幹部 1114 人。[11]
這個數據被認為是官方權威，眾多文獻普遍採用，如周而復撰
寫的邊區文教運動成果的系統介紹中，關於報紙和通訊員的部
分即沿用此說。[12]

　　《解放日報》通訊員的規模，在運動前後發生了劇烈變

8　　余光生、艾思奇、陳克寒：〈悼念我們的社長和戰友博古同志〉，
　　　《解放日報》，1946 年 4 月 20 日，第 4 版。

9　　新華社淮安電：〈消滅文盲開展社會教育 華中宣教會議閉幕〉，《解
　　　放日報》，1946 年 5 月 4 日，第 2 版。

10　〈工農通訊員普遍魯中農村〉，《解放日報》，1946 年 9 月 7 日，第
　　　2 版。

11　劉漠冰：〈邊區文教工作的陣容──從文教陳列室看到的〉，《解放
　　　日報》，1944 年 11 月 16 日，第 2 版。

12　周而復：〈人民文化的時代──陝甘寧邊區文教運動的成果〉（1945
　　　年），孫曉忠、高明編：《延安鄉村建設資料》第 3 冊，上海大學出
　　　版社，2012 年，第 380 頁。

化，從中可見通訊工作的蓬勃發展情況。整風改版之前，仰仗
黨報向來注重通訊工作的傳統及其前身《新中華報》奠定的基
礎，《解放日報》在 1941 年底約有通訊員 300 名。[13] 改版初
期通訊工作進展緩慢，1942 年 8 月的一篇社論顯示通訊員人
數約為 400 人。[14] 此後運動迅猛開展，1944 年初創刊一千期社
論指出，「經過黨的組織組成了在邊區的包含六百餘人的廣大
通訊網」。[15] 1944 年 7 月，《解放日報》刊登了一幅「本報
邊區通訊員分布圖」，通訊員總數為 1020 人，具體分布如表
4.1 所示。

　　需要指出的是，上述表格僅統計至縣級機關單位為《解
放日報》寫稿的通訊員數量。如果算上區、鄉、村等層次，以
及其他寫稿者（如鄉村教員、農民群眾），那麼人數遠不止於
此。例如「分布圖」顯示米脂縣為 12 人，但同期一篇報導米
脂文教工作的消息指出，該縣共有通訊員 186 人，[16] 相差十分
懸殊。再如延川縣 1945 年底的一項統計顯示，縣級幹部僅占
全縣通訊員總數不足兩成，該縣共有 99 名黨報通訊員，其中
區級幹部 42 人，鄉級幹部 43 人，也就是說該縣通訊員隊伍中
區鄉幹部的比例高達 85%。[17]

13　採訪通訊科：〈給本報通訊員的一封信〉，《解放日報》，1941 年
　　12 月 25 日，第 4 版。

14　〈社論：展開通訊員工作〉，《解放日報》，1942 年 8 月 25 日，第
　　1 版。

15　〈社論：本報創刊一千期〉，《解放日報》，1944 年 2 月 16 日，第
　　1 版。

16　〈米脂開展文教工作 將出版地方報紙設立醫院〉，《解放日報》，
　　1944 年 6 月 1 日，第 2 版。

17　張弗予：〈延川縣委宣傳部布置鄉選中通訊工作〉，《解放日報》，

表 4.1　解放日報社陝甘寧邊區通訊員分布

分區	縣	人數	分區	縣	人數
延屬	延安市	24	關中	新寧	12
	延安縣	31		新正	26
	志丹	35		赤水	37
	安塞	35		淳耀	48
	甘泉	28	隴東	環縣	15
	固臨	11		曲子	20
	延長	21		鎮原	20
	延川	31		慶陽	15
	子長	24		合水	32
	鄜縣	19		華池	18
綏德（分區級	綏德	49	三邊（分區級	鹽池	14
通訊員 17 人）	清澗	31	通訊員 18 人）	定邊	18
	子洲	40		吳旗	11
	吳堡	37		靖邊	10
	米脂	12	邊區工廠		43
	葭縣	46	邊區部隊		127
	神府	空缺	延安市機關		51
				總計：	1020

注：該統計缺失延屬、關中、隴東的分區一級通訊員人數。資料來源：
〈本報邊區通訊員分布圖〉，《解放日報》，1944 年 7 月 23 日，第
4 版。

延川縣的這項數據，說明了通訊員的身分特徵——延安時
期為報紙這種正式出版物寫稿的通訊員，絕大多數為各級黨政
幹部。如前所述，通訊員運動的長遠目標是造成一場普遍的群

1945 年 11 月 14 日，第 2 版。

眾性運動,即群眾辦報,但從邊區文化教育的客觀條件出發,現實策略只能是優先動員、扶持黨政幹部寫稿,正如新華社1945年所總結的,「真正發展工農通訊員,實際也只有先從工農幹部著手」。[18] 1946年綏德分區宣傳部長會議也認為,「能發動學生、老百姓寫稿更好,但應著重在幹部方面」。[19] 因此,延安時期通訊員運動的本質是全黨辦報。1944年初《解放日報》創刊一千期社論提出一個著名判斷,「我們的重要經驗,一言以蔽之,就是『全黨辦報』四個字」,[20] 非常符合通訊員運動的實際。

與此同時,黨政幹部投身通訊員運動還有一個自上而下、循序漸進的過程。上述延川區鄉幹部普遍寫稿是1945年底的情況,此時運動已經全面鋪展開來,但在1942年下半年通訊員運動的發軔階段,當解放日報社和西北局接連發出動員令之際,最主要的響應者是縣級幹部。當時新聞報導有一個常見的敘述模式——某縣的縣委班子圍繞西北局通知或分區、特委指示,檢討過去對通訊工作的漠視,決定成立或整頓縣級通訊組織,縣委書記、縣長親自動手示範,對縣級通訊員的寫稿任務做出量化規定。[21] 在初始階段,雖然也有個別區級單位成立

18 〈關於通訊社工作的一點經驗——新華總社通報〉,《解放日報》,1945年3月23日,第4版。

19 〈綏區宣傳部長會議 確定加強通訊工作辦法 負責同志親自寫稿〉,《解放日報》,1946年6月24日,第2版。

20 〈社論:本報創刊一千期〉,《解放日報》,1944年2月16日,第1版。

21 此類報導數量頗巨,這裡僅舉數例:〈利用黨報為黨報寫稿!志丹幹部認真執行〉(1942年9月24日第2版),〈延長縣級同志討論西北局「黨報決定」 決設專人幫助幹部讀報〉(1942年9月28日第2

通訊小組，但並不具有典型性。[22] 直到 1943 年 3 月西北局下達「黨報通知」，許多區還沒有解放日報通訊員，西北局要求「建立和擴大通訊網，達到每區有一個通訊員。尚無通訊員之各區，應即物色適當人員充任」。[23]

經過一年半的組織動員之後，縣級通訊組織在 1944 年初基本成熟，此時進一步動員區級幹部寫稿成為運動走向深化的關鍵。在報社和縣委的雙重促進下，各地紛紛建立區一級的通訊小組，通常由區書或區長擔任組長。[24] 延安時期區級幹部的文化程度普遍較低，大多不能寫稿，有些人甚至不識字，一些分區黨委、縣委想出各種辦法，努力幫助和推動區級工農幹部寫作。例如三邊地委曾規定各區宣傳科長、區文書、小學教員和其他能識文斷字的同志，熱心找區幹部了解情況，或者區幹部主動找「文化人」記下材料，也就是知識分子與工農幹部結合起來，在通訊寫作上互助合作。[25] 此時報紙上也適時地推出區級模範通訊員的先進事蹟，以典型人物激勵更多的「土包

版），〈子長通訊小組討論西北局黨報決定 縣委將定具體實施辦法〉（1942 年 10 月 3 日第 2 版）。

22　例如西川縣各區在 1942 年底即開展通訊工作，是僅有的一例。參見〈西川各區組織本報通訊網〉，《解放日報》，1942 年 11 月 7 日，第 2 版。

23　〈關於《解放日報》幾個問題的通知〉（1943 年 3 月 20 日），《中國共產黨新聞工作文件彙編》上卷，第 143 頁。

24　例如通訊工作模範單位志丹縣，就是在 1944 年 2 月才成立區級通訊組，參見〈延川志丹檢查通訊工作 積極提高稿件質量 實行分工採訪互助寫作〉，《解放日報》，1944 年 3 月 11 日，第 2 版。

25　〈三邊地委指示各縣 工農和知識分子結合〉，《解放日報》，1944 年 2 月 20 日，第 2 版。

子」勇敢寫稿。《解放日報》曾報導綏德市延家川區委書記党
世元，介紹這位工農幹部積極識字讀報，已經能為黨報寫稿，
影響帶動了區上其他幹部。[26]

　　鄉級幹部發動的時間更晚，而且在延安時期始終未能成
為黨報通訊員的主流。《解放日報》1944 年 7 月的一篇社論
嘉獎了通訊模範縣安塞，指出安塞七個區均組織了通訊小組，
「個別的鄉級幹部已開始參加了區上的通訊組，工農幹部寫稿
的積極性已逐漸提高」。[27]「個別的鄉級幹部」開始寫稿，即
便在模範縣也屬先進事例，可見此時黨報通訊網遠未深入鄉
村。差不多同一時間，延安、甘泉等縣檢討通訊工作，紛紛指
出缺點是寫稿人局限於縣級幹部和區書、區長，今後應普及到
一般區級幹部和個別鄉級幹部，將通訊工作推廣到「下層」
去。[28] 在這樣的情勢下，新正縣二區雷莊鄉的通訊小組被樹立
為模範典型，該小組由鄉長、指導員、鄉文書、自衛軍排長、
生產主任、村長組成，兼及農村幹部的文化學習、讀報和通訊

26　陳星：〈延家川党世元經常讀報經常寫稿〉，《解放日報》，1944 年
　　4 月 17 日，第 2 版。

27　〈社論：發揚在職幹部學習的範例〉，《解放日報》，1944 年 7 月
　　31 日，第 1 版。這篇社論從西北局獎勵 23 位文化學習模範的新聞說
　　起，提出工農幹部在工作中逐漸提高文化水平，從不識字到讀邊區群
　　眾報、寫新聞通訊，可以在四、五年內完成。社論糾正了工農幹部關
　　於文化的一些錯誤思想和自卑心理，正面闡述了文化學習的作用、辦
　　法，可以看出政黨提升幹部素質的雄心和信心。

28　參見《解放日報》相關報導：〈甘泉縣委檢查通訊工作 今後要提高稿
　　件質量〉（1944 年 6 月 8 日第 2 版），蕭連〈延安縣的通訊工作〉
　　（1944 年 9 月 18 日第 4 版）。

寫作等多項業務，《解放日報》進行了長篇報導。[29] 穆青在評論「農村通訊小組的方向」時也將雷莊鄉作為典範。[30]

在黨委和黨報的持續動員下，1944下半年的通訊報導中出現了一些鄉村幹部的身影，不過寫稿人主要集中在鄉文書和小學教員這個群體，很少有鄉長發表稿件。究其原因，一方面因為邊區各地的鄉長主要是當地農民出身的老同志，識字者很少，另一方面有些鄉長並不是脫產的專職幹部，他們在繁重的個人勞動和家庭生產之外，能處理好鄉村事務已屬不易，很難再有精力識字和寫作。如此一來，鄉文書被寄予協助鄉長的重任，但一些鄉文書瞧不起鄉長，「擺著知識分子的架子」，或者「擺著『延安來』的架子，講『馬列主義』嚇唬老鄉長」，甚至發生「文書專政」。[31] 當時《解放日報》上出現了多篇反映鄉長與鄉文書矛盾的文章，大概說明此類現象並不稀見。

經過兩年多的摸索實踐，通訊員的人員構成和發展策略在1944年底基本成型。在這年11月的邊區文教大會上，西北局宣傳部長李卓然提議，應以區為單位普遍組織工農通訊組。[32]大會決議採納了李卓然的方案，並說明「這個工作主要是以區級幹部及本區熱心的鄉級幹部和小學教員為基礎，在適當條件

29　〈新正雷莊鄉農村幹部 利用報紙推動工作 會寫的和不會寫的合作為黨報寫稿〉，《解放日報》，1944年6月1日，第2版。

30　穆青：〈農村通訊小組的方向──介紹綏德古鎮區通訊小組〉，《解放日報》，1944年9月1日，第4版。

31　參見《解放日報》相關報導：湯洛〈鄉文書要尊重鄉長〉（1945年4月11日第2版），繼昌〈一個鄉文書〉（1945年9月16日第2版）。

32　〈文教大會上李卓然同志總結報告 邊區報紙成為群眾事業〉，《解放日報》，1944年11月20日，第2版。

時亦可吸收群眾中的積極分子參加」。[33] 這份權威文件既是對既往通訊工作經驗的總結，又規範了未來的發展方向。

決議中關於群眾通訊員的表述值得關注，即在「適當條件時」吸收「積極分子」參加。整個延安時期純粹的農民通訊員並不多見，一旦湧現出個別突出人物，就會被黨組織和報紙廣為宣傳，例如 1946 年《解放日報》連續報導了吳堡縣慕家崖村「農婦通訊員」李錦秀，一位地方通訊小組的積極分子，白天忙著紡線，利用一切空暇學習，半年寫稿十多篇，把村內發生的事情挑選最值得報導的寫出來，她的名言是「邵清華是個女人，還當縣長哩！咱們識幾個字為啥不能呢？現在，政府這樣關心咱，再不學，等甚會呀？」[34] 在李錦秀的帶動下，該村的讀報、通訊和黑板報蓬勃開展，當年的記者節受到解放日報社嘉獎，獲譽「知識村」。[35]

群眾通訊員中的先進人物並不多見，模範團體更是鳳毛麟

33　〈關於發展群眾讀報辦報與通訊工作的決議〉（1944 年 11 月 16 日），陝西省檔案館、陝西省社會科學院編：《陝甘寧邊區政府文件選編》第 8 輯，檔案出版社，1988 年，第 426 頁。

34　馬少堂：〈農婦通訊員李錦秀〉，《解放日報》，1946 年 9 月 8 日，第 2 版。李錦秀所說的邵清華，1941 年當選為安塞縣長，年僅 25 歲，是陝甘寧邊區第一位女縣長，體現了延安時期婦女的社會角色、政治地位的變化，也是邊區婦女解放運動的典型表徵。參見寇雪樓主編：《延安女性：獻給第四次世界婦女大會》，三秦出版社，1995 年，第 108-112 頁。

35　馬少堂：〈消滅文盲擺脫愚昧 慕家崖變知識村──婦女李錦秀是文化活動的核心分子〉，《解放日報》，1946 年 9 月 8 日，第 2 版。除了馬少堂的兩篇人物報導外，還刊登了李錦秀與 13 歲的兒子慕生高合寫的一篇通訊稿，〈模範學董主任：農婦通訊員李錦秀母子合作〉，《解放日報》，1946 年 9 月 8 日，第 2 版。

角。在當時的宣傳報導中僅能找到吳堡縣候家塢村張國保通訊讀報組的事例，這是一個由「土生土長」的農村文化活動積極分子自發成立的小組，1945年綏德分區新聞工作者代表大會上獲評「模範群眾通訊組」，[36]《解放日報》刊發多篇文章予以推廣介紹。[37]

概言之，延安時期通訊員的人員構成和組織框架，大致如新華總社1945年所總結的：「實行全黨辦報，通訊網建立在黨組織基礎上，新聞報導與實際工作結合，由各級黨委負責領導，通訊工作的基本形式則是通訊小組……各區設通訊小組，由區委宣傳部任組長；縣、團、軍分區、地委則有由主要幹部組成的中心小組（黨委或政委任組長）及由一般幹部組成的通訊小組。地方系統的受黨委領導，部隊系統的受軍隊政治部領導。」[38]

二、基幹通訊員、通訊幹事、本地通訊員

在運動的不同階段，出現了基幹通訊員、通訊幹事、特約通訊員、本地通訊員等特定稱謂。釐清這些專有名詞的含義，不僅是概念辨析的形式主義需要，而且有助於深入理解通訊員

36　〈綏區新聞工作者代表會 討論怎樣組織區鄉通訊工作〉，《解放日報》，1945年9月21日，第2版。

37　參見《解放日報》相關報導：李鈞益〈吳堡候家塢讀報組 讀報寫稿還辦識字班〉（1944年11月6日第2版），〈吳堡岔區張國保通訊小組 組織群眾讀報寫稿有成績〉（1945年9月20日第2版），薛文華〈張國保讀報組〉（1945年10月8日第4版）。

38　〈關於通訊社工作的一點經驗——新華總社通報〉，《解放日報》，1945年3月23日，第4版。

運動的一些重要面向。

「基幹通訊員」的說法，最早出現在 1942 年運動初期。這年 12 月，解放日報社關中通訊處發起了創造模範小組和基幹通訊員的兩月突擊運動，[39] 意在樹立典型榜樣以推動通訊工作，基幹通訊員的條件是政治品質過硬、具備一定寫作能力，由各機關行政、支部及地委組織部進行審查。[40] 此後各地開展通訊運動時，大多注重培養基幹通訊員，以點帶面影響通訊小組其他成員，定邊縣委書記郝玉山在總結該縣的組織經驗時，就將抓緊基幹通訊員列為「好辦法」。[41]

進入 1945 年，大批基層幹部被動員起來，此時通訊員運動的指導方針發生變化，培養基幹通訊員成為工作中心，「特別重要」。[42] 新華總社的通報曾作出詳細說明——

培養基幹通訊員，實行主力（記者）、民兵（基幹通訊員）、自衛隊（通訊員）三位一體的結合，鞏固通訊工作。各地通訊網組織，差不多都已普遍建立起來了，但掛名通訊員卻仍不少。在農村游擊環境中，這種現象本來也在所難免。因此，在指導上就應該著重於指導幫助與培養

39　〈本報關中通訊處創造模範小組 組織基幹通訊員〉，《解放日報》，1942 年 12 月 17 日，第 2 版。

40　〈關中整頓黨報通訊組織 馬欄淳耀首先完成〉，《解放日報》，1943 年 5 月 11 日，第 2 版。

41　郝玉山：〈定邊組織通訊工作的經驗〉，《解放日報》，1944 年 9 月 1 日，第 4 版。

42　〈本報採訪通訊工作簡略總結〉，《解放日報》，1945 年 3 月 23 日，第 4 版。

通訊員的積極分子——創造基幹通訊員。

要是一個縣裡真能有兩三個既參加實際工作又熱誠為黨報
服務的得力基幹通訊員，並且在他們周圍團結一批工農通
訊員，那末我們的通訊工作就有了基本保證。在今後通訊
工作的組織上，一般通訊員還是要，他們是報紙的廣大耳
目，對他們應做一般的指導和幫助。同時，應把注意力放
在基幹通訊員身上，對他們應有經常的業務教育，也可要
他們多做些事情，如臨時指定一定的採訪任務等。[43]

由這段表述可見，基幹通訊員是「通訊員的積極分子」，
也稱作「骨幹通訊員」或者「核心通訊員」。[44]這是與「一般
通訊員」相對而言的，每個層級的通訊小組都可以有一名或多
名基幹、骨幹分子。運動初期，他們的角色是先行者，影響和
帶動周圍的普通分子，使運動得以鋪展；運動後期，他們的職
能變為寫稿主力，得到黨委和報社的特殊關照，[45]「關係必須

43　〈關於通訊社工作的一點經驗——新華總社通報〉，《解放日報》，
　　1945 年 3 月 23 日，第 4 版。

44　參見《解放日報》相關文章：採訪通訊部〈對於縣委領導通訊工作的
　　意見〉（1944 年 7 月 23 日第 4 版），〈鄜縣縣委宣傳部計劃 培養基
　　幹通訊員〉（1945 年 4 月 4 日第 2 版）。

45　關中分區曾就如何培養基幹通訊員的問題，專門撰文總結經驗，並在
　　《解放日報》發表。該分區對基幹通訊員的「照顧」辦法包括，關中
　　報社平日管理通訊工作的同志特別為基幹通訊員製作卡片，關注他們
　　的稿件，來稿三、四篇後報社方面即提供系統的意見；報社經常寫信
　　給予指點或鼓勵；基幹通訊員因事到分區時，編輯記者主動聯繫他們
　　參觀報社，交流寫稿意見等。參見〈如何培養基幹通訊員——關中通
　　訊工作經驗之三〉，《解放日報》，1945 年 9 月 4 日，第 2 版。

不同於一般」。[46]

　　基幹通訊員的上述角色和功能，在中共領導的其他群眾運動中均能發現相似情況，實際上也是政黨的基本領導方法之一。其內在理路正如毛澤東在〈關於領導方法的若干問題〉這篇經典文獻中闡明的，「我們共產黨人無論進行何項工作，有兩個方法是必須採用的，一是一般和個別相結合，二是領導與群眾相結合」，具體而言，「任何有群眾的地方，大致都有比較積極的、中間狀態的和比較落後的三部分人。故領導者必須善於團結少數積極分子作為領導的骨幹，並憑藉這批骨幹去提高中間分子，爭取落後分子」。[47]

　　「通訊幹事」的稱謂，直至 1946 年初才正式出現。此時通訊員運動經過數年的刺激動員之後，開始出現疲態，各縣通訊工作普遍鬆懈，稿件的數量和質量均出現明顯滑坡，特別缺乏反映整體情況的綜合性稿件，對實際工作的組織和指導作用有所弱化。為了克服這些缺點，西北局宣傳部在這年 1 月下達了加強各縣通訊工作的通知，重申各地黨政負責人親自執筆寫作，並特別規定各縣宣傳部設立一名通訊幹事，亦即《解放日報》特約通訊員，負責有計劃地報導該縣情況，採寫當地重要新聞，同時管理本縣通訊工作，處理通訊員稿件，尤其需要培養基幹通訊員，幫助他們搜集材料和提高寫作技術。[48] 要言

46　〈把我們的新聞事業更提高一步──新華通訊社總社在今年元旦給各地總分社及分社的指示信〉，《解放日報》，1946 年 1 月 15 日，第 1 版。

47　毛澤東：〈關於領導方法的若干問題〉（1943 年 6 月 1 日），《毛澤東選集》（第 2 版）第 3 卷，第 899-900 頁。

48　〈關於加強各縣通訊工作的通知〉（1946 年 1 月 20 日），甘肅省社

之，通訊幹事是縣委宣傳部的特設崗位，是全縣通訊工作的直接負責人。

西北局宣傳部的通知下發後，《解放日報》接著發表文章，從報社角度闡釋通訊幹事的重要性，並就其職責角色、遴選方式、培養辦法等問題作出進一步說明。[49] 此後各地紛紛貫徹執行，配置通訊幹事崗位，挑選政治上可靠、熱心新聞工作且具備一定寫作水平者擔任。[50] 通訊幹事或特約通訊員，是專職的通訊員，接受當地黨委領導，配合報社的指示開展工作，享有閱讀文件和參加會議等各種便利，鑽研新聞業務和進行採訪寫作的時間也有保證，西北局要求各地黨委「注意通訊幹事的政治生活，經常關心和培養他們……不得分派他們做通訊採訪以外的工作」，而且「未經西北局宣傳部及解放報社的許可，不得任意調動」。[51] 有了通訊幹事的專門組織協調後，各縣通訊工作果然煥然一新，更加活躍。曾擔任米脂縣通訊幹事的常天祿回憶過當年的業務活動，認為配置了通訊幹事以後，各縣的宣傳部就像解放日報社設立在地方上的「小通採部」一樣，與報社的聯繫愈加緊密。[52]

　　會科學院歷史研究所編：《陝甘寧革命根據地史料選輯》第 3 輯，甘肅人民出版社，1983 年，第 63 頁。

49　〈把各縣的通訊工作做的更好〉，《解放日報》，1946 年 2 月 17 日，第 2 版。

50　〈執行西北局指示 隴東各縣及時配置通訊幹事〉，《解放日報》，1946 年 2 月 24 日，第 2 版。

51　〈關於加強各縣通訊工作的通知〉（1946 年 1 月 20 日），《陝甘寧革命根據地史料選輯》第 3 輯，第 64 頁。

52　常天祿：〈米脂的通訊工作〉，《延安時期新聞出版工作者回憶錄》，第 279-282 頁。

「本地通訊員」是另一個常見提法，在運動後期尤為頻繁。這個稱謂涉及邊區的一對重要社會關係：外來知識分子與本地工農幹部。例如延川縣總結 1943 年通訊工作時指出，該縣年初僅有 4 名縣級通訊員，而且均為從事宣教工作的外來知識分子，由於執行了全黨辦報和培養工農通訊員的方針，年底通訊員人數擴大為 30 人，其中 22 人為本地工農幹部，因此該縣去年的通訊工作成績很大。[53] 在當時的語境下，「本地通訊員」即為本地工農幹部出身的通訊員。

自從中共中央與主力紅軍抵達以後，陝甘寧一直存在外來幹部與本地幹部之間的關係問題，其中尤以外來知識分子與本地工農幹部的關係最為顯著，分別被稱為「洋包子」和「土包子」，[54] 兩者之間一度產生過隔閡乃至矛盾。[55] 毛澤東在整風

53　〈延川志丹檢討通訊工作 積極提高稿件質量 實行分工採訪互助寫作〉，《解放日報》，1944 年 3 月 11 日，第 2 版。

54　于光遠的回憶錄曾以此作為小標題，回顧了這「兩種人」的關係，參見于光遠：《我的編年故事——抗戰勝利前在延安（1939-1945）》，大象出版社，2005 年，第 91-93 頁。

55　胡績偉在回憶邊區群眾報社的審幹搶救運動時，就認為是本地工農幹部在「整」外來知識分子，參見胡績偉：《青春歲月——胡績偉自述》，鄭州：河南人民出版社，1999 年，第 226-228 頁；綏德分區《抗戰報》主編梅行，也說整風運動開始後「本地工農幹部與外來知識分子幹部之間的關係，那就已不是一般隔閡的問題，而是幾乎站在對立面上了」，參見梅行：〈在習仲勛領導下工作的日子〉，中共中央黨史研究室編：《習仲勛紀念文集》，中共黨史出版社，2013 年，第 205 頁。胡永恆在分析馬錫五審判方式時指出，外來知識分子一度占據了邊區司法系統的要津，本地幹部心有不滿，而馬錫五審判方式在一定程度上平衡了兩者的關係，參見胡永恆：〈馬錫五審判方式：被「發明」的傳統〉，《湖北大學學報》，2014 年，第 1 期。

初期論述宗派主義問題時專門談及這個矛盾，要求本地幹部與外來幹部和睦團結，提出大批培養和提拔本地幹部，唯有如此才能鞏固根據地，使黨組織在根據地生根壯大。[56] 1944 年邊區文教大會通過了培養本地知識分子的決議，而且提升到很高的位置，「培養大量的邊區知識分子，是今天邊區的頭等重要的任務之一……要完成長期建設邊區的任務，沒有一萬到幾萬高小畢業至中學畢業的本地知識分子是不能設想的」。決議還指明了兩種培養途徑：面向未來，培養與工農相結合的新知識分子；立足當下，提高現任工農幹部的文化。兩種辦法中，後者尤為緊迫。[57] 關於這個問題，羅邁（李維漢）在文教大會總結發言中給出了更明晰的說法——今後邊區一切工作之關鍵，是把現有的工農幹部「知識分子化」，培養大量的本地知識分子。[58]

值得注意的是，文教大會決議還提出，讀報通訊組是提高在職幹部文化水平的重要方式之一。正是在這個背景下，通訊員運動開始將「培養本地通訊員」作為重要議題。另外，抗戰勝利後全國形勢變化，大批陝甘寧邊區的幹部調往前方，其中尤以「外來知識分子」為主，這也使得造就本地知識分子迫在眉睫。1945 年 9 月解放日報社邀請延屬分區各縣黨政負責同志座談報紙工作，經過詳細討論後達成一個共識：鑒於近期

56　毛澤東：〈整頓黨的作風〉（1942 年 2 月 1 日），《毛澤東選集》（第 2 版）第 3 卷，第 822 頁。

57　〈關於培養知識分子與普及群眾教育的決議〉（1944 年 11 月 16 日），《陝甘寧邊區政府文件選編》第 8 輯，第 420 頁。

58　李維漢：〈開展大規模的群眾文教運動〉（1944 年 11 月 15 日），《建黨以來重要文獻選編（1921-1949）》第 21 冊，第 623 頁。

各地通訊員調離邊區者頗多，因此要特別培養本地通訊員，應
以很大的毅力和恆心去進行。[59] 與此同時，《解放日報》還刊
發了志丹縣培養本地通訊員的經驗，該縣較早重視此項工作，
在外來知識分子離開後本地工農幹部能扛起大樑，通訊工作仍
然活躍。[60] 形成鮮明反差的是，原來的通訊先進縣安塞，因為
由外來知識分子包辦寫稿，眼下一些知識分子通訊員調動了工
作，該縣通訊工作旋即陷入停頓狀態。[61] 此後邊區掀起了一個
培養本地通訊員的熱潮，各地紛紛檢討過去依賴外來知識分子
的偏向，努力使通訊工作在本地工農幹部中落地、生根、開
花。[62]

三、採訪寫作與稿件審查發表

　　延安時期的通訊員運動，呈現出高度組織化的特徵。一方
面，如前文所述，運動由黨中央機關報解放日報社和西北局組
織推動；另一方面，就具體的運作機制而言，從通訊小組的管
理、通訊員採訪寫作到稿件審查發表等每一個環節，均由組織
統一規劃和領導。

59　〈本報延請延屬各縣負責同志 座談報紙工作〉，《解放日報》，1945
　　年 10 月 5 日，第 2 版。

60　蘊明：〈志丹的通訊工作〉，《解放日報》，1945 年 10 月 5 日，第
　　2 版。

61　〈安塞組織本地通訊員 擬定冬季寫稿提綱〉，《解放日報》，1945
　　年 11 月 19 日，第 2 版。

62　參見《解放日報》相關報導：李國瑞〈延縣通訊員大會討論 通訊工
　　作如何生根〉（1945 年 11 月 2 日第 2 版），〈各分區通訊工作簡介
　　要使通訊工作生根 加強培養本地通訊員〉（1945 年 11 月 19 日第 2
　　版）。

　　通訊小組由黨政首長親自負責、具體領導，這個做法起初是幾個模範縣的共同經驗，後來被一再強調並推而廣之，成為通訊員制度在組織管理上的首要特點。在運動開展之前及初期，通訊組織一度存在無領導的自流狀態，例如子長縣 1942 年 3 月由若干「愛好文藝喜看小說」的知識分子，為了傳閱書籍和練習寫作而自發組織了一個通訊小組，又名「文藝小組」，成員們按照興趣寫稿，不受組織約束。該縣宣傳部長劉祺瑞後來總結這段歷史時指出，知識分子「自由組合」的結果是組織散漫，運動開展不起來，寫稿數量和質量均難以保證，而且工農幹部被拒之門外。[63] 與之相反，安塞縣委書記李望淮把通訊工作視為黨委工作的重要部分，親自領導整頓通訊組織，擔任縣級解放日報通訊小組的組長。李望淮、王懷義等縣委同志以身作則，動手寫稿，帶動了其他縣級幹部和勞動英雄提筆寫作。在縣委的強有力發動和領導下，安塞成為運動初期最著名的通訊模範縣，《解放日報》發表了多篇該縣的典型報導，其中一篇將首要經驗概括為「和每一件工作的成績來源一樣，他們採取了『首長負責具體領導』」。[64]

　　由縣委書記這樣的地方當局「一把手」直接負責通訊工作，也是毛澤東提倡的「一元化領導」的題中之義。毛澤東在論述領導方法時專門提及宣傳工作，指出這項任務不能僅由宣

63　劉祺瑞：〈提倡工農同志與知識分子的結合——子長縣組織通訊員寫稿經驗〉，《解放日報》，1944 年 3 月 18 日，第 4 版。延川縣也發生過類似現象，參見史堅：〈半年來延川的通訊工作〉，《解放日報》，1943 年 11 月 18 日，第 4 版。

64　張蓓：〈安塞縣委領導通訊工作的經驗〉，《解放日報》，1944 年 3 月 18 日，第 4 版。

傳部門把持，應該使總負責人（如縣委書記、校長等）和分負
責人（宣傳部長）均承擔起來，「達到分工而又統一的目的
（一元化）」，這樣的結果是全民動員，「經過總負責人推動
很多幹部，有時甚至是全體人員去做」。[65] 通訊員運動在領導
方法上可謂深得要領，1945 年 9 月延屬分區各縣黨政負責同
志座談報紙工作，在這個問題上認識非常一致——黨報工作不
應該只是縣委宣傳部的專門業務，而應當看作整個領導機關的
分內之事。[66] 關中分區在總結通訊工作經驗中的一段表述，更
為系統全面：「只有把通訊網建立在組織的基礎上，真正由各
級黨委負責領導，並配合報社同志的經常業務指導，使採訪通
訊與改進業務、幹部提高文化相配合，通訊工作就可以獲得發
展和堅持；否則，只由報社少數同志的力量去組織和推動，就
一定得到相反的結果。」[67]

　　通訊員的寫作內容亦有組織化的色彩，接受報社和黨委
宣傳部門的雙重指導和規定。例如對於解放日報社的通訊員而
言，一方面編輯部會在報紙上刊登指示信或公開信，解釋說明
一個時期的報導中心、選題要點和寫作方法等事項，這種指示
信有時接近一份詳細的採訪提綱；另一方面，解放日報社駐各
分區的通訊處，也會根據整體形勢和分區特定情況，向各縣委
宣傳部發送寫作提綱；縣委宣傳部接到解放日報社或上級指示

65　毛澤東：〈關於領導方法的若干問題〉（1943 年 6 月 1 日），《毛澤
　　東選集》（第 2 版）第 3 卷，第 900-901 頁。

66　〈本報延請延屬各縣負責同志 座談報紙工作〉，《解放日報》，1945
　　年 10 月 5 日，第 2 版。

67　〈關於提高稿件質量問題——關中通訊工作經驗之四〉，《解放日
　　報》，1945 年 9 月 6 日，第 2 版。

後，再根據當地情況加以補充，然後通知縣級通訊員，下發給區一級宣傳處。[68] 分區級、縣級報紙的通訊員，接受的指示雖然級別上有所差異，但情況大致相同。[69]

解放日報社關於通訊員寫作內容所發表的指示信，梳理如下文所示——

1942 年 10 月 1 日 2 版，〈為反映秋收運動給各地通訊員的指示信〉：採訪通訊部對於秋收運動需要反映的問題列出詳細提綱，共十餘條，非常具體，例如其中一則寫道「各級政府對於那些受過水災、風災、雹災的區域（如綏，清，延川，延長，安塞，延安等縣分）有什麼措施（如救濟、借貸及徵糧的減免之類）？」要求通訊員按照這份提綱搜集材料、寫作稿件。

68　例如《解放日報》曾報導了西川縣委書記向叔保的事蹟，他在組織該縣通訊工作方面成績顯著，被評為模範通訊員，報導中介紹道，對於解放日報綏德通訊處所發的寫作提綱，向叔保根據本縣情況進行補充完善，親自布置和推動寫稿，參見〈西川通訊小組投稿踴躍 為警區各縣模範 向叔保同志熱心領導〉（1943 年 1 月 5 日第 2 版）。再如吳堡縣，每有重要工作時縣委宣傳部就向各區寫信，指出報導什麼、怎麼寫，參見〈吳堡通訊工作中 注意培養工農通訊員 縣委宣傳部經常指示寫什麼？如何寫法？〉（1945 年 9 月 21 日第 2 版）。又如鄜縣太樂區，成立了六個鄉一級的通訊小組，由區上專人每半月至 月書面通知寫稿中心，參見〈太樂區通訊員開會 全區長提出投稿競賽〉（1944 年 8 月 11 日第 2 版）。

69　例如《關中報》每月擬定和下發「寫稿綱要」，該報非常重視此項工作，成為關中分區通訊工作的成功經驗之一，參見〈關於提高稿件質量問題——關中通訊工作經驗之四〉，《解放日報》，1945 年 9 月 6 日，第 2 版。

1942 年 10 月 27 日 2 版，〈為反映徵糧徵草運動給各地通訊員的信〉：採訪通訊部批評秋收報導中通訊員來稿的毛病；說明徵糧徵草運動的重要意義以及新聞報導的組織作用；羅列詳盡的提綱，涉及運動各個方面，例如「四、模範的表揚：模範黨員、幹部，群眾報糧、出糧、送糧之最積極者，幹部能創造新辦法、新工作作風使任務能迅速而且確實完成者，並寫出其模範的具體事實」；交代搜集材料、採訪的注意事項；附錄相關政府文件名目。

1942 年 10 月 28 日 4 版，〈論我們所需要的稿件及如何寫作──致程行等同志的一封公開信〉：這封信由「黨的生活」欄目寫給基層通訊員，解釋欄目的宗旨和來稿要求；以幾則新聞通訊為例，說明報導角度的偏差（以偏概全），提出「要批評壞的，同時更要宣揚好的」報導規範；介紹採訪、寫作、選題等技術問題。

1943 年 8 月 8 日 4 版，〈報導群眾的豐衣足食〉、〈反映機關豐衣足食的範圍和方法〉：對農村和城市機關豐衣足食的報導角度和寫作方法做出詳致說明，比如農村方面列出財產增加、集市合作社、農事節令、收穫季節、民間娛樂、移難民、少數民族等七個角度，各角度亦有進一步說明，如民間娛樂中寫道「秋收入倉後，他們又是如何狂歡的度過了漫長的冬夜」。

1943 年 9 月 26 日 4 版，〈把今年的秋收報導得更好些〉、〈怎樣報導運鹽〉：分別署名「延江」、「艾

狄」，兩篇文章結構相似；批評以往秋收、運鹽報導的缺點，指出今年工作的特點以作為宏觀背景，然後具體說明報導選題和寫作要點，如「我們要寫一個模範村、一個著名變工隊、一個勞動英雄、一個部隊或機關農場的秋收過程」。

1945 年 3 月 14 日 2 版，〈向通訊員同志說幾句話〉：發表在「三言兩語」欄目，以同一版面發表的延安縣一位區長改進作風的報導為由頭，號召通訊員多反映類似消息，「自從各地區鄉幹部們冬訓回去之後，像這一類的消息一定很多，報上應當把它們充分反映出來」；對報導內容、搜集材料、寫作方法提出若干意見。

1945 年 7 月 26 日 2 版，〈目前報導些什麼？——致各地記者和通訊員的一封信〉：採訪通訊部說明當前的報導方針，將貫徹備荒、堅持發展紡織、學習七大這三項列為報導中心，作為各分區記者和各地通訊員採訪寫作的參考。

1945 年 9 月 29 日 2 版，〈關於報導選舉運動〉：由邊區群眾報社記者午人撰寫的普選報導的採訪寫作經驗，解放日報社採訪通訊部希望各地通訊員認真研究；午人解釋了今年普選的意義和報導中心，詳細列舉了需要關注的若干問題，是一份專業化的採訪提綱。

1946 年 1 月 29 日 2 版，〈春節致通訊員〉：採訪通訊部指出農曆春節期間報紙缺稿，要求通訊員關注秧歌、疾病

衛生、抗屬、軍民關係、生產等選題，「就在走親戚、看
朋友、拉家常話當中去觀察、了解、訪問、搜集材料」。

1946 年 3 月 20 日 2 版，〈加強春耕工作——給各縣縣委
宣傳部、通訊幹事的一封信〉：採訪通訊部說明春耕報導
的基本精神，列出三份文件要求縣宣和通訊幹事認真研
究；指出四個報導中心，如「改造二流子等工作如何做？
和往年有何差異？」對採訪和寫作的技術問題作出說明。

1946 年 3 月 31 日 2 版，〈報導什麼？——給機關、學
校、工廠等通訊員〉：採訪通訊部指出過去報紙對機關、
學校、工廠合作社、公營商店等報導甚少，改進這個缺點
需要通訊員「多多賜稿」；提出生產自給、精簡復員、時
局反映等三項報導中心，每項均有具體說明。

　　從上文可見，解放日報社對每一時期的報導內容均有明確
規劃，通訊員的採訪寫作基本應在既定框架內進行。而且，報
導重點無不圍繞當前黨中央和邊區政府的工作中心，這也是改
版初期確定的實用化思路的必然結果，如毛澤東所言，「《解
放日報》在邊區已成為一個組織者。」[70] 為了達到這樣的目
標，解放日報社使用了各種措施規範通訊員的採訪寫作，除了
發表公開信外，還聯合「青記」（中國青年新聞記者學會）進

70　毛澤東：〈關於陝甘寧邊區的文化教育問題〉（1944 年 3 月 22
　　日），《建黨以來重要文獻選編（1921-1949）》第 21 冊，第 112-
　　114 頁。

行「記者學術獎金」評選活動，取捨標準為政治意義與寫作技術，其中前者最為重要，而所謂「政治意義」即符合當前政策方針。1942 年底至 1943 年初，「記者學術獎金」前三次結果公布，獲獎作品的選題包括交公糧、合作社、產鹽運鹽、集體送糧、減租會等，均與當時邊區大生產的整體形勢有關。[71] 這樣的評獎無疑對通訊員的寫作形成刺激和引導。此外，《新聞通訊》專版還經常點評通訊員稿件，既在技術上給予點撥，也在政治上加以教導，例如〈評新聞〉一文表揚了赤水縣通訊員馬超的報導〈赤水張志孝領導減租成效顯著〉，肯定該文在人物選擇、寫作立場上符合黨的政策，富有典型意義，雖然文辭有欠妥之處，但不損害報導的長處。[72]

　　通訊員的寫稿數量，一般也有組織上的規定。這一開始就是各地、各單位的通行做法。1942 年初整風改版之後，各地紛紛整頓通訊組織，往往在確定通訊員報導分工的同時，也給出數量上的要求。例如延安大學通訊小組開會決定，通訊員每月給報館寫稿 1 篇，[73] 曲子縣的解放日報縣級通訊小組，每人每月需交稿 3 篇。[74] 在這方面級別最高的規定由西北局做出，1943 年 3 月「二次通知」要求「地委及縣委委員凡有相當寫

71　參見《解放日報》相關報導：〈青記第一次學術獎金 羅健等同志獲得〉（1942 年 11 月 18 日第 2 版），〈記者學術獎金 第二次優秀作品評定〉（1942 年 12 月 17 日第 2 版），〈青記第二次學術獎金 清秀等同志獲獎〉（1943 年 1 月 26 日第 2 版）。

72　咏橘：〈評新聞〉，《解放日報》，1944 年 3 月 18 日，第 4 版。

73　〈延大通訊小組舉行座談會〉，《解放日報》，1942 年 5 月 14 日，第 2 版。

74　〈曲子通訊小組確定最近寫稿中心 新華書店便利本報 優待通訊員〉，《解放日報》，1942 年 5 月 30 日，第 2 版。

作能力的，均應每兩月至三月為黨報寫專文一篇，通訊一篇，每半年由《解放日報》社將各級黨委負責同志為黨報寫作的成績，匯交西北局，以為考核之依據」。[75] 寫稿指標不僅針對個人，也涉及集體。延屬地委曾依據轄區內各縣通訊工作的開展水平，對每縣每月為《解放日報》和《邊區群眾報》的寫稿數量列出具體要求，例如延安等縣 40 篇、安塞等縣 30 篇、固臨等縣 20 篇，以此作為地委檢查各縣通訊工作的重要標準。[76]

通訊員採寫的稿件，需經過組織的審查和修改，然後統一寄送給報社。運動初期對於稿件的送審並無明確要求，延安大學 1942 年 5 月成立通訊小組時，提出「發稿前最好徵求各單位負責人意見」。[77]「最好」一詞，表明並非硬性規定。9 月份西北局「黨報決定」提出明確要求，各機關學校負責同志「對於所屬機關學校人員，在報紙上發表的消息和稿件，均應負審查的責任，並應在稿件上簽字」。[78] 這個決定曾在個別地方引起爭論，例如子長縣的多數通訊員認為新聞採寫就像創作，不應受任何限制，稿件無需經過通訊小組和宣傳部，可以由通訊員直接向報社投稿，縣委也沒有堅持統一審查和發稿的意見，結果出現大量的重複性稿件，還有一些違背事實和黨

75 〈關於《解放日報》幾個問題的通知〉（1943 年 3 月 20 日），《中國共產黨新聞工作文件彙編》上卷，第 142 頁。

76 延屬地委：〈關於黨報通訊工作的指示〉，《解放日報》，1943 年 10 月 2 日，第 1 版。

77 〈延大通訊小組舉行座談會〉，《解放日報》，1942 年 5 月 14 日，第 2 版。

78 〈關於《解放日報》工作問題的決定〉（1942 年 9 月 9 日），《中國共產黨新聞工作文件彙編》上卷，第 133 頁。

的政策的情況。[79] 子長縣終究是個案，更多的地方完全服從黨中央和西北局的權威，紛紛按照「黨報決定」精神整頓通訊工作。例如靖邊縣委慎重審閱每位通訊員的稿件，政府系統稿件統一由縣長審查，黨委系統稿件由縣委書記審閱，一概不准私自寄發，一旦察覺後通知解放日報社停止發表，靖邊縣委認為「這是對黨報負責的態度」。[80] 靖邊的做法很有代表性，各縣的通訊員稿件一般就是按照黨政系統的分工，分別由縣委書記、縣長審閱後簽發，由宣傳部統一寄送報社。[81]

重要稿件還有更嚴格的審查程序。關中地委宣傳部規定，轄區各縣一般的小型文章或消息報導，由各縣負責同志簽字後發出，這與上述靖邊縣的做法一致；不過各縣帶有全面性的工作總結或重要消息，必須寄送地委宣傳部審查，由地委宣傳部電發解放日報社；與之相似，一般的論文也由縣委書記簽名後，由縣委宣傳部寄送解放日報社，但特別重要的論文務必先寄給地委宣傳部，審查之後再轉寄報社。[82]

在通訊員的新聞業務流程中，縣委宣傳部發揮著舉足輕重的作用，是報社與通訊員之間的關鍵中介，部隊方面則以團政治部為中心。除了前述統一收發、審查稿件等「政治把關」行

79　劉祺瑞：〈提倡工農同志與知識分子的結合──子長縣組織通訊員寫稿經驗〉，《解放日報》，1944 年 3 月 18 日，第 4 版。

80　靖邊縣委：〈談談靖邊組織通訊工作的幾點經驗〉，《解放日報》，1943 年 9 月 15 日，第 1-2 版。

81　例如延川縣即是如此，參見史堅：〈半年來延川的通訊工作〉，《解放日報》，1943 年 11 月 18 日，第 4 版。

82　〈關中黨報通訊工作改進 十月份工農通訊員投稿五十餘篇〉，《解放日報》，1943 年 12 月 14 日，第 4 版。

為之外，縣宣還負責通訊員的業務指導和日常組織。例如新聞寫作這項業務，縣宣將通訊員稿件收取、登記之後，通常要對稿件進行迅速處理：質量太差完全達不到黨報要求者，縣宣給出理由和指導意見，改正錯字後退還通訊員；內容泛泛的稿件，則指出不足之處，退還通訊員補充修改；水準較好的稿件，縣宣進行細心修改，按照各報特點進行投寄。[83] 關於稿件的寄送，延川縣委宣傳部的辦法是分為五類：值得各地研究的問題和整體情況的報導，寄給解放日報社；零碎但比較重要的工作經驗稿，給解放日報社和邊區群眾報社各寄一份；鄉級幹部容易接受的、與基層工作有關的稿件，寄給邊區群眾報社；沒有教育意義的稿件，退還通訊員；關於某一話題的各種零碎稿件，由縣宣加以綜合撰寫，署上各位原作者的姓名寄給報社。[84]

縣委宣傳部的重要作用是由客觀情況決定的。報社的力量畢竟有限，在通訊員運動已經普遍發動起來的形勢下，必然無法顧及每個地區的具體情況，而縣委宣傳部熟悉當地工作，可以因地制宜組織通訊報導。此外，縣委宣傳部更了解通訊員的文化程度和生活環境，可以因人而異給出恰當指導。[85] 事實證

83　綜合安塞、華池、子洲等縣的做法，參見《解放日報》相關文章：〈社論：發揚在職幹部學習的範例〉（1944 年 10 月 13 日第 2 版），〈隴東地委宣傳部表揚合水華池通訊工作 獎勵張啟賢等為模範通訊員〉（1944 年 6 月 12 日第 2 版），〈子洲總結通訊工作〉（1945 年 8 月 7 日第 2 版）。

84　張弗予：〈從延川的通訊工作談起〉，《解放日報》，1946 年 2 月 24 日，第 2 版。

85　〈關中分區通訊工作——關中通訊工作經驗之一〉，《解放日報》，1945 年 8 月 30 日，第 2 版；張弗予：〈從延川的通訊工作談起〉，

明，由縣委宣傳部充當報社與通訊員之間的中介橋梁，是卓有成效的。對於眾多樸素的工農通訊員來說，辛苦寫出的稿件能在黨報上發表固然重要，但也並非決定性的，如果縣委宣傳部把稿件仔細修改後退回，再寫信指出缺點和提高辦法，加上幾句鼓勵的話，那麼大多數通訊員還是歡天喜地的。比如米脂縣一些通訊員把縣委宣傳部的回信貼在牆壁上，「有的當寶貝似的保存起來」，特別是加上縣委宣傳部長名字的私人回信，尤其令通訊員們高興。[86]

第二節　行動者：工農幹部、新聞人與政黨

1943 年春天，延川縣委費盡周折做通了兩位工農老幹部的思想工作，發動他們向《解放日報》投稿。縣委宣傳部在寄送稿件時，還特別說明情形，希望報社加以支持鼓勵，儘量修改後刊登，以推動當地的通訊工作。不料，兩篇稿件被編輯批上「無特點」退回，致使兩位工農老幹部灰心喪氣，此後再不敢提筆寫稿。該縣另一位積極的通訊員，稿件被解放日報社批以「標準黨八股」退回，遇此挫折後大半年時間不敢投稿。

這年年底，延川縣委宣傳部長史堅在一份通訊工作總結中提及上述「事故」。這份總結文章作為經驗稿在《解放日報》發表，編輯部對此極為重視，配發的「編者按」以異常嚴厲的措辭寫道：「在報館工作的同志，必須痛改此種官僚主義的作

　　《解放日報》，1946 年 2 月 24 日，第 2 版。
86　〈綏區宣傳部長會議 確定加強通訊工作辦法 負責同志親自寫稿〉，
　　《解放日報》，1946 年 6 月 24 日，第 2 版。

風，這實際上是一種摧殘工農通訊員的罪惡行為。以後各地如
再發現此種情事，請將具體情形立即函告報館總編輯，以便查
明責任，迅速糾正。」[87]

這則事例顯露了通訊員運動中工農幹部與新聞工作者的
一些角色行為及其內在邏輯，典型地表徵了兩者之間的倫理關
係。運動的另一個關鍵行動者是政黨，本節嘗試剖析三者的行
為邏輯。

一、通訊寫作與工農文化翻身

中國共產黨歷史上系統性的幹部教育，肇始於延安時期。
按照毛澤東的說法，「全面的、全黨的、由中央領導進行的幹
部內部教育」，自 1941 年 7 月出台〈關於增強黨性的決定〉
發端。[88] 教育幹部的辦法，建制化的黨校體系以及各類幹部學
校、培訓班無疑是常規渠道，同時「報紙、電報、黨務廣播、
口頭報告」被毛澤東列為在職幹部教育的「指導方式」，他對
黨報給予格外關注，「報紙是很重要的一種方式」。[89] 黨報對
幹部教育的指導作用，較為簡便的方式是刊發學習材料，例如
整風學習的「二十二個文件」均在《解放日報》全文登載，還
在第四版創辦《學習》專刊，刊發更多的教育材料。通訊員運
動則為幹部教育提供了一條特殊的通道，受到黨組織的重視和

---

87 史堅：〈半年來延川的通訊工作〉，《解放日報》，1943 年 11 月 18
日，第 4 版。

88 毛澤東：〈關於整頓三風〉（1942 年 4 月 20 日），《毛澤東文集》
第 2 卷，第 413 頁。

89 毛澤東：〈在中央政治局會議上講話的要點〉（1943 年 3 月 16
日），《毛澤東文集》第 3 卷，第 11 頁。

鼓勵，參與其中的工農幹部和知識分子幹部，境遇大相徑庭但又殊途同歸。

　　在職幹部教育涵蓋業務教育、政治教育、文化教育和理論教育四個方面，其中「業務教育」為一切幹部所必需，「文化教育」專門針對文化程度較低的工農幹部，「是他們全部學習的中心一環」。[90]延安早期通訊網的構建，動員對象並沒有指向工農幹部群體，而是以知識分子幹部為主。例如周文領導的大眾讀物社及《邊區群眾報》，對通訊員的定位是文化幹部，發展通訊網的目標是把基層「熱心文化的人」聚攏起來，然後通過他們組織群眾讀報學習，最終提高群眾的文化水平。[91]在這條「大眾化文化運動」的路徑設計裡，作為專業化文化幹部的通訊員是介於報社和群眾之間的橋梁。解放日報社開展通訊工作之初延續了這樣的思路，在 1942 年 8 月底該報第一篇有關通訊員的社論中，動員對象是「散布在全邊區各個角落裡的小學教師和分派到縣、區、鄉上去參加黨政工作的知識分子同志」。[92]實施情況也是如此，例如延川縣只有兩、三個「外來知識分子」寫稿，「一般幹部」則把通訊看得神秘，敬而遠之。[93]相比改版前的關門辦報、專家辦報，此時的解放日報社

90　〈中共中央關於在職幹部教育的決定〉（1942 年 2 月 28 日），《中共中央文件選集》第 13 冊（1941-1942），第 347-353。

91　周文：〈開展通訊員運動〉（1941 年 1 月），《周文文集》第 3 卷（文論／雜文），第 388-394 頁。

92　〈社論：展開通訊員工作〉，《解放日報》，1942 年 8 月 25 日，第 1 版。

93　張弗予：〈從延川的通訊工作談起〉，《解放日報》，1946 年 2 月 24 日，第 2 版。

主動打破編輯室的壁壘，邀請基層知識分子參與新聞實踐，為工農幹部和群眾執筆發聲，這無疑是不小的轉變，然而局限是辦報主體僅從專業的新聞知識分子擴展至普通的基層知識分子，工農幹部尚未獲得足夠重視。

1942 年 10 月《解放日報》頭版「代論」〈提倡工農同志寫文章〉，改變了通訊員運動的重心和走向，使之從知識分子寫稿轉向工農通訊寫作。「代論」的由頭，是這年 8 月延安一份名為《筆談會》的刊物，登載了王中與劉振東兩位工人的文章。[94] 時任整風運動最高領導機構「總學委」副主任的康生，讀罷大為讚賞。他很快給《筆談會》編輯部寫信，以王中和劉振東的寫作為由頭，引申到「工農同志寫文章」的大問題。10 月 4 日，《解放日報》社論位置以「代論」的名義，全文轉發了康生的信函，[95] 一石激起千層浪，直接催生了延安時期的工農寫作熱潮。

在這篇反響巨大的著名文章中，康生開門見山，指出《筆談會》不該成為一個知識分子包辦的刊物，而應積極組織工農分子寫文章。在他看來，工農同志雖然文化水平欠佳，「但他們沒有黨八股的惡習，能夠寫出很生動、很具體的東西」。結

---

94 關於《筆談會》，史料並無太多記載，目前所見僅在下文所說康生的「代論」中出現過，因此具體情況不詳。《解放日報》1942 年 8 月 5 日 4 版「學習」專刊刊登過王中的文章〈牛與總務工作者〉，10 月 6 日 4 版「學習」專刊又發表劉振東的〈讀《牛與總務工作者》後〉、王中的〈做總務工作的同志怎樣進行整風學習〉，不過版面信息並未交代這幾篇文章是否曾在《筆談會》上刊登過。

95 〈代論：提倡工農同志寫文章──康生同志給「筆談會」編輯同志的信〉，《解放日報》，1942 年 10 月 4 日，第 1 版。

合整風時期的語境，「黨八股的惡習」很容易讓人聯想起毛澤東對知識分子的批評和嘲諷。可以說，康生在這裡承續了毛澤東貶低書本知識及知識分子、抬高實際知識及工農分子的立場，並將這一立場貫徹在通訊寫作這個具體問題上。

康生緊接著建議《筆談會》「作一篇文章」，號召工農同志寫文章。他甚至規定了這篇文章的內容：一方面利用王中和劉振東的事例鼓舞工農幹部的寫作信心和熱情，打破只有知識分子才能寫文章的錯誤觀點，即「使工農幹部有信心有勇氣寫文章」；另一方面告誡知識分子向工農幹部學習，「拜他們為先生」，同時應該幫助工農幹部，做他們修理文章的「理髮員」，即「使知識分子有決心有耐心幫助工農同志」。「理髮員」這個比喻既貼切又形象，很快成為界定知識分子在寫作問題上職責角色的流行話語。

要造成一場工農寫作的群眾性運動，僅靠《筆談會》這樣一份邊緣刊物的努力是遠遠不夠的，康生要求《學習報》和《解放日報》也應多發表工農分子文章，此外各機關部門和黨委支部的作用更為重要，「要進行很大的組織工作」，例如多發掘一些像王中和劉振東那樣熱心寫作的工農幹部，作為典型模範去推動其他人。康生還提醒黨組織在推動這項工作時，千萬不能犯形式主義和官僚主義的錯誤。

康生的這篇「代論」，就內容本身而言似無驚奇之處，既沒有透徹精闢的觀點，也缺乏細密深刻的論證，僅僅提出一個倡議，然後給出幾條泛泛的意見。之所以產生石破天驚的效果，大概是因為康生在整風運動中「二號人物」的特殊身分，加之文章在黨中央機關報的社論位置發表，效力上等同於黨的政策。在此之前，毛澤東已經反覆申說「知識分子工農化」與

「工農幹部知識化」的方針，康生「代論」可謂具體落實了毛澤東的思路。

呼應之作旋即接踵而至，[96] 尤以《解放日報》副刊部編輯陳企霞的文章最具理論光彩，他以宏闊的歷史視野和曉暢的文字表述，對康生的倡議進行了有力闡發。陳企霞論述道，一切文化都是勞動的成果，但在舊社會剝削制度下，勞動人民反而被摒棄在文化生活之外，而提倡工農寫作的本質意義，是使勞動人民奪回喪失已久的權利，成為「自己所創的勞動成果——文化」的主人，唯有如此方能達成社會生活的真正的合理和普遍的幸福，因此這場文化革命具有偉大的歷史意義。[97] 這段闡釋具有鮮明的歷史唯物主義的思想底色，如果翻譯成馬克思的術語，那就是打破「異化」，求得無產階級的文化解放。

陳企霞的論述高屋建瓴，後來成為闡發工農寫作的政治意義與歷史價值的範本。例如 1943 年 3 月《解放日報》開設「大眾習作」專欄，編輯部在解釋欄目宗旨時說，自從去年十月康生「代論」發表以來，報社經常收到工農同志的稿件，「他們差不多都有一種無比的進取的熱情，和一種率直而誠懇的，自己努力提高文化知識的信心」，編輯部認為這個現象具有著深刻的社會意義，即舊社會使工農階級長期陷於文盲和無

96　例如陳企霞〈「理髮員」和他的工作〉（1942 年 10 月 8 日第 4 版），柯仲平〈從寫作上幫助工農同志〉（1942 年 10 月 17 日第 4 版），盧寧〈讀了康生同志「提倡工農同志寫文章」後〉（1942 年 10 月 17 日第 4 版），徐珠〈關於工農同志寫作〉（1942 年 11 月 4 日第 4 版）。另有大量工農分子的現身說法。

97　陳企霞：〈「理髮員」和他的工作〉，《解放日報》，1942 年 10 月 8 日，第 4 版。

知的不合理狀態，因此工農分子熱情地學習文化、執筆寫作，正是一種革命鬥爭。[98] 1945 年 3 月新華社山東分社在通訊工作總結中，以非常凝練的語言寫道，工農通訊的作用在於「提高了工農的政治地位和文化水平，使許多瞧不起工農的人也不得不承認工農的力量和天才；運動本身就是工農在文化上的翻身」。[99] 由此可見，在這場運動中，工農幹部在文化活動和新聞事業中的崇高政治地位、歷史主體性得以確認。

　　以上論述從文化革命的角度闡發了康生「代論」，時任中央黨校教育長、中央總學委委員、《學習報》負責人的彭真，則從幹部教育的角度解釋工農分子學文化、寫文章的意義。1943 年 1 月 16 日，《解放日報》「學習」專刊第 24 期推出「學文化專號」，以毛澤東整風講話中的一段文字作為「專號」的宗旨──「我黨中央現在強調工農幹部學習文化，因為學了文化以後，政治、軍事、經濟哪一門都可學。否則工農幹部雖有豐富經驗，卻沒有上升到理論的可能」。[100] 彭真的主旨論文〈工農幹部要學文化〉，對毛澤東這段話進行了闡揚，提出「一切黨員幹部都需要有相當的文化，否則，就不是全才」，[101] 參加通訊寫作就是工農幹部「知識化」進而「全

98　〈關於「大眾習作」〉，《解放日報》，1943 年 3 月 26 日，第 4 版。

99　〈山東新華分社組織通訊員工作經驗〉，《解放日報》，1945 年 3 月 23 日，第 4 版。

100　這是毛澤東 1942 年 2 月 1 日在中央黨校開學典禮上的演說〈整頓黨的作風〉中的一段，收入《毛澤東選集》時文字上略有差異，例如「卻沒有上升到理論的可能」修改為「卻沒有學習理論的可能」，參見《毛澤東選集》（第 2 版）第 3 卷，第 818 頁。

101　彭真：〈工農幹部要學文化〉，《解放日報》，1943 年 1 月 16 日，第 4 版。

面化」的重要手段。《解放日報》1944 年的一篇社論同樣指出，「邊區有了豐衣足食的物質基礎，在這個基礎之上，我們要普及文化和教育，要使得每個八路軍戰士文武雙全，要使得邊區任何一個角落都沒有文盲」，培養工農通訊員是主要辦法之一。[102]

實際上，既「紅」又「專」，既思想純潔、革命意志堅定又能從事政治、經濟、軍事各項工作，既扎根實際經驗又具備理論自覺，如此這般的「全才」、「文武雙全」正是延安時期幹部教育的目標。這一方面源自革命鬥爭的實際需要，無論是廣袤的農村還是兇險的敵後，特殊的工作環境都要求中共幹部能夠獨當一面，兼有處理軍事、政治和經濟等各項工作的本領，「獨立工作能力」成為幹部培養的標準；另一方面，如邁斯納（Maurice Meisner）所言，這樣的理想人格「與馬克思主義關於未來共產主義社會中『全面發展』的人的觀念不謀而合」，具有社會主義價值觀的新氣象。[103]

在文章的末尾，彭真呼籲工農幹部「立即積極學習文化」，他們具有長期的鬥爭歷史和豐富的實踐經驗，如果進一步用文化武裝起來，就有望做到理論與實踐的結合，「其發展的前途和速度不可限量」。同一版面上還發表了 6 位工農分子的文章，彭真表揚他們經過刻苦學習在較短時期內就可以看文件寫文章，這些稿件都沒有根本的修改，幾乎保留了本來面

102　〈社論：集體學習與個人學習〉，《解放日報》，1944 年 4 月 20 日，第 1 版。

103　莫里斯‧邁斯納：《毛澤東的中國及其後：中華人民共和國史》（第 3 版），杜蒲譯，香港中文大學出版社，2005 年，第 48 頁。

目，這應該使其他工農同志樹立起寫作的信心和勇氣。[104]這段話也表明，在通訊員運動的初期，動員工農幹部拿起筆桿、鼓舞起他們的信心，是一個核心關切，也絕非易事。黨委與黨報通過細膩深入的思想動員、組織動員，利用典型示範、通訊競賽等激勵手段，才使得工農幹部普遍參與其中。

在多元的動員策略和技術手段的背後，有一個共同的邏輯，那就是通訊寫作既能提高文化水平，又能推動工作進展，因而對於工農幹部來說必不可少，是革命義務。與此同時，在實際運作中，通訊寫作也往往與工農幹部的文化學習和實際工作緊密結合在一起，特別是在運動中後期成為主導方針。穆青在 1944 年記者節撰文介紹綏德吉鎮區通訊小組的經驗，指出他們並不是把通訊寫稿放在一個孤立的地位，或者作為一個累贅負擔，而是將通訊與區鄉幹部讀報、學習文化、鄉村文化活動廣泛結合起來，成為一種幫助學習、推動工作的最好的武器，因此這個區級通訊小組被樹立為「農村通訊小組的方向」。[105]「方向」一詞讓人想起大生產運動中著名的「吳滿有方向」，《解放日報》一篇社論這樣寫道：「他（**吳滿有**——引注）的方向，就是今年邊區全體農民的方向。」[106]在當時的語境下，「方向」亦即黨政權力確立和提倡的政策方針。

繼穆青之後，楊永直撰文介紹另一個模範單位安塞五區

104　彭真：〈工農幹部要學文化〉，《解放日報》，1943 年 1 月 16 日，第 4 版。

105　穆青：〈農村通訊小組的方向——介紹綏德吉鎮區通訊小組〉，《解放日報》，1944 年 9 月 1 日，第 4 版。

106　〈社論：開展吳滿有運動〉，《解放日報》，1943 年 1 月 11 日，第 1 版。

的通訊組織，介紹該區幹部「把通訊工作和業務研究、文化學習結合起來」，結果「工作能力提高了」、「文化提高了」。文中詳述了原本識字不多的區政府秘書高建中的兩次寫稿經歷，頗有意味——第一次寫某變工隊幫助村裡群眾的事蹟，區委書記給稿件提出批評意見：「新聞裡缺乏事實，它幫助了幾家？幫助了誰？幫助些什麼？群眾有什麼反映？」第二次寫該區春耕布置情況，這回給出修改建議的是縣長：「報告中說幹部對春耕認識好，是誰？怎麼好法？你又說：根據本區動員經過可超過計劃，你根據什麼事實呀？誰可以超過計劃呀？」[107]

這段敘述所呈現的基層幹部之間的稿件交流，從採編技術上來看可謂「專業」，庶幾接近報社新聞工作者之間的日常業務往來，好似責任編輯向外勤記者核查事實並要求補充細節，可見當時新聞實踐在基層社會的活躍程度。文中後續寫道，經過幾年的寫稿鍛煉，高建中的文化程度提高很快，「已能寫出通順的語言」，同時工作能力也有很大進步。這裡的「工作能力」，主要指調查研究的水平。在延安時期，沉迷瑣事的事務主義受到嚴厲批判，黨員幹部的核心業務重在了解情況和把握政策，全黨大興調查研究之風。[108] 從技術和流程上看，調查研究與新聞採寫存有較多相通之處。積極參與讀報和寫稿這樣的新聞活動，給基層幹部帶來的「業務教育」，既有具體工作經驗的樣本，也包括調查研究能力的提升，可以說是相當有效的教育新法。

---

107 楊永直：〈安塞五區的通訊工作〉，《解放日報》，1944 年 9 月 18 日，第 4 版。

108 〈關於調查研究的決定〉（1941 年 8 月 1 日），《建黨以來重要文獻選編（1921-1949）》第 18 冊，第 530-533 頁。

概言之，延安時期大力培養工農通訊員，理論上旨在創造一種數千年未有的文化格局，使勞動人民「翻身」、「翻心」，成為文化堂奧的主人；實踐上是培養和教育幹部的一種方法，推動工農幹部「知識化」。對於投身其中的工農分子來說，這是一種新鮮的文化待遇與政治體驗，長久以來被摒棄在文化門外的人們，在新開啟的大門前逡巡猶豫，彷徨失措，但很快就煥發了巨大的熱情和能量，這對邊區社會政治生活的影響絕非尋常。

歷史地看，中共領導的革命在動力、步驟、觀念等諸多方面背離了馬克思主義與列寧主義的正統教條——例如中國革命的主力軍是農民，而不是馬克思設想的城市工人階級，但延安時期的一些社會實踐，卻與理想中的共產主義目標奇妙地異曲同工——例如工農幹部「知識化」與馬克思主義「全面發展的人」。也就是說，延安時期的革命實踐已經孕育了未來新社會的某些形式和價值觀，因而革命的過程也是探索、建設的過程，這是 20 世紀其他的社會主義革命所不具備的特點。

二、你修理了文章，他修理了你

在延安時期以及漫長的中國革命中，與「工農幹部」、「工農分子」相對的群體是「知識分子」。如果說工農分子是通訊員運動中備受推崇的行為主體，獲得了文化翻身的解放體驗，那麼知識分子在很大程度上是受壓抑的群體，被要求從文化主體的位置上撤出，從新聞生產的台前轉至幕後，組織工農分子寫稿，幫忙他們熟悉新聞業務、修改稿件，也就是康生「代論」所說的「理髮員」。在當時的話語中，這種「理髮員」的工作同時也是知識分子向工農群眾學習，實現自身「工

農化」、「大眾化」的方式。用陳企霞頗有意味的話來說，就
是「你修理了他的文章，他『修理』了你」。[109]

延安整風以及知識分子改造，從根本上顛倒了啟蒙主義關
於知識分子與工農大眾的倫理位置，知識分子被要求以「小學
生的態度」向工農群眾學習，毛澤東在文藝座談會以及其他場
合對此反覆強調。康生「代論」在知識分子問題上顯然延續了
毛澤東的立場，他要求知識分子在通訊員運動中「應跟工農幹
部學習，拜他們為先生，同時又應該幫助工農幹部修改文章，
作他們修理文章的理髮員」。[110]

陳企霞進一步闡發了康生的觀點，而且作為一名知識分
子，他的文章充滿了自抑的語調，典型地表徵了整風時期知識
分子寫作的特點。他的論述具有「毛文體」的鮮明特徵，例如
他對知識分子做了一番道德貶低，指出他們身上普遍存在著從
舊社會殘留的文化習氣和傲慢姿態，在工農寫作運動中必須
「打碎」這些缺陷，「擺脫得乾乾淨淨的」。在陳企霞看來，
為工農群眾修理文章，不是知識分子「幫助」工農同志，而是
工農群眾「幫助」、「教育」知識分子，是醫治知識分子「文
風不正」的一劑良藥，「那具體而生動的內容，剛剛會反過來
提高了你。那扼要而快爽的形式，那活潑而豐富的口語語彙，
卻剛剛反過來教育了你」。亦即是說，知識分子不僅在道德倫
理上處於附庸地位，而且對長久以來獨擅勝場的專業苑圍——
文字技術，也失去了權威性，因而「毛澤東同志所告訴我們的

109 陳企霞：〈「理髮員」和他的工作〉，《解放日報》，1942 年 10 月
8 日，第 4 版。
110 〈代論：提倡工農同志寫文章——康生同志給「筆談會」編輯同志的
信〉，《解放日報》，1942 年 10 月 4 日，第 1 版。

『小學生的態度』，確也是做這一工作所應當具備的先決的條件」。[111]

　　緊接著陳企霞的文章，詩人、劇作家同時也是邊區文化工作領導人之一的柯仲平，[112] 也從知識分子的角度闡釋康生的「代論」，提出做修改文章的「理髮員」，實際上是「小資產階級出身的知識分子」向工農學習的一種方法，這項工作有待深入推進。[113]

　　循著這一思路，報刊上出現了大量告誡批評知識分子以及知識分子自我批評的文章。[114] 例如自稱「小報編者」的李元貴，檢討自己以往對待戰士稿件的諸般錯誤態度，包括苛求戰

111　陳企霞：〈「理髮員」和他的工作〉，《解放日報》，1942 年 10 月
　　　8 日，第 4 版。

112　柯仲平當時為邊區文協副主任，另外擔任戰歌社社長、民眾劇團團
　　　長，是延安時期著名的「大知識分子」，參見王琳：《柯仲平生平傳
　　　略》，政協廣南縣委員會編：《廣南文史資料》上冊，內部資料，
　　　2015 年，第 4-10 頁。

113　柯仲平：〈從寫作上幫助工農同志〉，《解放日報》，1942 年 10 月
　　　17 日，第 4 版。

114　這裡主要介紹新聞知識分子的自我批評，其他知識分子如擔任通訊員
　　　的文化人，此間也有檢討。例如北群反省了自己對於通訊工作的錯誤
　　　認識，他在 1941 年成為《解放日報》通訊員，是因為喜好文藝，企
　　　圖借通訊員之便發表幾篇小說，成為「名作家」，對通訊工作則瞧
　　　不上，認為新聞通訊枯燥乏味，沒有靈魂。擔任通訊員期間，北群
　　　發表了幾十篇新聞和通訊，但目的是提高寫作技術，為寫小說打下基
　　　礎，滿腦子都是「作家夢」、「出風頭」。整風運動中，北群檢討過
　　　去對通訊工作的糊塗思想，自我批評「清高和自大得厲害」、「極其
　　　可笑」。參見北群：〈我對通訊工作認識的檢討〉，《解放日報》，
　　　1943 年 11 月 18 日，第 4 版。

士文章「不夠文藝性」，對待來稿不刊登、不回信，敷衍草率
等，認為在提倡工農寫作、知識分子當「理髮員」的形勢下，
從事新聞工作的專業人士應該深入檢討。[115] 最系統的批評來自
解放日報社採訪通訊部主任裴孟飛，他在論述全黨辦報和培養
工農通訊員這兩大辦報方針的重要文章中，批評了報館新聞工
作者「在思想上還存在著嚴重的毛病」，比如認為邊區文化教
育水平落後，不具備工農寫作的條件，「要得十年還不見得能
行」，個別編輯同志瞧不起工農通訊員，目空一切，對來稿的
處理浮躁輕率，隨便加以「空洞」、「黨八股」的帽子。關於
深層原因的分析，裴孟飛仍然延續了毛澤東的話語，認為問題
出在新聞工作者過分誇大知識分子的書本知識，過分低估工農
分子的實際知識，「這種觀點與態度必須立即糾正」。[116]

在通訊員運動後期，各級黨政機關、工農通訊員對報館
編輯的批評與建議，在報紙版面上更是比比皆是。例如子長縣
對解放日報社提議，要求把不發表的稿子修改退回，不要只批
「不登」、「不用」、「過時」而隨意打發掉；[117] 鄜縣通訊員
聶景德說，開始給黨報投稿時，個別編輯對他不理睬，稿件既
不刊登，也未見編者隻字意見回復，使他一年多來「再也不敢
妄想寫稿子」。[118] 對於這些批評意見，解放日報社通常較為重

---

115 李元貴：〈一個小報編者的檢討〉，《解放日報》，1942 年 10 月 31
　　日，第 4 版。
116 裴孟飛：〈貫徹全黨辦報與培養工農通訊員的方針〉，《解放日
　　報》，1943 年 8 月 8 日，第 4 版。
117 〈子長通訊工作差 準備整頓加強領導〉，《解放日報》，1945 年 9
　　月 29 日，第 2 版。
118 聶景德：〈我是怎樣寫通訊的？〉，《解放日報》，1945 年 9 月 17

視，比如編輯部表態「我們十分歡迎這樣直率的意見，以便改進工作」。[119] 最典型的是本節開頭所引的編者按，將報館編輯對工農稿件的敷衍草率，升格為「一種摧殘工農通訊員的罪惡行為」。[120]

客觀地說，新聞知識分子對待工農稿件所出現的一些疏忽，或許並非源自主觀上的思想錯誤，而是出於人手有限等客觀條件的限制。這從常理上不難理解，但是工農通訊員的個體挫敗經驗仍然一再見報，這大體上還是因為在這場運動中工農幹部與知識分子的政治位階相去懸殊——前者備受推崇，後者被刻意壓抑，這是整風所形塑的新型政治文化和社會關係的表徵。從另一個角度來看，報館「專家」在運動中的作用非常顯著，在文化權力上仍是占有優勢的一方，編輯部的回信哪怕是隻言片語，便會對初學寫作的工農群眾產生巨大影響。例如參加過長征的工農老幹部陳春林，在剛給報社投稿時，稿件雖未錄用，但編輯部回信指出了稿件的優缺點，陳春林為此非常興奮，一旦有人找他切磋寫作，他就把這封信給別人看。[121] 因此，為了推動運動的順利開展，新聞知識分子群體被寄予了超負荷的厚望責任。

相比於為數眾多的批評與意見，對新聞知識分子的褒獎並不多見，不過從寥寥可數的表揚中可以窺視新聞人的努力。開

日，第 2 版。

119　〈通訊工作動態〉，《解放日報》，1944 年 9 月 1 日，第 4 版。

120　史堅：〈半年來延川的通訊工作〉，《解放日報》，1943 年 11 月 18 日，第 4 版。

121　李明：〈工農通訊員的光輝例子〉，《解放日報》，1944 年 9 月 18 日，第 4 版。

國少將、抗戰初期擔任八路軍副旅長的韓東山，整風期間在中
央黨校學習，他積極響應康生的號召，在《解放日報》上發表
多篇文章，[122] 其中兩篇甚至入選了國文教材，[123] 韓東山也被樹
立為工農寫作的模範典型。[124] 在一篇介紹寫作經驗的文章中，
韓東山回憶了初學寫作時報社編輯的耐心幫助，他的大部分
文章經過編輯修改後見報，但有一篇實在空洞無物，編輯同志
用了很大工夫修改完善後仍不能發表，報社將原稿、修改稿退
回，並附上了一封說明信，解釋不能刊登的原因以及今後寫作
的注意事項，「他（報社編輯——引注）說初學寫作不要寫長
篇大論的抽象的東西，只須把實際工作的經歷老老實實的寫出
來就是很好的作品，也是學習寫作的正確方向。他說寫文章應
該用具體事實做例子，來敘述一個論點，不要一般的講許多論
點，要有中心意思，學習寫作盡可能避免用冗長的句子，力求
精煉，簡潔」。[125]

---

122 例如〈為什麼要學習文化〉（1943 年 1 月 16 日第 4 版），〈我怎樣
　　看知識分子〉（1943 年 6 月 11 日第 4 版），〈經驗〉（1943 年 9 月
　　2 日第 4 版），〈學習寫作的經驗〉（1943 年 10 月 22 日第 4 版），
　　〈文字重要〉（1944 年 3 月 22 日第 4 版）。

123 綏德師範學校 1945 年上學期的國文教材，收錄了韓東山的〈怎樣作
　　文〉、〈為什麼要學習文化〉兩篇文章，參見陝西師範大學教育研究
　　所編：《陝甘寧邊區教育資料・中等教育部分》下冊，教育科學出版
　　社，1981 年，第 6 頁。

124 例如署名「東風」的一篇文章寫道，自從康生「代論」發表以後，工
　　農幹部寫作進展迅猛，典型人物如韓東山。參見東風：〈工農幹部習
　　作片段〉，《解放日報》，1943 年 10 月 1 日，第 4 版。

125 韓東山：〈學習寫作的經驗〉，《解放日報》，1943 年 10 月 22 日，
　　第 4 版。

　　從韓東山的這段敘述來看，報社編輯的工作可謂極為耐心細緻，業務上的點撥也準確到位且通俗易懂，這樣的交往互動對工農通訊員的影響可想而知。1947 年，黎辛在大別山遇見擔任晉冀魯豫野戰軍第十二縱隊副司令員的韓東山，聽說黎辛之前在《解放日報》副刊部工作，韓東山尊敬地稱呼「老師」。黎辛告訴韓東山，他在《解放日報》發表的稿件均由林默涵處理，韓東山十分感激。1980 年代初，黎辛在一篇紀念文章中還回憶了林默涵與韓東山的「業務往來」——這位在中央黨校四部學習的工農幹部，每篇稿件都由林默涵仔細修改、代抄後發排，有一次韓東山的稿子毛筆字過於潦草，被編輯部退回重抄，並提出批評意見，幾天後韓東山寄回稿件，檢討自己粗枝大葉，並解釋右手負過傷，不聽使喚，林默涵為此頗為自責。黎辛寫道：「在默涵來說，只是當好工農兵的『理髮員』，滿腔熱情地幫助工農兵作者寫作，每當發現新人佳作時，他那歡欣的神態，至今我仍記憶猶新。」[126]

　　投身工農通訊寫作運動的知識分子不僅包括新聞工作者，還有相當數量的文藝工作者。1943 年底中宣部出台〈關於執行黨的文藝政策的決定〉，指出「報紙是今天根據地幹部和群眾最主要最普遍最經常的讀物」，要求「一般文學工作者的主要精力，即應放在培養工農通訊員」。這份文件同樣布滿了「知識分子改造」的底色，例如對文藝工作者的身分定義是「小資產階級出身並在地主資產階級教養下長成」，因此需要

126　黎辛：〈林默涵在清涼山〉，艾克恩主編：《大江博浪一飛舟——林默涵 60 年文藝生涯紀念集》，重慶出版社，1994 年，第 92-93 頁。

在「與人民群眾結合的過程中」接受「教育」。[127] 1944 年，
《解放日報》在創刊一千期的社論中，專門談及知識分子自整
風以來所受的「教育」，以及這個群體後來在通訊員運動中扮
演的「媒介」角色——

> 在整風以前，他們中間有許多尚未真正在思想上與工農兵
> 結合起來，有時則站在小資產階級的立場上來討厭工農
> 兵，那時候許多知識分子的通訊員與工作人員，成為報紙
> 與工農兵之間的障礙。但是現在情形不同了，他們中間有
> 很大部分，經過了偉大的整風，教育過來了，在思想上與
> 工農兵結合起來了。這時候，從前成為障礙的，現在要成
> 為報紙與工農兵之間的良好的媒介了。[128]

關於通訊員運動中工農幹部與知識分子的行為邏輯，
1944 年鹽阜地委的一份文件中使用了一個生動的比喻：「瞎
跛互助」：一方面，「工農是中國民主政治的主要基礎，是中
國文化運動的主要基礎」，通訊寫作的歷史意義是使「工農在
文化上翻身」，這個過程離不開現有知識分子的幫助；另一方
面，知識分子的工農化、革命化也可以通過培養工農通訊員來
實現，知識分子可以在這個過程中接近工農，向群眾學習。[129]

---

127 《中國共產黨宣傳工作文獻選編》第 2 卷（1937-1949），第 545 頁。
128 〈社論：本報創刊一千期〉，《解放日報》，1944 年 2 月 16 日，第
　　1 版。
129 中共鹽阜地委宣傳部：〈為鞏固發展通訊組織、充實稿件內容、培養
　　工農通訊員的指示〉（1944 年 6 月 1 日），《鹽阜地區報史資料》第
　　2 輯，鹽阜大眾報社，1984 年，第 4 頁。

三、熱烈的喝彩，艱難的批評

1946 年 3 月，《邊區群眾報》出版 300 期，恰逢創刊六週年。毛澤東給報社寫信勉勵：「希望讀者，多利用報紙，推動工作，學習文化。」[130] 僅從字面上看，毛澤東「函勉」的對象應該是讀者，而不是報社；但就內容而言，「推動工作，學習文化」精準地概括了延安時期政黨對報紙的期望，以及黨報在邊區所發揮的實際功用，也可以說勉勵的是「該報」。關於「學習文化」，前文在介紹工農寫作時已有涉及，這裡主要討論「推動工作」。這既是黨報整風改版的直接動因，又是延安時期政黨與報紙關係中最為核心的面向。

接到毛澤東的來函之後，《邊區群眾報》將這段話作為「題詞」刊登在頭版，並配發社論〈你是群眾報的主人，你要利用它〉，文中寫道：「利用報紙，恐怕是推進工作的重要辦法之一」。[131] 從前文可知，黨中央和毛澤東對報紙的這個角色強調再三，重視報紙的作用也是延安時期政黨工作方法創新的體現。至於報紙如何推進工作，時任西北局書記的習仲勛，在給《邊區群眾報》六週年的賀詞中給出了恰當的說明：「六年以來，這個報紙對邊區人民是盡了最大的組織和指導作用的。它告訴邊區群眾和幹部團結抗戰、生產建設的任務，當邊區的喇叭筒，而且教邊區幹部和群眾怎樣來工作，來動員，來生

130　〈邊區群眾報創刊六週年 號召讀者利用報紙 推動工作〉，《解放日報》，1946 年 3 月 27 日，第 2 版。

131　〈社論：你是群眾報的主人，你要利用它〉，《邊區群眾報》，1946 年 3 月 31 日，第 1 版。

產，來完成任務。」[132]

由此觀之，在邊區的各項中心工作中，報紙的角色是組織者和指導者，是黨政部門推動工作的武器。習仲勛所言的報紙的「指導作用」，即「告訴」及「教」，實際上也從屬於「組織作用」這個範疇。因而，一言以蔽之，延安時期黨報的本質是「組織者」。這讓人想起列寧的深刻洞見，也是 1942 年黨報改造之際反覆強調的──「報紙不僅是集體的宣傳員和集體的鼓動員，而且是集體的組織者」。[133]

關於報紙在實際工作中的「組織」方法，縣級黨報《延川報》總結了三條：一是刊載指示，縣裡的決議、公告、指示刊登在報紙上，區鄉幹部就不必坐等文件通知，可以迅速行動起來；二是從通訊員來稿中，也就是從縣報的新聞通訊中，上級機關可以了解各區鄉的工作情況，並將其集中起來，再利用縣報貫徹下去；三是縣委領導在每項運動中，首先創造典型，吸收經驗，由通訊員、報社記者或宣傳部門寫成專門文章，以推動其他單位，或將工作將發現的重要問題寫成報導，提出糾正。[134]

這裡的第一條是由整風改版所確立的黨報性質決定的，即黨報不是報館同人可以文責自負的私家園地，而是代表黨組織權威的機關報，具有官方文件的效力。西北局在 1942 年「黨

---

132 習仲勛：〈慶賀《邊區群眾報》六週年〉（1946 年 4 月 1 日），《習仲勛文集》上卷，中共黨史出版社，2013 年，第 45 頁。

133 列寧：〈從何著手？〉（1901 年 5 月），《列寧全集》第 5 卷，人民出版社，1986 年，第 8 頁。

134 張弗予：〈延川報創辦三十期〉，《解放日報》，1945 年 11 月 2 日，第 2 版。

報決定」明確規定，黨報的社論、黨政機關的決議指示、領導同志的講話文章，各級黨委應組織研究並討論執行，不得藉口沒有接到正式通知而漠然置之。[135] 也就是說，政黨利用報紙這種現代化大眾傳播媒介，改造了傳統的公文、開會等科層制辦法，以提高黨政系統的效率，使其更符合組織和動員社會運動的需要。第二條則體現了黨報「群眾路線」的操作規範，即通過散布在基層的廣大通訊員，使群眾的意見、基層的情況在報導中得以呈現，以便於上級部門掌握信息、制定政策，這同樣是對科層制慣例的突破。這兩條歸納起來，也就是常說的黨報「上通下達」作用。

在《延川報》的總結中，第三條「創造典型、推動一般」尤為關鍵，這反映了延安時期黨報在組織動員方面的原創性發明——典型報導，也指引我們從政黨工作方法創新的角度來理解典型報導的勃興。毛澤東在論述黨的領導方法時，提出的第一個問題就是一般與個別、普遍與特殊的辯證關係，在他看來，動員群眾廣泛行動起來必須有普遍的號召，但如果缺少個別的具體組織，一般號召則有落空的危險，因此「突破一點，取得經驗，然後利用這種經驗去指導其他單位」就非常重要，「這一方法必須普遍地提倡，使各級領導幹部都能學會使用」。[136] 在這一方法的實施過程中，影響廣泛的黨報舉足輕重，也誕生了黨報歷史上的典型報導範式，其中最為著名的就是大生產運動中《解放日報》的吳滿有報導。

135　〈關於《解放日報》工作問題的決定〉（1942年9月9日），《中國共產黨新聞工作文件彙編》上卷，第132頁。

136　毛澤東：〈關於領導方法的若干問題〉（1943年6月1日），《毛澤東選集》（第2版）第3卷，第899頁。

　　這種以典型報導組織、推動工作的方式，此後被各級黨政
幹部所倚重。例如關中分區在總結通訊工作時介紹了地委書記
張德生的經驗，他在各地一旦發現某些工作典型（如赤水縣的
軍政民擁愛工作、關中鐵廠二號煉鐵爐的生產創造等），便通
知解放日報社或關中報社的記者去採訪，對記者搜集的材料進
行縝密研究，修改後發表，以帶動其他部門。這份經驗性文章
寫道，張德生「真正注意使用『利用典型，推動一般』的領導
方法」。[137] 關中報社還注意發動工農幹部、勞動英雄、班子包
領頭、部隊戰士、農村群眾等通訊員，把各地各部門每個時期
工作典型和進展情形連續不斷報導出來，同時抓緊黨政幹部與
群眾的讀報工作，使得新聞通訊中的工作方法、經驗、典型產
生影響，推動工作。[138]

　　典型報導的組織和動員效果是顯著的。趙超構在延安觀察
到，《解放日報》二版的邊區報導，生產消息占去十之八九，
「什麼人半夜就上山開荒；什麼人開荒多少，打破紀錄；哪一
家的婆姨每天紡紗幾兩；勞動英雄吳滿有的生產進行得怎樣；
所有這些消息，跟著一陣喝彩的聲音，送到窮鄉僻角去。於是
有人向某人『看齊』了。有人向某人『挑戰』了，真是『火熱
的太』！」趙超構形象地把報紙比喻為競技場上的啦啦隊，提
高嗓子，向選手們熱烈地加油喝彩。[139] 基層幹部對報紙作用的
理解，與這位國統區記者如出一轍。曾任靖邊縣委書記、領導

通訊工作卓有成效的惠中權說，新聞通訊反映迅速，富有刺激性與鼓動性，「就如吃辣子，可以使人發汗、發熱」。[140] 為了更好實現動員效果，一些地方還規定通訊員稿子見報後，應該向報導對象宣讀，或剪下來送去，以達到提高情緒之目的。[141]

總體而言，延安時期的黨報主要以正面宣傳為主，以熱烈的喝彩配合與推動每一時期的中心工作，批評報導或輿論監督則是次要的。延安後期政黨發現了這個問題，提出加強批評報導，但實施起來舉步維艱。

1942 年底，通訊員運動剛開展之際，就發生過一次「批評的風波」，當時報社編輯部的處理方式很不利於批評報導，由此導致在「漫長」的時間裡批評報導寥寥無幾。這年 11 月 8 日，《解放日報》2 版頭條刊登了延安縣的秋徵消息，中心思想是該縣的宣傳動員深入有效，群眾對秋徵工作理解支持，不過報導中提到評議委員 [142] 的困難處境──因為負責評議村

140　〈邊府建廳招待記者座談會上 惠中權同志提出 利用報紙推動生產〉，《解放日報》，1946 年 2 月 6 日，第 1 版。

141　延川縣對此作出過明文規定，新正縣、延安縣也有類似情形，參見《解放日報》相關報導：〈延川志丹檢討通訊工作 積極提高稿件質量 實行分工採訪互助寫作〉（1944 年 3 月 11 日第 2 版），〈新正雷莊鄉農村幹部 利用報紙推動工作 會寫的與不會寫的合作為黨報寫稿〉（1944 年 6 月 1 日第 2 版），連耜〈延縣的寫稿潮〉（1944 年 5 月 18 日第 2 版）。

142　延安時期的徵糧、分地等工作中，通常每個自然村選舉一、兩位評議委員，以行政村為單位成立評議小組，鄉一級則成立評議會；評議委員負責審查村民自報的材料，評議每戶應該徵收的數字；行政村的評議委員如果不稱職，村民會議可以隨時罷免；鄉一級評議委員則對鄉參議會負責，決定各村公糧負擔數字。參見邊區糧食局：〈一九四二年糧食工作報告〉（1943 年），星光、張楊編著：《抗日戰爭時期陝

民的公糧數字，評議委員容易遭受被分配者的攻擊，所以大家
都不願意做，「川口區一鄉開會一整夜，亦未遷就，此雖個別
創例，亦可見評議員之難做」。接下來文章「點名」川口區一
鄉王岔溝村，報導這個村的居民大會在選舉評議委員時你推我
讓，從當晚一直鏖戰到次日凌晨仍未選舉出來，被選舉者認為
評議委員沒有實權，徒然得罪人，是「捉鱉的」。報導還指
出，川口區四鄉也有同樣現象。[143]

　　11 月 9 日即見報第二天，川口區一鄉政府迅速致函解放
日報編委會，信中先是引用了這篇批評報導的表述，然後寫
道：「查本鄉十六個村子選舉評議員，只有後王岔溝（後稍
溝內一個比較落後的村子）有此情形，其餘十五個村子都沒
有發生問題，貴報所載上列各語，係以一村代替全部，應請更
正。」[144]

　　平心而論，《解放日報》比較詳實地報導了王岔溝村的選
舉情形，真實可靠，鄉政府的信中也承認這一點。報導以該村
作為案例，對一種普遍現象提出警示，立意上也並無不妥，只
是「川口區一鄉開會一整夜」在表述上不夠嚴謹。鄉政府抓住
這一技術紕漏，鄭重其事，提升到「以偏概全」的程度，則多
少有些反應過激，甚至是強詞奪理。不過報社的回復更加出人
意表，他們將鄉政府的來函發表在頭版，並配發「編委會啟
事」──

　　　甘寧邊區財政經濟史稿》，長江文藝出版社，2016 年，第 255 頁。

143　〈開展秋徵運動！延縣深入民間宣傳 各鄉村民大會選舉評議員〉，
　　　《解放日報》，1942 年 11 月 8 日，第 2 版。

144　〈編委會啟事〉，《解放日報》，1942 年 11 月 15 日，第 1 版。

我們認為這封信是完全正確的。十一月八日本報二版第一條新聞，從個別落後現象，得出「徵糧評議員難做」的結論，是不妥當的。編輯部把這條消息放在重要位置，也是不妥當的。

除了將來信登出，和在報館內部採取必要辦法進行教育外，我們敬向川口一鄉政府表示衷心的謝意，並且希望黨政軍民各機關像川口一鄉政府一樣，隨時給本報以批評與指正。

我們號召所有的記者、通訊員，必須堅決反對這道聽途說自以為是的主觀主義作風，和對黨報不夠鄭重的態度。所有來稿，務須遵照西北局黨報決定，經由當地主管該項工作的領導機關負責人簽字，否則以不合手續論。[145]

一篇在事實上大體成立的報導，僅由於點名批評了鄉政府，就遭逢如此指責，被冠以「主觀主義作風」、「對黨報不夠鄭重的態度」等高帽，這對通訊員、記者的思想震動可想而知，此後《解放日報》的批評性報導幾乎銷聲匿跡。直到1946年2月西北局召開記者招待會，在「全中國進入和平、民主的新階段，我們的工作作風必須有一個徹底的轉變」的大背景下，習仲勛提出黨報的任務是表揚與批評共舉，「過去黨報表揚好的典型事蹟，這是對的，以後還應更切實地去做，但另一方面，過去黨報對於我們工作中的缺點的批評，似乎不夠」，習仲勛特別指出缺少針對縣級和更高級別領導幹部工作缺點的批評，今後需要嚴加注意，過去一些幹部反感批評、只

145　〈編委會啟事〉，《解放日報》，1942年11月15日，第1版。

喜歡聽好話，這種偏向必須糾正過來。[146]

　　習仲勛的講話在《解放日報》頭版刊登後，黨報的批評報導有所增進，不過很快又發生一起頗為嚴重的「批評的風波」。1946 年 5 月 10 日，《解放日報》2 版發表米脂縣通訊幹事張增旺的稿件，批評縣級幹部不重視春耕。文章的前半部詳細列舉了多位科長、科員對待春耕的敷衍塞責情形，後半部簡要交代了縣委開會檢討、縣級幹部冒雨下鄉的改進措施。[147]這篇批評報導在米脂縣引起軒然大波，一些縣級幹部對張增旺大發脾氣，寫諷刺信。[148]這位年僅 20 歲的通訊幹事倍感壓力，工作情緒不佳，以致該縣的通訊工作一落千丈。[149]西北局宣傳部和解放日報社採訪通訊部對這一「事件」非常重視，經過慎重研究後聯合提出了三點意見，在《解放日報》頭版發表，西北局還為此專門向各級黨委下達指示，要求認真研究這三點意見，作為幹部學習的重要材料。[150]

　　解放日報社這一次的態度與立場，與 1942 年迥然不同。

<hr>

146　〈西北局記者招待會上 習仲勛同志提出 改進縣級領導作風〉，《解放日報》，1946 年 2 月 13 日，第 1 版。

147　〈米脂生產領導須加強 縣級幹部不重視春耕〉，《解放日報》，1946 年 5 月 10 日，第 2 版。

148　〈從批評米脂春耕領導事件談批評和接受批評的態度〉，《解放日報》，1946 年 6 月 7 日，第 1 版。

149　〈編者的話〉，《解放日報》，1946 年 8 月 10 日，第 2 版。張增旺後來從通訊幹事轉為職業新聞人，先後在《大眾報》《群眾日報》擔任記者、編輯，建國後曾任陝西日報社委、陝西省委宣傳部處長。參見《榆林人物志》，陝西人民出版社，2007 年，第 348 頁。

150　〈發揚正確的自我批評 西北局指示各級研究「談批評和接受批評的態度」〉，《解放日報》，1946 年 6 月 7 日，第 1 版。

「三點意見」的中心思想是支持通訊幹事張增旺，堅持黨報的批評報導，教育米脂縣幹部改進作風。「意見」首先指出，批評報導之目的不是消極指責，而是警戒與鼓勵，張增旺的稿件揭示了該縣工作的缺點，但也交代了改正補救的措施，因而是合乎正確批評的原則。接著以更為詳細的事實證明米脂縣的領導問題，「不只是『尚未十分重視』，的確是『很不重視』」，批評該縣某些埋怨張增旺的幹部「太缺乏涵養」。

關於對待批評報導的恰當態度，西北局宣傳部和解放日報社採訪通訊部引用了 1942 年西北局「黨報決定」的一段表述：「各地黨的組織，或黨員個人，如受到解放日報上批評時，均應於最短時間內以實事求是的態度，在這個報上作負責的答覆；如果批評屬實，則應說明所指缺點與錯誤發生的原因及應如何改正的辦法，否則該被批評的組織或個人將受到黨紀的制裁」。[151] 因為長期以來黨報的批評報導寥寥無幾，這個規定自從發布以來實際上鮮有用途，如今在新的政治形勢和辦報思路下被重新搬出。「意見」還延續了習仲勛的講話精神，批評了幹部中普遍存在的「不高興聽批評，只喜歡聽稱讚」的毛病，呼籲各級幹部改進工作作風。「意見」第三點則完全力挺當事通訊員張增旺，表揚他自從 3 月擔任米脂縣通訊幹事以來成績卓越，「像這樣努力、負責的通訊幹事，就全邊區來說，也不多見」，同時稱讚張增旺在這次批評風波中表現妥當，體現了「一個好通訊員應有的態度」，希望其他通訊員引為榜

---

151 〈關於《解放日報》工作問題的決定〉（1942 年 9 月 9 日），《中國共產黨新聞工作文件彙編》上卷，第 133 頁。

樣。[152]

西北局宣傳部和解放日報社採訪通訊部的聯合意見刊登後，被嚴厲批評的米脂縣委很快作出回應，縣級幹部以「究竟是否重視春耕」為中心開會檢討，縣委書記朱俠夫帶頭自省：「我們應根據黨報的批評，虛心檢查自己的工作，把它做得更好，只在枝節問題上爭執是不妥當的。今後應當展開自我批評，加強黨報通訊工作，不僅報導成績，還要報導我們的缺點，以引起大家注意，從而改進工作。」曾寫信諷刺張增旺的縣級幹部白雲勝，也檢討自己錯誤行為。[153] 其他黨政機關在接到西北局的指示後也紛紛響應，例如延屬地委書記李景膺在分區宣傳部長會議上講話，要求各縣領導愛護通訊幹事，通訊員寫批評稿件領導上應給撐腰；[154] 隴東地委書記主持召開分區通訊工作會議，反對只喜歡表揚稿件、不喜歡批評的風氣；[155] 志丹縣區級幹部會專門討論《解放日報》文章和西北局指示，縣委書記王耀華要求通訊員大膽進行實事求是的報導，呼籲被批評者虛心接受，聞過則改。[156]

經過「張增旺事件」之後，一個有利於黨報開展批評報導

152 〈從批評米脂春耕領導事件談批評和接受批評的態度〉，《解放日報》，1946 年 6 月 7 日，第 1 版。

153 〈本報發表「談批評和接受批評的態度」後 米脂檢查縣級領導〉，《解放日報》，1946 年 8 月 10 日，第 2 版。

154 〈延屬縣宣部長會議決定 各縣普設通訊幹事〉，《解放日報》，1946 年 6 月 29 日，第 2 版。

155 〈關中地委地理幹部 擔任分區通訊幹事 隴東四縣通訊幹事正調任中〉，《解放日報》，1946 年 7 月 22 日，第 2 版。

156 〈以米脂的教訓 做志丹的借鑒〉，《解放日報》，1946 年 8 月 10 日，第 2 版。

和輿論監督的政治氛圍正在形成，不過此時已是「延安時期」尾聲，軍事環境日益緊張，半年之後（1947 年 3 月）中共中央撤離延安，《解放日報》完成了歷史使命。總體而言，批評報導在延安時期通訊員運動中始終式微，即使在 1946 年下半年政黨注重改進工作作風、提倡批評與自我批評的情境下，黨報的批評報導仍然舉步維艱。就在米脂縣深刻檢討「張增旺事件」的同一版面上，又報導了另一起「通訊工作中的小風波」——淳耀縣基幹通訊員白玉潔寫稿批評某民校女教員教學不認真，辱罵學生和群眾，稿件交到縣委宣傳部後，被直接轉給了女教員，她閱後大發脾氣，謾罵白玉潔捏造事實，「甚至唾面」。這位屢次受到解放日報社和關中報社獎勵的模範通訊員感歎：「一寫批評稿便糟糕，以後再也不寫了！」[157]大約一個月後，甘泉縣通訊員雪凡寫稿批評草站的管理缺點，縣委宣傳部不問情由將稿件打回，還給雪凡帶了一頂「高帽」，「立場和觀點不對！」[158]這些事例表明，由於典型報導、正面宣傳的強大慣性，開展批評報導、輿論監督殊為不易。

第三節　個案：「邊區通訊之光」志丹縣

1946 年 7 月，就在米脂縣因為「張增旺事件」而遭到西北局和解放日報社嚴厲批評之際，邊區政府主席林伯渠和西北局書記習仲勛聯名致函嘉獎了志丹縣。這封表揚信與米脂幹部

157　〈淳耀通訊員白玉潔 寫稿觸怒女教員〉，《解放日報》，1946 年 8
　　　月 10 日，第 2 版。
158　〈不同的領導〉，《解放日報》，1946 年 9 月 4 日，第 2 版。

的檢討刊登在同一版面，信中有這樣一段——

> 你們逐漸重視利用報紙推動工作，這是極可喜的進步。早
> 在一九四二年九月九日西北局關於解放日報工作問題的決
> 定中，就規定「各級黨委要把幫助和利用解放日報的工
> 作，當作自己經常的重要業務之一」，把報紙作為「宣傳
> 鼓動與組織工作的銳利武器」。但是，迄今為止，邊區各
> 級幹部（包括某些高級幹部）能很好執行這一決定、能運
> 用這一「銳利武器」的尚不多見。據說有些縣區常有成捆
> 未拆的報紙擱在一邊，甚至用報紙糊窗、牆、包東西。這
> 類現象，遠在四二年已被西北局指出過，並認為這乃是
> 「黨性不好的一種具體表現」。
>
> 因此，你們的進步很可珍貴。凡是善於利用報紙者，其工
> 作必日新月異，朝氣蓬勃；這點亦已為你們的行動所證
> 實。[159]

　　同一期報紙的四版，還有一篇介紹志丹工作經驗的通訊
〈志丹工作為什麼做得好？〉，文中概括的「志丹經驗」第一
點，就是善於利用報紙推動工作，在縣委書記王耀華的示範和
推動下，該縣幹部普遍重視報紙，從報紙上學習借鑒工作經驗
和方法，「對待報紙上有關邊區建設的文章，一如對待黨與政
府的指示或文件」，鄭重仔細地研究，並付諸行動。[160]

---

159 〈林主席、仲勳同志 函獎志丹幹部〉，《解放日報》，1946 年 8 月
　　10 日，第 2 版。

160 張潮、喬遷、馬永河：〈志丹工作為什麼做得好？〉，《解放日
　　報》，1946 年 8 月 10 日，第 4 版。

　　這兩篇重頭文章無疑進一步確立了志丹的「通訊模範縣」
地位。在此之前，該縣組織通訊工作的經驗已經在《解放日
報》上多次亮相。此後的「九一記者節」，解放日報社聯合邊
區群眾報、部隊生活報舉行了延安時期最後一次通訊工作盛大
頒獎──「邊區通訊工作之光」，志丹縣再獲團體甲等獎，縣
委書記王耀華、通訊幹事白玉西榮獲個人甲等獎。[161] 本節以這
個典型模範單位作為個案，從一個橫截面來剖析延安時期通訊
員運動的諸般特徵。

　　志丹縣通訊工作的蓬勃開展，西北局的幾次指示是直接推
動力，由此看出政黨在通訊員運動中的核心角色。在 1942 年
9 月西北局下達「黨報決定」之前，志丹縣已經建立了通訊小
組，但是有名無實，只是在年終歲末例行總結之際，統計一下
通訊員的寫稿數量，「以應付上級」，平日裡既沒有開展具體
的工作，也缺乏經常性的討論研究。與此同時，縣委宣傳部門
僅把通訊工作放在次要位置，視為附帶業務，停留在書面報告
的形式主義層面上。黨員幹部和通訊員的思想認識中，普遍存
在「專業主義」觀點，工農幹部認為寫稿是知識分子的專長，
一般知識分子認為通訊是宣傳工作者的業務，宣傳部門則注重
開會、發文等直接動員辦法，覺得新聞報導這種間接、迂迴的
方式不重要。因此，該縣的通訊工作，「一向稀稀拉拉，比較
落後」。[162]

　　1942 年 9 月 29 日，志丹縣委專門開會討論西北局「黨報

161　〈邊區通訊工作之光 大批模範通訊工作者優秀新聞通訊受獎〉，《解
　　放日報》，1946 年 9 月 1 日，第 2 版。
162　趙挺：〈關於志丹通訊工作的轉變〉，《解放日報》，1943 年 11 月
　　18 日，第 4 版。

決定」，學習這份文件所強調的「全黨辦報」思路，認識到利
用黨報是一種高明的領導方法，並積極動員幹部為黨報寫稿，
不僅重組了縣級七人通訊小組，而且指定各區宣傳科長和幾位
區委書記為解放日報社通訊員，該縣通訊工作從此開始改觀。
志丹縣由此受到《解放日報》表揚，被贊為響應西北局號召
的典範，一篇報導寫道，「『利用黨報，為黨報寫稿』，此間
負責同志對此號召均極重視」、「極其認真」，並介紹了縣委
書記、縣長動筆寫稿，宣傳部長把組織通訊員當作自身重要業
務，一般通訊員熱情投稿等情況。[163] 1943 年 3 月，西北局發
布關於黨報的「二次通知」，再次強調各級黨委領導要親自動
手寫稿，並負責通訊員的組織與整頓，志丹縣委書記王耀華以
身作則，對通訊工作傾注大量精力，該縣通訊工作由此更進一
步。[164]

　　這一時期正是整風運動在基層深入推進之際，這場運動對
志丹的通訊工作產生了關鍵影響。1943 年 5 月至 8 月，志丹
科員以上幹部、區委書記、區長、宣傳科長等六十多人，進行
集中的整風學習，不僅閱讀討論「整風文獻」，而且聯繫實際
反思自身，以推動全縣工作。在這次集體整風中，該縣「特別
注意思想領導」，清理了幹部中存在的「自由主義的各種表
現」。[165] 整風學習對志丹幹部影響頗深，使當地黨組織在思想

163　〈利用黨報為黨報寫稿！志丹幹部認真實行〉，《解放日報》，1942
　　年 9 月 24 日，第 2 版。

164　趙挺：〈關於志丹通訊工作的轉變〉，《解放日報》，1943 年 11 月
　　18 日，第 4 版。

165　延安整風運動編寫組編：《延安整風運動紀事》，求實出版社，1982
　　年，第 393-394 頁；志丹縣地方志編纂委員會編：《志丹縣志》，陝

上和組織上煥然一新，並很快影響到通訊工作。9 月 25 日，該縣舉行通訊工作座談會，也從思想認識和組織制度上進行了全面整頓。

縣委書記王耀華在會上以「整風的精神」，清理了幹部們在通訊工作上的思想問題。他分析了五種態度：一是持續為黨報寫稿、幫助別人寫稿，而且知曉「全黨辦報」的意義，以縣委梁維玉為楷模，應大大發揚；二是寫稿不是出於反映現實、供給材料、介紹經驗等工作考慮，而是為了出風頭、鬧名譽；三是認為新聞通訊並非自己責任，根本不寫稿；四是誣衊黨所重視的通訊工作，「工作做不好，專搞新聞政策，是誇誇其談」，這是政治上「兩條心」的人造謠傷害；五是專寫包含毒素與歪曲事實的東西。王耀華指出，第二、三種是「思想病」，應該糾正，第四、五種則是「政治病」，必須堅決粉碎，今後所有幹部都應認識到為黨報寫稿是每個黨員的責任，稿子能在黨報上刊登是莫大的光榮。[166] 這次思想上的整風轉變了許多幹部對待黨報通訊的態度，是志丹縣組織通訊工作的主要經驗之一，正如該縣宣傳部長趙挺所說，「一切問題須從思想上解決，歷來的事實證明了這一點」。[167]

在組織管理上，這次整風會議批評了過去某種程度的「自流」狀態，確定由縣委書記直接過問、縣委宣傳部負總的責任，並重組了解放日報與邊區群眾報兩個縣級通訊小組，縣委

西人民出版社，1996 年，第 17 頁。

166　〈貫徹全黨辦報方針 志丹整頓通訊工作〉，《解放日報》，1943 年 10 月 1 日，第 2 版。

167　趙挺：〈關於志丹通訊工作的轉變〉，《解放日報》，1943 年 11 月 18 日，第 4 版。

書記王耀華擔任解放日報組長，宣傳部長趙挺為副組長，以寫稿數量作為考察幹部對黨報認識轉變的指標之一。在制度上，建立了嚴格的登記、審查、寄發、統計的規定，藉以考核成績、追查弊端，而且對通訊員的寫稿數量也訂出基本指標（解放日報通訊員每月 2 篇，邊區群眾報每月 1 篇），另外每月舉行一次通訊員定期會議，檢查上月寫稿情況、總結經驗、商討報導要點等。這些制度在志丹縣堅持了多年，為該縣的通訊員運動提供了組織保障。[168]

在志丹縣通訊工作的興起過程中，縣委書記王耀華起了重要作用，體現了「領導負責制」特別是黨委一把手親自負責這個組織原則。毛澤東在延安時期提出一個著名的幹部政策，「政治路線確定之後，幹部就是決定的因素」，[169]「志丹經驗」印證了這個判斷。王耀華（1918-2007）是土生土長的志丹人，1937 年 9 月擔任志丹縣委宣傳部長，是該縣最早寫稿的通訊員，曾不斷為《新中華報》寫稿，1942 年 3 月出任縣委書記。[170] 這年 9 月，王耀華領導縣級幹部學習研究西北局「黨報通知」，改進通訊工作，使志丹成為最早的通訊模範縣之一。此後王耀華發揮其「資深通訊員」的特長，為《解放日

---

168 參見《解放日報》相關報導：蘊明〈志丹的通訊工作〉（1945 年 10 月 5 日第 2 版），劉漠冰〈志丹縣委如何領導通訊工作〉（1946 年 7 月 8 日第 2 版）。

169 毛澤東：〈中國共產黨在民族戰爭中的地位〉（1938 年 10 月 14 日），《毛澤東選集》（第 2 版）第 2 卷，第 526 頁。

170 王耀華建國後曾擔任甘肅省工業廳長、甘肅省委統戰部長、蘭州市委第一書記等職務。參見《志丹縣志》，第 434 頁；袁志學編：《蘭州百年圖志（1909-2009）》，甘肅文化出版社，2011 年，第 232 頁。

報》撰寫了大量稿件。縣委一把手的親身示範，帶動了其他幹部的寫稿積極性，逐漸形成了一種踴躍寫作的熱烈氛圍，該縣多位幹部成為通訊模範或學習模範。[171] 在自己動手寫稿之外，王耀華還耐心指導他人寫稿，例如在開會時布置寫稿任務，在閒談中告訴大家寫稿內容，幫助初學寫作者修改稿件，經常向宣傳部指示通訊方針和寫作重點等。[172] 王耀華的領導推動作用，被認為是「使得志丹通訊工作大大進步的最重要經驗之一」。[173]

在通訊員運動後期，志丹縣因為在培養本地工農通訊員方面卓有成效而再度引人矚目。抗戰勝利後全國革命形勢變化，大批知識分子調離陝甘寧邊區，對通訊員運動造成不利影響，一些曾經的模範縣，由於過去依賴外來知識分子而陷入困局，所謂「人走工作垮」，如安塞縣和定邊縣。[174] 志丹縣則逆勢而上，在多數知識分子離開後，通訊工作在以工農幹部為骨幹的

---

171 參見《解放日報》相關報導：李挺〈談談我練習寫稿子〉（1943年 10月11日第4版），〈志丹模範學習幹部王海清同志 經常為黨報寫稿〉（1944年8月31日第2版）。

172 劉漠冰：〈志丹縣委如何領導通訊工作〉，《解放日報》，1946年7月8日，第2版。

173 趙挺：〈關於志丹通訊工作的轉變〉，《解放日報》，1943年11月18日，第4版。

174 解放日報社1946年9月1日「記者節」表彰通訊工作，在介紹獲獎團體的文章中寫道，以往的模範縣定邊，因為通訊幹事藍蓬及其他知識分子調走，通訊工作一落千丈；另外在介紹新當選的團體甲等獎綏德縣時，先是表揚該縣通訊工作發展迅速，接著提出告誡：「但通幹聶眉初同志係外來知識分子，希望注意生根問題，以免以後人走工作垮，重蹈定邊覆轍。」參見〈甲等獎團體介紹〉，《解放日報》，1946年9月1日，第2版。

情形下，反而比以前更進一步，因此備受關注，延屬地委宣傳
部就曾表揚志丹縣培養工農通訊員的成績。[175]

　　1945 年 10 月 5 日，《解放日報》刊登專文介紹「志丹經
驗」，配發的「編者按」寫道：「志丹縣黨政負責同志對於如
何培養本地通訊員，一向就很重視，並花了許多工夫在這一工
作上。他們已取得了一些寶貴的經驗，故外來知識分子離開
後，本地通訊員即能繼續從事採寫，並做得很好。他們在領導
上所實行的一些辦法，是可以參考的。」[176] 從這篇「典型報
導」可知，志丹縣扶持工農通訊員的主要經驗是組織上重視，
例如每次區書、區長聯席會議後，縣委同志就布置寫稿任務，
而且方法上較為靈活，當部分工農幹部表示出對「寫作」的畏
難情緒時，縣委想出更換名稱的辦法，把「寫稿」改為「要材
料」，提倡隨時發現材料隨時寫下來，寄給縣上後由宣傳部修
改、綜合，這樣大大提高了文化水平較低幹部的投稿熱情。另
外，志丹縣還注重工農幹部和知識分子幹部的「互助合作」，
前者提供豐富的材料，後者加工寫作，或者幫助工農幹部
寫稿。

　　志丹通訊工作最突出的成就，也是上級黨委尤為重視的一
點，是利用黨報推動工作。1946 年 7 月，《解放日報》記者
劉漠冰訪問志丹，與縣委部分同志座談這方面的經驗，專文的
「編者按」寫道：「志丹縣委重視通訊工作，組織大家寫稿，
利用黨報改進領導等模範例子，本報曾屢有介紹……該縣領導

175　喬遷：〈延屬地委宣傳部加強各縣通訊工作〉，《解放日報》，1946
　　　年 2 月 24 日，第 2 版。

176　蘊明：〈志丹的通訊工作〉，1945 年 10 月 5 日，第 2 版。

把研究工作與通訊工作結合，尚有若干新經驗與新方法，可供各縣參考，爰為介紹如次。」[177]

文中介紹，1943 年大生產運動初步開展之際，時任西北局書記的高崗曾視察志丹縣工作，返回延安後在《解放日報》撰文批評志丹一位區委書記，把他列為春耕領導中的「壞典型」，這給了志丹幹部很大的教育，此後縣委領導就經常以《解放日報》作為工作的指針，從黨報上學習工作方法。黨報的典型報導也屢屢給該縣幹部帶來刺激和鼓勵，「看見別縣做了一件工作，立刻就想著要在本縣來做，並且隨時都在想著發揮創造，把工作辦好」。縣委書記王耀華特別重視報紙，如果一段時間內黨報上看不到志丹縣的消息，就會找宣傳部門研究原因，如果是通訊員懈怠則加強組織，倘若是實際工作欠佳則尋求改進。另外該縣也重視「創造典型，帶動一般」的工作方法，縣委隨時總結各區鄉經驗，在黨報上推廣先進典型。這年8 月，林伯渠和習仲勛聯袂函獎志丹縣，正是因為該縣幹部善於利用報紙，使得上半年生產任務超額完成。[178]

本章小結

延安時期通訊員運動，在運作機制上呈現高度組織化的特徵。這首先表現在運動由黨委和黨報直接推動，通訊員網絡建立在黨組織的基礎上，人員構成也以黨政幹部為主。運動初期

177 劉漠冰：〈志丹縣委如何領導通訊工作〉，《解放日報》，1946 年 7 月 8 日，第 2 版。

178 〈林主席、仲勛同志 函獎志丹幹部〉，《解放日報》，1946 年 8 月 10 日，第 2 版。

縣級幹部是寫稿主力，後來逐漸普及至區級，鄉村幹部雖然是
動員對象，但始終未能成為黨報通訊員的主流。普通農民通訊
員並不多見，一旦湧現出個別先進典型，就會被黨委和黨報大
力宣揚。可見，雖然運動的目標是指向一場普遍的群眾運動，
即群眾辦報，但受限於邊區的文化教育水平，現實策略只能
是優先動員黨政幹部，特別是以極大的力量培養工農幹部通
訊員。

　　有研究者將抗戰時期黨報通訊網的建構分為全黨辦報和群
眾辦報兩個階段，前一階段在黨政系統內部發動通訊員，後一
階段擴展至普通群眾的範圍。[179] 不過從陝甘寧邊區的實踐來
看，這種「雙重路徑」更多體現為辦報層次的差序而非時間順
序的先後。直至延安後期，基層社會的黑板報、壁報確實吸納
了部分群眾中的積極分子，[180] 但建制化的黨報通訊工作「主要

---

179 黃偉迪：〈協作生產：革命時期黨報通訊員的網絡建構與技術改
　　造〉，《編輯之友》，2019年，第12期。

180 延安時期一直在探索群眾辦報的有效方式，大約從1944年下半年開
　　始，黑板報在邊區各地普遍開花，黨委和黨報也大力宣傳推廣，邊區
　　政府和參議會出台了多個發展黑板報的通知或決議。這年年底的邊區
　　參議會上，政府副主席李鼎銘說，邊區「已有六百多塊大眾黑板報，
　　是現有條件下幾經摸索到的群眾辦報的最好形式，群眾因此實際享受
　　了出版自由的權利。識字不多，可以用紙條條或『捎話』通訊的方式
　　在黑板報上發表言論，這可說是新聞學上的新創造」（〈文教工作的
　　方向——十二月六日邊區李副主席在邊區參議會上的發言〉，《解放
　　日報》，1944年12月，第1-2版）。黑板報通常由鄉村積極分子組
　　成編委會，廣泛發動農村老百姓擔任通訊員，識字少或不識字的人
　　可以通過簡單的紙條，或者讓別人帶話給編委會（即「捎話稿」，這
　　一類型的「稿件」往往占據總稿量的七、八成），黑板報上發表的好
　　稿子還會寄給縣市級黨報，甚至寄給邊區群眾報和解放日報（葛洛：

以區級幹部及本區內熱心的鄉幹部與小學教員為基礎」，[181]
而且鄉級幹部始終未能普遍動員起來，群眾的稿件更是鳳毛麟
角。通訊員運動的參與範圍，實際上是以區級以上脫產幹部為
主力，是一種有限度的全黨辦報。呂新雨提出的「政黨組織傳
播」，應當是更有效的分析框架。[182]

　　按照「一元化」領導方針，各地通訊工作由黨政首長親自
負責、具體領導，往往由縣委書記擔任本縣最重要的通訊小組
（解放日報通訊組）組長。宣傳部門是領導通訊工作的執行機
關，也是報社與通訊員之間的關鍵中介，負責通訊員的業務指
導和日常組織活動，承擔了繁重的改稿工作。通訊員的寫作內
容，受到黨報和黨委宣傳部的雙重指導，解放日報經常刊登給
通訊員的公開信，解釋一段時期的報導中心、選題要點和寫
作注意事項，這種指示信接近專業化的採訪提綱。黨委宣傳部
接到解放日報或上級指示後，根據當地情況加以補充說明，然
後通知本地通訊員。通訊員的稿件寄交縣委宣傳部，按照黨政
系統的分工，分別由縣委書記、縣長閱後簽發，最後由宣傳部
統一寄送報社，重要的稿件還需寄給地委宣傳部審查後再轉寄
報社。

　　通訊員運動在人員構成、制度管理、寫作內容、審查發

　　〈延安市橋鎮鄉的黑板報〉，《解放日報》，1944 年 11 月 14 日，第
　　4 版；張潮：〈群眾創辦的黑板報〉，《解放日報》，1944 年 11 月
　　16 日，第 4 版）。

181　〈關於發展群眾讀報辦報與通訊工作的決議〉（1944 年 11 月 16
　　日），《陝甘寧邊區政府文件選編》第 8 輯，第 426 頁。

182　呂新雨：〈第三世界視野下的「中國道路」與黨報理論〉，《經濟導
　　刊》，2020 年，第 10 期。

表等各個環節均由組織規劃和統一領導，這一方面有工作效率的考量，運動初期由文藝愛好者、知識分子自發成立的通訊組織，被證明是散漫無效的，這種組織方式顯然無法適應群眾運動的規模和強度。另一方面，更重要的原因是通訊工作並非個人化的行為，而是一種公共事業，是革命整體的一部分。[183] 這樣的屬性定位，必然要求通訊工作服從於黨的總體策略，在組織動員群眾的同時，自身也要「組織起來」。

政黨、新聞工作者和工農幹部是通訊員運動的三個主要行動者。其中，政黨是通訊員運動中最關鍵的行動者。延安十年是中國共產黨空前擴張的時期，也是這個政治組織進行自我鍛造的關鍵時刻，黨報在其中扮演了重要角色。整風運動開啟前，全國黨員數量已經從抗戰開始時的 4、5 萬猛增至 80 萬，成為中國政治生活中的一個決定性力量。黨報的改造即與政黨本身的革新密不可分，是整風初期率先接受改造的部門。1942年初《解放日報》醞釀改版期間，毛澤東在一次政治局會議上說：「我黨現有八十萬黨員，五十萬軍隊，但黨報是弄得不好的……要達到改造黨的目的，必須首先改造黨報的工作。」[184] 正是基於「改造黨」的戰略全域視野，毛澤東在全黨普遍整風的前夜投入相當多的精力，親自領導了黨中央機關報的整頓。改版後的《解放日報》，先是在整風運動和大生產運動這兩項

---

183 在通訊員運動中「出風頭」、「鬧名譽」等個人主義想法，是被嚴屬批評的錯誤思想問題。例如延川縣部分通訊員寫稿偏重趣味性，縣委宣傳部特別寫信指示，希望通訊員端正認識，寫稿為不光了為了登報，更重要的是改進工作。參見張弗予：〈延川縣委宣傳部 布置鄉選中通訊工作〉，《解放日報》，1945 年 11 月 14 日，第 2 版。

184 《毛澤東年譜（1893-1949）》（修訂本）中卷，第 367 頁。

緊要工作中發揮作用，逐漸探索出一套新的辦報模式，繼而從下半年開始推展至政黨的日常工作領域，新聞大眾化運動由此興起。從通訊員運動和工農寫作運動的實施情況來看，新聞大眾化超出了報社編輯部的業務範疇，動用了政黨的核心組織資源，至少在革新工作機制和強固組織基礎兩個方面起到了「改造黨」的作用。

　　作為典型的「先鋒隊—領導型政黨」，中共依照列寧主義建黨學說與組織原則而建立，是一種具有超強組織力的新型現代政黨，「達到了人類政黨組織化的最高水平」。[185] 利用現代化的制度和手段提高組織動員的效率，向來為中共所推重。黃道炫關於抗戰時期政策落實機制的研究，指出中共善於使用開會、數目字管理等現代組織方式，特別是對開會技術的運用可謂爐火純青。[186] 利用報紙推動工作，則是中共領導方法和組織技術的新發展，毛澤東對此有過細緻的闡釋——

　　　　過去我們學會了一種工作方式，就是開會。這個方式各處盛行，多年以來我們就沒有放棄過這種工作方式。如果你們再把辦報這種工作方式採用起來，那麼許多道理和典型就可以經過報紙去宣傳。現在我們要學會這種工作方式。現在我們邊區，開會是最重要的工作方式，報紙發出去就可以省得開許多會。我們可以把許多問題拿到報紙上討論，就等於開會、開訓練班了，許多指示信可以用新聞來

185　姚中秋：〈現代政黨演進邏輯中的中國共產黨：世界體系視角的解釋〉，《江西社會科學》，2022年，第3期。

186　黃道炫：〈如何落實：抗戰時期中共的貫徹機制〉，《近代史研究》，2019年，第5期。

代替……[187]

　　報紙是延安時期影響最大的現代化大眾媒介，在信息交流
的效率和廣度方面具有傳統技術手段難以比擬的勝勢，被譽為
宣傳和組織的「最有力的工具」[188]、「最銳利的武器」[189]。
中共為此建立了多層級的大規模黨報體系，並將其納入政黨政
治的核心地帶，成為一種常規化的組織技術。在延安時期的新
聞論述中，油印機、談話、傳單等傳統手段甚至被批評為不值
得留戀的「手工業工作方式的落後習慣」[190]，「秘密手工業
式的領導方式」[191]，應該被報紙這種現代化產業的工作方式
取而代之。在具體實踐中，除了刊載文件指令、發揮報紙基本
的信息傳遞作用，中共還對報紙功能進行了創造性開掘，將其
打造為政治組織交流經驗、溝通工作信息的平台化媒介，其運
作機制一方面是基層幹部提供大量的工作經驗，寫成稿件在報
紙上發表（即「通訊」），另一方面則是基層幹部認真對待黨
報，研究和討論報紙上的工作經驗，改進本地或本部門的工作
（即「讀報」），如此循環往復。在這種程序中，基層幹部廣
泛參與、貢獻一手經驗（信息）無疑是「平台」得以運轉的先

187　毛澤東：〈關於陝甘寧邊區的文化教育問題〉（1944 年 3 月 22
　　　日），《建黨以來重要文獻選編（1921-1949）》第 21 冊，第 112-
　　　114 頁。
188　〈為改造黨報的通知〉（1942 年 3 月 16 日），《中國共產黨新聞工
　　　作文件彙編》上卷，第 126-127 頁。
189　《毛澤東年譜（1893-1949）》（修訂本）中卷，第 367 頁。
190　〈社論：黨與黨報〉，《解放日報》，1942 年 9 月 22 日，第 1-2 版。
191　王敬主編：《延安〈解放日報〉史》，新華出版社，1998 年，第
　　　25 頁。

決條件。[192] 正是在這個意義上，陸定一強調「非專業的記者」對黨報來說是「更重要的（再說一遍：更重要的！）」，發動和組織基層幹部積極為黨報寫稿，「報導他自己親身參與的事實」，[193] 也就不僅僅是黨報的專屬業務，還是全黨的一項重要工作，而且唯有「以黨的核心力量去推進」才能造成這樣的局面，大規模的通訊員運動由此興起。

交流平台的功能定位，深刻影響了黨報的新聞生產，工作消息／通訊、典型報導成為主流文體。改版後的《解放日報》上，頻繁出現一種類似工作手冊或操作說明書的異於常規新聞體裁的文本樣式，見諸整風運動、大生產運動、秋收運動、徵糧運動、選舉運動、衛生運動等幾乎所有「運動」的報導之中，因此通訊寫作的重點是典型工作經驗與先進人物事例，通過熱烈的喝彩對邊區人民發揮組織作用，而批評報導和輿論監督在延安時期黨報實踐中始終是支流。

新聞通訊以正面報導為主，記者通訊員扮演「球場邊的

192　借助「平台」概念來理解黨報，受到張慧瑜的啟發。這個時髦的互聯網時代的概念，看似與黨報風馬牛不相及，然而當下被過分幻化的所謂「互聯網思維」，或許只是一些樸素道理的新式包裝以及新條件下的運用。張慧瑜從基層社會治理的角度，分析了根據地時期黨報、黑板報等媒介豐富的「平台化」實踐，參見參見張慧瑜：〈以寫作為媒介：基層傳播與群眾寫作運動——以晉冀魯豫根據地李文波營長寫作為例〉，《新聞春秋》，2022 年，第 3 期；張慧瑜：〈基層傳播的理論來源與歷史實踐——以 20 世紀 40 年代《解放日報》改版和《在延安文藝座談會上的講話》為核心〉，《現代中文學刊》，2022 年，第 3 期。

193　陸定一：〈我們對於新聞學的基本觀點〉，《解放日報》，1943 年 9 月 1 日，第 4 版。

啦啦隊」，這個新聞操作準則在延安時期勃興，日後成為中共新聞學的基本原則，顯然與西方新聞業所推崇的「扒糞者」（muckraker）、「看門狗」（watchdog）相去甚遠。對此，真正有益的分析路徑並不是以西方標尺來套裁，而是進入歷史肌理之中加以「理解」。正如趙月枝所分析的，中共及其領導的新聞業是國際共運的一部分，這必然要求黨報倡導新人新事新思想，以建設一個社會主義新世界，這在歷史邏輯和理論邏輯上是自洽統一的。即便在西方，社會運動媒體也必然是倡導性媒體，而不是所謂的客觀中立的超然性媒體。[194]

通訊員運動興起後，重心很快轉向工農寫作，成為幹部教育的特殊通道，深層動因仍在於新型政黨自身的「改造」。中國近世轉型的一個歷史選擇，是由政黨組織來主導現代國家的構建、治理和發展，形成了「政黨中心主義」的現代化模式。[195] 具體而言，即列寧主義政黨替代儒家士紳成為社會的組織者，由具有高水平組織、動員、整合能力的先鋒隊政黨，在前工業化的半殖民地領導人民實現社會革命、民族獨立、國家發展等一系列內外目標。[196] 延安整風前夕，標誌著系統性幹部教育發端的中央文件〈關於增強黨性的決定〉，開場白指出「中國共產黨經過二十多年的革命鍛煉，現在已成為全國政治生活中的重要的決定的因素，然而放在我們面前的仍然是偉大

194　趙月枝：〈全球視野中的中共新聞理論和實踐〉，《新聞記者》，2018 年，第 4 期。

195　楊光斌：〈制度變遷中的政黨中心主義〉，《西華大學學報（哲學社會科學版）》，2010 年，第 2 期。

196　姚中秋：〈現代政黨演進邏輯中的中國共產黨：世界體系視角的解釋〉，《江西社會科學》，2022 年，第 3 期。

而艱難的革命事業」，[197] 體現的正是一種對「歷史天命」的自覺意識。任弼時在解釋這份文件時指出，抗戰以來全黨新增黨員 75 萬，其中絕大多數是農民和知識分子出身，「大批新黨員今天很需要黨更多的教育」。[198] 這就從中共人員構成和組織基礎的獨特性出發，道出了大規模幹部教育的重要性。

從政黨類型學來看，中共屬於典型的「大眾黨」或「群眾黨」（mass party），善於吸納工農群體中的積極分子和知識群體中的進步分子，擁有豐富的幹部資源擔綱社會的組織者，特別是大量農民幹部對基層社會的深度整合，為中共的傳奇性勝利奠定基礎。[199] 作為黨員幹部主要來源的農民和知識分子，要具備整合社會所必需的組織力和動員力，高水平的幹部教育和政黨建設就勢在必行。延安整風是在歷史節點進行的一次集中的黨內教育運動，日常的幹部教育則散見於各項具體工作和時機之中。黨報改版後展開的通訊員運動，蘊含著提升工農幹部文化水平和工作能力、促進知識分子幹部意識形態認同的教育潛能，很快被政黨組織加以發掘和利用，通訊員運動的重心順勢轉向了工農寫作，起到了幹部教育的特殊功用。

由此可見，延安時期新聞大眾化的探索和實踐，意義遠遠超出了報紙或新聞的專業範疇，實際上是一個現代政黨創造性地使用和改造新媒介技術，用以創新工作方法和改造組織基

---

197 〈關於增強黨性的決定〉（1941 年 7 月 1 日），《中國共產黨組織史資料》第 8 卷（文獻選編・上卷），第 571-573 頁。

198 任弼時：〈為什麼要作出增強黨性的決定〉（1942 年 7 月 14 日），《任弼時選集》，人民出版社，1987 年，第 238-245 頁。

199 金觀濤、劉青峰：《開放中的變遷：再論中國社會超穩定結構》，法律出版社，2010 年，第 339-341 頁。

礎，實現政黨本身的自我鍛造和強化。這種分析需要跳脫「政治支配新聞」的常見思路，反向探究新聞實踐對政黨政治的影響與塑造。這樣的視角在既往研究中較為鮮見，然而意圖並非標新立異，毋寧是重返歷史現場的努力。本文的核心結論，其實毛澤東在延安時期做過清晰的論述，「報紙可以當作重要的工作方式和教育方式」，黨內領導同志「要以很大的精力來注意這個工作」。[200] 或許只是受制於當下新聞實踐和學術研究共同的專業化傾向，「媒介中心主義」成為主導性的方法論，對新聞與政治關係的整全性理解變得困難重重，因此從所謂「反向視角」所做的探究才顯得略具新意。從這個意義上說，重訪這段業已消失的新聞圖景，有助於重新理解新聞的功能與角色，對思考當代黨報的處境與政治傳播的可能性同樣不無裨益，正如呂新雨指出的，「黨報與黨的建設的關係需要新的理解和再造，並在此基礎上重建作為國家政治生活的黨報與各級黨組織的生態關係」。[201]

---

200 毛澤東：〈關於陝甘寧邊區的文化教育問題〉（1944 年 3 月 22 日），《建黨以來重要文獻選編（1921-1949）》第 21 冊，第 112-114 頁。

201 呂新雨：〈第三世界視野下的「中國道路」與黨報理論〉，《經濟導刊》，2020 年，第 10 期。

第五章
「業餘路線」：
延安新聞傳統的一種闡釋

第一節　做一個「業餘」的記者

　　1946年「四八空難」後，詩人艾青飽含深情地寫下組詩〈想起他們〉，紀念殞命黑茶山的王若飛、鄧發、博古和葉挺，其中「想起博古同志」這樣寫道──

> 在「黨的文藝工作者會議」上，
> 你向文藝工作者們說：「迅速地反映現實，
> 密切地和政治和黨的政策結合起來！
> 幫助黨的報紙，寫當地的通訊，報告……」
> 你勸大家「做一個業餘的作家」，
> 把工作做好，把文章寫好；
> 你說：「要看見新的事物的萌芽，
> 要看見舊的事物的衰亡。」
> 你說：「英雄，必須注意他和群眾的關係。」
> 你說：「要在群眾中有你的知心朋友，
> 讓他和你談他心裡的話。」

去年十月間，我要離開延安，

你叫人送來一封信，

約我去和你談談，

要我給解放日報寫通訊，

我問你：「該寫些什麼？」

你說：「減租減息失敗和成功的經驗，

人們生活的變化，發動群眾的情形……」

你的話還清楚地留在我心裡

你卻離開我們去了……[1]

艾青所說的「黨的文藝工作者會議」，召開於 1943 年 3 月 10 日，當時延安文藝界經過初步整風之後，為了進一步實現毛澤東在一年前文藝座談會上所指明的新方向，一批作家準備去農村和部隊參加實際工作。臨行前，中央組織部和中央文委召集了這次會議，凱豐、陳雲、劉少奇、博古、李卓然發表講話，對文藝座談會精神做了進一步闡發。[2] 在這次會議上，博古以解放日報社長的身分，說明了新聞通訊「在文藝上和政治上的重要性」，要求到會的文化人都做黨報的通訊員。[3] 從

---

1 艾青：〈想起他們〉（1946 年 4 月 14 日），陝西省革命烈士事蹟編纂委員會編：《四八烈士》，陝西人民出版社，1983 年，第 245-256 頁。

2 〈實現文藝運動的新方向 中央文委召開黨的文藝工作者會議〉，《解放日報》，1943 年 3 月 13 日，第 1 版。

3 《解放日報》對博古發言僅有幾句介紹，並未說明「文藝上和政治上的重要性」具體所指。中宣部年底出台〈關於執行黨的文藝政策的決定〉，其中有如下表述：「報紙是今天根據地幹部與群眾最主要最普遍最經常的讀物，報紙上迅速反映現實鬥爭的長短通訊，在緊張的戰

艾青詩中的描述來看，博古還以黨的文化宣傳工作領導人的身分，對作家與黨、群眾的關係給出指示。特別值得注意的是，他勸導這些專業的文藝工作者「做一個業餘的作家」。

這次會議以及博古的講話，都頗具象徵意味。如果借用博古的表述，整風改版之後對新聞工作者和通訊員的要求，同樣是「做一個業餘的記者」。這是一套內涵豐富的新聞規範，與當代新聞專業主義（journalistic professionalism）迥異其趣，可以稱為「業餘路線」。

新聞專業主義的首要訴求是專業自主權（autonomy），即強調新聞業應獨立於社會外部力量，依靠職業倫理、內部機制和行業組織來實現自我治理。[4] 換言之，自治權的關鍵是獨立性（independence），這是新聞專業主義的「邏輯起點和核心內涵」。[5] 而延安時期的新聞業則深深內嵌於當時的政治與社會之中，在政黨的引導和管控下成為革命整體的一部分。就在這次會議上，陳雲對文藝工作者的身分屬性做出明確規定：「基本上是黨員，文化工作只是黨內的分工。」[6] 遠在

　　爭中是作者對讀者的最好貢獻，同時對作者自己的學習與創作的準備也有大的益處。那種輕視新聞工作，或對這一工作敷衍從事，滿足於浮光掠影的宣傳而不求深入實際、深入群眾的態度，應該糾正。」參見中宣部：〈關於執行黨的文藝政策的決定〉（1943 年 11 月 7日），《解放日報》，1943 年 11 月 8 日，第 1 版。

4　陸曄、潘忠黨：〈成名的想像：中國社會轉型過程中新聞從業者的專業主義話語建構〉，《新聞學研究》，2002 年，總第 71 期。

5　王維佳：〈追問「新聞專業主義迷思」──一個歷史與權力的分析〉，《新聞記者》，2014 年，第 2 期。

6　陳雲：〈關於黨的文藝工作者的兩個傾向問題（在黨的文藝工作者會議上的講話，1943 年 3 月 10 日）〉，《解放日報》，1943 年 3 月 29

此之前，1941年底解放日報社幾位記者鬧出「新聞自由」風波時，博古就提出「黨員記者首先是共產黨員，然後才是記者」。[7]《解放日報》整風改版所確立的「黨性」，很大程度上正是重申博古的這個定位，進一步取消報社和新聞人的「無政府主義」、「獨立性」，使他們按照列寧主義的集中化要求，在思想、政治和組織上完全融入黨的整體，甚至達到「一個字也不許鬧獨立性」的嚴苛程度。

在職業操作中採取中立的（neutral）、客觀的（objective）立場，是新聞專業主義的另一個特徵。延安時期對包括新聞工作者在內的知識分子的要求，則恰恰相反。博古在這次會議上提出「做一個業餘的作家」，直接原因就是文藝工作者要參加實際工作，而且「把工作做好」是第一位，甚至是「主業」，「寫好文章」尚在次位。與此同時，作家們還應密切結合政治，與群眾做「知心朋友」，這都要求飽滿的熱情、全身心的投入，而不是「超然」、「中立」的旁觀者。新聞業的要求同樣如此，改版社論〈致讀者〉要求記者在感情上與黨「呼吸相通」，對群眾的苦難和慘痛「感同身受」，成為群眾「共患難的朋友」。[8]

在實際操作中，黨報記者不僅要做到「三同」（與群眾同吃、同住、同勞動），還應躬身參與實際工作，「既當記者，又做工作」。例如解放日報社記者田方參加習仲勛領導的綏德移民工作，執筆起草整體移民方案，獲得黨委贊許，在這個過

日，第4版。

7　繆海稜：〈延安初期記者生活片段〉，《萬眾矚目清涼山——延安時期新聞出版文史資料》第1輯，第27頁。

8　〈社論：致讀者〉，《解放日報》，1942年4月1日，第1版。

程中寫出了多篇新聞報導。更能體現記者「身心投入」的是，田方調查移民情況時發現許多兒童患有頭癬、膿瘡等疫病，而農村又缺醫少藥，「心裡很不安」，他從城裡帶來碘酒、十滴水等常見藥物，治好了許多人，「農村並不知道新聞記者是幹什麼的，都以為我是醫生，我因此還結交了好幾位貧農朋友。以後每當他們進城趕集，都很隨便地到地委機關歇息交談，寄存東西，有時還睡在一個炕上」。[9]這是新聞業群眾路線的基本要求，也是在新聞專業主義框架下難以理解的現象。

　　新聞專業主義注重專業資質（qualification），強調從事新聞工作需要特定的知識和技能，這些必須經過專業的訓練才能獲得，行業組織的資格認證、行業內部的獎勵與懲罰備受推重，被認為是新聞工作從一門「職業」（occupation）上升為「專業」（profession）的標誌。[10]延安時期新聞業則反其道而行之，以極大的努力破除新聞的專業壁壘，不僅消解報社內部的技術至上主義以及由此帶來的傲慢心態，而且實施開門辦報的方針，動員廣大非專業的通訊員參與到新聞生產之中。在改版之前，解放日報社奉行專家辦報，凸顯專業理論與知識。陸定一回憶說，當時報社的不少記者編輯，「自己的稿子，雖然不盡其實，也不許別人改，說『我寫的稿子有趣味性，你得登，否則你就違背了新聞學原理』」。[11]為了糾正這樣的觀

9　　田方：〈延安的記者生涯〉，《我們同黨報一起成長——回憶延安歲月》，第 150-154 頁。

10　　Kaarle Nordengstreng, et al, *A History of the International Movement of Journalists: Prefessionalism Versus Politics*. New York, NY: Palgrave Macmillan, 2016, pp.8-41.

11　　陸定一：〈陸定一同志談延安解放日報改版——在解放日報史座談會

念，《解放日報》發表社論〈政治與技術〉，批判「技術第一」是一種「報閥」思想，指出採訪、寫作、編排、校對等新聞專業技術，其存在的意義在於更好地表現政治內容，是從屬性的要求，而新聞工作者一旦站穩了政治立場，技術的進步則不難求得。[12]

解放日報社和邊區黨組織在動員工農通訊員寫稿的過程中，對新聞專業知識和技能表現出了更開放的態度。標誌著運動拉開序幕的社論〈展開通訊員工作〉，提出通訊員在實際工作中獲得的生動而豐富的內容最為重要，也是報紙所急需，寫作技術和表達形式則是次要的，「你所接觸的群眾的行動、群眾的意見，你日常工作中所遇到的新的情況、新的問題，並不需要什麼特別費勁的去摹擬新聞筆調，或裝進什麼一定的格局，只要如實的、具體的（把時間、地點、人物和情節交代清楚）就好」。[13] 在這裡，專業技術被稱為「新聞腔調」、「新聞格局」，甚至成了嘲諷的對象。通訊員運動從始至終一直鼓勵工農群眾勇敢寫作，打破只有新聞記者、知識分子才能寫稿的糊塗觀點，一些基層通訊員所寫的樸素的稿件，往往被黨報全文發表，並配發「編者按」稱讚其技術水準。

要言之，延安時期新聞大眾化的理論與實踐，無論在形而上的價值訴求，還是形而下的操作辦法，都與當代新聞專業主義迥異其趣，構成了一種獨特的「業餘路線」。要理解這樣一

上的講話摘要〉，《新聞研究資料》，1981 年，總第 8 輯，第 7 頁。

12　〈社論：政治與技術——黨報工作中的一個重要問題〉，《解放日報》，1943 年 6 月 10 日，第 1 版。

13　〈社論：展開通訊員工作〉，《解放日報》，1942 年 8 月 25 日，第 1 版。

種新聞規範，必須回到歷史脈絡之中考察其內在脈絡和深層邏輯，特別是在二十世紀中國革命與政黨政治的大背景下加以把握。

第二節　黨與黨報：業餘路線的內在理路

1947 年 3 月，中共中央撤離延安。翌年 3 月，毛澤東率領中央縱隊東渡黃河，前往西柏坡。「延安時期」至此畫上句號，而新中國已如東方朝日，噴薄欲出。

赴西柏坡的途中，毛澤東在山西興縣的晉綏分局駐地停留八天，1948 年 4 月 2 日他接見晉綏日報社和新華社晉綏總分社的採編人員並發表長篇談話（〈對晉綏日報編輯人員的談話〉，以下簡稱〈談話〉），[14] 這是毛澤東少有的一次系統論述新聞工作。在此之前，中共在延安時期已經積累了豐富的辦報經驗，黨報理論與實踐臻於成熟，〈談話〉的字裡行間帶有濃厚的「延安氣息」，在很大程度上可以視為是對延安新聞傳統的一個提綱挈領式總結，從中可以窺視新聞業「業餘路線」的深層理路。

本節將以〈談話〉文本為中心，嘗試探討一種理解中共黨報模式的「理想類型」（ideal type）——這裡借鑒韋伯的分析方法，指的是研究者經由某種特定視界而構造出的概念工具，其基本定義為「將歷史活動的某些事件和關係，聯結到一

14　毛澤東：〈對晉綏日報編輯人員的談話〉（1948 年 4 月 2 日），《毛澤東選集》（第 2 版）第 4 卷，第 1318-1322 頁。本節關於「晉綏談話」的引述均出自該處，不再贅舉。

個自身無矛盾的秩序之中，這個秩序是由設想出來的各種關聯所組成」，具體的操作方式為「通過在思想中強化實在中的某些因素而獲得」。[15] 換言之，「理想類型」屬於研究者主觀思維的一種建構，但不是隨心所欲的憑空虛構，而是對經驗事實的某些特徵進行綜合與概括、突出或強調，並加以抽象化，「因其概念的純粹性，它不可能經驗地存在於任何實在之中，它是一個烏托邦」，這種建構的目的在於比較分析，「在每一個別的情況下確定實在在多大程度上接近或遠離這種思想圖像（理想類型）」。[16] 正如有研究者指出的，「理想類型」並不直接描述經驗現實，而是提供一個清楚的表現手段，「它雖用研究的邏輯取代了現實的邏輯……但卻是現實的一種折光」。[17]

就黨報「理想類型」的概念建構來說，毛澤東的〈談話〉實在是一個具有特殊意義的文本。一方面，毛澤東被公認為中共黨報理論與實踐的主要奠基人，但實際上毛澤東很少單獨闡述黨報工作，而是將新聞宣傳與政治、文化、組織等問題放在一起談論。例如在延安時期毛澤東主導了黨報的整風改造，不過即便在《解放日報》改版座談會上，毛澤東也僅是扼要指出了當前報紙的任務和改版的必要性，然後似乎偏離了改版的

15　此處綜合了韓水法和張旺山的譯文，參見馬克斯・韋伯：《社會科學方法論》，韓水法、莫茜譯，中央編譯出版社，1999 年，第 39 頁；馬克斯・韋伯：《韋伯方法論文集》，張旺山譯，聯經出版公司，2013 年，第 216 頁。

16　馬克斯・韋伯：《社會科學方法論》，第 40 頁。

17　張廣智、張廣勇：《史學：文化中的文化──西方史學文化的歷程》，上海社會科學院出版社，2013 年，第 277 頁。

「正題」，以更長的篇幅批評了王實味、丁玲為代表的文藝界
亂象（**詳見第一章**）。在毛澤東的視野中，新聞宣傳與黨的其
他工作實屬純然一體，黨報改版與文藝整風同樣一以貫之，但
對於當今的專業化新聞學研究而言，這些缺乏系統性的文獻材
料對於理解他的新聞思想造成了一定障礙。也正是在這個意義
上，〈談話〉的文本重要性得以彰顯──這是毛澤東少有的一
次全面論述新聞工作，並被收入建國後毛澤東親自挑選審定的
四卷本《毛澤東選集》，成為「毛選」中唯一一篇系統談論
黨報的文獻。研究者認為該文堪稱「毛澤東新聞思想的集中體
現」，[18] 奠定了中共新聞思想的理論基礎、標誌著中共新聞思
想進入成熟期，[19] 這些評價精煉地概括了這篇文獻的里程碑意
義。另一方面，更關鍵的問題在於，這次談話雖然部分涉及晉
綏邊區當時當地的具體事務，但核心內容關乎黨報的重大原則
問題，「宏旨大意仍不失一字千鈞」。[20] 在這次專門論述黨報
的談話中，毛澤東仍然沒有拘泥於新聞工作本身，而是以馬克
思主義思想家的宏闊視野，在共產主義解放政治的大框架下，
對黨報的定位、作用和方法做了理論化的闡述，具有很強的邏
輯自洽性──這樣一種論述，從內容到形式均較為契合「理想

18　竇其文：《毛澤東新聞思想研究》，中國新聞出版社，1986 年，第
　　80 頁。

19　鄭保衛：〈毛澤東對《晉綏日報》編輯人員談話的背景、價值及意
　　義──寫在談話發表 70 週年之際〉，《青年記者》，2018 年，第
　　7 期。

20　劉建明：〈毛澤東對《晉綏日報》編輯人員談話的歷史追述〉，《青
　　年記者》，2018 年，第 6 期。

類型」的建構，即「邏輯意義上的純粹類型」。[21]

　　關於這篇思想內涵極為豐富的經典文獻，已有學者從歷史語境、主要觀點、理論價值、現實意義、邏輯句式等諸多方面進行過探討。[22] 不過既有研究囿於政治話語的字義重複和論證循環，尚未將這種豐富性和深刻性有效呈現出來。一個關鍵問題在於，毛澤東是在一種整體性的政治邏輯中談論新聞工作，這要求我們跳出對於新聞和報紙的過度聚焦，從革命整體的視野來理解作為局部的新聞工作，如此或能揭示出〈談話〉的深刻性。此外，從方法論的角度來說，以當代新聞學的知識範疇來解釋這段歷史，或許並不能真正地打開問題，更有效的路徑或許是努力回到歷史脈絡之中，從中國革命的「內在視野」出發來展開其內涵。具體到〈談話〉則需要貼近歷史語境進入毛澤東的思想世界，循著他的整體性政治邏輯來理解新聞工作，這對研究者的心智無疑構成巨大挑戰。本節將嘗試按照這樣的思路，對毛澤東的論述邏輯進行理解和闡發，既是對延安新聞傳統的一種回顧，也是本書經驗研究的一個總結。

一、先鋒隊的領導與啟蒙

　　黨報依託於政黨政治，這是理解黨報的邏輯前提。正因為

21　葉毅均：〈論韋伯之「理想型」概念建構 —— 兼與林毓生先生商榷〉，《思想與文化》，2016 年，第 2 期。

22　2018 年是毛澤東對晉綏日報編輯人員談話發表 70 週年，在構建新時代中國特色新聞學的大背景下，毛澤東的這篇經典文本獲得重視，中國人民大學新聞學院舉辦了高規格的紀念研討會，與會者對諸多議題展開了廣泛探討，《呂梁學院學報》2018 年第 4 期推出這次研討會的專刊。

此，面對晉綏邊區的新聞工作者闡述辦報方針，毛澤東開篇卻從政黨的工作原則說起——「我們的政策，不光要使領導者知道，幹部知道，還要使廣大的群眾知道。」之所以這樣做，是因為「我們歷來主張革命要依靠人民群眾，大家動手，反對只依靠少數人發號施令」。換言之，黨的工作不能局限於職業革命家和政治精英內部，而應一切依靠群眾、放手發動群眾，這也是群眾路線的基本要義之一。這種廣泛社會動員的基礎是政黨與群眾之間的密切互動，所以毛澤東在開篇反覆強調「使廣大群眾都能知道」——正在進行的土地改革、軍事鬥爭以及各項工作，都應讓群眾「知道」、「明瞭」。

現代政黨政治的主題是政黨與群眾的關係，群眾路線則是中共應對這個主題所做出的政治創新，[23] 其基本方法包括「集中起來」、「堅持下去」、「無限循環」等步驟，可以看作一個不斷進行中的政治傳播過程。將黨的政策廣為傳播，使群眾知曉並「堅持下去」，是這個信息流中的一個環節。值得注意的是，在毛澤東的論述中「政策」的涵義越出了綱領路線的範疇，成為「真理」——「群眾知道了真理，有了共同的目的，就會齊心來做」。從形式上來看，這裡似乎出現了概念的混亂，不過在群眾路線的邏輯中，「政策」的形成有著特定的程序，即將群眾中「分散的無系統的意見」集中起來，經由政黨的中介轉換，變為「系統的意見」。[24] 換作延安時期的術語來說，「只有無產階級的政黨共產黨，才能夠把人民群眾的當

23　郭湛、曾東辰：〈代表性斷裂問題與群眾路線之解〉，《學術交流》，2019年，第5期。

24　毛澤東：〈關於領導方法的若干問題〉（1943年6月1日），《毛澤東選集》（第2版）第3卷，第899-900頁。

前的、局部的利益同長遠的、根本的利益統一起來」。[25] 經過
這樣政治程序而產生的「政策」，不同於一般行政體系的文件
通知。

為了進一步說明群眾知曉「政策」與「真理」的意義，毛
澤東舉了軍事鬥爭的例子，「陝北的部隊經過整訓訴苦以後，
戰士們的覺悟提高了，明瞭了為什麼打仗，怎樣打法，個個磨
拳擦掌，士氣很高，一出馬就打了勝仗」。這再次說明，「政
策」的傳播絕非上情下達的信息傳遞，而是一個政治啟蒙和動
員的豐富過程。緊接打仗的例子之後，毛澤東說：「馬克思列
寧主義的基本原則，就是要使群眾認識自己的利益，並且團結
起來，為自己的利益而奮鬥。」這句話堪稱開篇第一段的點睛
之筆，但在以往的研究中未能引起足夠的重視。在這裡，毛澤
東實際上是用通俗的語言向新聞工作者講解歷史唯物主義基本
原理。如果「轉譯」成馬克思的理論話語，那就是共產主義
運動旨在啟發階級意識，使無產階級從「自在的階級」上升為
「自為的階級」，從而實現自我解放，自己創造歷史。[26] 在延
安時期通過全黨整風學習，這個歷史觀已經牢固樹立起來，正
如劉少奇在「七大」所作修改黨章報告中總結的，「相信群眾
自己解放自己」是黨的基本群眾觀點之一。[27] 在〈談話〉最後
一段毛澤東補充說：「我們要教育人民認識真理，要動員人民

25　吳冷西：〈增強黨報的黨性──清涼山整風運動回憶〉，《我們同黨
　　報一起成長──回憶延安歲月》，第 21 頁。

26　馬克思：《哲學的貧困》（1847 年），《馬克思恩格斯選集》第 1
　　卷，人民出版社，1995 年，第 136-195 頁。

27　劉少奇：〈論黨〉（1945 年 5 月 14 日），《劉少奇選集》上卷，人
　　民出版社，1981 年，第 354 頁。

起來為解放自己而鬥爭」，可謂首尾呼應。

這樣的歷史觀決定了政黨的使命。「我們要教育人民認識真理」，這裡的主語「我們」自然指的是「黨」──無產階級政黨。換言之，階級意識的啟發和階級主體性的形成，無產階級在思想、政治、組織上的成熟，均離不開政黨的引導和中介，這是無產階級政黨的歷史使命，也是理解〈談話〉以及中共新聞傳統的關鍵。在馬克思和恩格斯的著述中，政黨和國家權力在一定程度上是次要問題，最根本的、最迫切的理論工作是對資本主義經濟關係展開全面分析。[28] 不過對於現實的革命者列寧而言，革命鬥爭策略、政黨和國家的組織方式等問題則迫在眉睫。列寧創造了「先鋒隊」建黨模式，即由階級的先進分子、職業革命家組成紀律嚴明的政黨，該組織具有清晰的意識形態訴求和堅定的政治價值，全黨凝聚為極具戰鬥力的集體。按照上述原則建立的列寧主義政黨和布爾什維克體制，對二十世紀政治進程影響深遠。中國共產黨是一個典型的「先鋒隊」政黨，延安整風即指向全黨「更加布爾什維克化」。作為整風運動的一環，黨報改版的一個核心目標是消除新聞工作者的自由主義、無政府主義習氣，使新聞事業服從黨的一元化領導，其實質是以列寧主義集中化的要求來改造文化宣傳領域，使之成為整體的有機部分。

關於列寧主義政黨，嚴明的紀律、一元化領導屬於政黨組織方式的範疇，即手段層面的問題，其意識形態終極目標是無

28　馬克思和恩格斯關於政黨、國家的政治思考，英國史學家霍布斯鮑姆（Eric Hobsbawn）有過精彩分析，參見埃里克‧霍布斯鮑姆：〈馬克思、恩格斯與政治〉，呂增奎譯，《馬克思主義與現實》，2012年，第 1 期。

產階級的自我解放、社會的自我治理。換句話說，先鋒隊建黨
模式提出了自上而下的領導問題，但並未取消自下而上的社會
運動。雖然手段和目的之間存在一定悖論，時而出現「異化」
現象，但中國革命的獨特之處，恰恰在於存在克服「異化」、
打破政治僵化的持續努力，[29] 這與毛澤東的政黨理論與群眾路
線的工作原則密不可分。在 1942 年西北局高幹會議上，毛澤
東對無產階級政黨做出深刻闡釋。毛澤東指出，黨是無產階級
的先鋒隊、先進部隊，任務是指導群眾、聯繫群眾、教育群
眾，「要把群眾提高到黨的水平，先鋒隊的水平，將來，幾十
年、幾百年以後，逐漸地提高到黨的水平，那時共產黨就不要
了，全世界的階級都廢除了」。[30] 顯然，毛澤東並沒有將政黨
看作結構性的靜態組織，或者支配性的權力機器，而是一種引
導階級意識、形成主體性的革命機制，政黨需要在社會運動之
中存在和發展，其本身永遠處在「未完成」的狀態中。也就是
說，作為先鋒隊的共產黨是無產階級組織動員的歷史工具，終
極目標是人民群眾的自我解放。有研究者認為，毛澤東的政黨
理論與馬克思、列寧一脈相承，與葛蘭西異曲同工。[31]

　　政黨的這個歷史使命，決定了群眾路線必然成為其領導
原則和工作方法——一切為了群眾，一切依靠群眾；從群眾中

29　汪暉：〈去政治化的政治、霸權的多重構成與六十年代的消逝〉，
　　《開放時代》，2007 年，第 2 期。

30　毛澤東：〈布爾什維克化十二條——在西北局高幹會議上的報告〉
　　（1942 年 11 月 23 日），新湖大革命造反臨時委員會宣傳部編：《戰
　　無不勝的毛澤東思想萬歲》第 2 冊，內部資料，1967 年，第 238 頁。

31　汪暉：《別求新聲：汪暉訪談錄》（第 2 版），北京大學出版社，
　　2010 年，第 44-48 頁。

來，到群眾中去。所以在〈談話〉第二段，毛澤東花費了較長篇幅專門討論黨的群眾路線問題，強調「我們歷來主張革命要依靠人民群眾，大家動手」，批評有些幹部「不懂得發揮被領導者的積極性和創造力」，導致「群眾路線仍然不能貫徹，他們還是只靠少數人冷冷清清地做工作」。這裡的論述重點是黨的幹部，也引出了群眾路線的一個重要特徵，即政黨是實踐群眾路線的主體，黨員幹部必須積極主動地聯繫群眾、深入實際。王紹光稱之為「逆向參與」，即西方的公眾參與模式「強調參與是民眾的權利」，而中共的群眾路線則「強調與民眾打成一片是幹部的責任」。[32] 這個特徵一方面仍具有現實活力，例如有研究者指出，哈貝馬斯、巴伯等當代政治理論家針對代議民主危機而提出的「協商民主」（deliberative democracy）、「強民主」（strong democracy）等解決方案，希望將民眾的政治參與從投票選舉擴展到政策的協商制定，他們依賴的路徑仍是擴大民眾權利、培養合格的公民，這在現代社會因為原子化生存而導致的普遍性政治冷漠下，並不具有很強的操作性，實際運作中所擴展的反倒是利益集團、「遊說團」的政治操弄，而中共的群眾路線並非被動地等待社會民眾的政治參與，而是先鋒隊主動深入群眾之中，通過打成一片的直接互動方式使群眾進入政治過程。[33] 另一方面，群眾路線對黨員幹部提出的「外向」要求，也是理解黨報及其新聞工作者的關鍵。

32　王紹光：〈毛澤東的逆向政治參與模式──群眾路線〉，《學習月刊》，2009 年，第 23 期。

33　吳冠軍：〈重新激活「群眾路線」的兩個關鍵問題：為什麼與如何〉，《政治學研究》，2016 年，第 6 期。

二、群眾路線的信息流動

明確了先鋒隊政黨的歷史使命和工作原則之後，那麼黨報在其中扮演何種角色、發揮何種作用？

從上文分析可知，群眾路線實際上是一個信息循環流動的政治傳播過程。其中，作為當時傳播效率最高的報刊、廣播等大眾媒介以及相應的新聞手段，必然為政黨所倚重。毛澤東在首段說，「有關政策的問題，一般地都應在黨的報紙上或者刊物上進行宣傳……有關土地改革的各項政策，都應該在報上發表，在電台廣播」。關於借助強有力的傳播手段來推行政策這一點，有句話最為著名——「報紙的作用和力量，就在它能使黨的綱領路線、方針政策、工作任務和工作方法，最迅速最廣泛地同群眾見面」。這句話出現在首段末尾，也是〈談話〉中引用率最高的表述，幾乎被公認為是黨報角色的權威界定。概言之，黨報的作用在於快速地上情下達、傳遞黨的聲音。倘若如此，黨報的性質確乎為「黨組織的喉舌」。

這裡首先需要結合當時的特殊語境，做一個「經」與「權」的區別分析。[34] 在正式談話之前，毛澤東先與在場的晉綏黨政幹部和新聞工作者聊天，涉及土改中錯定階級成分的問題，獲悉部分原因是〈關於民族資產階級和開明紳士問題〉

34　毛澤東〈在延安文藝座談會上的講話〉正式發表後，郭沫若給出四字評價：「有經有權」。毛澤東頗為讚賞，認為是知音之論。胡喬木事隔多年之後解釋說，所謂「經」即「經常的道理」、「普遍的規律」、「普遍真理性的內容」，所謂「權」即「適應一定環境和條件的權宜之計」。參見胡喬木：《胡喬木回憶毛澤東》（增訂本），人民出版社，2014 年，第 271 頁。

與〈怎樣分析農村階級〉這兩份重要的中央文件沒能廣泛傳達。[35]毛澤東以此為切入點開啟了談話，因而強調報紙的「上情下達」。可見，單方面強調報紙傳遞黨的政策的作用，乃是針對晉綏邊區的「權宜之計」。[36]其次，從延安時期黨報理論來看，這個界定並不完整。毛澤東在這裡並未提及黨報的「下

35　當時晉綏邊區最重要的工作是糾正土改和整黨工作中「左」的偏差。作為晉綏分局的機關報，《晉綏日報》在兩項工作的宣傳報導中同樣存在急迫冒進的問題。在這次接見之前，《晉綏日報》編輯部準備了六個問題，當面呈交毛澤東請求指示，這些問題包括：貫徹黨的群眾路線、全黨辦報方針、宣傳黨的路線和政策、依靠貧農與團結中農、開展批評與自我批評、團結民族資產階級和開明紳士。前三個關於黨報和新聞工作，後三個則為土改和整黨的熱點問題。毛澤東拿到六個問題後逐一審視，起初並未正面回答，待悉數閱畢之後，毛澤東詢問與這些提問相關的兩份重要文件——〈關於民族資產階級和開明紳士問題〉與〈怎樣分析農村階級〉，得知兩份文件尚未在晉綏邊區廣泛傳達，由此開始了正式談話。關於上述情景，幾篇回憶錄的描述較為一致，參見紀希晨：〈回憶毛澤東同志對《晉綏日報》編輯人員談話的情景〉，中國社會科學院新聞研究所、湖南省新聞學會編：《毛澤東新聞理論研究》，湖南人民出版社，1984 年，第 325-343 頁；張友：〈毛主席對《晉綏日報》編輯人員談話的回憶〉，《興縣文史資料》，2004 年，第 8 輯；原《晉綏日報》部分在京人員：〈親切的接見 諄諄的教導——毛主席對《晉綏日報》編輯人員談話的回憶〉，中共湖南省委宣傳部編：《新聞工作學習資料》（一），內部資料，1977 年，第 97-105 頁。

36　已有研究者敏銳地指出了這一點，「土改工作和土改宣傳中出現的問題，基本來自上層，在這裡他（毛澤東——引者注）並沒有強調下情上傳，或利用報紙來反映群眾的聲音；並不是面面俱到的談黨報的任務和方法，實際上重點強調了其中的一個方面。」參見王潤澤、賴垚珺：〈毛澤東論黨報的名篇——《對晉綏日報編輯人員的談話》〉，《新聞界》，2012 年，第 19 期。

情上達」，即 1942 年《解放日報》改版社論所說的「反映群眾的情緒、生活需求和要求，記載他們的可歌可泣的英勇奮鬥的事蹟，反映他們身受的苦難和慘痛，宣達他們的意見和呼聲」。[37] 事實上，在延安時期關於黨報的論述中，「傳達黨的政策」與「反映群眾呼聲」向來並駕齊驅，罕有偏頗。

　　不過，即使補充了上述背景，做到「上情下達」和「下情上達」的綜合與平衡，這樣的信息傳遞仍不足以概括黨報的角色。應該引起重視的是如下論述：「同志們是辦報的。你們的工作，就是教育群眾，讓群眾知道自己的利益，自己的任務，和黨的方針政策。」這句話出現在〈談話〉第三段首句，在闡明了政黨的歷史使命與工作方法、勾勒出宏觀框架之後，過渡到黨報和新聞工作者，從邏輯上來說可謂水到渠成。這個論斷承續了前文所說「馬克思列寧主義的基本原則」，仍然從政治啟蒙的角度來談論「辦報」，指出黨報和新聞工作者的任務同樣是教育和動員群眾，召喚出他們的階級意識和主體性，參與到革命鬥爭與自身解放的事業之中──這是全黨的任務，也是作為局部的黨報和新聞工作者的任務，並沒有獨立或脫離於總體政治目標的空間。毛澤東的期待，是希望他們利用報紙這種當時最先進的傳播手段、「最有力的工具」[38] 更有效地「組織起來」。這實際上是整風改版以來確立的黨報在革命整體事業中應扮演的角色。1944 年初，經過改造後《解放日報》已經在邊區發揮了重要的教育與組織作用，毛澤東說「有一個《解

37　〈社論：致讀者〉，《解放日報》，1942 年 4 月 1 日，第 1 版。
38　〈為改造黨報的通知〉（1942 年 3 月 16 日），《中國共產黨新聞工作文件彙編》上卷，第 126 頁。

放日報》，就可以組織起整個邊區的政治、文化生活」，他告誡各級黨政幹部應該把報紙「作為組織一切工作的一個武器，反映政治、軍事、經濟並且又指導政治、軍事、經濟的一個武器，組織群眾和教育群眾的一個武器」。[39]

緊接而來的問題是，如何使黨報更好地發揮教育與組織作用？亦即辦報方針問題。與黨的總體工作原則一樣，毛澤東給黨報的指示同樣是群眾路線：「我們的報紙也要靠大家來辦，靠全體人民來辦，靠全黨來辦，而不能只靠少數人關起門來辦。」這句名言成為黨報群眾路線的經典表述。不過這裡僅僅點出了辦報主體，至於實施辦法，毛澤東以「消滅錯字」為例作出解釋。這個例子過於瑣碎，並未涉及新聞工作的核心，誠如毛澤東所言，這屬於「小事」。關於「大事」即便黨報群眾路線的核心內涵，深入群眾、打成一片仍然是不二法門，這就要求記者扎根群眾，黨對領導幹部的「三同」要求（與群眾同吃、同住、同勞動），也成為新聞工作者的準則。

新聞工作終究要由人來擔當，在明確了黨報角色和辦報方針以後，毛澤東對新聞工作者有何具體要求？他對現場的聽眾做出了何種指示？〈談話〉專門闢出一段論述新聞知識分子，這在以往研究中較少引起關注。實際上，知識分子問題是延安整風的要點之一，而重視新聞知識分子的思想和行為規訓，則是延安之後中共新聞體制的一個顯著特徵。在延安時期新聞工作者通常被納入知識分子、文宣工作者的整體範疇之內，鮮有

---

39 毛澤東：〈關於陝甘寧邊區的文化教育問題〉（1944年3月22日），《建黨以來重要文獻選編（1921-1949）》第21冊，第112-114頁。

關於新聞知識分子的單獨政策或文件，因此〈談話〉中的這段
論述更顯得彌足珍貴。

　　毛澤東首先進行了總括性的論述：「報紙工作人員為了教
育群眾，首先要向群眾學習」。這裡延續了前文所談的政黨使
命和黨報角色，確認了新聞工作者教育和組織群眾的職責。毛
澤東同樣是在知識分子的範疇內討論問題，他說「同志們都是
知識分子」。如果把這兩句話轉換為延安時期的術語，那就是
毛澤東在文藝座談會上做出的著名論斷：「只有做群眾的學生
才能做群眾的先生」。[40]「學生」與「先生」這種充滿辯證法
的關係，可以說從根本上顛倒了近代以來關於知識精英與工農
大眾的倫理關係，成為很長一段歷史時期中共知識分子政策的
思想底色。毛澤東接著說「知識分子往往不懂事，對於實際事
務往往沒有經歷，或者經歷很少」。「不懂事」無疑是一個相
當嚴厲的批評，這種批評在一定程度上有失公允，因為毛澤東
對「事」（「知識」）的界定，僅僅指稱「實際事務」或「實
際知識」，知識分子所擅長的文化、理論被排除在外。這同樣
賡續了延安時期的策略，通過貶低書本知識、張揚實際知識，
以此破除教條主義及知識分子的傲慢習氣，達到整風之目的。

　　由此看來，毛澤東是從批評的立場將包括新聞工作者在內
的知識分子作為「問題」來處理，思考如何改造這個潛力巨大
但又頗為棘手的群體，理順他們與工農群眾的關係，擺正他們
在革命整體中的位置。對於〈談話〉中關於新聞知識分子問題
的論述，竇其文認為毛澤東「提出了黨報工作者隊伍的革命化

40　毛澤東：〈在延安文藝座談會上的講話〉（1942 年 5 月），《毛澤東
　　選集》（第 2 版）第 3 卷，第 864 頁。

建設的要求」。[41] 這個判斷固然不錯，不過需要結合相關背景方能深入把握。在延安時期毛澤東對知識分問題思考頗深，提出了與葛蘭西頗為相近的觀點，如果借用葛蘭西的理論術語，那麼延安時期黨的知識分子政策就是造就大批「有機知識分子」。[42] 具體到新聞領域，則是培養密切聯繫群眾的「新型記者」，一種「工農兵的記者」。

　　毛澤東在〈談話〉中批評新聞工作者「不懂事」，要求他們「向群眾學習」，實際上重申了延安時期知識分子政策，要求新聞知識分子主動與工農群眾結合，「化」為無產階級的「有機知識分子」。〈談話〉指出了新聞知識分子向群眾學習的兩種方式：「報社的同志應當輪流出去參加一個時期的群眾工作……在沒有出去參加群眾工作的時候，也應當多聽多看關於群眾運動的材料，並且下工夫研究這些材料。」前者意味著黨的新聞知識分子絕非「超然」「中立」「客觀」的觀察者、記錄者，而是「既當記者，又做工作」，即親身參與實際工作，深深扎根群眾，在一種水乳交融的結合狀態下把握社會現實，繼而發現重要材料並組織採訪報導。後者則指向延安時期的另一項新聞特色——通訊員運動，專業新聞工作者一方面組織、教育通訊員寫作、幫助修改稿件，另一方面在閱讀、修改通訊員材料的過程中了解實際情況，這也是向群眾學習、改造自身的一種方法。

41　竇其文：《毛澤東新聞思想研究》，中國新聞出版社，1986 年，第80 頁。

42　李潔非、楊劼：《解讀延安——文學、知識分子與文化》，當代中國出版社，2010 年，第 81-112 頁。

三、黨報的一種「理想類型」

從前文梳理和分析可知，〈談話〉的核心要旨是黨報與無產階級政黨政治的關係，毛澤東在宏闊的理論視野下展開了邏輯嚴密的論述——首先從馬克思主義原理出發，闡述黨的歷史使命與工作原則；在此基礎上說明黨報在解放政治中的角色作用，並對辦報方針做出指示，對新聞工作者提出要求。鑒於〈談話〉的特殊環境，毛澤東的這些宏大敘事僅為提綱挈領，並未進行細緻闡發，因此本節結合歷史背景特別是延安情狀進行了解讀。

從毛澤東的論述來看，先鋒隊政黨的任務是教育和組織群眾，塑造階級意識形成政治主體性，以推動人民群眾的自我解放，這使得群眾路線成為黨的首要工作原則；而在群眾路線的政治傳播過程中，高效率的傳播手段（彼時為黨報）必然為政黨所重視，成為政黨與群眾交往互動的媒介；因此黨報和新聞工作者被納入總體政治進程，從屬於政黨的政治目標，黨報與黨的任務、角色、方法若合一契。

如果對毛澤東的論述加以強調和突出，以構建一種黨報的「理想類型」，或許可以是「政治啟蒙型報紙」——黨報及其新聞知識分子充任政黨和群眾的交往中介，並以教育和組織群眾為鵠的，奉群眾路線為工作準則。

關於中共歷史上的黨報，通常認為存在兩種旨趣殊異的「範式」[43]：以《解放日報》為樣板的延安黨報模式，以《新

---

43 既往文獻中與「範式」含義接近的詞匯，另有「模式」、「風格」、「傳統」等，這些表述主要是從分類的角度來指稱不同的黨報類型與

華日報》為典範的城市辦報風格。[44] 前者即整風改版所形塑的「完全黨報」，一個頗具影響力的概括是「以組織喉舌為性質，以黨的一元化領導為體制，以四性一統（黨性、群眾性、戰鬥性、組織性，統一在黨性之下）為理論框架」，[45] 延安範式也被認為是建國後中共辦報的唯一模式。[46] 後者作為黨報歷史上不幸消逝的「另一種傳統」，近年來引起了越來越多的學術關注，此類文獻一般在有關延安範式的研究「共識」基礎之上進行比較分析，例如有研究者指出，相比於《解放日報》的政黨組織傳播模式，《新華日報》的城市辦報風格尊重新聞客觀規律，接近一份大眾傳播意義的報紙，因而「更具有新時代的傳承意義」。[47]

通過本節分析可知，工具性的「黨性原則」並不足以概括「延安範式」的核心內涵，「群眾路線」更為根本。與「黨組織的喉舌」這個角色界定相比，整風改版後中共對新聞事業的規範性要求，實際是「群眾路線中政黨與群眾交往互動的橋

操作模式。

44 持此觀點的研究者眾多，較近的文獻例如王雪駒、楚航、王潤澤：〈城市辦報範式與黨報理念的衝突與調適——對整風運動中重慶《新華日報》改版的考察〉，《國際新聞界》，2018 年，第 8 期。

45 黃旦：〈從「不完全黨報」到「完全黨報」——延安《解放日報》改版再審視〉，李金銓主編：《文人論政：知識分子與報刊》，廣西師範大學出版社，2008 年，第 279 頁。

46 李金銓：〈報人情懷與國家想像（代序）〉，李金銓主編：《報人報國：中國新聞史的另一種讀法》，香港中文大學出版社，2013 年，第 16 頁。

47 伍靜：〈黨報的另一種傳統——延安《解放日報》與重慶《新華日報》的比較及不同命運〉，《新聞記者》，2015 年，第 11 期。

梁紐帶」，是先鋒隊政黨組織動員群眾的重要中介，與解放
政治的歷史進程存在深度勾連。在這樣的大框架下黨報的作
用就不是信息傳遞那樣簡單，其意義與歸宿也並不一定指向所
謂「專業化大眾傳播媒介」，而是「以政治啟蒙為歷史存在依
據」。[48]

　　需要說明的是，這是圍繞〈談話〉主觀構造出來的黨報類
型，並不意味著與歷史事實嚴絲合縫，雖然文中使用了諸多延
安新聞業的經驗材料，但其目的僅在於理解和把握毛澤東的論
述思路，以便於最終的類型建構，而不是對延安新聞傳統進行
準確的概括與提煉。與此同時，這樣的類型建構也不具有規範
意義上的指向性——這也是韋伯式「理想類型」的題中之義，
「和價值判斷沒有任何關係，除了邏輯上的完善外，它與任何
形式的完美不相干」。[49]

　　這樣的概念建構是手段而非目標，意在嘗試為相關研究
提供一個分析工具，用以比較經驗實在（reality）與理想圖式
的差異，通過這樣的對比分析或許能夠凸顯出某些有意義的問
題。舉例來說，若以「政治啟蒙型報紙」為衡量尺度，延安時
期的《解放日報》或許在推動黨的工作（組織傳播）方面著力
頗多，而在教育和動員群眾方面有所遜色，其中原因可能受限
於報紙的發行範圍或陝甘寧邊區的教育水平；當代黨報或許汲
汲於對上滿足長官意志、對下迎合都市讀者需求，而對事關人

48　王維佳：〈中國黨報向何處去？〉，陳昌鳳主編：《新聞學研究前
　　沿》，清華大學出版社，2012 年，第 102-109 頁。

49　周曉虹：〈理想類型與經典社會學的分析範式〉，《江海學刊》，
　　2002 年，第 2 期。另可參見葉毅均：〈論韋伯之「理想型」概念建
　　構——兼與林毓生先生商榷〉，《思想與文化》，2016 年，第 2 期。

民群眾的重要現實問題缺乏報導和解釋的熱情，其中原因可能是去政治化的邏輯——這些只是粗淺的觀感，以此說明概念工具的作用，真正有效的分析尚需進一步的嚴謹研究。

第三節 「業餘」的倫理性政治

在我們這個時代，各行各業的專業主義日益引發反思，[50]「業餘」現象則越來越引人矚目。[51] 究其原因在於，現代世界的勞動分工日漸細密，在一定程度上造成社會生活的隔裂。借用馬克斯·韋伯的概念，現代化進程的突出特徵是合理化（rationalization），[52] 社會猶如一台高效運轉的機器，各個領域猶如零部件一般，按照科學、理性、效率等原則被組織進「合理秩序」之中，社會生活日漸細分化、專業化、科層化。

知識領域同樣具備這些特徵，例如大學和媒體這兩個重要的知識生產體制，便日益專業化。這樣的歷史進程帶來的後果之一，是知識生產成了一種獨立自洽的職業活動，可以在內部完成生產、再生產的循環，這就隱含著知識生產與一般社會生

50　醫療、教育等領域對專業主義的反思，參見一本論文集，Nigel Malin (eds.), *Professionalism, Boundaries, and the Workplace*, New York, NY: Routledge, 2000；關於新聞專業主義的反思，參見 Silvio Waisbord, *Reinventing Professionalism: Journalism and News in Global Perspective*, Malden, MA: Polity Press, 2013.

51　例如羅小茗：〈彩虹合唱團背後的「業餘」之戰〉，《文化縱橫》，2018 年，第 2 期；汪暉：〈「業餘」是一個倫理性問題〉，《南風窗》，2015 年，第 1 期。

52　馬克斯·韋伯：《中國的宗教·宗教與世界》，康樂、簡惠美譯，廣西師範大學出版社，2004 年，第 492 頁。

活相分離的趨勢，導致知識分子內卷化、精英化。與此同時，現代知識日益分化，壁壘森嚴，把知識分子隔離成難以交流的專家，而公眾對專家所生產的知識更是無從理解，也就導致知識分子很難建立與大眾的有機聯繫。要言之，現代化進程的一個歷史結果，實際上導致了「有機知識分子」的衰落。[53]

就新聞業而言，專業主義規範、市場化邏輯大約是世界範圍內媒體發展的主導範式。這導致了類似的政治後果——隨著媒體的高度市場化和新聞知識分子的徹底職業化，新聞業日漸順從於社會分工所劃定的權力譜系，致力於專業內部的升遷浮沉和利益爭奪，而日漸疏遠公共服務的終極目標。在今天的新聞實踐中，我們經常看到「中立」、「客觀」等形而下的操作手段，儼然異化成價值本身，例如美國媒體往往以「客觀」為由禁止編輯記者參與社會運動，[54] 對於近年來頻繁發生的所謂「群體性事件」，中國媒體也常常呼籲「專業準則」，不僅以「冷靜」、「中立」為名拒絕對事件進行深入分析，而且壓抑社會民眾的討論和反思。[55]

韋斯伯德（Silvio Waisbord）關於新聞專業主義的剖析，或許有助於我們理解上述媒體狀況。在他看來，專業主義在理論上存在諸多難以克服的困境（dilemmas），比如媒體的獨

53　汪暉有過深刻闡發，參見汪暉：《反抗絕望：魯迅及其文學世界》（增訂版），生活·讀書·新知三聯書店，2008年，第40-45頁。

54　史安斌：〈CNN們漠視「民主之春」不足為奇〉，《環球時報》，2016年4月20日，第7版。

55　趙月枝、吳暢暢：〈網絡時代社會主義文化領導權的重建？——國家、知識分子與工人階級政治傳播〉，《開放時代》，2016年，第1期。

立性被認為應該建立在經濟自主的基礎之上，因而市場化經營被認為理所當然，然而市場有其自身邏輯，為了追逐高消費能力的廣告目標受眾，在資本主義經濟社會模式之下，媒體不可避免地城市中心化和中產階級化，從而在選題取向、風格立場等方面產生「結構性偏向」，這就背離了公共性的宗旨。再如，專業主義強調技術門檻、職業資質的重要性，新聞教育越來越正規化、學院化，新聞從業者通常有不錯的收入和體面的地位，由此導致這個群體日益精英化，作為既得利益者傾向於維護現存體制（status quo）及其主流價值觀，這同樣有違「公正」、「客觀」等初衷。[56] 上世紀 80 年代，一批傑出的社會學家對新聞生產的現象學分析，揭示了編輯室在社會階層和文化意識上的同質化、中產階級化。[57] 這樣的情況在今天更為嚴重，新聞機構及其從業者日漸成為社會「建制派」的一部分，結構性地偏向各路精英，忽視普通民眾的聲音，貶抑社會底層的發言權，這就導致媒體越來越缺乏代表性，日漸喪失公共性。

　　從這個意義上說，延安新聞業的「業餘路線」，或許可以構成一個他者，一種進行批判性思考的歷史資源。在延安時期，新聞媒體和新聞知識分子的活動並沒有局限在勞動分工所

56　Silvio Waisbord, *Reinventing Professionalism: Journalism and News in Global Perspective*, Malden, MA: Polity Press, 2013.

57　例如托德·吉特林：《新左派運動的媒介鏡像》，張銳譯，華夏出版社，2007 年；蓋伊·塔奇曼：《做新聞》，麻爭旗等譯，華夏出版社，2008 年；赫伯特·甘斯：《什麼在決定新聞》，石琳等譯，北京大學出版社，2009 年；邁克爾·舒德森：《新聞社會學》，徐桂權譯，華夏出版社，2010 年。

規定的專業畛域內，而是在政黨的引領下深度介入和參與社會生活和群眾運動，在這一過程中新聞知識分子與政黨、群眾緊密結合，相互塑造，在持續的運動中融合成一種新的政治主體（「我們」），由此超越了基於職業獨立和自治的專業主義「主體性」。從這個意義上說，「業餘」是一個倫理性的問題，「一個倫理性的政治」，也是二十世紀中國革命的政治經驗之一。[58]

　　在闡發葛蘭西「有機知識分子」理論時，汪暉指出「有機」概念具有兩重含義：「葛蘭西批評資產階級知識分子是有機的，他們是鑲嵌在資本主義社會政治體制內部的專家、技術官員或者政客，他們跟整個資本主義世界有機地聯繫在一起。葛蘭西對資產階級的有機知識分子的批評也蘊含了另一含義，即無產階級應該創造出自己的有機知識分子，他們能夠擺脫資本主義的勞動分工，而有機地與先進的階級及其政治運動聯繫在一起。這是另外一種有機性。」[59] 由此看來，後一種「有機性」的前提是擺脫既定的社會分工。就此而言，延安時期的新聞工作者無疑是「有機的」。事實上，打破勞動分工（如消滅「三大差別」），將各個階層組織到同一場運動之中，生成一種超越各自局限的主體性，恰恰是二十世紀中國革命的宏偉目標之一，也正是在這樣的歷史實踐中延安新聞人創造了上文所述的獨特新聞範式。

　　我們在今天重提延安新聞業的「業餘路線」，並不是要簡

58　汪暉：〈「業餘」是一個倫理性的問題〉，《南風窗》，2015 年，第 1 期。

59　汪暉：《別求新聲：汪暉訪談錄》（第 2 版），北京大學出版社，2010 年，第 41 頁。

單地回到過去。實際上，當代中國和世界經歷了深刻轉型，構成延安新聞傳統的歷史條件已經發生了巨大變化，簡單重複延安時代新聞知識分子通過政黨與大眾結合的經驗，在當前的政治環境和社會結構下並不現實。伴隨著時代的變化，政黨以發展經濟為主要任務，「在科層化、專業化的壓力下日益官僚化，行政吞噬政治」，[60] 或者說政黨日漸服從於行政的邏輯，「與國家機器同構，從而喪失了政治組織和政治運動的特徵」，[61] 延安時期那種塑造階級意識、形成政治主體的革命機制基本不復存在。在市場化和專業主義意識形態主導下，新聞從業者徹底職業化，疏遠了與進步政治、底層民眾的有機聯繫，成為「鑲嵌在知識生產、社會生產和再生產機制內部的齒輪和螺絲釘」。[62] 在當代中國，政黨、知識分子和底層民眾之間「兩兩短路」，如何建立三者之間的有機聯繫重新成為一個問題。[63]

即使如此，對於我們這個時代，延安新聞業的「業餘路線」或許仍然具有重要意義。這種新聞大眾化的努力，是中國新聞人在現代革命的歷史實踐中探索出的一種獨特新聞規範，從價值理念到實踐操作上更具民主進步的色彩。在今天，商業

60　修遠基金會：〈群眾路線：人民民主的當代實踐形式〉，《文化縱橫》，2014 年，第 6 期。

61　汪暉：〈代表性斷裂和「後政黨政治」〉，《開放時代》，2014 年，第 2 期。

62　汪暉：《別求新聲：汪暉訪談錄》（第 2 版），第 42 頁。

63　趙月枝、吳暢暢：〈網絡時代社會主義文化領導權的重建？——國家、知識分子與工人階級政治傳播〉，《開放時代》，2016 年，第 1 期。

化、市場化、職業化已然成為媒體發展的「普世規律」、「世界潮流」——浩浩蕩蕩，順之者昌，逆之者亡，成為我們思考問題的不容置疑的前提，一種超乎歷史之上的准神學世界觀。很多時候，就連城市中心主義、中產階級化這樣的「結構性偏向」也被認為是理所當然。借用巴迪歐（Alain Badiou）的說法，這個媒體世界的最大問題是不能想像另外一個世界，「不能想像這個世界之外的世界」。[64] 正因為這樣，我們尤其需要「延安傳統」這樣的「他者」，需要回到歷史脈絡之中重新認識新聞的多樣性和複雜性，使之成為我們反思當代媒體處境和知識狀態的批判性資源。在相當程度上，對歷史的認知狀況，決定了我們想像未來的能力。

64　轉引自汪暉：《別求新聲：汪暉訪談錄》（第 2 版），第 51 頁。

結語

　　這項研究的直接緣起，來自現實生活的困擾。在清華大學攻讀博士學位的四年（2014-2018），明顯感受到一種時代氛圍的變化——中國社會經過數十年去政治化的歷程後，似乎出現了重新政治化的跡象，例如社會主義原則、中國革命的歷史遺產重新獲得正視。在我身處的新聞傳播領域，形塑於延安時期的中共新聞傳統，在中央層面得到突出的正面宣示。一個標誌性的事件，是 2016 年 2 月 19 日習近平調研人民日報、新華社和中央電視台，並在當天的新聞輿論工作座談會上，重申「政治方向」、「黨管媒體」、「正面宣傳」等聽起來頗為「古老」的原則。一石激起千層浪，雲端的輿論和身邊的討論，熱火朝天。印象尤為深刻的是，在市場化、專業化的媒體環境及其塑造的大眾文化氛圍中，這樣的政治宣示招致嘲弄和抵抗。這一方面反映出在黨和國家的政治目標與新聞傳播的制度環境之間存在某種齟齬，引起我對當代新聞運作機制和傳播治理方式的思考，另一方面也促使我將目光投向延安時代，投向那些「古老原則」的生發時期。當時恰逢確定學位論文選題的焦灼期，在這個現實困擾的激發下，選擇的難題迎刃而解。

　　閱讀和理解延安新聞傳統，是一段艱難而有趣的智識探險。關於這段新聞史的著述，可謂林林總總，蔚為大觀，國內新聞學界大多數知名學者都在這一領域留下過筆墨，延安文藝、近現代史、中共黨史等相關領域的研究者也多有論述。總

體而言，既往探討側重「黨性」維度，關於政黨對新聞業的影響和支配，做出了精細的描述和闡釋。這樣的總體評價，並不否認具體研究的真實性和學術洞見，只是眾多視角相近的研究成果疊加起來，構成了一幅特徵鮮明的學術圖景。如果結合數十年來「去政治化」的後革命氛圍，上述學術格局似乎不難理解——將不符合當代自由市場、原子化個人主義等所謂「普世價值」的歷史經驗，簡單化地納入「自由—專制」的二元框架中進行分析和評判，這幾乎是順理成章的。頗有意味的是，眼下關於中共新聞傳統的政治宣示，同樣側重黨性原則，典型的就是「黨管媒體」所體現的底線管控思路。

　　一旦離開這些學術文獻和政治表述，進入當事人記敘、報刊原件等史料之中，卻給人以不同的印象。從延安走出的新聞人，不管當時物質生活多麼艱苦，不管思想改造、身分轉換如何艱難，在若干年後回憶起延安歲月時，往往飽含深情，對當時朝氣蓬勃的工作狀態懷念不已。特別是對「為人民服務」、「群眾的勤務員」等職業倫理，在事過境遷之後表現出極大的認同。這不應該是政治專制下的悲苦受難者的表白。而且，縱觀延安時期新聞業，在 1942 年春夏之際短促而有效地確立了辦報方針和管理規範之後，餘下五年「漫長」新聞實踐的主題是全黨辦報、群眾辦報，最活躍、最受推崇的新聞主體是工農兵通訊員。換言之，延安時期的新聞業主要不是在政黨與報社、政黨與新聞工作者之間的關係上展開，當時的政黨及其領導下的政權致力於動員民眾參與抗戰救國，致力於按照社會主義原則進行全方位的建設，包括文化、新聞領域的獨特探索。這是一種救亡和啟蒙的雙重合奏。這應該是一段以人民為中心的新聞史，群眾路線是核心要素，包括政黨對新聞機構和新聞

知識分子的改造，無不服從於這樣的整體目標。

可以說，既往的學術版圖在一定程度上是失衡的。這個發現為我的研究打開了空間，由此形成了一系列新的問題：新聞業的「黨性」、「群眾性」究竟意味著什麼？是在什麼樣的歷史情境下生成的？在這樣的新聞理念指導下發生了什麼樣的新聞實踐？新聞事業與政黨政治、革命整體存在何種關聯？一言以蔽之，即如何從整體上把握這段歷史遺產，理解其本質內涵。

為了回答這些問題，我嘗試回到歷史脈絡之中，努力以一種「內在視野」來觀察延安新聞業。毛澤東在延安文藝座談會上確立的「大眾化」文化總方針，無疑提供了絕佳的整體性視角。毛澤東所界定的「大眾化」，是一套蘊涵豐富、體系完備的文化思想體系，既倡導文藝工作者創作出適宜群眾的普及化、通俗化作品，又要求知識分子轉變對群眾的思想、情感和立場，同時動員工農群眾參與到文化活動之中，成長為文化的主人。這三方面的規範，也基本涵蓋了延安新聞業的核心要素，因而「大眾化」成為研究的邏輯主線。從文中論述可知，新聞的大眾化實際上是政黨的群眾路線在新聞領域的實施。要言之，一切為了群眾、一切依靠群眾，這必然要求新聞傳播越出專業的畛域，成為群眾的事業，也必然要求政黨領導下的知識分子與群眾打成一片，使這個「無根漂浮」的群體，轉變為一種與底層民眾建立歷史性聯繫的有機知識分子，在人民群眾的解放事業中、在更大的歷史意義中實現自身價值。我們從延安新聞業看到的最寶貴遺產，正是這樣一種群眾路線的新聞實踐，一種獨特的新聞傳播民主化願景，這應該是社會主義新聞傳播事業最本質的特徵。雖然在當時的歷史條件下這一新聞理

念並未徹底展開，在新中國成立後也始終懸而未決，但其中蘊含的指向未來的要素或「未來性」值得珍視。

延安新聞傳統，構成了一種獨特的現代新聞規範。如果與當代新聞專業主義進行比較分析，可以發現無論在形而上的價值訴求，還是在形而下的操作準則方面，都形成鮮明差異，我概括為「業餘路線」。這裡的「業餘」，並不意味著技術水準的低劣，而是強調一種打破專業化社會分工及其局限的自覺狀態，一方面新聞知識分子與社會民眾、進步政治建立有機聯繫，一方面人民群眾投身新聞傳播事業之中，使之真正成為共有、開放的公共領域。用汪暉的話說，「業餘」不是一個技術性的問題，而是一個倫理性的問題，「一種倫理性的政治」。對於當代的新聞狀況，這無疑提供了一種批判性的思想資源。

這是本書的形成過程和主要觀點。書稿即將付梓，一個文本終有完結的時刻，然而對延安新聞傳統、社會主義新聞學的探究，實際上才剛剛起步。作為學術生涯起步階段的習作，缺憾實在大於欣喜。

本書是對公開出版文獻的梳理和闡釋，雖然近年來公開資料已然十分豐富，而且利用率尚嫌不足，但缺少新鮮史料仍是一個不小的遺憾。讀博期間我曾趕赴陝西省檔案館、圖書館以及陝北多個市級、縣級檔案館，發現基層檔案館所藏延安時期的材料較為有限，有關新聞傳播的檔案更是寥寥無幾。因為檔案保密管理制度的限制，始終無法接觸到上層的核心檔案，比如解放日報社會議記錄、新聞工作者思想自傳、清涼山大生產記錄等——當然，前提是這些材料果真保存於世。在陝西期間，我曾通過各種渠道探訪健在的延安時期新聞工作者，包括孤身造訪陝西日報社老幹處請求引薦，不過僅訪談到《邊區群

眾報》副刊部編輯李迢先生、《群眾日報》行政人員王登元先生，兩人均在延安晚期參加報社工作。這樣的訪談資料，無論在數量上還是質量上，顯然都無法構成論文的關鍵材料。因此，本書在獨家材料的發掘上存在明顯的不足。

更大的缺憾在於理論探討的深度有所欠佳，歷史與現實的關聯分析的廣度也有限。作為一項新聞史論研究，本書旨在回到歷史現場，考察延安新聞業的運作機制和內在理路，這構成了論文主幹。不過，「一切真歷史都是當代史」，這項歷史研究的出發點是現實關切，問題意識源自當代生活，緒論和第五章嘗試結合全球新聞業的公共性、代表性危機，來闡釋延安新聞傳統的當代意涵。也就是說，論文試圖打通古今中西、歷史與理論，進行一種整體性分析。應該承認，這個嘗試並不理想。本書以「業餘路線」作為關鍵概念，這是在與西方新聞專業主義的比較之中提煉而來的，不過書稿對於專業主義的分析顯然流於表面。作為現代性進程的產物，專業主義有著複雜的歷史演進，是一個社會工程。若要對這個議題展開真正有效而非牽強附會的比較研究，無疑需要對社會分工和專業分化等結構性問題，進行韋伯式的觀察和分析，目前我自認在學力上有所不逮。

延安新聞傳統是在特定歷史條件下生成的，當代面臨著完全不同的處境，政黨、新聞知識分子、群眾等行動者都發生了巨大變化，傳播技術、媒介生態也日新月異，一個顯著的趨勢是社交化，不啻一場新聞業的深刻革命，標誌著新聞生產從工業時代的組織化模式，轉向後工業時代的社會化生產。從表面上看，延安時期因為文化教育、傳播技術的限制而未能充分展開的新聞大眾化目標，在今天似乎得以實現，所謂「人人都有

麥克風」。不過稍加分析就能發現根本差異：延安時期的新聞傳播活動，是在先鋒隊政黨的引領下，組織動員民眾參與到抗戰建國的恢弘事業之中，這是一場有著明確政治目標的群眾性運動；眼下的社交化媒介生態下，主導力量則是巨無霸型的資本平台，國家的公共基礎設施投入，規模巨大的原子化網民，隱名主體的無休止勞動，似乎都在服務於資本增殖的目標。新聞工作者也從延安時期的有機知識分子、黨的宣傳幹部，轉變為資本邏輯下的新聞勞工。隨著人工智能大舉進入新聞生產領域，專業的新聞知識分子在技術衝擊下日漸勞工化，出於成本效益的考量甚至可能會被資本力量從新聞生產的流程中拋出——書稿的論題之一是反思專業主義「行業政治」，亦即科層化職業群體追求排他性和壟斷性，導致新聞領域公共性的缺失，其立足點是職業新聞從業者這個米爾斯意義上的白領群體的社會存在，而眼下的職業結構和社會總體事實似乎在發生重大變化，需要進一步的觀察和分析。

　　對於一個即將封閉的文本來說，這些局限無疑是巨大的遺憾。然而對未來的研究工作而言，這些裂縫或許構成了最佳的切入口。

後記

　　本書由博士論文修訂而成，大體呈現了「學徒期」的知識面貌和思想狀況。博士論文從選題到成型諸環節，悉賴業師李彬教授的悉心指導和殷切勉勵。惟願最終文本勿讓業師太過失望。在清華園讀博的四年，業師在學問上的指引、思想上的開導、生活上的關照以及事務上的扶攜，遠遠超過弟子所能企盼的極致。借用同門李漫兄的話——「其中種種，不敢言謝」。

　　前期搜集資料過程中，苗偉山師兄悉心關照，榆林市檔案館白琳主任、綏德縣檔案館景波局長、佳縣檔案館李女士熱心幫助，新聞界李迢、王登元等前輩接受訪談，李文和王曉梅教授對論文選題和材料收集給予指點，陝西日報社、陝西省檔案館、陝西省圖書館、延安市檔案館、米脂縣檔案館、清澗縣檔案館等機構提供便利。萍水相逢，感謝老陝人的照拂。

　　學位論文撰寫和答辯期間，史安斌、王君超、趙月枝、郭建斌、張咏（Yong Volz）、李希光、金兼斌、胡鈺、程曼麗、曹書樂、劉海龍、呂宇翔、沈陽、梁君健、戴佳、陳昌鳳、王維佳等師長給予批評指導；書稿部分章節修訂過程中，尹韻公、張滿麗、鄧紹根、沙垚、向芬、虞鑫、張慧瑜、石岸書、王咏梅、俞凡、梁德學、馮淼等師友惠賜修改建議；在此致以由衷的謝忱。

　　呂新雨教授在日理萬機之際為本書撰寫序言，她的論述將延安新聞傳統帶入全新的格局和視野，不同凡響，發人深思。

入職華東師範大學以來，在工作和生活中得到呂老師費心關照，從她的言傳身教中獲益良多，幾乎是在博士畢業之後又相逢一位新的「導師」，何其幸也！

華東師範大學傳播學院資助本書出版，劉瑞華、馮佳怡、亓濤、陳虹、路鵬程、王峰、方奇華等同事師友，在此過程中提供大量幫助和支持。感謝人間出版社的發行人呂正惠教授和執行編輯曾筠筑女士，本書得以面世，仰賴「人間」的力量。學術生涯的第一本專著，命途多舛，終在「人間」出版，倍感光榮，感謝好友林哲元兄的牽線引薦。

書稿的部分章節曾在《新聞與傳播研究》、《國際新聞界》、《新聞大學》、《出版發行研究》、《新聞與傳播評論》、《中國新聞傳播研究》等刊物上發表，感謝編輯部師友和評審專家的慷慨幫助和指正。

攻讀博士和履新教職這幾年，時常耽溺於閱讀世界而怠慢日常生活，甚或在重壓之下使性謗氣，妻子楊雲倩默然包容了這一切，對生活的熱情從未稍有減退，使我受到極大的震撼和教育。愛是恆久忍耐，特別感謝她的卓絕付出。

李海波
2018 年夏清華園初稿
2023 年冬華東師大修訂

參考書目

一、史料類

- 《解放日報》、《邊區群眾報》、《人民日報》、《穀雨》、《大公報》、《布爾塞維克》。
- 馮文彬等主編：《中國共產黨建設全書》第 7 卷（黨的思想政治工作），太原：山西人民出版社，1991 年。
- 甘肅省社會科學院歷史研究室：《陝甘寧革命根據地史料選輯》第 3 輯 / 第 5 輯，蘭州：甘肅人民出版社，1986 年。
- 華池縣志編纂委員會編：《華池縣志》，蘭州：甘肅人民出版社，2004 年。
- 紅色檔案編委會編：《紅色檔案——延安時期文獻檔案彙編・整風文獻》，西安：陝西人民出版社，2013 年。
- 紅色檔案編委會編：《紅色檔案——延安時期文獻檔案彙編・大眾習作》，西安：陝西人民出版社，2013 年。
- 賈樹枚主編：《上海新聞志（上海市專志系列叢刊）》，上海：上海社會科學院出版社，2000 年。
- 姜華宣、張尉萍、肖甡主編：《中國共產黨重要會議紀事（1921-2011）》，北京：中央文獻出版社，2011 年。
- 山西省出版史志編纂委員會編：《晉綏邊區出版史》，太原：山西人民出版社，1997 年。
- 陝甘寧邊區財政經濟史編寫組編：《抗日戰爭時期陝甘寧邊

區財政經濟史料摘編》第 2 卷（農業），西安：陝西人民出版社，1981 年。

- 陝甘寧邊區財政經濟史編寫組編：《解放戰爭時期陝甘寧邊區財政經濟史資料選輯》（下冊），西安：三秦出版社，1989 年。
- 陝西省地方志編纂委員會編：《陝西省志》第 70 卷（報刊志），西安：陝西人民出版社，2000 年。
- 陝西省檔案館、陝西省社會科學院編：《陝甘寧邊區政府文件選編》第 8 輯，北京：檔案出版社，1988 年。
- 陝西師範大學教育研究所編：《陝甘寧邊區教育資料·教育方針政策部分（上）》，北京：教育科學出版社，1981 年。
- 陝西師範大學教育研究所編：《陝甘寧邊區教育資料·中等教育部分（下）》，北京：教育科學出版社，1981 年。
- 孫國林編著：《延安文藝大事編年》，西安：陝西師範大學出版社，2016 年。
- 孫曉忠、高明編：《延安鄉村建設資料》，上海：上海大學出版社，2012 年。
- 王鳳超、岳頌東：〈延安《解放日報》大事記〉，《新聞研究資料》，1984 年，總第 26 輯。
- 王巨才主編：《延安文藝檔案·延安文論》第 40 冊（延安文論作品），西安：太白文藝出版社，2015 年。
- 延安幹部學院編著：《延安時期大事記述》（試用本），內部資料，2008 年。
- 延安市政協文史資料委員會編：《延安文史資料》第 2 輯，內部資料，1985 年。
- 鹽阜大眾報編輯部編：《鹽阜地區報史資料》第 2 輯，鹽

城：鹽阜大眾報社，1984 年。

• 岳頌東、王鳳超：〈延安《解放日報》大事記（續）〉，《新聞研究資料》，1984 年，總第 27 輯。

• 榆林人物志編纂委員會編：《榆林人物志》，西安：陝西人民出版社，2007 年。

• 袁志學編：《蘭州百年圖志（1909-2009）》，蘭州：甘肅文化出版社，2011 年。

• 政協廣南縣委員會編：《廣南文史資料》上冊，內部資料，2015 年。

• 政協洪洞縣文史資料研究委員會編：《洪洞文史資料》第 14 輯，內部資料，2002 年。

• 志丹縣地方志編纂委員會編：《志丹縣志》，西安：陝西人民出版社，1996 年。

• 張俊南、張憲臣、牛玉民編：《陝甘寧邊區大事記》，西安：三秦出版社，1986 年。

• 張樹軍、齊生主編：《中國共產黨重大會議實錄》上冊，長沙：湖南人民出版社，2006 年。

• 章百家主編：《歷史大視野下的中國共產黨 90 年 90 事》上冊，北京：中共黨史出版社，2012 年。

• 鍾敬之、金紫光主編：《延安文藝叢書》第 16 卷（文藝史料卷），長沙：湖南文藝出版社，1987 年。

• 中共陝西省委黨史研究室編：《毛澤東在陝北》，西安：陝西人民出版社，1993 年。

• 中共中央黨史研究室編著：《中國共產黨歷史・第一卷（1921-1949）》（第 2 版）下冊，北京：中共黨史出版社，2011 年。

- 中共中央黨史研究室編著：《中國共產黨歷史大事記（1919-2009）》，北京：中共黨史出版社，2010 年。
- 中共中央文獻研究室、中央檔案館編：《建黨以來重要文獻選編（1921-1949）》第 19 冊、第 20 冊、第 21 冊，北京：中央文獻出版社，2011 年。
- 中共中央宣傳部辦公廳、中央檔案館編研部編：《中國共產黨宣傳工作文獻選編》第 2 卷（1937-1949），北京：學習出版社，1996 年。
- 中共中央組織部等編：《中共共產黨組織史資料·第三卷（上）·抗日戰爭時期》，北京：中共黨史出版社，2000 年。
- 中共中央組織部等編：《中共共產黨組織史資料·第八卷·文獻選編（上）》，北京：中共黨史出版社，2000 年。
- 中國社會科學院新聞研究所編：《中國共產黨新聞工作文件彙編》，北京：新華出版社，1980 年。
- 中國人民政治協商會議延安市委員會文史資料研究委員會編：《延安文史資料》第 1 輯，內部資料，1984 年。
- 中央檔案館編：《中共中央文件選集》第 13 冊（1941-1942），北京：中央黨校出版社，1991 年。

二、文集、年譜

- 巴金：《巴金譯文選集》下冊，北京：生活·讀書·新知三聯書店，1991 年。
- 陳雲：《陳雲文選》第 1 卷，北京：人民出版社，1995 年。
- 鄧小平：《鄧小平文選》第 1 卷，北京：人民出版社，1989 年。
- 顧龍生：《毛澤東經濟年譜》，北京：中共中央黨校出版

社，1993 年。

- 安東尼奧·葛蘭西：《實踐哲學》，徐崇溫譯，重慶：重慶出版社，1990 年。
- 安東尼奧·葛蘭西：《獄中札記》，曹雷雨、姜麗、張跣譯，開封：河南大學出版社，2014 年。
- 何其芳：《何其芳全集》第 3 卷、第 7 卷，石家莊：河北人民出版社，2000 年。
- 胡喬木：《胡喬木文集》第 1 卷、第 2 卷，北京：人民出版社，2012 年。
- 李鵬程編：《葛蘭西文選》，北京：人民出版社，2008 年。
- 李銳：《李銳詩文自選集》，北京：中國文聯出版公司，1999 年。
- 列寧：《列寧專題文集·論社會主義》，北京：人民出版社，2009 年。
- 列寧：《列寧全集》（第 2 版）第 6 卷、第 8 卷、第 39 卷，北京：人民出版社，2013 年。
- 劉少奇：《劉少奇選集》上卷，北京：人民出版社，1981 年。
- 魯迅：《魯迅全集》（編年版）第 6 卷（1929-1932），北京：人民出版社，2014 年。
- 陸定一：《陸定一文集》，北京：人民出版社，1992 年。
- 陸定一：《陸定一新聞文選》，北京：新華出版社，2007 年。
- 馬克思、恩格斯：《馬克思恩格斯文集》第 1 卷、第 2 卷、第 4 卷，北京：人民出版社，2009 年。
- 毛澤東：《毛澤東文集》第 2 卷、第 4 卷，北京：人民出版

社，1993 年。

- 毛澤東：《毛澤東選集》（第 2 版），北京：人民出版社，1991 年。
- 穆青：《穆青通訊》，北京：新華出版社，2003 年。
- 秦邦憲：《秦邦憲（博古）文集》，北京：中共黨史出版社，2007 年。
- 任弼時：《任弼時選集》，北京：人民出版社，1987 年。
- 吳葆朴、李志英、朱昱鵬編：《博古文選・年譜》，北京：當代中國出版社，1997 年。
- 吳伯蕭：《吳伯蕭散文選集》，天津：百花文藝出版社，2009 年。
- 吳冷西：《吳冷西論新聞報導》，北京：新華出版社，2005 年。
- 習近平：《論黨的宣傳思想工作》，北京：中央文獻出版社，2020 年。
- 習仲勛：《習仲勛文集》上卷，北京：中共黨史出版社，2013 年。
- 新湖大革命造反臨時委員會宣傳部：《戰無不勝的毛澤東思想萬歲》第 2 冊，內部資料，1967 年。
- 張炯主編：《丁玲全集》第 10 集，石家莊：河北人民出版社，2001 年。
- 中共中央文獻研究室編：《陳雲年譜》（修訂本）上卷，北京：中央文獻出版社，2015 年。
- 中共中央文獻研究室編：《論群眾路線 —— 重要論述摘編》，北京：中央文獻出版社，2013 年。
- 中共中央文獻研究室編：《毛澤東年譜（1893-1949）》

（修訂本）中卷，北京：中央文獻出版社，2013 年。

- 中共中央文獻研究室編：《朱德年譜》（新編本）中卷，北京：中央文獻出版社，2006 年。
- 中央文獻研究室、新華通訊社：《毛澤東新聞工作文選》，北京：新華出版社，2014 年。
- 周文：《周文選集》，北京：人民文學出版社，1981 年。
- 周文：《周文文集》第 3 卷（文論／雜文），北京：作家出版社，2010 年。

三、回憶錄、日記、傳記、訪談

- 艾克恩編：《延安文藝回憶錄》，北京：中國社會科學出版社，1992 年。
- 蔡若虹：《赤腳天堂——延安回憶錄》，長沙：湖南美術出版社，2000 年。
- 陳恭懷主編：《企霞百年》，寧波：寧波出版社，2014 年。
- 陳清泉：《在中共高層 50 年：陸定一傳奇人生》，北京：人民出版社，2006 年。
- 陳清泉、宋廣渭：《陸定一傳》，北京：中共黨史出版社，1999 年。
- 陳坦：〈回憶解放日報社的工作〉，《新聞研究資料》，1983 年，第 22 輯。
- 陳學昭：《工作著是美麗的》，杭州：浙江人民出版社，1979 年。
- 陳學昭：《延安訪問記》，廣州：廣東人民出版社，2001 年。
- 丁冬、李南央：《李銳口述往事》，香港：大山文化出版

社，2013 年。

- 丁濟滄、蘇若望主編：《我們同黨報一起成長——回憶延安歲月》，北京：人民日報出版社，1989 年。
- 黃昌勇：《王實味傳》，鄭州：河南人民出版社，2000 年。
- 胡采：〈周文與大眾讀物社〉，上海魯迅紀念館編：《周文紀念集》，上海：上海文藝出版社，2002 年。
- 胡績偉：《青春歲月——胡績偉自述》，鄭州：河南人民出版社，1999 年。
- 胡喬木：《胡喬木回憶毛澤東》（增訂本），北京：人民出版社，2014 年。
- 紀希晨：〈回憶毛澤東同志對《晉綏日報》編輯人員談話的情景〉，中國社會科學院新聞研究所、湖南省新聞學會編：《毛澤東新聞理論研究》，長沙：湖南人民出版社，1984 年。
- 黎辛：〈林默涵在清涼山〉，艾克恩主編：《大江博浪一飛舟——林默涵 60 年文藝生涯紀念集》，重慶：重慶出版社，1994 年。
- 黎辛：《親歷延安歲月》，西安：陝西人民出版社，2016 年。
- 黎辛、朱鴻召編：《博古，39 歲的輝煌與悲壯》，上海：學林出版社，2005 年。
- 李敏、高風、葉利亞主編：《真實的毛澤東：毛澤東身邊工作人員的回憶》，北京：中央文獻出版社，2006 年。
- 李銳：《李銳口述往事》，香港：大山文化出版社，2013 年。
- 李維漢：《回憶與研究》下冊，北京：中共黨史出版社，

2013 年。

- 李向東、王增如：《丁玲傳》上、下冊，北京：中國大百科全書出版社，2015 年。
- 李逸民：《李逸民回憶錄》，長沙：湖南人民出版社，1986 年。
- 李志英：《博古傳》，北京：當代中國出版社，1994 年。
- 力平、王仲清、梁進珍編：《田家英談毛澤東思想》，成都：四川人民出版社，1991 年。
- 林青山：《康生傳》，長春：吉林人民出版社，1996 年。
- 劉白羽：〈延安文藝座談會的前前後後〉，《人民文學》，2002 年，第 5 期。
- 劉白羽：《心靈的歷程》（新版），北京：解放軍文藝出版社，2003 年。
- 陸定一：〈陸定一同志談延安解放日報改版——在解放日報史座談會上的講話摘要〉，《新聞研究資料》，1981 年，總第 8 輯。
- 馬馳、張喜華、黎辛：〈回望延安整風初期（上）——訪談前延安黨中央《解放日報》文藝編輯黎辛〉，《社會科學報》，2009 年 11 月 26 日，第 8 版。
- 梅行：〈在習仲勳領導下工作的日子〉，中共中央黨史研究室編：《習仲勳紀念文集》，北京：中共黨史出版社，2013 年。
- 齊志文編：《記者莫艾》，北京：光明日報出版社，2010 年。
- 任文主編：《我所親歷的延安整風》（紅色延安口述・歷史叢書），西安：陝西師範大學出版社，2014 年。

- 任文主編：《窯洞軼事》（紅色延安口述‧歷史叢書），西安：陝西師範大學出版社，2014 年。
- 陝西日報社、延安時期新聞出版工作者西安聯誼會編：《延安時期新聞出版工作者回憶錄》，內部資料，2006 年。
- 陝西省革命烈士事蹟編纂委員會編：《四八烈士》，西安：陝西人民出版社，1983 年。
- 師哲口述、李海文著：《在歷史巨人身邊：師哲回憶錄》（最新修訂本），北京：九州出版社，2014 年。
- 宋曉夢：《李銳其人》，鄭州：河南人民出版社，1999 年。
- 田方：〈回憶延安《解放日報》〉，《中共黨史資料》，1988 年，第 28 輯。
- 田方：〈黨報史上的光輝一頁：紀念延安解放日報改版 50 週年〉，《中國記者》，1992 年，第 3 期。
- 田方、午人、方蒙主編：《延安記者》，西安：陝西人民教育出版社，1993 年。
- 溫濟澤等：《延安中央研究院回憶錄》，長沙：湖南人民出版社，1984 年。
- 溫濟澤等：《王實味冤案平反紀實》，北京：群眾出版社，1993 年。
- 溫濟澤：《第一個平反的「右派」──溫濟澤自述》，北京：中國青年出版社，1999 年。
- 吳葆朴、李志英：《秦邦憲（博古）傳》，北京：中共黨史出版社，2007 年。
- 吳冷西：《回憶領袖與戰友》，北京：新華出版社，2006 年。
- 吳冷西：《十年論戰──1956-1966 中蘇關係回憶錄》，北

京：中央文獻出版社，2014 年。

- 吳冷西：《新的探索與整風反右——吳冷西回憶錄之一》，北京：中央文獻出版社，2016 年。

- 吳文燾：〈憶博古與《解放日報》〉，《紅岩春秋》，1998 年，第 3 期。

- 習仲勛傳編委會編著：《習仲勛傳》上卷，北京：中央文獻出版社，2013 年。

- 蕭軍：《延安日記（1940-1945）》上卷，香港：牛津大學出版社，2013 年。

- 蕭軍：《側面——從臨汾到延安》，北京：中國國際廣播出版社，2013 年。

- 肖瑩：〈父母離我很遙遠——訪博古之女秦吉瑪〉，鄒賢敏、秦紅主編：《博古和他的時代——秦邦憲（博古）研究論集》，北京：當代中國出版社，2016 年。

- 蕭三日記，轉引自高陶：《蕭三佚事逸品》，北京：文化藝術出版社，2010 年。

- 新華通訊社國內新聞編輯部編：《我們的經驗（1931-2001）》第 1 卷，北京：新華出版社，2001 年。

- 新華社新聞研究所編：《新華社回憶錄》，北京：新華出版社，1986 年。

- 延安清涼山新聞出版革命紀念館編：《萬眾矚目清涼山——延安時期新聞出版文史資料》第 1 輯，內部資料，1986 年。

- 楊放之：〈黨報史上一個重要里程碑——記延安解放日報一九四二年的改版〉，《新聞戰線》，1979 年，第 3 期。

- 楊放之：〈解放日報改版與延安整風〉，《新聞研究資料》，1983 年，總第 18 輯。

- 楊永直：〈我在延安《解放日報》的日子〉，《解放日報》，2004 年 4 月 27 日，第 8 版。
- 于光遠：《我的編年故事——抗戰勝利前在延安（1939-1945）》，鄭州：大象出版社，2005 年。
- 原《晉綏日報》部分在京人員：〈親切的接見 諄諄的教導——毛主席對《晉綏日報》編輯人員談話的回憶〉，中共湖南省委宣傳部編：《新聞工作學習資料》（一），內部資料，1977 年。
- 張惠芳、王昉：《人民記者——穆青傳記》，鄭州：河南人民出版社，2013 年。
- 張惠芳、王昉編著：《穆青自述》，鄭州：河南人民出版社，2015 年。
- 張軍鋒編：《延安文藝座談會的台前幕後》（上下冊），西安：陝西師範大學出版社，2014 年。
- 張林冬口述、田子渝整理：〈憶社長博古〉，《湖北文史》，2013 年，第 1 期。
- 張嚴平：《穆青傳》，北京：新華出版社，2005 年。
- 張友：〈毛主席對《晉綏日報》編輯人員談話的回憶〉，中國人民政治協商會議山西省興縣委員會文史資料委員會：《興縣文史資料》，內部資料，2004 年，第 8 輯。
- 趙超構：《延安一月》，北京：中國國際廣播出版社，2013 年。
- 中共黨史人物研究會編：《中共黨史人物傳》第 87 卷，北京：中央文獻出版社，2008 年。
- 中共黨史人物研究會編：《中共黨史人物傳（精選本）》（民運卷），北京：中共黨史出版社，2010 年。

- 中共中央文獻研究室編：《毛澤東傳》第 2 卷，北京：中央文獻出版社，2013 年。
- 中共中央文獻研究室編：《任弼時傳》下冊，北京：中央文獻出版社，2014 年。
- 中共中央文獻研究室朱德研究組編著：《朱德》，成都：四川人民出版社，2009 年。
- 仲侃：《康生評傳》，北京：紅旗出版社，1982 年。

四、研究著作

- 白紅義：《以新聞為業：當代中國調查記者的職業意識研究》，上海：上海交通大學出版社，2013 年。
- 蔡翔：《革命／敘述：中國社會主義文學—文化想像（1949-1966）》（第 2 版），北京：北京大學出版社，2018 年。
- 陳晉：《文人毛澤東》，上海：上海人民出版社，2005 年。
- 陳晉：《毛澤東文藝生涯》上冊，北京：人民文學出版社，2014 年。
- 陳力丹：《馬克思主義新聞學詞典》，北京：中國廣播電視出版社，2002 年。
- 陳先達：《馬克思主義與中國傳統文化》，北京：人民出版社，2015 年。
- 陳永發：《延安的陰影》，台北：中央研究院近代史研究所，2015 年。
- 竇其文：《毛澤東新聞思想研究》，北京：中國新聞出版社，1986 年。
- 杜忠明：《延安文藝座談會紀實》，北京：中央文獻出版

社，2012 年。

- 方漢奇主編：《中國新聞事業通史》第 2 卷，北京：中國人民大學出版社，1996 年。

- 方漢奇主編：《中國新聞傳播史》（第 3 版），北京：中國人民大學出版社，2014 年。

- 費約翰：《喚醒中國：國民革命中的政治、文化與階級》，李恭忠等譯，北京：生活・讀書・新知三聯書店，2004 年。

- 費正清、費維愷編：《劍橋中華民國史（1912-1949）》下卷，劉敬坤等譯，北京：中國社會科學出版社，1994 年。

- 赫伯特・甘斯：《什麼在決定新聞》，石琳等譯，北京：北京大學出版社，2009 年。

- 高華：《紅太陽是怎樣升起的：延安整風運動的來龍去脈》，香港：香港中文大學出版社，2000 年。

- 高華：《革命年代》，廣州：廣東人民出版社，2010 年。

- 高慧琳編著：《群星閃耀延河邊：延安文藝座談會參加者》，北京：人民文學出版社，2012 年。

- 高杰：《延安文藝座談會紀實》，西安：陝西人民出版社，2013 年。

- 哈貝馬斯：《公共領域的結構轉型》，曹衛東等譯，上海：學林出版社，1999 年。

- 雅各布・哈克、保羅・皮爾森：《推特治國：美國的財閥統治與極端不平等》，法意譯，北京：當代世界出版社，2020 年。

- 大衛・哈維：《新自由主義簡史》，王欽譯，上海：上海譯文出版社，2010 年。

- 塞繆爾・亨廷頓：《變化社會中的政治秩序》，王冠華等

譯，上海：上海人民出版社，2015年。

- 黃志輝：《追夢與幻滅：報人成舍我研究》，北京：中國社會科學出版社，2017年。

- 埃里克‧霍布斯鮑姆、特倫斯‧蘭傑編：《傳統的發明》，顧杭、龐冠群譯，南京：譯林出版社，2008年。

- 托德‧吉特林：《新左派運動的媒介鏡像》，張銳譯，北京：華夏出版社，2007年。

- 何塞‧加塞特：《大眾的反叛》，張偉劼譯，北京：商務印書館，2021年。

- 金觀濤、劉青峰：《毛澤東思想和儒學》，台北：風雲時代出版社，2006年。

- 金觀濤、劉青峰：《開放中的變遷：再論中國社會超穩定結構》，北京：法律出版社，2010年。

- 寇雪樓主編：《延安女性：獻給第四次世界婦女大會》，西安：三秦出版社，1995年。

- 古斯塔夫‧勒龐：《烏合之眾》，陸泉枝譯，上海：上海譯文出版社，2019年。

- 李彬：《水木書譚：新聞與文化的交響》，北京：新華出版社，2016年。

- 李漢卿：《中國共產黨農村政治動員模式研究（1949-2012）》，北京：中央編譯出版社，2015年。

- 李潔非、楊劼：《解讀延安——文學、知識分子與文化》，北京：當代中國出版社，2010年。

- 李書磊：《1942：走向民間》，北京：人民文學出版社，2017年。

- 李陀：《雪崩何處》，北京：中信出版社，2015年。

- 李文：《陝甘寧邊區新聞事業》，北京：人民出版社，2017年。
- 劉長鼎、陳秀華：《中國現代文學運動史》，濟南：山東文藝出版社，2013年。
- 劉海龍：《宣傳：觀念、話語及其正當化》，北京：中國大百科全書出版社，2013年。
- 劉仕清、沈其新：《永恆的生命線 —— 中國共產黨80年思想政治工作的回眸與前瞻》，長沙：湖南大學出版社，2001年。
- 劉綬松：《中國新文學史初稿》，武漢：武漢大學出版社，2013年。
- 劉躍進：《毛澤東著作版本導論》，北京：燕山出版社，1999年。
- 莫里斯·邁斯納：《毛澤東的中國及其後：中華人民共和國史》（第3版），杜蒲譯，香港：香港中文大學出版社，2005年。
- 莫里斯·邁斯納：《馬克思主義、毛澤東主義與烏托邦主義》（典藏本），張寧、陳銘康譯，北京：中國人民大學出版社，2013年。
- 塞奇·莫斯科維奇：《群氓的狂歡》，許列民、薛丹雲、李繼紅譯，北京：中國法制出版社，2019年。
- 阮迪民、楊效農：《晉綏日報簡史》，重慶：重慶出版社，1992年。
- 馬克·塞爾登：《革命中的中國：延安道路》，魏曉明、馮崇義譯，北京：社會科學文獻出版社，2002年。
- 約翰·斯塔爾：《毛澤東的政治哲學》（插圖本），曹志

為、王晴波譯，北京：中國人民大學出版社，2006 年。

- 斯塔夫里阿諾斯：《全球分裂：第三世界的歷史進程》下冊，王紅生等譯，北京：北京大學出版社，2017 年。

- 斯圖爾特·施拉姆：《毛澤東的思想》，田松年等譯，北京：中國人民大學出版社，2013 年。

- 石仲泉：《我觀毛澤東》（增訂本）下卷，濟南：濟南出版社，2014 年。

- 邁克爾·舒德森：《新聞社會學》，徐桂權譯，北京：華夏出版社，2010 年。

- 蓋伊·塔奇曼：《做新聞》，麻爭旗等譯，北京：華夏出版社，2008 年。

- 唐小兵主編：《再解讀：大眾文藝與意識形態》（增訂版），北京：北京大學出版社，2007 年。

- 唐遠清：《對「新聞無學論」的辨析及反思》，北京：中國廣播電視出版社，2008 年。

- 詹姆斯·湯森、布蘭特利·沃馬克：《中國政治》，顧速、董方譯，南京：江蘇人民出版社，2004 年。

- 王東倉：《延安：中國現代革命的符號》，北京：人民日報出版社，2015 年。

- 王敬主編：《延安〈解放日報〉史》，北京：新華出版社，1998 年。

- 王樹蔭主編：《中國共產黨思想政治教育史》，北京：中國人民大學出版社，2011 年。

- 王維佳：《作為勞動的傳播——中國新聞記者勞動狀況研究》，北京：中國傳媒大學出版社，2011 年。

- 王玉鈺：《抗戰時期陝甘寧邊區社會教育研究》，北京：中

國社會科學出版社，2015 年。

- 王雲風主編：《延安大學校史》，西安：陝西人民教育出版社，1994 年。
- 汪暉：《反抗絕望：魯迅及其文學世界》（增訂版），北京：生活・讀書・新知三聯書店，2008 年。
- 汪暉：《別求新聲：汪暉訪談錄》（第 2 版），北京：北京大學出版社，2010 年。
- 汪暉：《世紀的誕生：中國革命與政治的邏輯》，北京：生活・讀書・新知三聯書店，2020 年。
- 馬克斯・韋伯：《社會科學方法論》，韓水法、莫茜譯，北京：中央編譯出版社，1999 年。
- 馬克斯・韋伯：《中國的宗教・宗教與世界》，康樂、簡惠美譯，桂林：廣西師範大學出版社，2004 年。
- 馬克斯・韋伯：《韋伯方法論文集》，張旺山譯，台北：聯經出版公司，2013 年。
- 魏斐德：《歷史與意志：毛澤東思想的哲學透視》，李君如等譯，北京：中國人民大學出版社，2005 年。
- 魏時煜：《王實味：文藝整風與思想改造》，香港：香港城市大學出版社，2016 年。
- 蕭三匝：《左右為難：中國當代思潮訪談錄》，福州：福建教育出版社，2012 年。
- 新華通訊社史編寫組編：《新華通訊社史》第 1 卷，北京：新華出版社，2010 年。
- 星光、張楊主編：《抗日戰爭時期陝甘寧邊區財政經濟史稿》，武漢：長江文藝出版社，2016 年。
- 徐彬：《前進中的動力：中國共產黨政治動員研究（1921-

1966）》，北京：新華出版社，2007年。

- 閆健：《中國共產黨轉型與中國的變遷——海外學者視角評析》，北京：中央編譯出版社，2013年。

- 鄢一龍等：《天下為公：中國社會主義與漫長的21世紀》，北京：中國人民大學出版社，2018年。

- 延安整風運動編寫組編：《延安整風運動紀事》，北京：求實出版社，1982年。

- 楊鳳城：《中國共產黨的知識分子理論與政策研究》，北京：中共黨史出版社，2005年。

- 楊奎松：《毛澤東與莫斯科的恩恩怨怨》，南昌：江西人民出版社，1999年。

- 楊新正：《中國新聞通訊員簡史》，北京：人民日報出版社，2014年。

- 葉美蘭等：《中共農村道路探索》（中國民國專題史·第7卷），南京：南京大學出版社，2015年。

- 張廣智、張廣勇：《史學：文化中的文化——西方史學文化的歷程》，上海：上海社會科學院出版社，2013年。

- 張灝：《思想與時代》，上海：上海文藝出版社，2002年。

- 張素華編：《毛澤東與中共黨史重大事件》，北京：中央文獻出版社，2001年。

- 張威：《比較新聞學：方法與考證》，北京：清華大學出版社，2013年。

- 趙月枝：《傳播與社會：政治經濟與文化分析》，北京：中國傳媒大學出版社，2011年。

- 鄭保衛主編：《中國共產黨新聞思想史》，福州：福建人民出版社，2004年。

- 周海燕：《記憶的政治》，北京：中國發展出版社，2013年。
- 周雪光主編：《當代中國的國家與社會關係》，台北：桂冠出版社，1992年。
- 朱鴻召：《延安日常生活中的歷史（1937-1947）》，桂林：廣西師範大學出版社，2007年。
- 朱鴻召：《延河邊的文人們》，上海：東方出版中心，2010年。
- 朱鴻召：《延安締造》，西安：陝西人民出版社，2013年。
- 朱鴻召：《天上星星 延安的人》，北京：紅旗出版社，2016年。
- 朱清河：《典型報導研究》，北京：科學出版社，2016年。
- 朱慶葆等：《教育的變革與發展》（中華民國專題史・第10卷），南京：南京大學出版社，2015年。

五、研究論文

- 本刊編輯部：〈中國媒體現狀檢討〉，《經濟導刊》，2014年，第5期。
- 本刊編輯部：〈重建社會核心價值觀共識——中國媒體現狀檢討〉（二），《經濟導刊》，2014年，第6期。
- 本刊編輯部：〈話語自信與話語體系的建立——中國媒體現狀檢討〉（三），《經濟導刊》，2014年，第7期。
- 曹林：〈四重稀釋正在加劇新聞學的「無學」危機〉，《新聞春秋》，2018年，第3期。
- 陳晉：〈從抗日文化到延安文化——對毛澤東思考和實踐新民主主義文化的梳理和分析〉，《文藝理論與批評》，

2002 年，第 1 期。

* 陳清泉：〈中國共產黨新聞事業的奠基人 —— 淺談陸定一新聞工作的理論與實踐〉，張國良主編：《新聞春秋》第 7 輯，上海：上海人民出版社，2008 年。
* 程同順：〈2016 國際民粹事件為什麼「扎堆」出現〉，《人民論壇》，2017 年，第 1 期。
* 杜成會：《理解報紙大眾化 —— 關於我國 20 餘年報業改革的思考》，復旦大學新聞學院博士論文，2003 年。
* 甘浩：〈從晚清到五四：文藝大眾化運動現代模式的形成〉，《信陽師範學院學報》，2010 年，第 5 期。
* 耿序、陳樹文：〈延安學的提出及其價值〉，《理論觀察》，2013 年，第 3 期。
* 郭湛、曾東辰：〈代表性斷裂問題與群眾路線之解〉，《學術交流》，2019 年，第 5 期。
* 黃旦：〈黨組織辦報與「手工業」工作方式 ——「全黨辦報」的歷史學詮釋〉，《新聞大學》，2004 年，第 3 期。
* 黃旦：〈從「不完全黨報」到「完全黨報」—— 延安《解放日報》改版再審視〉，李金銓主編：《文人論政：知識分子與報刊》，桂林：廣西師範大學出版社，2008 年。
* 黃旦：〈耳目喉舌：舊知識與新交往 —— 基於戊戌變法前後報刊的考察〉，《學術月刊》，2012 年，第 11 期。
* 黃旦、周葉飛：〈「新型記者」：主體的改造與重塑 —— 延安《解放日報》改版之再考察〉，李金銓主編：《報人報國：中國新聞史的另一種讀法》，香港：香港中文大學出版社，2013 年。
* 黃道炫：〈如何落實：抗戰時期中共的貫徹機制〉，《近代

史研究》，2019 年，第 5 期。

• 胡永恆：〈馬錫五審判方式：被「發明」的傳統〉，《湖北大學學報》，2014 年，第 1 期。

• 埃里克‧霍布斯鮑姆：〈馬克思、恩格斯與政治〉，呂增奎譯，《馬克思主義與現實》，2012 年，第 1 期。

• 黃偉迪：〈協作生產：革命時期黨報通訊員的網絡建構與技術改造〉，《編輯之友》，2019 年，第 12 期。

• 蔣建國：〈辦報與讀報：晚清報刊大眾化的探索與困惑〉，《新聞大學》，2016 年，第 2 期。

• 景躍進：〈「群眾路線」與當代中國政治發展：內涵、結構與實踐〉，《湖南科技大學學報》（社會科學版），2004 年，第 6 期。

• 居然：〈中國共產黨的「新型記者」〉，《新聞界》，2015 年，第 17 期。

• 李彬：〈中國道路新聞學（四）──挨打、挨餓、挨罵〉，《當代傳播》，2018 年，第 4 期。

• 李海波：〈新聞的公共性、專業性與有機性──以「民主之春」、延安時期新聞實踐為例〉，《新聞大學》，2017 年，第 4 期。

• 李海波、張壘、宮京成：〈格局與路徑：新時代中國特色新聞學理論創新芻議〉，《新聞與傳播研究》，2019 年，第 7 期。

• 李金銓：〈報人情懷與國家想像（代序）〉，李金銓主編：《報人報國：中國新聞史的另一種讀法》，香港：香港中文大學出版社，2013 年。

• 李金錚：〈「新革命史」：由來、理念及實踐〉，《江海學

刊》，2018 年，第 2 期。

- 李金錚：〈向「新革命史」轉型：中共革命史研究方法的反思與突破〉，《中共黨史研究》，2010 年，第 1 期。

- 李里峰：〈土改中的訴苦：一種民眾動員技術的微觀分析〉，《南京大學學報》，2007 年，第 5 期。

- 李里峰：《「群眾」的面孔——基於近代中國情境的概念史考察》，王奇生主編：《20 世紀中國革命的再闡釋》（新史學‧第 7 卷），北京：中華書局，2013 年。

- 李里峰：〈群眾運動與鄉村治理——1945-1976 年中國基層政治的一個解釋框架〉，《江蘇社會科學》，2014 年，第 1 期。

- 李里峰：〈中國革命中的鄉村動員：一項政治史的考察〉，《江蘇社會科學》，2015 年，第 3 期。

- 李里峰：〈何謂「新革命史」：學術回顧與概念分疏〉，《中共黨史研究》，2019 年，第 11 期。

- 李仕權：《「三農」報導中農民主體地位的考察與分析（2004 年-2009 年）》，中國社會科學院研究生院新聞與傳播系博士論文，2010 年。

- 李秀雲：〈工農通訊寫作：「全黨辦報」的縮影——以延安《解放日報‧新聞通訊》為中心的考察〉，陳信凌主編：《新聞春秋》第 11 輯，「中國紅色新聞事業的理論與實踐（1921-1949）」高層論壇論文彙編，南昌：江西高校出版社，2009 年。

- 劉輝：〈抗戰時期中共的文化「大眾化」思想及其實踐〉，《中州學刊》，2009 年，第 4 期。

- 劉繼忠、梁運：〈論延安《解放日報》改版的政治邏輯〉，

《新聞與傳播研究》，2012 年，第 2 期。

- 劉建明：〈毛澤東對《晉綏日報》編輯人員談話的歷史追述〉，《青年記者》，2018 年，第 6 期。

- 盧燕娟：〈《在延安文藝座談會上的講話》與人民文化權力的興起〉，《中國現代文學研究叢刊》，2012 年，第 6 期。

- 陸曄、潘忠黨：〈成名的想像：中國社會轉型過程中新聞從業者的專業主義話語建構〉，《新聞學研究》，2002 年，總第 71 期。

- 羅小茗：〈彩虹合唱團背後的「業餘」之戰〉，《文化縱橫》，2018 年，第 2 期。

- 呂新雨：〈第三世界視野下的「中國道路」與黨報理論〉，《經濟導刊》，2020 年，第 10 期。

- 潘忠黨：〈傳媒的公共性與中國傳媒改革的再起步〉，《傳播與社會學刊》，2008 年，總第 6 期。

- 裴曉軍、吳廷俊：〈《解放日報》改版與毛澤東在黨內領袖地位的確立〉，《新聞知識》，2008 年，第 2 期。

- 沈乾飛：〈政治動員與農民行為研究的四個視角──基於研究述評基礎上的學理反思〉，《中國農村研究》，2016 年，第 1 期。

- 陶喜紅：〈大眾化：成舍我報業思想及其實踐〉，《湖北大學學報》，2010 年，第 3 期。

- 田中初：〈知識分子如何與工農群眾相結合：以革命根據地時期的工農通訊員為視點〉，《新聞與傳播研究》，2011 年，第 3 期。

- 王春泉：〈「中國特有之新聞學」之歷史言說──張季鸞

《中國新聞學會宣言》繹讀〉，《山西大學學報（哲學社會科學版）》，2016 年，第 3 期。

- 王潤澤：〈重塑黨報：《解放日報》改版深層動力之探析〉，《國際新聞界》，2009 年，第 4 期。

- 王潤澤、賴垚珺：〈毛澤東論黨報的名篇——《對晉綏日報編輯人員的談話》〉，《新聞界》，2012 年，第 19 期。

- 王潤澤、余玉：〈群眾：從「教育」，「反映」到「學習」的對象——黨報群眾性原則嬗變軌跡解讀〉，《國際新聞界》，2014 年，第 12 期。

- 王紹光：〈毛澤東的逆向政治參與模式——群眾路線〉，《學習月刊》，2009 年，第 23 期。

- 王維佳：〈中國黨報向何處去？〉，陳昌鳳主編：《新聞學研究前沿》，北京：清華大學出版社，2012 年。

- 王維佳：〈追問「新聞專業主義迷思」——一個歷史與權力的分析〉，《新聞記者》，2014 年，第 2 期。

- 王維佳：〈「黨管媒體」理念的歷史生成與現實挑戰〉，《經濟導刊》，2016 年，第 4 期。

- 王維佳：〈專業主義的輓歌：理解數字化時代的新聞生產變革〉，《新聞記者》，2016 年，第 10 期。

- 王維佳：〈媒體建制派的失敗：理解西方主流新聞界的信任危機〉，《現代傳播》，2017 年，第 5 期。

- 王維佳：〈新時代的知識挑戰：中國新聞傳播研究面臨的幾個歷史性問題〉，《新聞與傳播評論》，2019 年，第 1 期。

- 王雪駒、楚航、王潤澤：〈城市辦報範式與黨報理念的衝突與調適——對整風運動中重慶《新華日報》改版的考察〉，《國際新聞界》，2018 年，第 8 期。

- 王秀鑫：〈延安「搶救運動」述評〉，《黨史文獻》，1990年，第3期。
- 汪暉：〈去政治化的政治、霸權的多重構成與六十年代的消逝〉，《開放時代》，2007年，第2期。
- 汪暉：〈二十世紀中國歷史視野下的抗美援朝戰勝〉，《文化縱橫》，2013年，第6期。
- 汪暉：〈代表性斷裂與「後政黨政治」〉，《開放時代》，2014年，第2期。
- 汪暉：〈「業餘」是一個倫理性問題〉，《南風窗》，2015年，第1期。
- 汪暉、許燕：〈「去政治化的政治」與大眾傳媒的公共性——汪暉教授訪談〉，《甘肅社會科學》，2006年，第4期。
- 溫儒敏、王曉冬：〈周文論——紀念周文誕辰100週年〉，上海魯迅紀念館編：《周文研究論文集》，上海：上海社會科學院出版社，2013年。
- 吳冠軍：〈重新激活「群眾路線」的兩個關鍵問題：為什麼與如何〉，《政治學研究》，2016年，第6期。
- 吳敏：〈試論40年代延安文壇的「小資產階級」話語〉，《中國現代文學研究叢刊》，2004年，第2期。
- 修遠基金會：〈群眾路線：人民民主的當代實踐形式〉，《文化縱橫》，2014年，第6期。
- 夏倩芳：〈「掙工分」的政治：績效制度下的產品、勞動與新聞人〉，《現代傳播》，2013年，第9期。
- 夏倩芳、景義新：〈社會轉型與工人群體的媒介表達——《工人日報》1979-2008年工人議題報導之分析〉，《新聞

與傳播評論》，2008 年，第 1 期。

- 徐新平：〈二十世紀三、四十年代新聞大眾化述評〉，鄭保衛主編：《新聞學論集》第 20 輯，北京：經濟日報出版社，2008 年。

- 楊光斌：〈制度變遷中的政黨中心主義〉，《西華大學學報（哲學社會科學版）》，2010 年，第 2 期。

- 姚中秋：〈現代政黨演進邏輯中的中國共產黨：世界體系視角的解釋〉，《江西社會科學》，2022 年，第 3 期。

- 葉毅均：〈論韋伯之「理想型」概念建構──兼與林毓生先生商榷〉，《思想與文化》，2016 年，第 2 期。

- 應星：〈「把革命帶回來」：社會學新視野的拓展〉，《社會》，2016 年，第 4 期。

- 尤西林：〈20 世紀中國「文藝大眾化」思潮的現代性嬗變〉，《文學評論》，2005 年，第 4 期。

- 余一凡、趙冶：〈葛蘭西有機知識分子概念新探〉，《理論月刊》，2016 年，第 2 期。

- 翟志成：〈中共與黨內知識分子關係之四變（1921-1949）〉，《近代史研究所集刊》，1994 年，第 23 期。

- 張慧瑜：〈以寫作為媒介：基層傳播與群眾寫作運動──以晉冀魯豫根據地李文波營長寫作為例〉，《新聞春秋》，2022 年，第 3 期。

- 張慧瑜：〈基層傳播的理論來源與歷史實踐──以 20 世紀 40 年代《解放日報》改版和《在延安文藝座談會上的講話》為核心〉，《現代中文學刊》，2022 年，第 3 期。

- 張勇鋒：〈從「媒介革命」到「革命媒介」：延安新秧歌運動再考察〉，《新聞大學》，2020 年，第 10 期。

- 張志安、張京京、林功成：〈新媒體環境下中國新聞從業者調查〉，《當代傳播》，2014 年，第 3 期。
- 趙雲澤、滕沐穎、楊啟鵬、解雯迦：〈記者職業地位的隕落：「自我認同」的貶斥與「社會認同」的錯位〉，《國際新聞界》，2014 年，第 12 期。
- 趙曉恩：〈以延安為中心的革命出版工作（1936-1947）（四）〉，《出版發行研究》，2001 年，第 4 期。
- 趙月枝：〈全球視野中的中共新聞理論和實踐〉，《新聞記者》，2018 年，第 4 期。
- 趙月枝、吳暢暢：〈網絡時代社會主義文化領導權的重建？——國家、知識分子與工人階級政治傳播〉，《開放時代》，2016 年，第 1 期。
- 趙振祥、劉慧珍：〈「群眾辦報」的重要保證 —— 根據地時期工農通訊員制度的歷史發展〉，鄭保衛主編：《新聞教學與學術研究 2011 年刊》，北京：光明日報出版社，2012 年。
- 鄭保衛：〈毛澤東對《晉綏日報》編輯人員談話的背景、價值及意義 —— 寫在談話發表 70 週年之際〉，《青年記者》，2018 年，第 7 期。
- 鄭保衛、葉俊：〈中國馬克思主義新聞學百年形成發展歷程〉，《新聞春秋》，2018 年，第 1 期。
- 周峰：〈新民主主義革命時期中共工農通訊員制度的生成與運作〉，《中共黨史研究》，2017 年，第 1 期。
- 周曉虹：〈理想類型與經典社會學的分析範式〉，《江海學刊》，2002 年，第 2 期。
- 周睿明、徐煜、李先知：〈液態的連接：理解職業共同

體——對百餘位中國新聞從業者的深度訪談〉，《新聞與傳播研究》，2018 年，第 7 期。

- 朱鴻召：〈只讀《解放日報》〉，《上海文學》，2004 年，第 2 期。

- 朱清河：〈延安新聞學研究的現狀與可拓展空間〉，《新聞記者》，2018 年，第 2 期。

- 竹內實：〈中國的無產階級文學〉，《中國現代文學評說》（竹內實文集・第 2 卷），程麻譯，北京：中國文聯出版社，2002 年。

六、報刊、網絡、外文文獻

- 聶文婷：〈延安時期的《學習》專刊〉，《學習時報》，2015 年 8 月 10 日，第 3 版。

- 西蒙・庫柏：〈新聞記者應該「下鄉」採訪〉，何黎譯，FT 中文網，2016 年 5 月 3 日，http://www.ftchinese.com/story/001067355。

- 史安斌：〈CNN 們漠視「民主之春」不足為奇〉，《環球時報》，2016 年 4 月 20 日，第 7 版。

- 史安斌：〈建議西方媒體向中國學學「走轉改」〉，人民網・觀點頻道，2017 年 8 月 7 日，http://opinion.people.com.cn/n1/2017/0807/c1003-29455010.html。

- 張朋輝：〈停止損害民眾平等參與政治權利〉，《人民日報》，2016 年 4 月 18 日，第 3 版。

- 周展安：〈重新認識《在延安文藝座談會上的講話》的普遍性和新穎性〉，《文藝報》，2018 年 5 月 23 日，第 3 版。

- Alexander, Jeffrey. et al., The Crisis of Journalism

Reconsidered: Democratic Culture, Professional Codes, Digital Future. New York, NY: Cambridge University Press, 2016.

- Apter, David. & Saich, Tony. Revolutionary Discourse in Mao's Republic. Cambridge, MA: Harvard University Press, 1994.
- Asrar, Shakeeb. Democracy Spring branching out after D.C. protests [N/OL]. USA TODAY, [2016-4-19], https://www.usatoday.com/story/news/2016/04/19/democracy-spring-branching-out-after-dc-protests/83233102/
- Barnes, Joe. "You're COMPLETELY losing touch" Farage issues warning to establishment over radical Islam [N/OL]. The Express, [2016-11-30]. https://www.express.co.uk/news/uk/738343/nigel-farage-challenges-media-immigration-european-union-coverage.
- Carey, James. In Defense of Public Journalism. In Glasser, Theodore. (eds.), The Idea of Public Journalism, New York: The Guilford Press, 1999.
- Dai Qing. Wang Shiwei and "Wild Lilies": Rectification and Purges in the Chinese Communist Party. New York, NY: M.E. Sharpe, 1994.
- Davin, Delia. Mao: A Very Short Introduction. Oxford, M.A.: Oxford University Press, 2013.
- Deutscher, Isaac. Ironies of History: Essays on Contemporary Communism. London: Oxford University Press, 1966.
- Dickson, Bruce. Democratization in China and Taiwan: The

Adaptability of Leninist Parties. Oxford: Clarendon Press, 1997.

- Dickson, Bruce. Red Capitalists in China: The Party, Private Entrepreneurs, and Prospects for Political Change. New York, NY: Cambridge University Press, 2003.

- Druckman, James. & Jacobs, Lawrence. Who Governs? Presidents, Public Opinion, and Manipulation. Chicago, IL: Chicago University Press, 2015.

- Flegenheimer, Matt. & Grynbaum, Michael. Trump Hands Out "Fake News Awards," Sans the Red Carpet [N/OL]. The New York Times, [2018-1-17]. https://www.nytimes.com/2018/01/17/business/media/fake-news-awards.html.

- Gallup & Knight Foundation. American Views: Trust, Media and Democracy [EB/OL]. [2018-1-16]. https://knightfoundation.org/reports/american-views-trust-media-and-democracy.

- Garner, Dwight. 6 Books to Help Understand Trump's Win [EB/OL]. The New York Times, 2016-11-09, https://www.nytimes.com/2016/11/10/books/6-books-to-help-understand-trumps-win.html?mcubz=1.

- Grynbaum, Michael. Trump Calls the News Media the "Enemy of the American People" [N/OL]. The New York Times, [2017-2-17]. https://www.nytimes.com/2017/02/17/business/trump-calls-the-news-media-the-enemy-of-the-people.html.

- Hassid, Jonathan. Four Models of the Fourth Estate: A

Typology of Contemporary Chinese Journalists. The China Quarterly, 2011(12): 813-822.

- Jowitt, Kenneth. Soviet Neotraditionalism: The Political Corruption of a Leninist Regime. Soviet Studies, 1983, 35(3).

- Kuhner, Timothy. Capitalism V. Democracy: Money in Politics and the Free Market Constitution. Stanford, CA: Stanford University Press, 2014.

- Malin, Nigel. (eds). Professionalism, Boundaries, and the Workplace. New York, NY: Routledge, 2000.

- Meisner, Mitch. Dazhai: The Mass Line in Practice, Modern China, 1978, 4(1).

- Nadler, Anthony. Making the News Popular: Mobilizing U.S. News Audience. Urbana, IL: University of Illinois Press, 2016.

- Nordengstreng, Kaarle. et, al. A History of the International Movement of Journalists: Professionalism Versus Politics. New York, NY: Palgrave Macmillan, 2016.

- Selden, Mark. & Eggleston, Patti. The People's Republic of China: A Documentary History of Revolutionary Change. New York, NY: Monthly Review Press, 1979.

- Spivak, Gayatri. Can the Subaltern Speak? In Nelson, Cary. & Grossberg, Lawrence. (eds.), Marxism and Interpretation of Culture. London, UK: Macmillan, 1998, pp.271-314.

- Stranahan, Patricia. Molding the medium: the Chinese Communist Party and the Liberation daily. Armonk, NY: M.E. Sharpe, 1990.

- Tharoor, Ishaan. "Fake news" and the Trumpian threat to democracy [N/OL]. The Washington Post, [2018-2-7]. https://www.washingtonpost.com/news/worldviews/wp/2018/02/07/fake-news-and-the-trumpian-threat-to-democracy/?utm_term=.aeaec86a91b0.
- The Social Mobility and Child Poverty Commission (SMCPC). Elitist Britain? [EB/OL]. [2014-8-28]. https://www.gov.uk/government/news/elitist-britain-report-published.
- Wasserstrom, Jeffrey. Twentieth-century China: New approaches. London: Routledge, 2003.
- Waisbord, Silvio. Reinventing Pro-fessionalism: Journalism and News in Global Perspective. Malden, MA: Polity Press, 2013.
- Xu, Kaibin. Framing Occupy Wall Street: A Content Analysis of New York Times and USA Today. International Journal of Communication, 2013(7).
- Zarrow, Peter. China in War and Revolution, 1895-1949. New York: Routledge, 2005.
- 梅村卓・陝甘寧辺区における通信員，読報組政策の展開. 中国研究月報（日本），2007, (1).

國家圖書館出版品預行編目資料

延安新聞傳統 / 李海波作 .-- 初版 . --
臺北市：人間出版社, 2024.04
412面；14.8×21公分

ISBN 978-986-98721-7-1(平裝)

1.新聞學　2.知識分子　3.中國新聞史

890.92　　　　　　　　　112022360

延安新聞傳統

作　　　者	李海波	
發 行 人	呂正惠	
社　　　長	陳麗娜	
總 編 輯	林一明	
執 行 編 輯	曾筠筑	
校　　　對	蔡佳穎、曾筠筑	
封面設計	仲雅筠	
出　　　版	人間出版社	
	台北市萬華區長泰街59巷7號	
	（02）2337-0566	
郵政劃撥	11746473・人間出版社	
電　　　郵	renjianpublic@gmail.com	
排版印刷	龍虎電腦排版股份有限公司	
總 經 銷	聯合發行股份有限公司	
	新北市新店區寶橋路235巷6弄6號2樓	
	（02）2917-8022	
初版一刷	2024年4月	
I S B N	978-986-98721-7-1	
定　　　價	440元